埃德蒙·雅贝斯文集

目　录

问题之书
WENTI ZHI SHU

图书在版编目（CIP）数据

问题之书 ：上、下 / （法）埃德蒙 • 雅贝斯著 ；刘楠祺译. --桂林 ：广西师范大学出版社，2020.12
（埃德蒙 • 雅贝斯文集）
ISBN 978-7-5598-3304-4

Ⅰ. ①问… Ⅱ. ①埃…②刘… Ⅲ. ①长篇小说－法国－现代 Ⅳ. ①I565.45

中国版本图书馆 CIP 数据核字（2020）第 192335 号

广西师范大学出版社出版发行
（广西桂林市五里店路 9 号 邮政编码：541004
网址：http://www.bbtpress.com）
出版人：黄轩庄
全国新华书店经销
湛江南华印务有限公司印刷
（广东省湛江市霞山区绿塘路 61 号 邮政编码：524002）
开本：710 mm × 930 mm 1/16
印张：63 字数：652 千
2020 年 12 月第 1 版 2020 年 12 月第 1 次印刷
印数：0 001~8 000 册 定价：172.00 元（上、下）

如发现印装质量问题，影响阅读，请与出版社发行部门联系调换。

埃德蒙·雅贝斯文集

问题之书

（下）

［法］埃德蒙·雅贝斯　著
刘楠祺　译　叶安宁　校译

GUANGXI NORMAL UNIVERSITY PRESS
广西师范大学出版社
·桂林·

第四卷

雅埃尔

献　词

你对他人感到好奇：他们是如何与内心欲望媾和而化身为一切的？

是靠牺牲、顺从、翻云覆雨、诗歌、道德、附庸风雅、英雄主义、宗教、反叛、虚荣和金钱么？

——乔治·巴塔耶[①]

《内在的体验》

这至多算是一种巧合，但我仍不由自主地记录下象征符号之间的相遇，它恰巧回应了我认为的关于自杀的深邃内涵：在同一时刻既是自身又是他者，既为雄又为雌，既是主体又是客体，既是被杀

① 乔治·巴塔耶（Georges Bataille，1897—1962），法国评论家、思想家、小说家，博学多识，思想庞杂，其作品涉及哲学、伦理学、神学、文学等多个领域的禁区，颇具反叛精神，不经意间常将独特的视角带给读者，被誉为“后现代的思想策源地之一”。

者又是杀人者——这才是贯通自我的唯一机会。

——米歇尔·莱里斯[①]

《人的时代》

他意识到，正在死去的念想已变为此类无知的一部分，就在她苦苦与其未知之事抗争之际，不经意间吐露出的某些词语暗示她被剥夺了终结的权利，且她如果非死不可，也只会因他之死而死，这个念头之于他，似乎也是话语和在场双方上演的无知戏码的一部分。

他谈过这件事，话语并未让无知出乖露丑。

——莫里斯·布朗肖

《期待·遗忘》

伴我的声音而生，
偕我的信仰而死，
给你，雅埃尔，给你
这本记载了一段时光的书，
我们的梦在此安憩。

待时间终结，这本空间的大书将会洞开，世界

---

① 米歇尔·莱里斯（Michel Leiris，1901—1990），法国超现实主义作家、评论家、人类学家。

与人的回忆将把痛苦、温柔与爱之歌镌刻于书中，
一如勒铭于石上。

雅埃尔，我们终会明了我们之死的哪个部分被祭献给了干渴。

（我们不知道。我们站在认知的门槛上，站在源头的前夜。）

那光中的行进是我们的逻辑。

……这梦先是从一阵可怕的灵魂窒息开始，继而化作死亡的玄象，接着又变为一本普通的日记，在那儿，昼与夜迎头相遇。

弁 言

我说：我即死亡，随即，我先于造物主而存在。

抛开造物主的意象，岂不是要否认创世么？

那么，除却从字母到字母燃烧的空间，真实何在？

于是，书首先在其界限之外被阅读。

*

（造物主——即已度量和不可度量的造物主——之死。

一个自我毁灭的人，除了其声名狼藉的毁灭以外，他还能记住什么？

呼号，先于书的书之渴望。哦，死亡，有了你，一切均被言说。

生命之结——我何以油然联想到蛇蝎之结？太阳和海洋的一场崩裂以其流火击垮了宇宙。

字词死于笔下色彩斑斓的毒液，难道不是像死于尖石和利刃之下那样确凿么？字词一旦在既定的格式中完成，它便被阅读，亦即诞生了。

于是我们通过善与恶——昙花一现的律法所赋予的概念——看到了我们的源头。

我们的诞生也因而汇入世界与造物主之死那个远古的瞬间。）

以欺瞒或诡诈窃取了你的世界之人，理应激起你强烈的仇恨。与灵魂的仇敌之战，绝不允许优柔寡断。

你若得胜而返，会不会在不久后因孤独和疲惫而对牺牲者萌生某种宽宥之情，甚至会在随后的某天——谁知道会是哪天——萌生温情？你可要当心这种愚蠢的爱，它会招致你狂热地想要得到造物主。

那个冒称给予了一切的人剥夺了我们的未来。给予意味着开放，意味着我们中的精英聚在一起，为他人锻造我们的未来。造物主是博爱的障碍，他不让人向善。

但对醉心于绝对、耽于永恒的那些人而言，不论是崇拜造物主或毁灭造物主，都意味着陷入人类绝境的谷底。因为我们被绝望驱使，宣称对造物主之死负责，这样我们才能爱他胜过爱我们自己，甚至以他来攻击我们自己。

大爱自身承载着爱之哀悼。

哦，雅埃尔，在一己苦难中，我该会何等爱你。

*

（话语即考验，呼召乃契约。

日出接日落。永恒存于斯。）

*

当没有什么可以再创造的时候，造物主便湮没于他自身。若能知道什么是他的封笔之作——那个致命的创造——一定很有意思。有人断言说那就是人。

（我们对恶浑然不察，我们的原罪并非觉知之罪，而是在造物主之死这件事中我们应当承担的那部分责任，因为人既然在造物中最后诞生，不就得承担所有责任么？）

*

（满怀洗刷罪恶的希望——那恶正在吞噬我们——我是否把你那孩子般柔若晨曦、轻如海绵的头按在水下太久了？

缺席的河岸上，躯体搁浅了，而那道光绝不说三道四，它正从你们的嘴漫过你们的耳——你们这些活死人呵。

你从正中央微微开启。我以你的血肉之躯强暴了空无。）

一个圆，
这个圆里，有
另一个圆，

新的圆里，又有
一个新的圆，
就这样周而复始，
直到最后的圆变为一个厚重的
点，
随后又变为一个难以察觉的点，
诡异地在场，
轩昂地缺席。
一个女人和一句话语。
一个转圈的女人，
围着一个转圈的话语；
先徐，后疾；
快得目不暇接，
直到酿就它们的空间里
只有一个圆，
追逐着一个更小的圆，
圆越来越小，
现在，它出奇地小。
变成一个洞，一只空眼窝；
一只黑夜的眼；
一只爆裂的眼球。
还有啥？往里看。
于是一头栽了进去。

是不是这就叫作：一体？

这是一个松开的圆么？

是循环往复的

一声呼号、一个脚步、一次告白么？

*

（雅埃尔，或许是你的心让我痛恨造物主？

我接待了你，如某句话语。

“我”即是书。）

去年三月十七日，我做了一个梦，这个梦让我心烦意乱。

有个女人把我的生命当作她自己的终结。

“是莉莉丝[1]、夏娃还是克瑞西达[2]？她是谁？”加布里埃尔不久后在信中问我。

“是造物主的谎言。”我喃喃自语。

经死亡而致美。

那无疑是我们之死。

*

（有人说夏娃是造物主的第一句爱的话语；而另一个人则相反，认为她是最后一句。

夏娃背叛了造物主

而造物主创造了夜。

谎言尽管残酷，我们还是能捕获其悲情。

啊，玫瑰和淤泥的声音。

---

① 莉莉丝（Lilith），犹太教神话中的人物。据犹太教神秘哲学——喀巴拉（la Kabbale）对《圣经・旧约》的解释，莉莉丝是伊甸园中的第一个女人，亚当的第一个妻子，由上帝用泥土所造，后因对上帝和亚当不满而离开伊甸园。在亚当的求告下，上帝从亚当肋骨中另造出夏娃（Eve）代替莉莉丝。

② 克瑞西达（Cressida），莎士比亚悲剧《特洛伊罗斯与克瑞西达》（*Troïlus et Cressida*）中的人物：特洛伊战争中，特洛伊国王的小儿子特洛伊罗斯爱上了克瑞西达——一个已投靠希腊人的特洛伊教士的女儿。由她的舅舅帮忙牵线，两个情人得以幽会。希腊人提出的停战条件在特洛伊宫廷内引发激烈争论，最后主和派占据上风。希腊人应克瑞西达的父亲之请，提出用她来交换被俘的特洛伊将领。但克瑞西达刚刚离开她的情人，便立刻投入新的希腊情人的怀抱。这一形象后通常指代那种消极操纵男性欲望和善于伪装自身情感欲望的女人。

到头来，或许我们发现的是这么一档子事：我们之所以被赋予话语的能力，仅仅是因为我们可以在那个谎言中自圆其说？

所幸我们将在谎言中死去。而真实以我们的血肉为代价对抗我们自己，并以醒目的反向字体将自己投影在

蓝天的虚空里，

黑夜的空无中。

听吧，每个元音和辅音都在与书的脉搏一起跳动，浑然忘却了世界。）

“哪里没有了我的声音，书便发声了。”

“请告诉我们，书的这个声音是怎么回事？”

“一个熟悉的声音。或许是我的声音。”

“你是这本书么？”

“呵，我是我么？”

“书的声音不再响起，你的声音也将随之衰竭。”

“从书的沉默中能浮现出什么声音？”

“在沉默深处，你能言说么？”

“我是话语么？我是沉默么？”

这是一本书，或不如说是一本书中夜以继日、一写再写的希望；仿佛仅凭书写还不足以让它问世似的，它似乎又成就于他处，远离了我的笔，也没有我苦苦寻觅的字词，而代之以其他的词语、其他的梦想，经他人之路，在他处歇脚，借他人之呼号，却是同样地沉默。

这情形已持续了一段时间，这期间我一直独自在写，毕竟从序幕到剧终，最后只剩下一个人，而我早已习惯于在一个陌生话语的航迹中跟随那话语前行。

我就这样一直写下去，像对自己的影子婉转低诉；有时声音太弱，话语便混串起来。

自言自语之间，我的话语弃我而去并隐入沉默。我由此坚信，书是土层下的一片大地，泥土中有我那些窘困的字词。一片无荫的旱魃土地。

我会对自己说点儿什么、写点儿什么呢？我们必须看到它们是有别的：一个自说自话的人会告诉自己刚发生过什么或将要发生什么，他会对发生的事愤愤不平，或更多的时候被它们感动，或对自己说些他人从未说过的话用来自遣；可对于写作者来说……呵，那可就完全是另一码事了。

书写行为属于一系列行为中——至少三次——最后的行为，人们通常认为这都是发乎自然，其实并非总是如此。这仅仅是为了使写作与操控写作的手保持尽可能大的距离，而那只沾满墨渍的手也会在每个句子中标识出它与主人之间的距离。

脑子里的所思所想尽可以脱口而出，但不能——甚至想都别想——直落纸面。

伏案写作者犹如钓翁。一个面对白纸，数小时冥思苦想；一个厕身水畔，面对粼粼水波一心盯着饵钩。一个盯着字词，一个待鱼上钩。这便说明了笔扮演着何等重要的角色，而捏着笔的手指又要何等小心方能不妨碍笔的运行，有如夜半屏息敛迹追踪猎物，有时甚至要预先算计好猎物的行经路线。

长久以来，我与字词都能做到和睦相处，但这并不能说明它们时时处处都能表现出对我的眷恋。

有些清晨，我在对付它们时会遇到很大麻烦。似乎一切都不对劲儿。我们彼此像猫和狗那样虎视眈眈。当然，我是那条狗。我的忠诚久经考验，静观其变。而那只猫则变成狗来取悦我。

*

睡吧，女人。你是个真实的女人，而我也足够男人味儿地唤醒你。

雅埃尔，我只能接纳死去的造物主，正如我渴望你在一片逐渐消隐的天空中死去一样。

呵，我真的渴望。

太阳宽宥无限。

（有人说，无人能听闻之处，话语却能看到。
各种声音悄悄照亮话语。
这是为了你的双眼，雅埃尔。
这是为了我们的路。）

*

你不想死，可你早晚会死。
你不想撒谎，却正在骗人。
人之初便受相悖的欲望左右，最终会踏上对抗之路。
永恒从此离他远去。

被盗走的生命是那种被命运、被神意误导而左支右绌的生命。

孩子抱怨自己的玩具，人苛责于人。

这时辰——影子与火焰——对宇宙和人行使其生杀予夺之权；但一个时辰的时间也就那么多。

雅埃尔是造物主的通道与用途，她是
造物主为最终的退隐变出的躯壳
并在无情的瞬间为他腐烂。
呵，成为那个瞬间。
剥下所有话语的外皮。
加快它们与虚空的融合。
让火焰飘动。

树是鸟儿的家，是大地的痛，空间见而动容。
于是，树叶颤动，有若双翼，其泪化作露水。
我们素昧平生，只能自问自答。

（如果熄灭的火形成闭环，岂不是在承认死亡
之地也有一丝不可能的罅隙么？）

炫目的间歇中，梦在忏悔。
离生多远，离死就有多远。
在永恒面前，
我们彼此总是遥不可及。

纸页仍有一点好处，那就是它听任字词在自定的时刻死去，雅埃尔，我们由此可以悟出，空白是失却的天然需要。

（你患了书的绝症；呵，兄弟，愿我们辟出一条路，直通空无。）

*

走出高墙，挣脱钳制。让我的血绽放花朵。

为乐园、为鸟儿谱写一曲赞歌。

呵，灵魂最心爱的梦与芬芳一同生活在羽翼和花瓣的谎言里，一如忙碌的蜜蜂生活在早已花叶飘零的玫瑰上。

在我的软弱和局限中尽情快活。

真实是禁入之夜门口的一柄短剑。

请让我在植物最美的萌芽和快乐中生存下去。

（书写者，你不可半途而废；字词容不得你这样做，而书，呵，就像那紧固索，呵，就像那撑帆杆，将紧紧绷住你的灵魂。）

雅埃尔，你的脚步能否最终与我一致呢？

*

（这些暗黑的空间，无限在此掘出一道道沟，

而你将用时间缝合。）

放弃是否在引领我们走向真实？我试着成为真实。雅埃尔，我什么也不想放弃，也没的可以放弃；相反，我想占有一切，好去毁灭一切——但可能么？

我曾与你在多疑之海上扬帆远航。我会借冒用你名字的话语继续书写。

我的怀疑，我的痛苦，我的怯懦，我的失望——只有你的生命和你的声音才能传译和表达。

你在书中的现实变成了我的现实。我为你变成了对应自己的他者。我是你的歌和你的回声。没有击中你的子弹会不会击中我呢？我始终活在某个死者的生命里。

雅埃尔，在那个时辰之后，在我们的时辰之后，是永恒。

书是那个时辰在时间中逐渐消隐的场域么？此时，它便成为波斯花园[①]

---

① 波斯花园（les jardins persans），伊朗的世界文化遗产，由分布在九个省的九座园林共同组成。这九座园林分别建于不同时期，最早的可追溯到公元前 6 世纪。波斯花园的主要设计理念突出了伊甸园及琐罗亚斯德教四大元素——天空、水、大地、植物的象征意象，所有园林都分为四个部分，水在园林的灌溉与装饰中发挥了重要作用。楼台、亭榭、墙垣以及精密的水流灌溉系统均为波斯花园的重要特征，其对印度及西班牙园林艺术产生了较大影响。

里那个为沉思而设计的矩形，在那儿，世界从天穹四隅塌陷，并以其天体的命运对抗更为黑暗的人的命运。

（那些奢谈颓废文学或介入文学的人总让我忍俊不禁。

本书摒弃一切标签。它不属于任何派系。不属于任何阶层。也绝不步他人后尘。

它是孤独的场域，作家在此体验孤独。

本书的写作与时下标榜的有关人与世界的理念或观念迥异。

无限——这本书的空间——很难构成沟通的基础；永恒——这本书的绝路——也担当不起交流观点的重任。

在契合梦想之尺度和话语之雄心的纸页边缘，本书的岁月并未合着时间的节拍流淌。

呵！作为画家的油彩、作曲家的音符、作家的字词，当我们凝望拂晓的天际时，完全没有意识到那是死亡的第一抹光焰。）

所有生存的理由俱存于本书中，但这本有生命的书是由生存之理由砥砺的锋刃。

雅埃尔，字词随墨水燃烧，有如你的不幸似破碎的镜片在朗日下闪闪发光。

（分裂：刀镰的同门。饼必被切分。）

叙事之前的时间

破碎的镜子。尘世的天堂在镜中安睡。

……这时间之前的时间，这造物主安睡的奇特时间。

造物主的精明之处在于每每忘掉造物主。

一只眼。人与造物主为一只眼而争斗。

……叙事滥觞于期许之地。

我在书内外的角色

时间与书同时开启。

一

（待在自己的草垛上。

好好待在书中。

当造物主说“我是那自有永有者”时，是不是应当理解为“我是那曾经的自有永有者”呢？

死亡长着被话语收拢的双翼。

“书始终超越话语，它是话语死去的场域。”

“雅埃尔，这个自己没有生命却冒用了我们生命的话语是怎么回事？”

“最远的一片天空的话语。它在书中给自己

作巢。”

你在书写。纸背面始终空白。

我们不自由。我们被活生生钉在书的符号上。

有没有这种可能——我们的自由寄身于字词逃离字词的徒劳尝试之中？）

这正是星星在星星中打死造物主的时间。
这正是太阳在太阳中打死造物主的时间。
这正是世界在世界中打死造物主的时间。
这正是人在人之中打死造物主的时间。
这时间被莉莉丝和夏娃
在梦境中讲述，
而在讲述的时刻
水与火只盼着
以被盗的天空
和湖泊的声音
诉说那存在的一切。

（你动身寻找真相而真相尾随着你。你试着在丛林中开辟出一条路。丛林中的植物充满敌意，在它们咄咄逼人疯长的枝叶让你皮开肉绽之时，是谎言在保护你。

你体无遮拦，在野兽面前一筹莫展。

此即写作的风险。

死亡同样有自己的原始森林。

雅埃尔，你没准儿要给我们讲讲你自己的故事？）

雅埃尔。一头乌发。摄魂的柔弱双眸。她的秘密词语与避光的昆虫为伍。她的声音来到世上。

雅埃尔的身子罩在黎明的网里。珠光色的颈项，风姿绰约。柔滑的香肩似水中的卵石。胸脯被大潮冲刷得浑圆坚挺。干练的双手。巨藻般玫瑰色的小腹。翘臀。流瀑般修长的双腿。双足高贵无比。

黑夜与白昼：饥渴的现实与双眼传递的预兆。

穿越影与光，我们才能靠近雅埃尔，并接收到她的话语；因为雅埃尔是宇宙的话语：是符号、色彩、大地和天空的声音，是盐粒的机遇和高塔螺旋形的沉默。

（梦从大洋深处领悟。

呵，雅埃尔，你怎能既是富足世界的欢愉，又是下弦月中深渊的呼号呢？）

我决定除掉雅埃尔。我走进她的卧室。她刚刚躺下，我坐在床沿上。弯腰抓住她的头。她惊惧地盯着我，就像骇视大火蔓延。我掐住她的脖子。此前还在她身上颤抖的造物主此时与她一同窒息。我松开了手……

随后，一切都模糊了。

待己宽，意味着对书也少有苛求。在我等理智破灭之处，书便显出其神谕般的恢宏与严厉。它那种虚幻的完整性是无法通过强力迫使人赞同的。

作家与书之间存在着某种不可逾越的空间，读者被召来将它填满；所以书写的行为才如此痛苦。书写非但救不了人，反而把他丢进了空无。

只有人才能为人做点事情。

书中，友谊是建立在曾经说过但不复存在的事物上的；一个孤独的话语与另一个孤独的话语之间的友谊。

我总是想起阿拜多斯[①]神庙里的浮雕，在那儿，可以看到何露斯

---

① 阿拜多斯（Abydos），埃及地名。1857年法国考古学家马里埃特（Auguste Mariette，1821—1881）在此发现了公元前4000年的古埃及神庙遗址，此后陆续有西方考古团体来此大规模发掘，主要的考古发现为肯塔美翘和奥西里斯两位埃及神祇的神庙。

神[1]和太阳神拉[2]在同一具躯体内合二为一，并被冠以拉哈拉克赫提[3]之名，意即“地平线上的何露斯神”，这让那位被视为何露斯神化身的法老拉美西斯二世[4]嗅到了“T形十字章[5]”即生命之象征的气息。在古埃及，该符号代表永恒的生命，我梦想借我之笔将这个符号注入字词，好让每个字母都因此而拥有这个符号的血统并更形丰富。

于是，我萌生了一个观念，即生命是来世的馈赠，是死亡送给造物的贽礼，意象和书则记录了造物的统治期。

生命是字词进入书所必需的时间，在这段时间中，人必须穷尽话语并拥抱沉默。

真实的夫妻，爱的迸发，都表明空无的深度。聆听之人离大地最为遥远，他是顶峰的情郎，永远缄默。

---

① 何露斯神（Horus），古埃及神话中法老的守护神，鹰头人身，是王权的象征。

② 太阳神拉（le dieu-soleil Ré），古埃及最著名的太阳神，被视为众神之父，是埃及的第一代国王，因此在埃及法老的徽章上都标明“拉之子”字样，如同中国古代所称“天子”。

③ 拉哈拉克赫提（Réharakhti），古埃及神话在发展过程中，逐渐将何露斯神与太阳神拉的形象结合起来，统称为“拉哈拉克赫提”，意为“地平线上的何露斯神”（Horus de l’Horizon）。

④ 拉美西斯二世（Ramsès II，公元前1303—前1213），古埃及第十九王朝法老，公元前1279—前1213年在位。其执政时期是埃及新王国最后的强盛年代。

⑤ T形十字章（Ankh），古埃及符号，形如一个头部呈结环状的十字架，是生命的象征。

二

（从所有可能的动作中保持那个动作。

让黑夜之血喷溅而出，这意味着凿穿太阳的道路。正午万物焚烧，但黑暗在黄昏时分展露出伤口并发出控诉。

伤口接近于大地的选票，麦收后的田野。养活我们的饼尝起来有灰色泥土的血腥味。

女人，你胸衣不掩的双乳是滚烫的托盘，征服你的英雄那被斩断的头颅仍淌着温热的血。）

雅埃尔，蓝色的秀发。她在窗后、云后、水面下。她消退的脸一片朦胧；但云外、窗外、水面外，是她黑色的大眼睛。身材的轮廓——每一页都仿佛雾霭笼罩的沙滩，呵，字词依旧是灰色的，尚未变黑；每一页都仿佛明亮的清晨；整体的形状被纸页的白色冲刷掉了，只有水面的涟漪、玻璃窗的反光和云彩的想象勉强勾勒出她近乎白色的躯体。

雅埃尔在本书中，已置身于本书的凛冬。

话语是环绕死亡的遥远的话语。

黑夜以无数闻名之星辰的齐声欢唱回应落日。

呵！但愿那歌是我们童年的歌，歌声中闪烁着我们的苦难，犹如陋室屋顶上交叉的宝剑。

（我又发现了这本书。它曾被死亡无情驱赶，几近绝境。）

截肢者以失去的腿说谎；独臂者以无存的胳膊说谎；聋哑人以满口支吾的声音说谎；盲人以目光中已死的眼神说谎，那眼神望向非等待可及、非沉默可及的峡口。

呼吸即谎言。

风，那猛烈的气流，是真实么？若如此，火灾就应当是火焰的真实，海洋就应当是水滴的真实。

呵，落败的源泉。

因鲁莽而无从征服的方属真实。

截肢者以虚构中的腿说谎；独臂者以臆想中的胳膊说谎；聋哑人以口中跌跌撞撞的辅音与元音说谎；盲人以其他时间、其他额头、其他场域的眼睛说谎。

我决定除掉自己。我就是那个他者——一个另外的人，我曾长久地追随他，雅埃尔还给了他一张脸，所以我让他——我自己？——把我掐死。

一旦死去，黑夜就会嗅到我……

随后，一切都模糊了。

我们是怎么走到这一步的？

（我们没有名字。

只有雅埃尔曾被命名。

时间是时间无边的痛苦。

在时间尽头，我将与人类重聚。）

海之光

你若焚烧书，它会在火焰中开启，直至缺席；你若淹没书，它会与浪花一同显现；你若掩埋书，它会给荒漠解渴。因为所有话语都是救命的纯水。

大地以一棵燃烧的树对应一片果实累累的天空。

我们要想跨过真实的门槛，就必须在既存之物中终止存在。

人与自然互换影子与生命。

影子的宇宙是眼眸被激流卷走的宇宙。一颗死去的星便是夜的意识。

缺席让造物感知无限。

创世阶段，瞳孔是巨大的乳房。

在为世界哺乳的眼睛看来，世界是个婴儿。

任何时候，建筑物都不是障碍。

石头来自激情，

门来自理性。

不要把脸与相貌混为一谈。脸是预兆，相貌是特征。

燕鸥是大海上的燕子。海洋有自己的春天。

必须承认，本书更类似于杂记而非史诗。

大海里，光早就适应了海浪的喜怒哀乐。它有自己成串的梦想和含盐的泪珠。白昼里，这笼罩起世界不让人发现的中心的光芒，不正是溢出纸页的空间么？在那儿，我们沮丧的思绪在误入歧途的可怜世界中徘徊。

不再思想，并不代表停止思想。思想是世界的意识与无意识。对音乐家而言，演奏结束并不意味着他对刚刚演绎过的作品失聪。此时，大脑取代了听觉。随着每一个重新拾取的音符，回忆复活了。

我是否还活在自己的记忆中？是不是因此我才记住了那么多漂泊生涯的细节，连我自己都很难相信曾有过这种经历？他者的生命同时又是我追随雅埃尔踪迹的生命，而她的脸如此变化多端，以至于每个瞬间都宣称那张脸属于自己。就这样，回忆把我们的字词归还给我们，而我们也前去追问那些为引发我们思考而重新集结起来的符号。面对既定的事实，我们会通过书写不断诘问自我，直至诘问到那个从我们的存在中逃逸的那个最黯淡的极限。就这样，在书完成之际，我们将双双死于同一个死亡。

书中存续着原始的秩序，而无序则对完成这样一部每一页都在强化其空无的作品构成系统化的拒绝。

制作书，或者说要成全书，必须首先让空想的小径模糊难辨，痕迹消隐。随后，字词会在相同的地方印下它尚留余温的足迹。我们就这样走向字词，并借此重修缄默与遗忘之路；一条为字词而设却没有字词的路。

书支配一切，而我们引导书。作家的生命就是通向一颗星的卓绝跋涉。漫天星空呼应着他的作品。黑色的星辰——是它们在召唤黑夜——会为哪个亡灵节列队志哀？纸页上，它们不为悦目而只为心灵闪光。

“我目即我思，我手即我路。”那个异乡人喜欢这样说，而他的声音很像我创作时的腔调。

目光的即兴之路：哀悼某物的一片影子。一旦优势显现，表象就会排斥表象。

造物主以其造物之名接纳了这个率先泛出微光的世界，它就像空间里闪烁的一个金色的点——呵，令人感喟的孤独——间歇性地揭示出死亡虚线上那难以察觉的踪迹。

时间的恐惧

写作的时间里，这种书写的焦虑贯穿始终。

一

（出生意味着为自己寻找一个名字。找到名字就意味着已开始死亡。

造物主因笃信自己的目光而死。

人的一生，即是从死亡的影子走向死亡的通道。

人通过他者说和看。

呵，本能的时间。
独特的瞬间。
呵，他者的时间。）

话语一经表达便分崩离析，我们可从中发现时间尽头隐匿的沉默，那正是话语竭力想把我们推进去的地方。在那儿，我们曾希望抵达字词的尽头，一如抵达我们自身和世界的尽头，我们曾希望诉说盐和未竟之梦，我们沉甸甸的灵魂充满了对出生与爱的渴念，一如向往蓝天的浪涛。

进入自我，便觅及虚空。进入词语，便觅及缺席。那些乳白色的门，我们只能将其视为从天空到天空的通道。

沉默中，人能寻觅到人么？渐渐地，路舍弃了路，而世界在自身并不存在之处发现了自身。

人之命运的沉重，缘于其最初行为的无端，犹如重重阴影漫过沐浴着光的表层。但白昼自有其时辰与节奏。在我们所看重的生活中，所有相遇都是无端的，那些中断或成就了相遇的事件同样无端。

黎明不只是一种希望，它是个蒙选者，浑身散发出清新的激情。在焦灼等待即将发生的一切时，人摆脱了束缚，在终获自由之时，他可以饱餐永恒。人之庄重，在于其开放和高尚的行为，在于将融入其生命中的瞬间放空。他再无任何期待，日复一日地在某种无尽的期待中死去。

严肃者未必就是庄重的人。有些庄重之花只在幸福的心中开放。

在求知的意愿中，人谴责无知，并以此全部指向庄重；但正是求知中最关键的那一部分斩断了我们与知识之树的联系，并开启了无尽机遇的可能。

人的机遇就在于生性好奇。这种天性出自终止一切却又揭示一切的死亡。

惊奇——任由自己惊奇，被动地、难以察觉地达至感受一切的境界——便是创造的活力和契约。在已见、已思之上很难有所建树，但新的所见所思会随着发掘、建设和完成而出现。因为完成依旧是另一个开端。

死亡是无端行为中最为出类拔萃的行为。创造意味着模仿死亡，即模仿造物主的勇气与想象。死亡存在于未来的万物当中。因此，人必须通过死亡去求索绝对。

字母表中的字母与死亡同属一个时代。它们是死亡在各个阶段渐次转化出的符号，是某种永恒的死亡之死。但是，也有一些被字母觊觎的符号，那是一些已被抹去，但在被命名之物的中心又被行为重新创造出的符号。就像鸟儿起飞时虽然飞翔动作各异，但那不正是鸟儿在刺破青天的同时，书写和重复使用着那个通用的、左右我们命运的“删除”符号么？呵！这个被书写的世界因鸟儿而死去，因鸟儿而再生。

因此，庄重便是时间之外对死亡时间的觉悟，那既不是被毁灭的时间，也不是对随机挑战的迂回，而是向边缘与奇迹之世界的回归，人正是从那儿永遭放逐的，犹如孱弱的胎儿在黑暗的母体中足月后便被逐出了爱的子宫。

一颗星的诞生犹如一个孩子的降生。空间收缩，并在炫目的死亡中喷射出无数封闭的宇宙。能将一个人的存在对应全部星空么？宇宙初次爆炸时永恒便建立了。人永生永世繁衍不息，才能与满天星斗呼应。或许，最后一个人将与最后一颗星一同陨灭。

觉知死亡，意味着拒绝任何无视黑暗阶段的价值体系，在此，人首次涉足黑夜的奥秘。死亡既是某种希望的丧失，也是某种希望的允诺，白昼无时无刻不在竭力追求这一希望。存在或非存在，就是那荒诞的大限中的某道直至清晨都在闪烁的神秘幽光。

每一次临终都是某个世界痛苦的孕育周期，它由灵魂的狂热与极限设计，并以捯气与叹息揭示。

如何创造我们的未来？生命从不认为自身无益或虚妄。只有借助于生命，死亡才能抵达死亡。

生命以其生存的意志将自己的岁月与天空的死亡相协调。宇宙和人因此拥有了同样的未来。但天空和人都不可能确切地知道自身终结的那个瞬间——或上千个瞬间——不可能确切地知道自身永远终止死亡的那个命中注定的一秒。他们将在最猝不及防的瞬间毁灭。因此，觉知死亡，并不意味着与死亡迎面相遇，反倒是要深入生命之中，去迎接赭石色的新生。

因为宇宙首先是各种色彩的光谱。随着色彩渐次失去光泽，它们又像那些在回声中衰减的呼号一样，与沉默那世上最广袤的水库相遇，在那儿，被光线锁定的星辰正驻足畅饮。

二

（生存，书写，意味着允许死亡像手中的笔和茎秆中的汁液那般流动。

……于是，我梦想着一部作品蜿蜒于黑夜当中，在那儿，万物出生前便会死去，在那儿，叙述有如死亡之树的果实。）

在一场圣战中杀死造物主，是人常常陷入的若干无望的诱惑之一。

造物主在造物主之前和之后。造物主死于创世和创造自我之时；这就是说，他死于复制他的死亡。

创世使造物主和人神圣化，其空无也连带着一并神圣化。海洋存在，是为了章鱼的生长；天空存在，是为了星辰的奇迹。空无是一个同时笃嗜存在与死亡的元素。

杀戮中，我自身的哪一半能战胜另一半？

因此，我为所有字词而在每个词语身上死去。

这种荒诞的行为早已无端发生，但对那个决意死于自身的人却也是题中应有之义。

书中，词语纷纷扬扬落下，如同自以为能从无垠中扯下一片天空而遭雷殛的鸟儿。

永恒剥夺了它们的呼吸，使之僵硬，好吞下它们。

因此，我们的躯体，尽管还活着，却在加速我们的崩溃。

如今我相信——慢慢地，我越来越觉得这是一种真实，而书的真实即有赖于此——这类常规性的叙述并非本书的主旨，我想说，它与本书无关。

自称小说家或叙述者的那类作家是写不出这本书的，因为他们压根儿不会对此感兴趣，甚至会认为它分文不值。

小说家可以用一本小说把这本书比下去——而不是相反；因为小说家会以自己的人物强力介入并借其代言，任由各种声音天马行空。这本书会被这些人物践踏，其声音也会被这些人物的声音淹没。

蔑视距离的荒漠向睡卧沙地的游牧者耳中揭示出所有人与兽的在场。本书中，世界也是通过我们的听觉而得以呈现；一步一步地，仿佛于无声处走来。

人无法通过赢得战争而径直走向真实，因为真实是虚空的告白。只有输掉战争才有望得到真实。此即为何所有伟大的书会让我们两手空空，悲惨而一无所获。

有朝一日如果我写小说，我就会离开本书，也会将它丢弃；但不会毫无廉耻。我不会矜夸自己的胜利。也不会当众秀我的肌肉。我会力求使自己的声音谦卑，哪怕枝干被斩断，终有一天也会在根系中找到受伤的大地和纸页的声音。

共同的死亡是对和谐的求索。写一本书，就是要使自己的声音和纸页边缘的实际声音结合起来。这意味着要谛听那二十六个字母像二十六条瞎眼的鱼一样在墨水中嬉游，此时，它们尚未来到世上被我们看到，也就是说，它们尚未固化在最后一声爱的呼唤中死去。于是，到那时，我将说出早该说出的话，而每页纸对那些话都已了然于心。这便是为什么格言会成为本书最深刻的表达形式，它既可以让边缘呼吸——因为它自身携带着书的呼吸——又能同时表达出宇宙。

与字词的这一协议，与书的这一先前的约定，一直是我的不安和焦虑所在。

踏上一条条浓荫密布的小径，在那儿，我甫一动手写作就遭到拒绝，我怎能不为此付出代价？这是一本不可能写成的书，却在话语的中心写就，很快，在词语的尽头，在我的尽头，我已经不克将其打断，也无法跟上它们的脚步。

奋而反叛造物主的人既不是受害者，也不是刽子手。他是在生与死为同义词的地域与死亡搏斗。

本书的话语来自空白的边境，由掌控深渊的宇宙维系。

那位哲人——某个被其社团拒绝承认的哈西德派[①]大师——教导我去怀疑语言，因为音节处于受奴役的状态——这是我自己翻译过来的——只有很小一部分真实徒劳地试图维系真实。此外，他还把从沉默话语中奏响的希望之歌赞为美德，但，这欢歌深处怎会有近乎呜咽的巨大悲哀？因为，这是死去的字词和永恒的字词之歌，它不入凡俗之耳。

沉默的深处有一丝寒冷的空气，却没有风的流动；但虚空能让世界转动。

雅埃尔，他者和我，某种同样的终结……

究竟能不能写成这本书，我们拭目以待。

致加布里埃尔的信

片段

三

他们选择把我的头作为会场。你能看到最多的是他们的牙齿，好似牙雕的篱笆，话语似乎永远是篱笆后的囚徒。他们大致说了这样一些话：

---

① 哈西德派（le Hassidisme），犹太教神秘教派之一，18 世纪上半叶出现于波兰和乌克兰的犹太人中，是反对官方犹太教（特别是拉比派）的派别运动。

“你也想杀了造物主。
你也梦见杀了造物主。
你也以为已经杀了造物主。
你也一样，
如同我们。
你马上就要欢呼胜利
一如我们过去之所为。
你以为马上就获得自由
一如我们过去之所想。
你将割断小麦状的光芒。
你将掀翻黑夜竖起的巨大营帐。
你将打碎风灯，
并借助幽灵般的人群
当选为世界的君王。
你将统治一个荒漠的世界，
呵，你这像我们一样的疯子。
你将失去
朋友和爱人，
失去天意的动作
和晶莹的话语，
并为其命名了一个分成两半儿的名字：

Ya-El（雅–埃尔）[①]，

一声比呼号更撕心裂肺的呼唤，

一声造物主对造物主的呼唤，

为了毁灭于耦合的音节，

为了死在你的手中，

死于你荒唐的计划。”

于是，众人中死去数千年的那人推开众人上前说道：

“一切道路自你开始，再折返其出发点。

“你是或然的白昼，是开放的黑夜，我们从那儿来，我们向那儿去。”

于是，众人中死去上千年的那人推开众人上前说道：

“荒漠。倘若某日你在那儿发现了一棵草，那定然是水或人背叛了沙。

“你早已祭献给了树，你明白么？

“愿沙成为你的救赎。”

于是，众人中死去数百年的那人推开众人上前说道：

---

① 这是雅贝斯的一个文字游戏：他将雅埃尔的名字 Yaël 分解为 Ya 和代表上帝之名的 El，或有“远古的上帝”之意。

“来自水井的白色和平。

“水驯服鸽子。

“呵！想想看，在别处，最名贵的花押也无非一棵纤细的蕨草。”

于是，众人中死去上百年的那人推开众人上前说道：

“历尽苦难，流光泪水，欢乐转瞬即逝。当我想向你表达时，我只是一个在倾听另一人的受难与欢乐之歌的人。”

于是，众人中死去一年的那人推开众人上前说道：

“我的生命以长矛的尖、空白色的词语写就。”

然而众人回答他：“这太荒谬了。空白，那不就是缺席么？”

于是，众人中刚刚死去的那人推开众人上前说道：

“谎言是造物主之死的梦想时间。

“你在他者身上之死便是我的死亡。”

（逝者们欢声雷动。残酷难忍。笑声从大地升腾，用我们的泪水灌溉。呵，地狱的季节，丑陋的植物。）

“熄灭灯光，”我吼道，“熄灭它们，熄灭所有的恒星，熄灭玻璃下的所有光芒。熄灭所有的火焰。

“死亡俯身于死亡

“并亲吻它的唇。”

四

（你不知死亡带你何往。你还活着。

“夜老了，经过十二次被遮蔽的时辰，它比白昼还老。”

“经过十二个黯淡的世纪，经过十二次所有的世纪。”

“呵！时间意味着分离，而我们活在时间里。”

我先是想象死亡像一个绝望的孤女；随后又像一个被爱过的女人；再后来，女人和孩子随着风景和世界慢慢淡去，再也追不上。尽管我始终没有停止奔跑，虚空中，我仿佛被钉在梦中假想的某个山顶。毫无疑问，蜡烛的火焰就是这样熄灭的，一颗晦暗的星在谛听，它的光在一个被吞噬的世界的凄风苦雨里消失了；而眼下，死亡于我似乎已成为它过去的一片巨大而孤独的影子。

大海的欢乐与不安就是水的欢乐与不安，却被放大了百倍。

一天，大海得知其色彩来自虚空。呵！它竟异想天开地想要触摸天空。人即如此，无色无臭，却想在空无中恣肆妄为，想沾上一点时间的气息，想染上一丝永恒的色彩。

造物主是话语中的女性，行动上的男子。

人是否为了给自己的信仰赋予更崇高的意义而虚构出了造物主？

——可造物主在撒谎，这是他与自己的造物相似之处。

所以普天下都说，造物主以自己的形象塑造了人。）

在空白的纸页前反复说“你们就会看到我将写下的东西”。可对谁说呢？——没人会听。

书是一次教诲。这本书将引我何往？我感谢在我走向死亡的一两次迂回的焦虑中，它以这样一种方式接近谎言。

源头和种子是对真实的罪恶。

地平线上，在醒目的闪光或黑暗的空无中，世界矗立起来。

那形状消失在自己的影子里，亦即消失于自己的未来中。

忠实是未来的疯狂。

（目光之路是我们的负担之路。

星辰的所有距离均被黑夜写就。清晨，字词成为新机会的链接。

你认识你自己，你就是那个以死作为头颅的男人。）

这卷作品还可以有另外一个更完整的题目，叫作“雅埃尔，或造物主之死”，它分为两个部分：《叙事之前的时间》属于黑暗部分，具有预言的性质；而《叙事的时间》则是含混不清的他者中某个人的死亡日记，介于表象有意遮掩的一切与虚无的交替之间。

揭露那个以造物主坐以待毙为诱饵的表象，意味着走向虚空的真实，直抵缺席的中心；因为造物主恰恰死于目光。眼睛记录下谎言的意象。镜中之镜，宇宙借其反光而存在。树木自豪地守护着影子开花的时刻，玻璃反射出花园的一个个梦境。

雅埃尔体现了生命的原则。书一旦写就，世界便和人一起在她身上死去。

（当话语只属于书时，我们将会死去。

……可我们怎么竟然就忘掉了书的话语呢?

它们会不会是活的话语?

此种情形下，你并未镌刻下任何东西，而你的字词仅仅是字词弹射出的影子。

永恒的话语。生命被话语驱赶。人呵，与生命随行吧。书是一座无人能够安置的石碑。

雅埃尔，我终将要在你的沉默中言说么？）

几个世纪的冗长对话

“一切极限都取决于光。此时的造物主不就是混沌之初的黑暗么?

“不就是第一束探测黑暗的光么?”

“造物主是包容万物的中心。”

他者是太阳狂暴的情怀。

“光对谎言极其友善，而真实存于光中。”

“黑暗是已逝的激情、破灭的欲望。黑夜以其哀伤之光爱着黑夜。”

“沉默即真实。它允许看，却什么也不给。

“造物主即沉默。”

“造物主不去看。他屹立在所见之物的背后。”

“造物主难以驾驭。所以，造物主堪称某种不可思议的视觉之最。”

“极度的黑暗令我们在缺席中找回自己。”

“不可见之物同时构成对谎言的摒弃和对唯一真实的愿望。”

“破碎之记忆的无声旋律。锈斑是火的假日。时辰自始信赖大海。”

“时辰在自身黑暗中打着双拍子的节奏。我们生活在二元的时间里。在场与缺席是其交替显现的脸。”

“脸从来不能指挥另一张脸。所以时辰的真实便是存在那令人眩晕的缺席。”

“……倾斜的开启。”

“因此无论肉体还是思想，人都存在于永恒远离他的地方。”

“……在那儿，造物主是人的真实，他撤回了这份真实。”

“……因为死亡是生命的第一滴血。”

“……因为死亡是造物主的第二生命。”

“瞬间由此化作造物的呼吸，造物在呼吸中燃烧和毁灭。”

“白昼之外，生命继续。被逐出乐园是为了找回乐园——但不是同一个乐园，只是看似同一个乐园——在世界的每一次脉动中，瞬间都是有节奏的话语。

“因此上千个相似的字词在那棵树上闪光。”

“真实往往就是节奏。人和宇宙投身于一个联合的存在。”

“时辰与时辰拒不往来，永恒由此产生。”

“所以说，边缘是时间的井沿，死亡于此汲水。”

“所以说，河水冲击最薄弱的堤岸。而草木以持久的坚忍在同样的水中生长和弯折。”

“所以说，时间在时间之外流淌。”

“我们要为获得智慧的罪孽付出弄瞎双眼的代价么？表象迫使我们囿于表象。”

“不可能的真实。不可战胜的真实。可能性携带着真实，却超出极限。”

“走向真实意味着坚持到底，意味着跨越所有疆界，从远端重新审视它们。所以，真实停留在能被获取之地。”

“值得人去征服的地方，就是造物主藏身并在创世时抛弃的地方。”

“造物主没有在向另一只手伸出的手中。”

“理解，意味着接受既成的事物，以常规方式利用和交换之，视其为唯一的欣赏对象，或假装如此……”

“事实不在我们手中。接触一个物体时，手指和手掌装作创造出某种事实的幻象，任我们在其静止的移动中遽有斩获。”

“渴望在其外形和爱抚中何等乖巧。”

“谎言顺从我们的触觉。这些感觉取消了造物主及其本质上的无感，却在没有造物主的情况下将人推上神坛。”

“躯体依然是十字路口。”

“割断双手吧，”疯子年复一年地号叫，“这样，双眼就会燃烧。”

“不可理解之物反倒有各种机会成为真实。”

“我们说着闲话，等候时间。唉，我们只是在给时间做些记号。”

“因此，话语随其存续而日渐硬化。”

“因此，石头变为燧石。

“任何被表达的事物首先是一枝有声的玫瑰。世界永远不会栖身于一句话语中。”

“在你趋近时，造物主永远不会处于‘一’的状态。”

“人人为自己，而二者熔化于牧歌般的镜面结晶体中。看得见，取不出。”

“同一性之间存在距离。被思考的问题开始思考。”

“任何果实都是人造的星辰。你品尝深渊的肥料。很快，受惊的鸟儿飞走了。”

“我们缄默时，身在何处？话语是一处被遗忘之在场的在场。”

“……也是来自水井的第一口畅饮和分离之道。”

“可就在这儿，得到应许的很快就变得昏暗，仿佛无限曾经是鼎极盛筵。”

“……可就在这儿，所有镜子聚集起来，无休止地反射出人最后的呼号，那是人最后的呼救，而崩溃的世界正在毁灭世界。”

“……可就在这儿，人状告他赖以唱出最美妙情歌的话语。”

“……可就在这儿，绝望充斥着人的灵魂，人远离话语并且浑身颤抖。”

“距离是言说的真实。”

“抹着灰泥的墙被蓝天吞噬。于是，冰川在白色的死亡中升起。

“呵，冷酷的雪床，令透明着迷的静谧的壳。”

“白昼的庇护下，人直面自己的影子。”

“我们将歌唱乐园。传播镜子。赞美造物主。”

“造物主在镜子背面，在树的中心。”

“而哀告和遭拒的话语将成为人向造物主举起的斧头。”

“人将因斧头而毁灭。”

“呵，见证人的时间，红蜘蛛的沉默。”

三联镜

造物主戴着华贵的面具。

真实不会伤害我们。唯谎言能触动我们。

攻击我们的是我们的真实，但真实对此不屑一顾。

因此，人转向造物主，并说出亵渎神明的话语。但亵渎的话语重又落回到人的身上；

因为造物主是羽翼疲惫的黎明。

墙上有一个面具，那或许是我们替代永恒的脸。

你将在一面镜子中死去。

一

大家这样谈论他：对那个一无所见的绝望者而言，“他是唯一看得到事物本来面目的那一位。”。

第一面镜子里，她在微笑。她在想着藏在子宫里的宝贝，想着她所赓续的生命，而生命的形象令她感动。

六个月以来，她一直守候在这个村子里。但至今不曾有人前来造访。

凭窗而望，丘陵风光一览无遗，丘陵上，几棵直立的树林仍在睡觉。太阳刚刚升起。

第二面镜子里，她的尖叫把镜子震成了两瓣——或者是那件她以为已扔到门口让女房东听到的东西？

有人在她四周忙活着。是一个医生和两个农妇。

“情况危急，得赶紧把她送到医院去，”医生命令道，“有好几十公里呢。”

第三面镜子里，虚空吞没了房间。

双腿分得很开。

空无的双唇似宽大的阴道。

它在抛弃世界时鲜血淋漓。

生命就是这样赌博和大败亏输的。

死去的孩子犹如挂锁折断的盒子。

这不起眼的盒子里装着什么？

路，路，路。

一个新生儿降生，就有上千人死去。

播下的种子中有一颗烂果。

二

于是，一块醒目的界石在死亡之路上竖起。

第一块。

你将从脸走向脸，但你永远不会给孩子哺以爱之乳。

受伤的母亲。

最想去轻轻抚爱的，总是那个最受宠爱的。

造物赎罪。

女人呵，第一面镜子里，谎言得意。

女人呵，第二面镜子里，谎言发怒。

女人呵，第三面镜子里，真实自问。

三

落下的雨中，她有着石头一样的目光。

我尚未存在。

绵延，跨越黑暗，

她在记录，形成球状。

若空间只是个巨大呵欠的黎明，该当如何？

造物主厌倦了。

四

第一面镜子里，童年找到了荒芜的乐园。

第二面镜子里，纯真找到了它燃烧的根。

第三面镜子里，天黑了，黑得让你战栗。

你将从形象走向形象，只为让造物主开心。

五

昆虫趋光，鸟儿识途。

黑暗对黑暗说：

“选择是否表明确定？那么谎言便是备选的黑夜。”

“若现实意味着选择，那只有白昼方属真实。”

“你抓住。你触摸。你探索。

“你带来白昼。”

“黑色的油，几多故事的黑夜？斑点，河流，斜纹软绸？”

拂晓对拂晓说：

“难道一切思想都有赖于植物的赌注？”

“时间有作为证人的躯体。”

“海葵，用绽放之水建造的乐园。”

“你将死去。时间不会再看见自己。”

人对人说：

“总是只有书和我，不可避免的冲突。”

“灵魂是死亡的一次呼吸，是永恒中飘忽的一颗头颅。”

你将从话语走向话语，一直走进造物主的沉默。

六

她写道：

“我凭窗遥望山色，林木以星辰点缀天空。”

她写道：

“树啊，我看见你了。
你对我的眼睛撒谎。
从倾斜的外表我认出了你。
那并非你的存在，而是你的无礼。”
“谁能比骗子更无礼？”
“你对我的智慧撒谎。
可在约定和视觉之前、之后或之间，
真实是存在的。
树啊，我观察着你。
你所有细枝末节都让我着迷。
你不存在的地方和你名字指定的地方，
我每天都觉得离你更近。
树啊，我和你一起成长，
伴随着热爱你的
树皮和枝叶的念想。”

七

乐园向我们收拢双翼。鸟巢里是温润的黑暗。树枝折断了。清晨突然发现我们孤立无援。

你将从一文不名走向一文不名，一直走到时间的尽头。

“你们将双目失明。你们将摇晃船身。你们将因她而相互仇视，你们将相爱至死。我会因不去看而欣慰，并乐于在你们的视网膜中因自身而死去。”

缺席的时间中，声音如是说。

乐　园

眼下，看见意味着唯虚无可见。

造物主的知识存于树中。

因此，虚无支配一切。造物主是虚无。虚无是个环。

我引你进入死亡，而我们将遗忘乐园的年龄。

一

符号的智慧。一本能让我们有所见的书便是超卓睿智之书。

你将我的躯体打造成你最钟爱的乐园。

每颗种子在籽粒饱满时都会呈现出穗的诱惑。

向往尘世天堂引发对乐园的思考。

风景出现之前，男人和女人曾拥有一座造物主开垦的园子。

如果说造物依旧缺席，其躯体也尚未成形，树木会先于造物问世。

每一寸播种过的土地都以其典型的微妙手法，通过形式的旁白，即它们具有象征意义的小径，使某个人的瞬间成为不朽——仿佛躯体即为永恒。

自此，这对伉俪将在其直觉的溯源中征服世界。他们将看见并为了宇宙而繁衍不息。

谎言在植物中很是惬意。在它的帮助下，叶子和花朵十分相似，因为谎言能复制同样的脸。

人是乐园的映象。

二

就造物主的仇恨而言，真实如酵母；因为真实的人是造物主的同类。

失乐园后，荒漠接踵而来，在那儿，有沙子般美德的真实驳斥了造物主的品性。

死亡打开了这本人反抗死亡的书。

造物主对抗造物主。

三

应该给死亡留点儿时间，让它学会死亡。

四

漫步者的遐想以丝绸般的忧郁将乐园缠裹起来，忧郁被寒冷揉皱了，就像被太阳揉皱了一样。

多云天，躬身于伞下的漫步者只能看到地面。

花朵似色彩明艳的酒杯，它们在春夏两季向利口酒奉献花香。进入秋冬，却遭逢雨雪的摧折呵斥。

孩子从不聆听树的话语。却让树听他的。他让树加入自己的游戏。

伏击者的天真。反叛与投降穿着同样的节庆服饰。游行了无新意。

彩虹在聋哑的、暗淡模糊的追忆中散为丝缕。

绘画是共有的承诺。躯体似灵活的调色板，用两条腿——可交替使用的画笔——走遍世界。直至睡眠开启黑夜。呵，梦中的梦。

漫步者的遐想化作枝丫上褐色的汁液和叶片上的露水。

天空之蓝是根系中的空间之蓝。它在树干和草茎中变为绿色。果实在无限中膨胀。

高处，黑暗保证了收成。小麦似火焰般富于激情。拾穗，簸扬。麦粒闪闪发光。

星辰多么快活。它们早已嗅到了黎明的面包味道。

五

乐园有自己的喷泉，在那儿，焦渴缴械投降。

孩子有自己可心的乐园。漫步者同样也来探问植物灵魂中眩晕的进展。

这是植物托付给我们的奥秘么？若如此，一切都会成为话语，而风景也会在听觉的建议下变身为这种形式。

六

爱人的身体是少女们的集成。
我用嘴和手采撷她们的话语。

今晨，长凳子上坐满了少女。
这座乐园是躯体的真实世界。

少女们悄语着，唱着，笑着。
那伤心少女是不是一滴泪珠？

那最奥秘的，便最具有性感。
如此娇小玲珑，可以合而为一。

然而，躯体战胜了生命。

不是思想，不是专横的行动，也并非工作。

这辐射的躯体，是瞎子的王国。

何谓躯体？人们可曾问过这个问题？

像这个世界一样，这躯体委身于外部的目光，屈服于共谋的手。

被牢守的秘密。世界不过是黑夜里的浮筒。

七

人一旦被未知拯救，就陷入不测。除了傻乎乎地向那个矜持的灯塔求助以外，他无计可施。正所谓一叶障目，不见泰山。

美丽的死亡之夏。

呵，终结的阳光。

八

那张看起来与我们十分相似却又难以言表的饥饿的脸，是灵魂么？

我们容貌上悲剧性的伪善。

造物主逃跑了。

我们热切的双手徒劳地想挽回他，并想在会合时能描绘出他消失的那张鸭蛋脸。

九

谎言是真实的错误起步么?

若如此，真实确是不幸；

或者说，它起步良好，但在炽热的全速行动中对目标骤失兴趣，或渐次改变了目标直至目标全部变更；

但为了谁?

谎言，是利益的法宝，是真实在无数假话中爆裂的空间，被人以转瞬即逝的生命照亮。

造物被压垮了。

真实在梦的尽头自尽。谎言登顶。

自杀的旺季。

我们无可指望。

我们在孤独的灰烬中生存。

十

上千条泥捏的章鱼吞噬宇宙。

树木的伤口便是海洋的伤口。

我的真实是生命之锚么？

我在昏昏欲睡中发现了自己。

雅埃尔，苏醒承载着你的名字，而你的躯体则是一首深长战栗的爱情赋格。

十一

漫步者消逝在远行中。岁月似洪流卷走的拖缆。土地突然变得不再坚实，而玫瑰正在那儿欠身凝望自己。水如此之少。少得如此厉害。干涸实现了赋予宇宙梦想特权的奇迹。

喝吧。把空气、黑暗和白昼喝得一干二净。

十二

被褫夺了奇迹的生命注定平庸如死水。只有翻飞的豆娘[1]才能唤醒它。

不同层面上——但同样平庸——灰尘自降生起就洞晓不堪忍受的晚年。

它被抛弃了，它只能使我们的旅程徒增烦恼。漂泊才是它的归宿。

十三

被阳光剥光的花园羞赧惊跳，四处弥漫香气。

叶子拒绝枝丫，鲜花则拒绝花茎显摆的邀请。鸟儿的恶作剧，鸟喙上的一片隐身衣。

你发现的星星或许只是爱情的一声苍白的呼号。

十四

乐园里，我没有自己的树。没有熟稔的长凳和熟知的花；

既没有女伴，也没有伙伴。

---

① 豆娘（agrion），一种小蜻蜓。

我一无所有。

歇脚用的是错综复杂的网。

人离不开土地。

我期待遗忘降临我身；

遗忘，扇动着剪过的翅膀。

十五

漫步者与雅埃尔在乐园相逢。造物主将自己显现为女人，或显现为闪烁着造物主澄澈目光的撒旦。

树木曾吸引过她。小草曾在她脚下低吟。

是嫩枝的影子么？影子是一把把阴暗的匕首。所以凶手作案后会把凶器立刻扔掉。

四处皆然。

但那属于哪类谋杀呢？

我能否战胜肆无忌惮的嘴巴、海盗的双眼、反叛的双乳和双手？

真实是垂死者的秩序。

造物主之死

智慧树上，挂着虫蛀的果实。造物主知道么？

亚当啃着象征挑衅的酸苹果。

他从此将在与造物主和自身不屈不挠的抗争中出生入死。

“你憎恨为你而创造了凡人世界的那一位，他为了帮助你活下去，所以把你藏于你自身。

“宇宙属于让它生存下去的人。

“这样看来，谎言属于至高无上的善行。

“你拒绝抚慰你的一切；呵，疯子，若造物主存在，你吃的苦会比他多；因为真实是峰巅上的蜃景，我们的群山直指这一峰巅。”

“因为造物主懦弱的善心，我要杀死他。”

真实的晕眩。虚空致命的呼唤。

神圣的慈悲。眼花缭乱的失明。

终有一天，无知会在世界之爱中拥有公民权。

一

“杀死造物主。万镜之主。众园之父。”

“我被不知何种疯狂的、不容置疑的力量所推动。用我的手。

“为了拯救我，拯救世界。杀死造物主。”

“世界借你而复仇。”

“那个时刻终于来临了：终有一刻，中断的生命不再抵抗自身的愿望——与一直以来荼毒其生命的虚假话语一刀两断。那些话语是直通地狱的绳梯。”

二

“未打磨过的夜。谋杀之夜。

“我不会推延这个最后期限。”

“在他原始的光芒——星星——中，杀死造物主。”

“在他无耻的力量——太阳——中，杀死造物主。”

“在他巨大的反光——月亮——中，杀死造物主。”

“豢养的鸟儿被欲望吞噬。”

三

“在击倒的男人嘴里杀死造物主，在野合的女人肚子里杀死造物主。”

“你在孩子们轻信的双眼中撕碎造物主。”

“在石头和苹果里，在污染的溪流里，在风里。我怒火中烧。

“我获得了这份权利，就要承担起这份责任。”

“没有了造物主的世界会走向何方？剥夺了回声并遭到浪涛拍击的话语会走向何方？”

“此次登船检查不属于常规拜访。没有了货物与船员，这艘船沉底了。炸沉了。”

四

“造物主引爆了？谁将向我宣布这件事？空气或水的皮肤上没有留下一丁点儿证明他被击中的划痕。云彩和沙完好无损。也没有一丝烟尘逸出。浪涛中空无一物，只有人与死亡搏斗的呼号。”

“因爆炸而瞬间震颤的蓝天碧海再次证明了一个没有造物主且无关个体的命运。”

“神性成了人的责任，对话强化了这种责任。”

“关注宇宙的一统，岂非追溯造物主的内旋式存在并为空无臆造出一个中心么？”

五

“我追踪了所有会合点。”

“我们四周还有谁在说话？

“那边，还有谁在书写？”

“造物主的谎言，我追随你的踪迹。”

"谁能暗示出避难所或分娩的名字？谁有胆量把它摹画出来？"

（因为我再也不能说出你的名字，雅埃尔，我起了杀心。

因此所有有名字的都想抛弃名字以逃避厄运。那些恐惧或反叛的猎物不知道它们以自己的无辜为我配备了刺穿它们的长剑。

恐惧者死于恐惧，反叛者死于反叛。

沉默。

真实需要镜子。它需要三个镜面都不为思想所累的镜子。所以我杀死了镜子。

一条生命足以将生命推进深渊。一座没有钟舌的大钟足以埋葬黑暗。丧钟和重伤足够了。）

六

"但愿房顶坍塌，让避雷针和烟囱一起倒下来吧。

"但愿白昼埋葬白昼。"

"火陪伴盛筵，直至成灰。"

"火；火焰的造物主。已故的造物主在火中自耗。我用木柴咳出我的爱，我随熔化的矿石倾倒出仇恨。"

"本年代没有语言。"

"沉默。

"脚步惯从于脚步。手惯从于袖子。"

"沉默。

"话语检验造物主。人在沉默中被书写。"

（造物主受人之邀，已入主永恒之位，他是有关人的生存环境之世俗思考的源头和终结么？这思考有助于证明人死亡的任何场域都是潜在的痛苦之源。

于是，通过书写以获得拯救的希望从接收的字词——非场域启示的符号——中诞生，从被接受的书——涵盖了无法类比的理性空间——中诞生。

雅埃尔，你在玩一场铤而走险的游戏：这是话语始终在玩的一场游戏，它将激情与思想视为搭档，游戏的结局对任何一方而言都会是你死我活。

生命是可以渗透的话语，而死亡或许没有著述。

于是，书的每一页都罩上了无可否认的黑夜。

谁能从字符的星座中解密黑暗的信息？

语言之外的语言。

书之后的书。）

叙 事

肉体的清晨，死亡再次参与了世界的死亡。

于是，汁液接受了树木的边材。

造物主是人的死亡，而人是造物主不朽之死的瞬间。

人洪亮的歌声。风铃草，那领唱之草，将成为我的草。

造物主
或作为他声音的霹雳，
或作为他动作的闪电，
或作为他一度化作的浮云，
或作为他缺席的天空、空气和水，
或作为痛苦之火，

雅埃尔，这是我们的伤痛，
是我们真实的剧痛。

呵，死亡，你的目光将是我的目光，而我的自由将是船头的自由。

夜之稻田，黎明，不知疲倦的女人们赤裸着双臂和双腿，在篮子中装满星星。

一切事实的真相在于他人——也包括我们自己——接受我们所做的解释。

海马齿[①]是岩石之王。激情逐走石头。

① 海马齿（criste-marine），多年生肉质草本植物，别名滨水菜、海马齿苋或猪母菜等，番杏科海马齿属，分布于全球热带和亚热带海岸，一般生长于近海岸的沙地上。

雅埃尔之死

呵，雅埃尔，呵，被放逐的话语。

一听到她的名字我就满心好奇。

她是努里埃尔和乌里埃尔的太阳，是塔哈里埃尔、帕塔埃尔和拉齐埃尔的主人[①]。我还想起了约菲埃尔、查克扎格埃尔、阿卡特里埃尔和拉斐埃尔[②]；不过，叫这个名字的是个女人，我知道我会在她名字的黑色火山口边缘爱上雅埃尔。

造物主的脸，呵，被无限抹去的面孔。

那天清晨，我记得她秀发披肩；那黑发泛着柔和的蓝光。我的手一会儿像一条鱼，一会儿像一只海星，摩挲着那头秀发。

她躺着，我用一只手托起她的头，这只手像是有五条道路的生命，而她的头则像地球。

---

① 文中提到的这几个名字均系犹太教的天使：努里埃尔（Nouriel）是火焰天使，乌里埃尔（Ouriel）是光明天使，塔哈里埃尔（Tahariel）是纯洁天使，帕塔埃尔（Pataël）是拯救天使，拉齐埃尔（Raziel）是秘密天使、智慧的最高使者。

② 雅埃尔的名字写作 Yaël，与文中提到的几个名字——约菲埃尔（Jofiel）、查克扎格埃尔（Zagzaguel）、阿卡特里埃尔（Acatriel）和拉斐埃尔（Raphaël）——均以 el 或 ël 结尾。

中间那条路最难走。是时间中最长的一条路。是正午之路或子夜之路，昼与夜为它降临，为它着色。

我会踏遍所有的路去勘察世界么？可这些是路么？至多是一些路标。我甚至无法断定这些路标是否可靠。

她的长睡衣——仿佛曙光总是在她身上徜徉——护着她不让我碰。我爱抚她的乳房——却是薄纱下的乳房；我爱抚她的肚子——却是薄纱下的肚子。除了脸以外，露出皮肤的只有脖子、肩膀还有双臂。

她没有反应。难道她已经死了，或半死，被吞没了？在水里她很重，四周是水藻，在两个浪头之间，在海滩附近。

我决定救她。不能再耽搁了。我要让她躺在沙滩上，帮她恢复呼吸。

我想起了那天清晨，黎明时分——或是另一个同样灰蒙蒙的清晨，在其他地方，在另一间屋里？

> （……或许是在虚空那个陌生灵魂的国度，或是梦中的其他地方，一个离我的国度十分遥远、我甚至连名字都不知道的国度，但却如此诱人。某个性感的女性躯体，大陆为其身，土地为其颈，为其乳，汗毛为其边境；一片两环之间苍白的土地，就像恋人眼中看见的黑眼圈，流露出对黑暗的无尽思念……）

那天清晨——通常，我们晚饭后会在客厅里待到很晚，或者和几个朋友去泡酒吧——是那天清晨还是夜里我想不起来了，她拉下卧室的窗帘，脱衣，调暗床头灯，我和她又拥抱在一起。她一动不动，拒绝中紧绷着身体。

角落里有一只温顺的动物，长毛的或是硬毛的，说不清是趴着还是在动，但呼吸声清晰可闻；或许是一只受伤的动物，因为喘气声越来越嘶哑，没准儿在旁边还能发现血迹。

镜边和侧光中，我们僵硬的轮廓一览无遗，腮贴腮，鬓倚鬓，有如装进带衬垫的镜框准备钉到墙上去的那种稀有硬币或象牙纹章里的头像：那种*君主*及其*王后*、征服者及其宠姬的肖像。

到底是我还是*他者*在搂着她？无疑是*他者*，每次雅埃尔对他说话时，声音和目光都如此亲昵，令我痛苦至极。但那个清晨或夜里我说不清楚，因为发生了一件奇怪的事，我一直惦记着那件事。我再也不是同一个人。我再也不是我自己。我成了那个*他者*，或不如说，是我最终取代了他的位置，我如此兴奋，对那个幸运的时刻和整个世界充满感恩之情，以至于自我行为失控，把雅埃尔紧紧地、长时间地搂在怀里，于是她崩溃了，失去了生命的体征。

我沉浸在她迷离的双眼中。我会为她眼睑垂下的那个瞬间祈祷，我会停止在虚空中翻滚。我觉得轻松了，但罪无可逭。我马上会在黑夜的尽头杀死自己，这将是某个生命的戛然而止，而本人却从不知道为什么曾经活着。

不过，虽然不能确定，但我清楚地记得我担心的并非自己。我关注雅埃尔之死甚于自我之死。

悔恨击打着我的灵魂，让我伤痕累累。

我是怎么攥住雅埃尔的手腕的？我发现自己还在那个房间里，手臂抵住床单。我说服自己她还有脉搏。她的生命让我重返自己的生命，一如她的死亡加速了我的死亡。

我记得，在追问自己的双手前，我曾长时间盯着这双手，就像那个警长所做的一样，当时他走过来对我说："您有什么要说的？"——当然效果不会一样，因为我一点儿也不懂警察的讯问方式。

我说——我在为自己辩护么？我觉得没有那个必要——我说"雅埃尔……"，就像仍在对她讲话，但却是最后一次了。我说："雅埃尔，我其实是想帮你，因为做这件事时我与灵魂同步。我不知道是我杀死了你还是你在不可能之爱的门槛上、在我死亡的边缘上死去了。"那警长是不会轻易放过我的，他有他的道理；但我记得那天夜里或清晨到底发生了什么吗？我想不起来了。

雅埃尔躺在床上，我在她的身旁。我捧着她的脸，她的目光那么僵硬，那么冷酷，那么执拗地严峻，我似乎听到她双眸中冒出了几句话。

我关上灯。房子里有光。我是否推开过百叶窗让一丝月光透进来？黑暗在更亮一些的黑暗中消散；但或许那真的是清晨，我们仍睡眼惺忪，慵懒中醒来的眼皮在迎接清晨，那眼皮薄得近乎透明，以至于我们要眯起眼来感受前面的光的温柔，感受粉红色黑暗的清爽。

我捧起雅埃尔的脸，凝视着她。我的脸在她的面孔前像一堵正在垮塌的墙基，像天灾时将世界拖入恐怖的暴风眼。她尖叫起来，避开我，伸出手臂用尽力气把我推开，对她而言这是摆脱毁灭和死亡的方法。在我胸膛的压迫下，她的双臂渐渐失去抵抗力。从此，再也没有什么能把我们俩分开，凌乱的赤裸中，只有我们汗渍渍的躯体。

我再也不是那个他者。他立在我的身后。我意识到了这段深远的距离——雅埃尔一直试图将其横亘在我们中间——已经消解了横亘在他者和我中间的那道显而易见的距离，因此我成了她欲驱祛的梦魇，她越过我的手攥紧了她的恋人，而我的手再也没有松开她的脖子。她的双眼向他表达出对他的爱和对我的恨。那双眼向他讲述着她来世的忠贞。

我转过身去。我很孤独，沉默是我的同谋。雅埃尔的尖叫声依旧绕梁不去，如同四蹄攒空吊起来的猎物，而天空早已让这些可怜的畜生拽得塌了下来。

日记之一

简短的仪式，背信弃义的协约，黑暗与光明这对老冤家共谋，想就占卜的预言扯谎。

你不止一张脸。

你已经用了你的时间。

瞬间中最好的部分便是缺席。

沉默的时间吞噬我们的时间。

躯体面对缺席时的怨愤令人想起瞬间面对永恒时有多愠怒。

若死亡存于大海，则海底是金色的。

呵，充满生命的海浪，太阳皮肤的潮汐。

清晨无处不在。

人们见到的那些实施统治的人并非总是统治者。

生命之锁把黑暗当作钥匙。
所有通道都在失败的符号之下。

所有的等待都是与死亡的约定。
黑夜创造奇迹。

每个绳结上的黑夜。
反抗支撑。
港口是坑。

脸的多样性。容貌是淡忘的刻痕与亮点。

尊重神谕。你在构思。你相信避光且坚固之物。
石头通过石头抵达云层。

天空跌落。蚂蚁为苍天忙碌。

一

我的夜被捻进了地狱之梦的线团。
我是雅埃尔，同时又是他者和我。
我用三种声音说话。

我沿三条道路行走。

三颗心在我胸膛里指挥。

然而，我有自己的眼，

自己的腿和自己的手，

而且我很孤单。

该死，我既是恶人又是厄运。

这字母中的男人由三部分组成。本书中，男人和女人在他者之夜里缠斗。

本书中的故事过去发生过，将来仍要发生。我们的故事亦然。

灵魂独自支撑着传播话语和酣梦奥秘的沉重翅膀。

终日烦躁。我越来越不自信我曾做过梦，好像这不是昨日的梦给我留下的痕迹，而是某种神秘现实的印记，直到现在，我仍然守口如瓶。

永恒日渐缩小。它依赖现实的瞬间而生存，而瞬间依赖与躯体的联系而生存。

在神秘的登基大典上，大海向大海重复着效忠的神圣动作。

同样，对抗造物主之人也表现出对超越来世之人的依恋。

肉体、神经和骨骼的岁月，唾液和血液的岁月。灵魂不会衰老。躯体便是即刻。

童年，暮年。躯体唠叨着，表现着，屈服着。

死亡中，灵魂觅得灵魂。

从如今这个错位的日子起，你厮守的从来不是属于你的那部分幸福，而是你怨恨的齿轮。

你仿佛从童年的落叶中走出，那是你醉人年华的乐园。往昔勾勒出你的倩影。一个瞬间和下一个瞬间轮番塑造和改变着它。于是，今天的你不再是昨天的你，也不会是明天的你。

你穿越空间，如同跨过一道小溪，渡过一条河流，翻过一座沙丘。鸟儿、鱼儿、风干的黑色金龟子都在书里。你从一方天空飞向另一方天空，从一条河游向另一条河，从一片荒漠流浪到另一片荒漠。

你名叫雅埃尔，你不怕造物主。

小姑娘时的你陪伴着你，少女时的你——被冒犯的童贞在影子中苏醒，一如被揉皱扔掉的纸页又在清晨的床脚边拾起，纸页上，欲望的词语骑在屈辱的词语身上——陪伴着你。

而你眼睛里拖拽着这个与世界一同死去的孩子……

你名叫雅埃尔，你试着把你的名字逐段拼凑起来。

你那么年轻，却有一个破碎的名字。

小姑娘，小姑娘，

梳着大辫子，长着弯鼻子。
我不认识你的脸；
可我知道你的双眼。

少女，少女，
梳着短发，长着兔唇。
我不认识你的脸；
可我知道你的双眼。

女人，
这本书在你的额头后，在你紧闭的眼睑里。
我们，深陷囹圄，解密书页，
在那儿，由我们的双眼写下生命、万物和世界。

我碰巧想象过你过去的样子。
笔下，生命有时会栩栩如生。
我们必须假装活着。

二

我知道我将说的话。
我知道我将写的字。

我要述说的，将被听闻。

我要书写的，将被阅读。

明天早已明确。

此地何地？今夕何夕？

我们公寓的那个小房间是我常常独自工作的地方，你的到来让我颇感意外。桃色的睡袍下你赤裸着。你渴望聊天。远离你的身体及其门廊。远离深渊。

我拿来几支烟。你吸得不少。

我是与流水对话的卵石。你一定不会认为一块石头在炽热的阳光下会不渴。水是火充满敌意的姊妹。二者的生父同为死亡。

闪光的语句甫一出现便退缩了，徒余弃守后的幢幢光影，我是否知道你说的是什么？

你沉默不语时，光太强了。

曙光发现我们紧紧相拥。

沉默便是源泉。

我长时间观察你。我耐心地等待那一刻，好看穿你到底向我隐瞒了什么，好听到你从未向任何人吐露过的词语。

我们的生命休息时，一轮封闭的太阳正在升腾起自己的火焰。

时间意味着损耗，但真实却在测试宽恕的湖泊中稀释。蜃景中，在焦渴的边缘，移动发生了。台阶上的第一磴，第一步。翅膀与林边再无距离。小径上死鸟遍地。在树木无根而小草缺水的地方，荒漠开始了。

雅埃尔，我们将要叩响的是空气之门。我们将要挥动的是羽毛之拳。它们将要滑行，那些鸟儿，而它们曾经似仇恨的剪刀。

鸟儿将布满天空，太阳将归还它们的身影。

你无法忍受万物含沙射影的声音，如果将声音弯曲，会使沉默在沉默中成为镜像。

呵，镜中的声音与飞离花朵的群蝶何其相似。

我们嗅着那张脸。

黑夜颠倒镜像。

我们因一种复杂的关系而被束缚在一起，这种复杂的关系源于我们对自身之终结的不甘。这种关系自形成伊始你就很清楚。

在归还你自己和我们的自由的行动中，你会选择直率么？可你选择了污泥。深陷泥沼的我们只能将错就错。

水面上，你的双眼像两洼浑水，在追问空间、追问时辰错乱的星辰灰烬，它们的呼号洒满世界。

你的青春为你伤害和凌辱我而呼喊复仇。我们是一个和另一个牺牲品。所以我从来都不知道当你看着我的时候，你是否看不到你自己。

睡觉时，你目光如炬，照着被收来抵债的庄稼。白昼里，那目光恐吓我，就像长剑冷不防从阴沟的剑鞘中显露，在路旁的下水道里泛光，又像正午时分的指针，那种不堪忍受的针刺连石头都记忆犹新。

在你眼眸深处，我们的世界里挤满了从你岛上而来的一群群鸟和驯顺的动物。你又抓又咬，还殃及了自己。你的思绪长着鸟喙和翅膀。

雅埃尔，是你自己的目光背叛了你。开始时，那目光在你我之间中途停下，像是要喘口气或确定一下方向。你想用微笑掩饰的犹疑中有那么多不自然，动作中有那么多尴尬，我觉得你羞愧得无地自容。

后来，你看我的眼神变了。那目光越过我，仿佛你突然之间获得了无视我的能量。你越我而去，全然不顾忌留下的伤口。这种情形延续了数月，在沉默哺育我们的那片大地上，孤独的种子开始发芽。

打那以后的某天早上，你的眼神又有了变化。我目睹了这次新的变异却无能为力。我看到那目光又重返自我，收缩，聚焦，融入狂热的植物蓓蕾，那是花朵的首度绽放，绽放中，致命的芳香导致了死亡。

那一晚，你是不是害怕顶撞我的蔑视、我的愤怒——甚至我的爱——才找出了头疼得无法动弹、只能保持距离这类烂俗借口避开我？这个距离，我能触摸到你，但你再也不属于我。

在承诺缺失之处，狡猾当属完美的斡旋；灵魂处于混乱而分裂的节点，便再无勇气面对理性的裁决。因此，理性决定以其尚能把握的严谨去独自权衡是非。

凭借某种你与之相关的逻辑，你在旗杆上扯起谎言，就像水手扯起船上的三角旗，以便远离我们沉闷的海岸，去开始你的远航。

是哪些国度的允诺能让懒散的你周身激灵？你在从事一项无人参与、罔顾一切后果的冒险。

在你因无聊而不断寻求新事物、寻求难以靠近的沙滩和更为广阔的海洋时，我变成了你的累赘。

在向死亡不断延伸的目光中，你是否发现了一个我不在而你可以生存下来的机会？

你不得不在不曾存在之物中杀了我，不得不在我不曾占据的地方赶走我，你不得不假装给我你将带着嘲弄之色收回去的东西。

你会在这场虚无不断耕作虚无的游戏中获胜。

呼唤你时，你神思恍惚；要你赤裸时，你裘皮裹身。你为拒绝我而挑逗我。而你的凝视更显狂热。

你屏蔽了嘴巴，把它变成了没有灵肉的同盟。

假如话语是谎言巨大的希望，那么你已经将取悦和爱恋的戏码变成了矛盾行为的喉舌，这直接导致了我的崩溃。我推迟最坏的情况发生。我看着你羞辱我。

何种对真实的失望情绪驱策着你？我困惑良久，我曾将此作为你最可爱的美德。在探索绝对的过程中，我们是同路人么？我们曾发誓再也不偏离方向。像我一样，你也尝试超越自己，使灵魂进入坚不可摧的状态。我们起点相同。结束时你剥离了一道影子，而我正迎接流亡的水珠。

被野蛮奴役的一切绳索所束缚。

你与他者共度那个清晨。大海是否向你述说了潮汐不耐烦的话语？你回来时，一滴泪珠挂在睫毛上。为这滴谦卑的泪珠，我愿长久宽恕。

我们的泪中淌着造物主清晨的血，因为黎明是对失去他的苦涩畏惧。

瞬间镶在时间里，有如带着泡沫边缘的一面面镜子落在将它们打碎的海中。水留不住水。所以岛在提醒我们。

他对你欠缺保证，你却无怨无悔地忍受他的压迫；这虽然得到了赞许，却伤害了你自己。

你的目光扭曲了它们捕捉到的世界，所以我要在你的目光里惩罚你。我要小心翼翼地匍匐前进，像个英雄或罪犯那样进入一个用带刺的铁丝网围起的营地。

一旦我现身于你眼眸深处，你会有何反应？你怎样才能赶走我？或索性忘掉我的存在？若果真如此，我会像海难者那样可怕地死去。

当我告诉你我已在你的目光中安营扎寨时，你故作惊诧。我漫不经心地告诉你这个消息，又扬扬自得地描述在你目光中看到的各种风光的细节。我谈起了那片海滩，你在他者的陪伴下正拥抱太阳即兴创造出的沙与天空的世界。这部分无限，难道不是你从我这里偷走的么？我谈起了黑夜，那时你们一起造出了一颗心，让它的脉动与这个世界谐调合拍。

你追问我，像要找我的茬儿。你想知道我都明白了些什么。你想通过我了解你自己明白了些什么。随后你就不理我了。可我究竟知不知道你是谁呢？

他者知道你的名字。他能呼唤你。他能拼读你的名字。对他来说，你象征着你自己的每个字母，代表着你逃离的四根横桅。耻辱中，字母与字母不同命；果敢中，它们却构成同一张帆。在那边，在那片期待你到来的土地上，有个哀怨的偶像遮蔽了视线。

你无爱地爱着，要么就是一种把你抹掉的爱。你顺势将呼号也忘在一边。这要到哪儿才算一站呢？你既是远行的序幕又是远行的终点，是唯一和无数，所有的脸都离你远去，再不归返。结果你只能在无涯的距离中去爱。

虚空将你引入歧途，你在那儿无非是某个缺席的符号，是一团来袭的浓雾，白得像条银河；似乎夜晚打算通过一条禁路与夜晚会合。

你那些死去的亲人——他们因承诺不再重新繁衍而与你如此接近——便具有这种奇迹般的相似，永恒担保其既无外形又无功能。

你是没有桅杆的讯息，谁都可以俯身拾起，就像捡起一颗卵石。虚幻国度的公民，执着的恋人，你把你的关切托付给他者，让他去辨别挑战当下世界之形象的那首圣歌。

色彩馈赠给光的是件透明的礼物。

谁去反驳那个断言——一个人内心里的黑灯使他变黑，黄灯使他变黄，白灯使他变白？

大海永不重返大海。

那天晚上，你是不是正在妥协的关头？你百感交集，痛苦和绝望在你的血液中翻滚，蹂躏着你的面颊。

但你很快就控制住了自己。

你涨红的脸变为古怪的苍白，在我最意想不到的时刻，你的唇压在我的唇上。

雅埃尔，我的嘴至今还沉醉在这个吻中。它遮蔽了我的咽喉，使我双肺燃烧。我拥抱了这个奇迹，如同一棵树拥抱反哺它的果实。我忘掉了当下，只记得壁炉中那些幸福的干柴，不成想激情会将其焚光。我吻着你的额头，摩挲着你的秀发。在情火辟出的鲜花小径上，时间一分一秒地流逝。

你突然后退，挣脱了我的拥抱并大笑起来。

你笑了很久。这笑声宣告着你的全能和失败。我看着你，再次感到无限悲悯。我告诉自己说，你正遭受伤害，就像一个未婚母亲怀着她耻辱和苦难的孩子。

随后你又说了一些无关痛痒的话，但我并没有去听。我只听见铁锤砸烂石板的声音。

外面下着雨。你慢慢地脱掉衣服。有那么一瞬间，你赤裸着站在镜前。让人觉得你并不知道自己没穿衣服。

雅埃尔，为了你的独立性，为了我所需要的精神健康，我与你结婚了；因为妥协总得付出些代价。

你二十五岁。我大你几岁。我们的双手曾在一条条路上相互寻找；一旦两双手在一个清晨结合在一起，我想——或许你也这么想——就再也没有什么能把我们拆散。

我让你走进了一个信赖与奉献的世界，在那儿，真实的话语高于一切。而我告诉你，如果没有真实这个词，这个世界就会受到摒弃，遭到拒绝。

真实要求和律法平等，而律法要求我们的灵与肉提前顺服。

你说过："我们不会去改变世界，但我们将成为世界之源。就让江河汇入大海吧。你和我，我们将在相交的手心里畅饮。"

你成了我的避难所，我充满喜悦地荡起双桨，向这座避难所划去。你在哪儿，哪儿就纯洁无瑕。丑恶也被赦免。话语承载着我们的动作，我们在唇间探察出的空间里漫步。

为什么对谎言的痛恨撕裂了我的生命？我难道没有看出，在谎言的统治下，最牢靠的机制出了故障，使强壮者如遭遇矿难般轰然倒塌，令天际在无限的门槛前关闭？我难道没有看到，大火是如何将卑微但高贵的土地上的信仰碾作齑粉，黑夜是如何回忆甚至是抹去曙光道别的回忆？与你相遇之前，出生都让我觉得像是作弊。有那么多受害者以人和造物主之观念的名义，在我宣布拥有你的纸页上投下他们的影子。那么多土地、那么多物体、那么多树叶向我展示出它们的伤口，在那儿，音节召唤着我。

雅埃尔，你是我的慰藉和依靠。我的笔学会了逐句逐段地逼近使命要求我们探讨和质疑的某个字词的真实；获得了缴纳什一税后分享饥饿果实的权利；以炽热之爱的名义索取了依偎在字词和本书边缘的特权，一如情郎依偎在爱人怀里。

我们俩向改变事件自然走向的大能天神挑战。我们意志坚定地伫立一旁，强迫河水和激流从我们伫立的、作为见证的礁石旁改道。我们俩在存在之内、时间之外，因为时间早已把我们放逐。一条纽带联结起祖国和童年。树木活在森林的史诗中，而昆虫则编织着自己的焦渴。

你爱鸟甚于爱花，因为你曾告诉过我，鸟儿起飞时没有影子，仿佛既没有夜晚也没有清晨。

对你而言，真实就是如此简单，作为作家，我想象着我的作品也是因你的某个亲昵动作油然而发。我已触到盘结的根系。对我而言，一个人的自我实现就像树枝勃发出树叶那样不容置疑。

汁液喷射出汁液。我们属于自己的季节，而眩晕甘于臣服太阳和雨水。

难道我因渴望拯救而忽视了你么？这样的事也同样发生在那些被矿

砂之火烧毁的人身上。

死于局部的死亡，我们必须在强加于那个心照不宣的时辰的变革中相互扶持。

缺席也要有个中心。你占据了这个中心。你任世界在四周旋转，徒劳地旋转，直至扭曲。

出于何种颠覆万物自然规律的需要而使大部分人支持缺席，并成为缺席的拥趸？

为了何种合法之死要去反对一场由暴力孕育的奢侈的死亡？

我们以千百次浩瀚的低语、以珠母沉闷的喧嚣去回应海洋以一波波涌浪发出的质疑。

与每一个让位于新动作的动作一同死去。面对随机的纸页，我是否如你一样在滥用天空？

成为话语，为成为话语而不惜否定自我。

所以我乐于接受一个任意缺席的未来，那未来将我从自身藏匿起来。

因此，在不确定我的生命会被赋予何种权威定义之前，我在字词内部与虚空达成妥协。

这个并不存在的中心成为我的笔最爱游历之所，那是一口黑暗之井，所有字词都来此畅饮，随后死在我的纸页中。所有的书就是这样在书中完成了自我。当我在那儿孑然一身的时候，我的声音变成了墨水。谁会知道我们究竟在哪儿?

言说又重新成为你的权利。它使你在语言中恣意妄为。堕落中，你厚颜无耻。

可一旦走出话语，你又像个受欺侮的妻子般现出淑贞之态。

可你依旧野心勃勃；一种有所顾忌的骄狂。

应该把最上乘的写作技巧赋予你。你不也是我们狙击的那些词语的猎物么?

雅埃尔，在极端的痛楚中，我痛斥所谓写作来自神授和神生的谎言，因为它只忠实于符号的规则，我纠结在两种表达方式之间，它们都表述了一种真实，这种真实与一个巨大的现实息息相关。结果语言并未改变任何东西，只是把某件东西以一个名字、一个形象、一个声音表现出来。那物体即便已被理解，也依旧遥不可及；即便已被显示，也无非在显示其不可显示性。

于是，我告诉自己，我或许已经用字词微微开启了万物之灵——如今它们是字词的灵魂——并为其未来、为其梦想之花的绽放预先做好了准备。

感觉，意味着贴近世界的苦与乐。

我是不是愿意永远做一个看得见摸得着，但在高昂的情绪中从来都不是我自己的那个人呢?

若人世的真实就是联系的缺席——只是一池顾影自怜或令其自沉的湖水——那也是两个生命相遇的宿命，一如世界与语言相遇的宿命。

面对一个事物，真实存在于那种旋即拒绝它的直觉之中。即便它从所有窗口中向无限扩散，我们也会因为失去它而发迹。

贫瘠是真实的条件；它是一粒种子，一颗沙粒。真实无论贫瘠或丰产，都会因贫瘠或丰产而死。我们的命运便是去诠释一个难以理解的世界。

你是谁，雅埃尔，你为何要欺骗你希望成为的那个自我？是哪位神经错乱的神祇过早收回了你的感觉，让你再也不能用海雾和色彩支撑起世界？

黑夜促成了恶与善在同样凉爽的森林中结盟。

你是罪恶的借口，是刽子手与囚徒对话的前奏。

殊不知晶体早已在海浪中唤醒了虚空那芳香的樯帆，你依旧在它远离海岸的闭合曲线中数着碘酊色彩的时间念珠。呵，灵与感的邪恶深渊中与生俱来的思念。

一个被埋葬的世界为你作答。他者把大理石墓碑磨光，你在上面刻下你的暖房之乳。

你的安详自信光彩夺目，天空和大地与你分享同一个海难之夜。

对你看似合理的行径稍做研究，我便得出了结论，你想在光天化日之下阻挠施行白昼之法令的行为，源于你从未面对光明的事实，你曾迂回地接近过它，你想在最遥远的幽深之处找到阻滞它生存的手段。

一道熄灭的光会允许你在其废墟上大兴土木，但无论是宫殿还是监狱，都只是你之荣耀的小心翼翼的卫兵。因此破碎的灯盏也会保留黑夜统治的光芒。

你可以欢庆清晨，但必须经由蓝天。所以我们之间始终存在着一个世界的差距。

我不止一次渴望跨越空间，在那儿，梦想伴随着符号，书写低声允诺着港口。跨越期待的尽头，你会像那些被墨水缠住的音素一样属于我，明确地属于我，直至灵魂。

你是谁，雅埃尔，为什么对我以瞬间照亮的拯救如此不屑？

黑夜借给你一副丝网，你从汹涌的潮水中捕捞起未知的动物和植物。是他者在赞美自己的领地么？这就像他在读你，因为你既是世界又是话语。

你们齐心合力，封堵起深处的褶皱，任何光线都无法搅扰。黑夜在海量的回忆中流淌。

你是谁，雅埃尔，你为什么偏爱你尚未成形的脸甚于我为你精雕细琢的脸？你既是又不是那个女人——她被她的镜子击退，又回到她的渴望存在之处。

你的眼睛上并未安装把手。让那些被你诱惑的人把你抢走吧。纯粹的相似无关归属。含盐的黑暗那宽边的蕾丝装饰起了大地，而宇宙从大洋的影子中升起。

你的镜子便是这铺了衬垫的地狱，没有什么可以阻挡你的目光纵身跃入。在你怀疑的捶打之下，现实开始在听众阙如的冒险之初成形。在显现的喧嚣中重建沉默。变为绷紧钓线的铅垂。

在给你自由的所有女人中，哪一个能有你这般独特的自觉意识？哪一个能在骗局中始终忠实于自己的角色，能对获胜有如此强烈的欲望？

我比平时稍早一些到家。你正在写信。桌上放着一摞蓝色的稿纸，你手边一张张稿纸上布满了娟秀的字迹，我喜欢这一切，因为它曾引发我无穷的遐想。

我知道你正在给那个他者写信，可你能跟他说些什么呢？你不是每天都和他碰面么？你是在给他写最后一封信么？

你看也不看就把那些信纸塞进了信封，转过身来对我说："几点了？我马上就好了，咱们一起出去。"

我说你不用着急，我们有的是时间。可这句话立刻就变得含混不清了，因为我的焦虑给这句话罩上了一层迷雾而且是对着黑夜说的。我们四目相视。真的，眼睛总是最后才死。

我的眼神里一定有太多的忧郁，让你觉得需要补充一句："我刚才在给我母亲写信。"

我知道你在撒谎。你足够聪明，你不想对抗。我没问你任何问题。我任你蜿蜒前行，一如长虫在毒液中爬行。

随后几个小时，我们在右岸[①]你最喜欢的那个嘈杂的小酒馆里和你邀请来的客人们一同度过，时间锁定在一个飞快的瞬间——你把信塞进了你情人的口袋。

我离开吃饭的桌子，去与一个刚看见的老友寒暄——不过这也是个借口。我对你那些朋友没什么好感，我知道他们对我们的一切都了如指掌。一根柱子挡住了我。你肯定以为我看不见你。我回到你身旁时你提

---

① 右岸（la rive droite），指巴黎右岸地区，右岸即塞纳河北岸。

议跳个舞。一走进舞池，你马上贴紧我。我闭上双眼，真想把世上所有的墨水统统泼在那些萦绕我心头的乱七八糟的悲惨意象上。你的身子倚着我。我们就像满载音乐的小舟在海浪中摇摆。我忽然听到你在说话，如此神秘，好像每个字词都是对心和耳的秘密爱抚：“明早别忘了提醒我把那封信寄出去。你知道我有多马虎。”

难道海难就是这样发生的么？海浪对海浪尽显忠诚。没人能击碎水的链条。

在我们这对长矛旁，谁能帮助我们的瞎眼？你知道在爱情的门槛上，会有什么样的陷阱刺痛我的眼睛。我们投入的战斗是对黑暗的二对一之战。你断然改换了阵营，而这种反复的朝三暮四会扼杀白昼最坚韧的根。

我抓紧岩石。我一定要赢，不惜一切代价。

我接受真实的自己，有时像接受一件馈赠，有时又像接受一件应得的东西。

我在知识的根基、在信念的火山口探究太阳的奥秘，在那儿，墨水是熔岩的姊妹。

你与那些主宰自己命运的女杰不同，她们靠权谋走入历史，你没有这种全能。要想撵走我——尽管我琢磨了很久——你没有这个自由。你得遵守游戏规则。挥舞短剑或钻石必须是在白天。

（听人家说，女巫和仙女的手指上有刀有泪；指环的奥秘，是死亡辨别宝石的隐秘野心。）

我执意重建起新鲜树叶的避难所，它在种子时就将我们分开。土地并未从大地心中铲除我们。统一性仍被我们保存在内核里，就像仍在命名的果肉中。

我向光发起突袭，因其短暂而频繁，所以既不像被天空压制起飞的飞鱼，也不像因饥饿而出击的老鼠。

白昼将是我的群岛。我的家将邂逅大海。我手里将攥满卵石。我将受到保护。

我的生命将被书写，在我被毁灭的生命中重生。因此，火山脚下丰饶的大地将留住倔强的农夫。

在这个临近傍晚的下午，我凝视着与四周被归还的围墙一起变得沉重的花木，想到明天早上大地还要付出努力，以摆脱其缺席带来的重负。

雅埃尔，你能量何在？一个负重的生命——重过这个星球——生来就须在某个最美好的清晨消失得无影无踪。

在使我们困惑的话语中，除了你，一切都是虚假的。

于是，在白昼的屈服之地，面具征服了脸。

在牧歌的冬季，我是被寒风蹂躏的壁炉，是被深思的炉火主宰的勇敢的炉膛，在为某个俯身向火、生命老去的存在祛寒。

过去精神失常的时候，我曾把壁炉与幸福的黎明做过比较。在拨火棒下燃烧过的那些评论，难道不就像那些话语找不到受众、手也找不到受众的夜晚么？

死亡是由思想与话语维系之激情的持续缺席。因此在原始的真实中，世界是没有面孔的。明天，记忆将会肆虐，而宇宙将在人的精神及其凸起的灵魂平面上再次形成。星辰将吞噬星辰，每一缕星光都是闪烁的回忆。记忆与晨曦一起成熟。当谎言在瞬间迷失自己的时候，造物主从来世之光的沉默中重新认识了自己，那是白昼不让眼睛看到的光，因为造物主为了不再被看见而停止了观看。

你会生活在某种离别的秘密之中，你会成为这一秘密的气息和嫩芽，但你的呼唤永远不会穿越天际。

你告诉我决定在卧室里竖起一道隔墙。房子很大。我们俩都会拥有自己失去个性的空间。我们每天醒来后碰头，就像两个陌生人度过黑夜后相见。

你坚持说我得赶快改掉那种你称之为不健康的生活习惯。你还举出许多有说服力的例子。

“否则，”你又补充道，“我们俩早晚有一天会相互憎恨。”

你不可能轻易赴死。火中显现出你向往的死亡方式。月下是一道滤过的光。

我想，这是一堵两边的人都会用拳头捶打的墙。

我忘了空间早已在这个家中安营扎寨。

我看着世界不再出声，在那儿，话语被剪去了翅膀。在米白色的复杂的呻吟图案下，鸟儿的歌是一道撩人的滑行，在它呻吟的单调的灰色中有着复杂的图案，有着羼杂了绿色之冷漠的纤细线条和硕大花团。

首先是我与那个他者的关系。这种关系始于雅埃尔的目光突然转向，去拥抱一个我并不在其中的世界。一个由某位没有名字的君主统治的世界，他很乐意给自己弄个名字。

雅埃尔向他而去，充满快乐。她是否重新找到了她那久违的脚步？而如今那声已变得如此微弱的冗长的呼唤，会不会在某天从呼号变为呜咽，并最终自我枯竭？

回家的路上她问我：

“你是不是已经和他碰过面了？”

“可能吧。”我一边回答，一边拉开了距离。

他难道不像她觍着脸低声描述给我的那个他么？

他用手臂挡住脸，好让眼睛避开刺眼的阳光。茶色眼镜不太管用。

你来到他旁边躺下。他背对着光。雅埃尔，你身上有那么多影子，让他在你身旁觉得很安全。天空不再令他恐惧。你就是他的天空，而且你生命中的每个敏感点都在为他闪烁，就像我们称之为夏夜标志的那些星星。

某种病态之爱将黑夜与大地结合起来。委身于白昼前，你是黑夜的女儿。我早该注意到，你经常因为那无法遏止的在场而难以自拔，它应你的无声召唤而来，却蒙蔽了你的双眼。你从长久幻想中回过神来时，总是有些变化。可我却未加注意，总以为那是你对被海浪围困的荒凉沙滩正常的怀念。你受辱的肉体是那么年轻，消退的愉悦肯定会留下海藻深深的涡流和苦涩的吻。

刚过了青春期，你就有了初夜的体验。你奉献出自己熠熠闪光的肉体。你的性呈现出放射性，并从激情中获得高潮。这是你告诉我的。回应我的激情时，你似乎刚缓缓地离开那个地方，那是太阳遗赠给我们的荆棘之床，那张床因你的童贞遗洒下几滴不只是血的东西而遭到玷污。

躺在我们两个中间，你可以直面我们的命运。我自身的光明在弱化，黑夜让他获得了盛装入选的殊荣。

他的力量备受推崇，在一个死亡已经介入的危险安排中，他正是那个清晰的时刻。

那些镜子死去的方式恰好是山猫在赦免的目光中死去的方式。世界在我们有生之年记忆的风景中存续。爱的闪光来自迷离的双眼，它令垂下眼睑的黑夜受伤。

夜里，你睁大双眼。从未愈合的伤口经由你的睡眠大声说出可怕的话语：

“我是雅埃尔。我想要的，我必得到。我讨厌的，我必给予。

“我关心的，是活在造物主的缺席中。

“造物主流亡了，他把开启宇宙的事留给了人。为了死于造物主之死，我将成为造物主的所有谎言。

“因为造物主死于谎言。存在的一切都在撒谎。在真实中存在，即意味着向往非存在。造物主即是真实。所以造物主即是合一，造物主即是汇聚。”

市集日十分热闹：一个微缩的宇宙，在移动中被裹挟而去。

人流穿梭，火急火燎地想延续被生命阻挠的某种生存幻觉。人群下潜、旋转、滑行、起伏。

人群仿佛是从若干白色的床单上冒出来的，他们被音乐和笑声向后推去，一次比一次推得更远，就像来自某个一度是流动的平面，来自绘画的一个涂层，轻柔得连微风都可以将它掀起；空间也像这样布满了乳白的湖。傍晚时分，湖面清晰可见，气流很舒缓，而时间很紧凑。远古的时间之湖，偏远而寒冷，虽然湖没有了，只留下了湖的形状，但在那儿，瞬间仍然和星星一起溺亡。

它们怎么变得那么小？像一枝迷乱中的玫瑰，花瓣尽落。于是，繁星满天的夜空便担负起人的休憩和恐惧：大地上是一场生与死的盛筵。

就在我们要离开恐怖隧道，好让那些好斗的镜子——丑恶的顽念引着它们进入更为险恶的荒诞之中——给我们变形时，你突然对我说："是你么？"我已置身于你的游戏中，便回答说："不是。"你立刻扑到他者的怀里尖叫道："他变形了。他也被强迫变形了。那不是他。是你。"

他者粗暴地推开你，但立刻又为自己的举动道歉，辩解说那只是一时的冲动。我注视着你的眼睛。你的眼神中充斥着，充斥着造物主不存在的数个世纪中那种受辱的傲慢。

日记之二

黄昏的皮肤像个老者，由昔日显赫的光束雕凿。

存在于火之星和水之星这个别扭的位置。

非此。非彼。

太阳吸引了沙的注意。

捕蝇草。它吃掉了灵魂。

化作流星的植物令那不寐之人错愕。

饥饿的巨树之光，长着齿状的叶子。

我们无法凝望天体。

你教我判断丝绒铺就的反话之路，你对此信誓旦旦。

在实施判决的过程中，你的行为关乎成败，该判决由确信激发，并经凛然的正义之声授权。这既是哲人与造物主的正义，也是撒旦的正义。

在一个于你不宜的世界里，漂泊是你的宿命。在一个黑暗而幽光闪烁的世界里，个体被宇宙和人所背叛。

造物主的矛盾是真理的矛盾。

希望以真实立命所冒的风险，便是永远都无法真实。真实的瞬间即是缺席的冒险。

呵！一直到死，谎言都是我们用指甲刻画的红砂岩，都是我们将要烧掉的麦秸。

你无法让盐从干渴中获得自由。

在这儿，连君主都失去了特权。

一切两半。哪一半归我？

一枚果子的两半，滋味相同。

知识使你对步履不再抱有幻想。你偏爱他者。

血脉中的血：众镜之旋律。

谐音。回声是我们漂泊中的驿站，是受到勾引的话语的机遇。

但愿每个声音都成为脚步的绚丽夏日。

词语之迁徙，犹如鸟儿在属于它们的天空或人在自己家中骤然形同陌路一般。

我经常自问，这些词语是从哪片地里冒出来的？它们对季节很敏感，梦想着阳光灿烂但不一定非要光芒普照的地区。有些星球——就像一种被称为猫眼石的石英晶体——比那个冒着火并关注自身反光的午间星球更美。其梦想永远都是行动。

眼眸睡着。眼眸生长。树木变为它看见的样子。

水点燃眼眸。

呵，雅埃尔，在跨越大洋之谎的不倦旅行中，你的腰腹是欲望潮湿的海滩；你的双乳似两道被皮肤绷紧的地平线；你将沉没，你对生成你的材料过于自信，太相信这些材料能让你漂浮。

我很重。你的身子在我身子下面。

雅埃尔，我们在沉没。随着你，我将最后一次深呼吸；我要把天空和大地所有温润的空气保存在肺里，能多保存一会儿是一会儿，雅埃尔，因为这是本书的时间。

我要暂时放下手头这本日记。我不能保证永远不会想起它。

我在四周闲逛，没办法再次执笔。我与笔之间突然势不两立，而且说不清道不明，就像死亡在与死亡的回忆搏斗。

这次去朗德[①]省旅行，面对放纵的大海，面对向内陆恣肆劲吹的海风，我的心绪变得更加糟糕。

幽灵般的秃鹫强化了对大海疯狂的梦想，谁能说黑夜或白昼哪一个的威胁更令人生畏？石头不曾呼吸。我们的眼窝深陷进面孔，满是盐味的空气和黑暗如此沉重地粘在皮肤上。

雅埃尔，你被关在了我日记的门外。你挪动脚步，走开，随后又向他者或向我走来，我看得很真切；有几次——常常——你走向我们俩。你的声音是中性的。你的动作毫无二致；但风景却变得非常现实，而且独一无二，它不需要借助外力就能让人听得真切，看得真切。

整个宇宙流向这片海滩，它只为这片海滩，只为这片海滩在沉默中心的峻厉而存在。

海洋每天给我们一份配给的珠宝——落潮时我们走去将它占有；我们对谎言的轨迹早已司空见惯，你把每只贝壳刺穿，用线串起，谎言的历史就是大海的历史。

有朝一日，你会把这串贝壳挂在脖子上，而我将独自折返，那条路是我们俩在热血沸腾的亲密季节里曾无数次徜徉的路。

除了那个不断成熟的谎言，还有什么能叫作背叛？过度引发叛逆。大洋喷吐泡沫，泡沫碾压泡沫。有多少热血甫一成形便即流失，又在碎浪中复原。又有多少热血奉献给恼人的喧豗之水。

---

① 朗德（les Landes），法国西南部省名，是法国阿基坦大区所辖省份，濒临大西洋。

一连几个小时，随着痛苦和恐怖最豪华的阵容徐徐展开，我目不转睛地看着我们纷至沓来的动作在自身逼仄的空间难以成形，这比大地受到惊吓的沉默更糟。

我便是那片土地及其有节制的颤抖，是那湿漉漉的脸和沮丧的目光。

雅埃尔，生命就在那儿，在我们眼前，带着属于它的过去和预知的未来。我们的忙碌是徒劳的，在那儿，只有晕眩的、迷失方向的翅膀。

所以，这些事都是为了自身的推进而驱使我们并以我们作为牺牲的。时间见证了我们行为中的某种直觉，那是它的拿手好戏。

当大船载着我们开始最后的远航时，我们是否了无遮盖？

你不会把头埋进肉嘟嘟的臂弯里。水不会庇护一个饱含泪水的躯体。船体充斥着黑夜，海难窥伺着我们。

雅埃尔，我们会成为雨，会屈服于我们的失败。在浓雾笼罩的深渊边缘，我们将长出含盐的嘴巴。

海滩上，你用脚趾挑起一条死鱼对我说："你若强忍恶心吃下这条鱼，就会中毒。吞下真实的结果也同样如此。"随后又接着说道："赤裸是死亡的第一阶段。让我赤裸吧。永恒将诞生我的肉身。"

不过，还有那种对消失的恐惧。害怕总有一天会了无痕迹的恐惧——那不正是顺服之勇么？——这种对真实的不安便是对真实匮乏的不安，即被动的缺席，它属于在缺席中苦苦等待的东西。毫无疑问，这种焦虑，这种诚惶诚恐，从你生下一个傻孩子那一刻起，从你为敷着一点儿血肉的缄默音节赋予笨拙希望的那一刻起，就已经到了令你惊慌失措的地步。

没有谁能战胜死亡。

我第一次在你不敢介入的地方诘问自己，这种情形就像你为了孤独而突然沉寂下来，在我们备受煎熬的故事里，这是一个尚未成型的问题，因为答案与你无关。

我在自己身上下了赌注，押上了我对生命的激情，并在你激发出的爱中将这种激情传递给你。

我在远离一切可能的屈服之处下注，在那儿，你逞着主人之威，等着一个受压制的渴念露头，那是你凭一己之力便能使其复活的渴念。

我为惨淡光线中的一片拥挤的飞地下注，在那儿，黄昏便是避风港。

我的脚被时间陷阱绊住了。我像个受惊的来客，大火将很快蹿到黑夜之上的谷仓。我不能再继续前行了么？

从踵至头，我是一块蓝天。

句子一经构成，随即就被淹没。

海洋呻吟之处，书便被书毁灭。真实的话语也会被淹死么？此时，下潜的英雄，你的死就会成为世界之死。

他者离开我们去了西班牙。我们会在此等他一周，然后坐他的车一起返回巴黎。

雅埃尔在自己卧室里看着他离开，没有丝毫不安。

雅埃尔说："真实向自我开放。我们将像失明的造物主一样向真实的空无进发。"

对你那种精心算计而表现出的暧昧，我还要怨恨多久？这让你在仓促推论的迷宫中失去了盟友，就仿佛我们的面容不再在光中出现或我们可以肆无忌惮地相互易位，将我们自己和世界都抛诸脑后；就仿佛带着这张脸的宇宙突然间土崩瓦解，去为空无充当其死后的序言。

死亡是雕塑家使用的上佳黏土。人随一己好恶或誉或毁。泥塑埋在土里，照样给人启示。

雅埃尔，在创世中心的我们同样如此；虽说你的作品已挂在基座上，但只要我一踢一摇，它同样会在土地的影子中摔得粉碎。

你对我的敌意，与你对所有非出自你创造之物的敌意如出一辙。

你只接受出自你双手的供奉之物。

你之爱他者，并非为其本人，而是针对我。

水之痛令风呻吟。

雅埃尔受不了她自己提出的分居生活。我觉得她只是不与他者同眠，却没有把他驱离梦境。抑或是我自己在睡觉、在做梦么？

那个女人央求他谈谈她，但他是否只能谈他自己？

穿孔的世界从四面八方渗血。呵，至珍誓言的种子。

龙舌兰的茎秆是不幸的盛筵。而它在日暮狂欢。

伤口之秘密的华丽入口。

一切都在书中，而造物主是书之轻。

让人读书意味着飞升，越来越轻，直抵一切；阅读也意味着在阅读字词之处忘却自我。

天清空了天。

海吞噬了海。

地覆盖了地。

你的躯体是一个循环重建的帝国。你的双眼吸引了我的双眼，让我充满想象。

在我和我之间，雅埃尔无从选择。

她撕碎了我的两张油画肖像。

画家撒谎了。

雅埃尔，这位手握画笔夸夸其谈的艺术家是何许人？你每次一出现，他就比为你做无罪辩护还要饶舌。

在我不知所措之际，你却为他鼓掌。

难以践行的缺席。

呵，沉睡的玻璃窗，睡梦中是无边的金色。黑夜和睦相处。

什么爱的草药能在哮喘的黎明给你希望?

灰色护卫着我们的沙滩。

地球忐忑的妊娠。白昼在云上排成一圈儿等着传递太阳。

此时，逃跑意味着诈降。

翼马蹬踹着云彩之门。

你们活着。你们胜了。

告别是众神的宿命。

昨天，我回到自己的卧室，又开始办自己的事，写自己的书。

我坐在桌前，往日记本里誊抄我从朗德省带回来的那些纸——没注明日期，怎么会是这样?

假期。我们的梦想抑制了生出皱纹的时间。不算计了。不攀比了。要记着醒。时间不会让位。

我们之间，死亡如一条宽大的门帘，如一袭鲜血无法玷污的帷幔；它也是红色的，是均匀的红，恰如末日前生命的裂口。

从死亡处获得的这个想法很快就影响到我的心灵。

这想法是一把双刃剑。我在其从容旗号的蛊惑下杀戮和死亡。

世界没有回应对它的召唤，或者说只揭示出它被遗忘的一面。海洋是海洋的镜像，而大地仍为旧貌，一如混沌初开时奇迹般的丰满。

我读着死亡词语。能生出果实的眼睛，潜意识的眼睛。树沉湎于树的往昔。

就让世界凭征服的暴力生存吧。就让世界在黢黑的母腹中繁衍吧。

界碑永远只是一块石头。但是，海浪，影子，谁会想着让它们岿然不动?

没有出发的出发。干渴冥顽不化。

不要再给铁锚浇水了。它的存在本身就是个不速之客，大海腐蚀它，让它锈迹斑斑。

死亡的融合引发对未来的脸及其孕育过程最荒诞的思辨。我因此相似于你，而我们又同时有别于我们过去分别成为的造物。某个你和我的混合物——男人还是女人？——占据了我们的位置。我长着你的头发，而你打量我时发现了你的鼻子。你长着我的嘴巴和前额，同时我的脖子就像你的一样又细又长。

光线暗淡后，我们与光线同样苍白。我们虽然还保留着躯壳，却再无目的。

雅埃尔和我又结合了，我们就像从零开始似的，放弃了各自不忠的个性，在爱的恫吓中相互选择了对方。

我们超越了本性，开启了无定论的新纪元，这种盲目迟早要付出代价。

我们又重新开始做起了根之梦。

一条沟。我们头贴着地匍匐而行。于是，爬过的影子嗅到了那棵满心提防的植物上的每一片嫩芽和它不可告人的心思。

可是，在那高处，雅埃尔，更高处，被抛弃的虚空与我们同在。

呵，往昔时间开足的闸门。

我坐在扶手椅里，望着一只小鸟在清晨的丧痛中寻觅世界的温情。

在安然返回的庇护下。

心里结了冰。冰凌。冰凌。

那天晚上，我听着雅埃尔向她那些来家里做客的朋友聊起我们的假期。

海滩上的晨练。中午的海水浴："大浪拍下来——有的浪头三米多高。让人目瞪口呆，不停地笑。"

午饭后坐车兜风，去了比亚里茨、圣让–德吕兹和阿斯坎[①]。

---

① 比亚里茨（Biarritz）、圣让–德吕兹（Saint-Jean-de-Luz）和阿斯坎（Ascain）均为法国西南部比利牛斯 - 大西洋省的旅游胜地。

还去了奥瑟戈尔[①]，就是地形很像一只“勺形手套[②]”的那个地方。还为了看斗牛去了巴约讷[③]：那场斗牛因为有一位著名的斗牛士出场而人山人海，观众的心情也因亢奋和担心而上天入地。

斗牛场上，是死亡与死亡的角力，迥异的瞬间里，人与动物双双上演了一场坟墓一侧最惨烈的芭蕾。

观众围坐在斗牛场的高处——他们如激情闪光的镰刀，尖叫着，燃烧着——像纵火犯般用眼睛喷射出火焰。

那真实的一刻，记忆保存下了古怪伤口的意象，如同保存下被风扯破的军旗和濒于险境的宇宙之火。

痛苦编织的画布。圆花窗上的刺绣很快便会被投枪和长剑染红。

最后几天平淡无奇。还有什么新锁链能对付苦役犯的双眼？不要蒙眼罩，而要真正的镣铐，把眼睛与遍体鳞伤的土地铆接起来，与腐烂的根铆接起来。

于是，花逗弄花，草叶逗弄蝴蝶。

---

① 奥瑟戈尔（Hosségor），法国西南部比利牛斯 - 大西洋省的旅游胜地，是欧洲著名的冲浪地之一。

② 勺形手套（chistera），起源于西班牙巴斯克地区的回力球运动所用的比赛专用手套，以柳条编织。

③ 巴约讷（Bayonne），法国城市名，位于法国阿基坦大区大西洋沿岸比利牛斯省阿杜尔河与尼夫河交汇处，是著名的旅游城市。该地与法语“刺刀”（baïonnette）一词的命名甚有渊源：17 世纪时，当地农民出现争执，群殴中有兴奋的农民将小刀插进来福枪内袭击对方，军用刺刀由此诞生，并以其出现地之名将其命名为 baïonnette。

给每种造物都拨出一阿庞[①]虚空用于安家。

在人的语言中，这是否意味着开始拥有一个重要的空间？——但人群中最为幸运的那些人永远无须占有自己的那一部分。

无限是死亡的财产。

我们用各自的话语与他人、与对手交谈，为的是向其多元性敞开自己的话语。

赞成和反对都是交谈的拱门与回廊。

人常会死在路上。

生命的法则。律法自身均一以贯之。我们希望律法公正，为的是弘扬其精神并自愿服膺。

信仰把脸献给律法。

雅埃尔，但愿这张脸以花岗岩制成。

山峦显现出大地窒息之呼号的恐怖景象。

---

① 阿庞（arpent），法国旧时的土地面积单位，相当于 3—7.5 亩。

日记之三

沉默扶助秘密。

沉默位于物与物之间；人与人之间的距离，岸与岸之间的距离。

沉默展开的双翼中，未经开发的世界传递着孤寂。

树木冷酷的信仰。树顶只听闻树顶。

提问的时间是拯救的时间。每个请求都有杏仁味。

学说话的孩子一点点摆脱黑夜留给他翻看的书。

奥秘或许只是某种跛语，它融入那些容易解开的绳结中，而这些绳结正是空无所反抗的。一个绳结，有如精神在连续俯冲中的一个短暂休憩。

于是，字词主宰了自己的流动。

黑暗是词语内部的流动么？但真实并不能逐字

表述。它是字词在夜晚的归宿。

你创立了你与自己之间的一种对话，造物主和造物的对话，在此过程中，你屈从于自己的声音。

你我之间比我们与自身之间靠得更近。

信仰是存在的唯一可能。

空间轮流做完了这笔生意，而这只是一个有名分的世界的本分。

终极的脸便是宇宙。

一

有人将死亡比作
潮汐，生命在涨潮时
欢歌，而世界
在落潮时哭泣；

有人将死亡比作
新娘，生命在白昼的婚礼上

欢歌，而世界
在男人的夜晚哭泣；

　　有人将死亡比作
苍穹，彩虹在蓝天下
欢歌，而世界
在墙壁的暗影中哭泣；

　　有人将死亡比作
自己，躯体的每个毛孔
在黎明欢歌，而灵魂
在黄昏中哭泣；

　　　　这个人在哪儿？
　　　　死亡在召唤他。

二

总结一下。让我们看看吧。

在他者身上成为自我。直到现在，这始终是我们的航程曲线。雅埃尔，这是一个人身上不言去向的女性的另一半。植物离开土壤时亦如是。我们相信它深深植根于自己的生命，因为它看起来如此顺从于原来的形态。但植物与植物竞相生长。它怕相似于别的植物。奇花异木绝无雷同。睡眠令它们绽放，而白昼会杀死它们。

伤口各异。枝丫、花茎只会为自己流血。

单调的谎言。褪色的话题。面对千年来那张完美无缺的脸，想象无非是丢人的退让。

大自然至高无上。大地将我们重新掷回最后的意象。

初始的秩序即死亡的秩序。神圣的秩序以造物中所有永恒的造物为依托。

第三个季节是与死亡讨价还价的季节。

逐渐暗淡的赭石色调的秋天。

光阴流逝，世纪销殒。

我一直试图向自己解释为何他者从一开始就对我们影响巨大。我想只要能找出我们对他感兴趣的原因所在，或者能确认他遽然介入我们生活的具体日子和时辰，我就能更好地理解我们对待他的态度；因为我没有做过任何让你讨厌他的事。

面对欲望那种令人作呕的闪烁其词，他是否象征着内心执着的抗拒呢？

高贵之心，堪称冠冕堂皇。逻辑即其颂歌。

从你首次青春期的焦虑开始，你离开过他么？是不是你一觉得要去某个地方，他就会如影随形呢？

你认识我以后和他断绝关系了么？

有好几个晚上，我都扪心自问，我们是不是没有把他从边境地区——我们很喜欢沿着那里行走——营救出来，我们是不是并不会因此丧命。

他是我本希望成为的那种人，是你乐于交往的那种人。

所以，我们一直活在他者的焦虑中。

一个通过自己体现。

一个不通过自己体现。

——我想起那天早上我们在山路上遇到的一位金发男子，他中等身材，高额际，目露惊讶的神色，我敢说他好像发现了世间万物中最稀罕之物似的。他是异乡人么？可能是。他冲我们微笑，我们同样报以礼貌的微笑。

他给我们留下了十分深刻的印象。你从未谈起过他，但他的形象已凝固在我们中间，慢慢地潜入我们心底，呵，这执着的死亡，它变成了我们的第三张脸。

他者的坚韧使每一步都如履薄冰。他的复杂性使他成为一张因脸而撤回的脸。

你贪婪于生命的呼吸，你为了我们的死而爱他。

他者死去时被雅埃尔所救。她也因此而获救。空无凌空驰援空无。他者接受了一个事先拟订的计划，此即为何他凭一己之力变成了他者。

我紧紧抓住他的上衣下摆。随行过程中，我有几次超过了他，雅埃尔，也超越了你的动作。我打乱了你的节奏。我剥离了大量思绪。

有那么一瞬间，你的脸融入我的脸。

他轻叩我的房门。小心地走进来。站在我面前一动不动。无语。

于是我看到了你的灵魂深处，仿佛你对他的爱使你微微开启。

雅埃尔，挥刀的那人不是你。在你的光芒中，他者像个可怜而不宜居的星球。

你进来时我嘟囔着：“怎么了？”

你回答：“心在抵抗。”

没有头他怎么活？那不是我砍下的么？

你对我说：“你是怎么处置我的脸的？”就好像你要问：“你看见我的唇膏了么？”

给黑暗一具躯体又暗自后悔。躯体抛给了鲨鱼。黑暗斜倚着波浪。

你通过这具躯壳认出了他而混淆了我。

这证明在这个灵魂面前，躯壳与缺席是一回事。

看得见，为的是看不见。

走向真实不就是发现不真实么？

真实就是确信某种不真实，它让我们意识到自己的行为和自我。

（感知与现实的不真实，符号与惩罚的不真实。）

死亡是破碎之秋。

他和他的头从来没有在一起生活过。这是他的头，即我的头。它从拉长前的椭圆变成一枚虚空中的橄榄，又从拉长前的橄榄变成一条油带，再从拉长前的油带变成一根热轧的线，随后又不再是这根线，却让人觉得它依旧在继续拉长，像黄昏中洒下的一缕斜晖，伴着我们直到黑夜，却再也看不见，你不看它好像已经有几个小时了。

他的头不是属于他躯体的一部分。他的躯体止于脖颈，配着一个手可触及的备用的头。他的躯体不属于他存在的一部分。他的肩膀不是自己的，胳膊也不是；胸、腰、腿都不是。一个非附属的存在，血肉和骨头都被剥夺了。这是在一具躯体的影子、一个头的影子即我的头的影子中的某种存在。

我什么时候杀死他的？

他是自杀的么？

我是不是也死了？

这是报仇么？

把命还给他。我们有账要算。生命使收支平衡。有效的账册由生命背书。

把命还给他，雅埃尔。

受到伤害时，爱信赖死亡。

幻想中，我鸟瞰了各种不同的生命形态。准确地说，蝼蚁的生命与人的生命是不同的。笔直的生命路线——圣人和英雄的生命；曲折的生命路线——蝼蚁的生命。

光的生命循环往复。水的生命则由波纹组成。

雅埃尔，我们的生命形态是怎样的呢？是无目的的蝼蚁，是不见光的蟋蟀。

我们甚至无法选择黑暗

或曲线。

光线的金字塔，塔顶与白昼同行。太阳居于其中。

呵，灵魂的坟墓。

符号死在符号里，而人死在人中。

直行。去河岸必须直行。中间有水。不会游泳就惨了。没人帮忙，也没有草。

苦涩的草，你们还算植物么？酸涩的水源，在光芒边缘，却无一丝抱怨。

飞鸟强占了蓝天。

我在行走。大地为那对急匆匆想把所有远行时间带给天空的那对翅膀让路。

雅埃尔，我会在哪儿停步？我必须走，走，一直走到一切化为虚无。

书是治病良方么？能治病的书总是姗姗来迟。

不奇怪么？书比死亡长寿，它以我们所有的死亡写就，似乎人的死亡只是一道伤口，而我们只能屈服于这道伤口。

你将在我正在死去的这本书中死去
与他者一起，在造物主之后。

呵！死于各种奇迹的死亡。

三

这个最精微之物里的更精微之物是真实么？是造物主么？

死亡解开了康复之帆。字词真是神医圣手么？

书与灵魂同样古老么？

灵魂会成为嵌入回忆的沉默么？不朽的记忆，永远都被书写。

书，是交换世界的风水宝地。因此，一切都截然不同，一切都渴望成为不靠谱的真实。

我们身体仰仗的呼吸如风中的三叶草。在山雨欲来、太阳把它晒焦之前，我们能否在天空和蓝色的草地上找到它呢？

看看一本书会成为什么吧。无法再提炼的词语其实意义最为深邃。它们是黑夜的灼热，是清晨的常春藤。

让我们重返灵魂吧。若它是书，它便是书中的那张白纸。一张躲过了化为纸浆的纸，一张温润空气下开本最为经典的纸。

在那儿，生命乞求猛禽般的词语帮它死去。

幸存是否意味着靠生命存活，靠死去的生命存活，终生靠死亡存活？

在空无所向披靡之处，为何还要对书如此痴迷？

为何这些纸页会像鸦片一样在体内和空间造成创伤；为何这种迷醉随着时间的流逝日益深重，日益透出它的肌理？

为何会有从不读书却随时准备阅读的双眼；为何会有以字词疗伤的蠢念，而整个句子不过是虚空的一个呃逆，一阵寒战，一丝微不足道的抽搐？

若黑夜的造物被剥夺了书，它会转而去找那些废弃的纸页。

星空。在这个季节很少见。星辰的冰火会揭示出什么？它在试图传递什么信息？这正说明是造物主之光在空间爆发。在人的黑夜中，每颗星都是安置废弃行为的场域。但从边界到边界，还有那么多不可胜数的书写，呵！还有那么多苍穹，我们再无机会去读。

我在追击一个死去的造物主。我为何如此固执？死亡小心翼翼地靠近死亡。我不可能先于它到达。我不可能做得比它更好。

明天永远是一个影子的次日。

让自己成真——*真实*？这是母亲分娩时痛苦的裂伤，是生命在死亡瞬间痛苦的裂伤——继续对虚空的刻毒进行评估吧。自身之外，探索真实纯属徒劳。

谎言遮蔽了某个被自我痛苦吞噬的真实。

里面，内心中一切早有定夺。一切自身变作虚空。虚空在拆散*虚无*。

我想起连翘这种疗伤植物，它身上有无数微孔，这让我想到，正是这些微孔在空无中傲然开放，才使得这种植物颇具疗效。

回忆是我们播撒的种子。

于是真实来访，我们历数真实的脚印，那是我们的鲜血在每时每刻、每个感觉以及每次脉动中收集到的。

所以我应该以屋架作为祭礼，奉献给那恐惧的足迹。

倒退中，我礼赞行将熄灭的时间灰烬。丝毫没有想到复燃的火苗正是众多孤独和死亡的启示之一。

（雅埃尔，我只想回忆刚刚掠过黑暗的那个东西。你的手在我手中，像一曲无从感知的悼诗。呵，温情的审慎，有如灯罩中滤过的一缕柔光。）

真实厌恶任性的关系。在话语输掉一场赌博后的沉默中，沟通是建立在相互慰藉基础上的默契。

当那些以我名字命名的书面对虚空的真实时，我在书中填满了令人气馁的符号。

我极力想象那些符号最终在场的能力，这种在场是锁定造物与世界的开端并裁判一切的在场。

太初会不会仅仅是对自我否定的某种赞美——直到造物主后悔见到供奉给他的空无的创世？

子宫的虚荣。

而你，雅埃尔，你常常让我热泪长流，又屡屡成为我喜悦迸发的湿润海堤，若不是有另外一具不能随你而去的人留作抵押的躯体，你又是何人？

大海，雅埃尔，呵，我们从海滩走到海滩，千篇一律的喧嚣。

现在，我已经很清楚了，在毁灭一统的惊天大捷之后，世界将被世界毁灭，如同每晚人毁灭人一样。

假如简单记忆中的真实仅仅是歪打正着的牺牲品，那么真实的人便是其自身空虚之声音的殉道者。

在这种令人困惑的关系中，我们的苦难何其深重。

呵，雅埃尔，白昼每天跟着白昼，举步维艰。

纯洁的纸面上无从落笔，我们将缄默不语。

就这样，时钟即将敲响。所有那些暴虐之物将停止砍杀我的灵与肉。新的花蕾所厌恶的那种共同苦难终结时，我将发现无你的自我。

重启生命，深挖到底。

铅掌控着下潜的钥匙。

我们的米粒半黑半白。

随着我们不断向前，黑不再那么黑，白不再那么白。

源头伊始，
一瞬间，
同一瞬间，
我们的瞬间。
这一瞬，
白昼，黑夜，
一条生命，
整个一生，
空无。

空无？黑暗中有争议的一个点，在那儿，世界在诸多已消失世界的灰烬里形成。

一切均被言说之处。

夜自我言说。

于是，一切都发生于话语赤裸处的沉默。

在两页纸之间。

这场残局无人受邀。

我们怎能容忍那种占尽成功先机却罔顾在希望中寻求慰藉的行为？

或许，我们永远寻觅不到的就是善。

雅埃尔，你在路上超过了我。你明白我们徒劳的行进永远不会结束，而谎言如推动磨坊的风车一样推动着世界旋转。

理智告诫你休息一下，而死亡却是个女骗子，长着塞壬[①]般美妙的歌喉。

你的腹部酝酿着一场风暴。而你死去的孩子，雅埃尔，是你泪水中轰鸣的雷声。

---

① 塞壬（Sirène），又称美人鱼，是古希腊神话中人首鸟身的女海妖，惯以美妙的歌声引诱水手，使其船只触礁或驶入危险水域。

你说过："征服回声，这是我们所有人出征的目标。

"回声是影子的影子，是不竭之声的声音，这便是真实，是每日的谎言。"

呵，雅埃尔，伫立在圣殿门槛前的女祭司，你会作为月亮的祭品，为坚守自己的清醒而在圣洁的味道中死去么？

一切依旧是我们向往一切的狂热欲望。

本书

即便再无大地亦无穹苍，我们依旧生存于我们留守的那赤裸裸的年代。

我们从来不会丢掉书，只会丢掉自我。

我始终没离开房间。今天是星期几？这已经无关紧要。我又重温了一下行凶后写出的几页纸。重温了我的日记以及保存在同一个盒子里的部分笔记——从什么时候起我开始保存这些笔记的？——我机械地整理着这些笔记，将其放在我的凶杀记录和日记上面。我是想说，没写书的这几个月里，我想都没想过的这本书就这样不知不觉地诞生了。

本书问世不由人，它是超越自身而成就的。如同生活始终是一个时辰接着一个时辰推着我们前行。一本书可以囊括我们思想和行为的所有词语，但确切地说，它只保留了那些被挑选出来的、与秩序和经济原则互动的词语。

所以，绝不可以对某些句子随意发挥和增删，那可能会改变这些句子偏好格言的风格，它们已经频繁地迁就这种风格了。书中的语句受到书内有关书的高深观念的影响，拒绝此类情形的发生，一如其简洁和矜持浓缩于光中，而这束光会从内部照亮这部作品。

本书曾有的抱负是变成有观点的书。

生命与万物只存在于复制它们的镜子里。我们像水晶一样，雕琢面成千上万，世界映照其上并驱使我们回到自身的映象里。所以，我们只能通过宇宙及其掌握的一点点资料去认知我们自己。

我们具有的关于自身的认知，需要在我们觉醒后认可的某个先前的阐释中进行阐释，并且这个阐释先于我们进入死亡，而死亡在瞬间向我们叙述了穿越黑夜的每一个阶段。

我是不是仅仅在凶杀案前的八个月里写作？而我以某个想象中存在的生命为代价——我生存的理由——完成的这本书，其奥秘何在？难道它只是八个月的痛苦和焦虑么？这本书不是很久很久以前就已经构思了么？若真是如此，那么这本书的一切都应该按照这种方式发生。若真是如此，那么我便是由字词指定的某种无情命运的工具。

我想起这本书，而雅埃尔已不在了。她是否尚未出生便已死去，一如她初恋时夭折的那个孩子？倘如是，她和我永远也挣脱不了那个无形的死者王国，我们在那儿迷了路，却仍以为在走着自己的路。我寻找她，而她却沉湎于对他者的欲望中。

她无论遭到谋杀与否，如今又能如何？死亡感受不到我们在死亡中赋予它的意义。其实，横死与最合理、最相称的真实行为之间有着千丝万缕的联系。她是清晨，所有散乱而迷失的影子都以忠实于烈火的红色举动前来致意。

一天，有位朋友曾对我说：“您是个讲故事的人。”

当词语和意象屡屡介入并希望有人倾听光环中的自己时，当故事以相悖的故事碎片堆砌在一起时，当沉默窥伺世界时，我又如何能成为这样一个讲故事的人呢？

第五卷

埃里亚

献给加布里埃尔·布努尔[1]

① 加布里埃尔·布努尔（Gabriel Bounoure，1886—1969），法国诗人、作家，埃德蒙·雅贝斯的好友，曾为雅贝斯的诗集《我构筑我的家园》（*Je bâtis ma demeure*）作序。

书之后，是后书；后书之后，是浩瀚的空间，而隐于这片浩瀚空间的是这本我们行将以谜一样的顺序书写的书。

一切先于一切。话语是话语的次日，而书是书的第二天。

因此，我们永远会围绕已存在和将要存在之物打转，它有着造物主的形象，虽傲慢缺席，却依旧是存在之物，须知：与宇宙的神秘联系和有待发现之宇宙的场域始终都是存在的。

让我们穿透遗忘吧，因为遗忘是覆在我们源头之上的厚厚的壳。

原罪是记忆之罪。我们永远也无法抵达时间的尽头。

在这种将话语放虎归山的尝试中，在这种有朝一日深陷自身泥潭的尝试中，我将片甲无存。

书属于书。

埃里亚，书中已写到我们会遇到你，我们觉得，是我们指引你去的。

而这一夜在所难免。

在后书的边界

字词是闭合的蕾，是末季的花。

*

很显然，白昼后，你会想召唤黑夜，使用话语后，你会想召唤沉默；

但你无法干预作品的演变。必须保障它的每一页都有自行了断的权利。

因此，书会在书中消失。

呵，雅埃尔，在沉默的另一端，你破碎的名字已经在死亡中重组，可谁把这件事搞得如此拙劣？

字母的顺序被粗心地打乱了，一个不熟悉的名字“埃里亚”在沙上现出轮廓，而那地方很久以来就没人指望会有人迹出现。

书对我的死亡言说，而我却不识我的死亡。

我在书中的真实是我在生命之外的真实。

于是，我的生命围绕着我的书生长。

借助于光，我为自己表述中未揭示出的东西而写。

没有话语的沉默和再度沉默的话语将带来双重的磨难。

死亡在你存在前就已命名，它将夺走你的名字。

生命永远在书之后，一如存在永远在面孔之后，永远在我们赖以观察、沉思或爱的风景之后。

先是某种焦虑，而后类似于某种痛楚……

诘问，诘问希望被答案治愈；
可诘问本身不就是沉湎于某种有待破译的痛苦么？不就是用另一痛苦去平息这一痛苦的方法么？

在我自己和我之间，字词不计其数，可我却不了解它们的路数和意愿。词语让我疏离了书，而书也一句句远离了词语。

死亡便是这样让我们活在无法实现的生命之梦中的。

我完全不在乎一部我已置之脑后的作品竟然在空空如也的空间里找到了它的续集，这个空间一直延伸到后书，我正准备对其实行突破，我对那些吸引我的书页比对我自己的把握还要来得大一些。

沉默像作家一样，它深知话语的痛苦，因为这种痛苦会用残忍之爱将其撕成碎片。

雅埃尔仍然活在我们对痛苦的恐惧当中。在死亡这件事上，我们难道还有路可走么？

我将在哪儿止步？——或许，我只是想探索一下广度，在那儿，书正吞噬着书。

我们在海洋中阅读自己。

我们在光秃秃的沙上沉默。

*

校园里，课间嬉戏如火如荼，可这个孩子怎么了？他躲在一旁，靠着围墙梦想——看他的样子就像在做梦。

“他叫埃里亚。”一个同龄男孩告诉与他一起玩耍的伙伴们。

“噢”，另一个说，“那他可真够呛。”

他们又盯着他看了一会儿，随后就把这件事甩到脑后去了。

埃里亚坐在一根界桩上，他背对着大路，正在观赏营地前方的雪景。营地里，一群年轻人正在忙活，唱着，笑着——他是和他们一起来山区旅行的。

“埃里亚，下来吧，”他听到有人在喊，“吃午饭了。”

一个姑娘跑来找他。

“大家喊你呢，埃里亚，”她说，“你该听话。”

“到处都在喊我，”他回嘴道，“我又不会分身，我哪儿都不去。”

姑娘眼泪汪汪地走了。

傍晚，嘈杂的人流中挤过一个男人，是埃里亚，他沿着熟悉的路走着，路把他带回城里一扇扇门中的一扇——他自己的家。

他不看也不听。

在缺席和因沉默而不安的世界之间，他之所以被选中，似乎只是为了简化一切过于烦琐的关系。

“埃里亚——埃里亚——埃里亚——”我大声喊着。

天空像塞满了棉絮的巨型棉花团。我在充斥敌意的宇宙中爬行，却找不到任何出口。

后 书

荒漠抵达不了终结的终点。

海洋为无法终结设定终点。

你说过，若不能在希望四散的遗存中超越死亡，终点又何在?

雅埃尔，你在埃里亚身上迷失。你在他身上寂然无声。

呵，死亡，这最后的一页被无尽阅读，却永不枯竭。

书之于漂泊者，有如宇宙之于造物主。

所以，任何漂泊之书都是造物主的场域。

一切都死了，而你自信活着。

你在门槛上。你正独自挣扎。

门槛仍有待定义。
或许在一个阳光明媚的日子？

灰烬下，是对火的致意，
你能听到。

人是一切。造物主是虚无。此即难解之谜。
滑向虚无，永恒的斜坡。

一汪水洼

（我特别敬重的一位哲人曾经对我说过：“书中藏着一张脸，我们的书写让它皱纹满面。

“书越古老，这张脸就越纯洁。”

他接着说道：“你不要以为这本书——它也难免遭遇疾病侵袭——会随着书消亡。它只会死于自己的肤浅。我们知道自己有责任去域外寻找它，在那儿，书会把我们已经书写的宇宙还给我们。”

他又说：“一片湖水坐落在权力之巅，因为它驯服了纠缠它的反射。书在让我们聆听和畅饮时也同样如此。”）

雨在路面上留下一汪几厘米深的水洼，淤泥把它变成了掩埋在苦难中的湖泊。

不过，太阳在那儿玩耍起来，它创造出许多色彩，还鼓动色彩相互应和。

我正在欣赏这场意想不到的反射音乐会，不料从街角冲出一辆汽车全速驶过水洼，溅了我满身泥水。

从一开始，这本书是不是就像其乐曲瞬间打动我的这汪水洼？或者说那些沾在我法兰绒裤子上的突兀的泥点儿是不是就像一片片枯萎的纸页，正阻挠纸页上的书写？

我在等待雅埃尔——我为什么还要等她？毕竟她已经死了——再说，巴黎一周以来都艳阳高照。

这汪水洼或许就是埃里亚，是禁喝的饮品。正如我们想象到的，埃里亚并不清楚自己的身世，但他的生命在短暂的存续期间始终受到威胁，难道永恒之子的脸没有在他身上贴实，好让他的脸显示出恰当的特征？

一直到死我们都没有停止争吵。四季泡在腐水里，像黄昏时的彩虹，在曾为其存在理由的物体中燃烧殆尽。

雅埃尔，当我们重逢时，尽管我们俩仍很年轻，但已抵达漂泊的尽头：你，就在你变为话语的同时，我也变成了那个字母的男人。

然而，没有任何迹象提醒我们时间已如此紧迫，我们再无可能追溯自己的脚步。

同谋犯面对面，刽子手和受害人——因某种梦想和肉身之沉默而受害的人，你在灵魂和肺腑中滋养着这种沉默，这沉默慢慢地、不动声色地变成了我们仅有的手段，变成了我们获得解救的唯一机会。

这个在缺席中倍受呵护的虚无的私生子准备把我们劫掠一空。他未经宣战就以某种真实的名义把我们从真实中驱离，并把这本书据为己有。驱离你，是因为我，驱离我，是经由你。我们会回归这种真实，带着遗憾，带着记忆，带着生存的渴望，而生存的渴望让我们在门槛上不顾体面地坚持下来。

在我们言说的意识中，在我们想要成功言说那种毫不在意的夸饰中，诅咒降临了。

我们的路是千古罪人之路，对这些罪人而言，造物主是一个与之无关的拂晓的秘密，而这个秘密在淌血。

*

……那更像是一个秘密，而绝不仅仅像一句被埋葬的话语那么简单。我们的爱之渴望与黑夜加诸树木汁液上的影响力同样强烈，同样具有占有的意味。

我们的树是从不结果的黑夜植物，但其巨大的枝丫上常有星辰栖息。

因此，无限的沉默长在伤口的嫩肉里，这伤口永不能愈合。雅埃尔，你从这个伤口进入书，又通过一个类似的伤口赶走了埃里亚。

死亡中，躯体拥有与世界同样的规模。

（呵，梦想一汪水洼可以容纳天外天并挑战太阳吧。

最后的词语属于黑夜。）

你向我走来。我老远就看见了你。你那么美丽，雅埃尔。死亡丝毫没有改变你的模样。

（在天空发黄的纸页上，我们的白昼已被记录在案，被记录在弃世之香草的最后一瞥中。

呵，诸时代中被无情消耗的时间。）

词语的破镜

生与死亡，出生即死，呵，造物主爆发出的不朽。

一

当他发现话语拥有一张脸而沉默也拥有自己的一张脸时，他就明白了人在提起某件事或闭口不谈某件事时，时而会拥有造物主的脸，时而会拥有造物主缺席的脸。

她对我说："造物主，我怀他将近九个月了，当剧烈的宫缩和肉体的阵痛宣告他即将诞生时，我周围的一切都死去了。

"造物主与我生下的孩子一同死去了。"

在我校勘过的所有故事中，埃里亚的故事无疑最为离奇。

雅埃尔拒绝让我走近这个故事。解释与追问面对拒绝，碰了一鼻子灰。

因此，书与书格格不入。

（这个故事永远不会与你回忆中的其他故事雷同，而是黑夜里的一颗新星。

若说是我发现了这颗星似乎有点儿吹牛。一天晚上，这颗星使出浑身解数想引起我的注意，它无疑希望自己能最终发出光亮；因为它被埋没在无用的天体行列中，但我的双眼或许能辨别出其飘忽而被动的一生。

天空躲在我的眼睑里，又轻又黑，犹如雅埃尔的影子。其间，最执拗的空无之结以其不动声色的对立，公然挑战精致的时间之屏。

呵，虚空在其问世首夜便遭遇了断奶。）

……空间空空如也，因为所有星辰都匪夷所思地遁走了，黑暗向夜逞着生杀之威，于是，书与话语格格不入。

这种空无中的书写是最冒险的。一个胎死腹中的孩子承担了这一切。我们会把每个字词都变为巨石筑起的固若金汤的堡垒；因为在一切都被说尽之后，死亡就得全力抵御生命的围攻。在此，话语进入话语的永恒，其路径是内向的，如同埃里亚走过的路径一样，我们也曾在某一天走过这条路，却没有更多地顾及潜在的危险正虎视眈眈地想扼杀我们。

但我们还能指望去哪儿呢？为了在自己的废墟上统治缺席，我们只能毁灭自我。

沿着造物主的轨迹。

二

我偷偷走进了话语，我的尴尬让你开心。

我占据了你的位置；可你，你当时在哪儿？

我们一度化为同一句话语。但无法持久。当我们在言说中无法再协调自己的声音时，那时刻就到来了。

一切话语之前，

你独自言说。

你既不能为我也不能为其他人

做任何事。

神圣的寂寞：一个远远甩在后面的话语。

三

“已言说的话语中若没有那句话语，会发生什么？”

“或许你？”

“或许我？”

“或许世界？”

四

对“一”而言，他者是拟人化的来世。

当你说“他处”时，就像有人在哀求“终于存在”似的。

（我在言说……但对谁言说？为何言说？为谁言说？怎么言说？出于什么目的，以什么观点，在什么角度言说？用什么借口，要达到什么结果？啊，到哪儿去，从哪儿来？在哪个边界止步，在哪处黑暗或哪团火焰，在哪片海滩或哪座峰顶止步？

在哪种场合言说？汪洋大海中，在哪种沉默或哪波海浪或哪条无法比拟的路径之后言说？在哪个问题、哪片荒漠、哪种漂泊之后，在哪道曙光之前言说？

我在哪个夏天，在哪个长长的严冬之后，在哪声呼唤、哪场失败之后，在哪声呼号之前言说？

——在哪种死亡之后、在哪种死亡之前言说？）

一天晚上，石头再也看不见石头。

冷漠的虚空。

五

把曾经存在的变为现时存在的，然后把现时存在的变为持续存在的，这种渴望引着我们用另一张脸取代人的脸，我们希望这张脸神圣不可侵犯，以便完美地簇拥它。

就这样，麦种成了我们获救的木板。

木板如今依旧漂浮在巨浪滔天的大海上，它早晚会倾覆，而我们将在历尽各种无果的尝试后沉没。

你处于何种危险的境地呵，雅埃尔，这是造物主的狡诈，是虚无不朽的姊妹。

六

（真实同样是谎言犹疑的时间跨度，让我们来说说它的心不在焉吧。

我们将在这个基础上开始营建。

秘密的黑玫瑰。唯有沉默从话语极点上诞生。

造物主为抓住自己的话语只会言说一次。

我的沉思会把我变成什么？或许会把我变成过去的那个人。

没有躯体，你就没有话语，只能被书写四处钻孔。

书写是沉默精工雕琢的水晶。

有时谎言的信心会如此坚定，以至于真实束手无策。

犹疑不决的雅埃尔，心不在焉的雅埃尔，冰雪聪明的雅埃尔，你是否知道，你以只有一次大限的身躯一力承载着真实么？

宇宙就是这样承载造物主的。）

七

呵，救救那个无法自救的真实的瞬间。

造物主直面造物主，书直面书。

黑夜被一道光芒点燃的黑夜斩断。从此，词语天各一方。

而作家呢？他像地球一样自转，并环绕着一道更慢的光芒去探寻那道光芒的正反两极。

作家像地球一样，希望成为宇宙的中心。

世界可怕地孤独，造物主可怕地孤独，人可怕地孤独。

造物主倚靠造物主，书倚靠书，人倚靠自身的影子。

当话语唤醒话语时，沉默却激发不出任何回响。沉默只能延长沉默。

雅埃尔，话语和你一起离开了本书。那么，这本没有话语的书会成为什么，难道每个字母都在追溯缺席的行为么？被书废止的书只能在词语的破镜中方能阅读。

（啊，请让我躲避在、沉没在我书中最后的影子、最后的呼号、最后的沉默之后吧，

然后变绿

再变绿。）

八

……不过，这个故事在此登场，却在其透明的新起点上缺席。

从前，有过一本书。昨天，也有过一本书，而明天还将有同样的书。

雅埃尔，你从未离开过我。无论生或死。
你绝望地迷失于从第一天起便已不复存在的世界。

沉默是对某个命定属于他者之话语的痛苦直觉。
天在别处亮。
我们的行为属于黑夜。

你的脚步再也听不到你的步履。
手指引着你。

（造物主是虚无的真实。）

九

胎死腹中的孩子，你知道了一切，同时又忘掉了一切。

若造物主全为童年，
那么埃里亚就会成为造物主。
若造物主全为纯洁，
那么埃里亚就会成为造物主。
若造物主全为知识，

那么埃里亚就会成为造物主。

若造物主全为缺席，

那么埃里亚就会成为造物主；

因为埃里亚从他的死亡中诞生

又在他的诞生中死去；

因为造物主从他的缺席中诞生

又在全部认知中死去。

呵，雅埃尔，摆脱了造物主的语言，

你的声音徒劳无功，在那儿，万物一动不动。

（雅埃尔，你的话语突然间开始旋转，在空间舞出一个巨大而疯狂的圆，于是，我看不见你了。

沉默被撕成上千张悲鸣的纸页。

死亡粉饰着恶，呵，不宜婚配、漫无边际的纸页。）

从白昼到白昼的影子

一

书是作家向沉默祭献其声音的场域。

因此每个边缘都是隐瞒告白的海滩，字词在海边聚集，并对其与大海的同盟守口如瓶。

我的《圣经》是你无法选择的纸页。

二

指责石头硬，石头除了称“是”，还能回答什么？

告诉我你要走哪条路，我就告诉你会变成谁，你会碰到谁。

(一)

一切被创造出来。你什么也没记住。你看到一切。

一天，我从我的书中得知了自己的名字。你当时不在身边。我闯入这个即将成为我们的世界的世界。道路在我眼前延展，把地平线一分为二。

死亡中，万物都无法存续，所以记忆称王。

一天，我见到了依次存在过的自己。我的回忆大口大口吞咽着数百年来的回忆。

所以我说不出我生在哪个朝代、生在哪片大陆。

有位哲人说过："犹太人走过的路，其旅程无法感知，一如山巅上的水滴淌入大海。"

因为这个旅程，我将始终是个犹太人。

（任何一卷羊皮书里都没有留下我手抄的句子。我抄写用的纸是那种最薄、最不易保存的材料，它与免除我死亡的词语契合无间，相得益彰。）

因为这支合法而轻盈的笔，我将始终是个犹太人。

书中，造物主能容忍的只有造物主。

造物主之后的这个犹太教，我的犹太教，是一片湖泊，我的诘问如峰峦般悬垂在湖面上，其中有些高峰甚至无法登顶。湖水分娩出河流，我在河上航行，不太关注风景，却被运行中的绝对所攫获，它用白昼淹没了我。

即便最勇敢的潜水员也无法将我书中的话语与写在广袤海底的话语分开，在那儿，所有的问题都因提问而死。

同样的死亡无尽地选择同样的人。

仿佛在我生命的极点，在一切终结和诞生的黎明，我的作品可以作证。

因为无法回应除我之外的任何人，我将始终是个犹太人，我将始终比其他人更像个异乡人，在不断丧失的话语中离赤贫的人最近。

（……它来自某种犹太文化，那种文化以字词获取力量和特征，并构成书的时代性。

原因不明的死亡中，造物主丧失了权利，此时，造物的命运便如同书写出的一幅巴洛克风格的图画。

雅埃尔喊道：“呵，情郎，有谁比你更接近那话语？那话语温柔不语时，你便爱上了它。”）

（二）

犹太人，咄咄逼人的沉默导致你无家可归。

因此，造物主死了，我发现在这本书中，在这个命中注定的地点，我的犹太人身份被确认了，这个身份与那张最哀痛、最难得世人慰藉的脸蓦然相遇。

因为，做个犹太人，意味着在话语中漂泊且为这种漂泊而泣。

回归书，便是回归被遗忘之地。

造物主的遗产只有在造物主开创的死亡中才能传承。

在生命的尽头，随着一切使命的结束，我们将轮番举起这本我们的学徒之书。

（这是一部循环之作，你将在这部作品的循环中解读它。

而每一次循环都要求你重读这本书。）

（三）

白昼的自由，存在于光悄声攀回已遭人遗弃的滨海之源。

心跳动在惊异的躯体虚空之中。他的外形将源于他者。

由此，世界将在释放世界的过程中塑形。

由此，造物主将在其自身与脸和解。

哲人在墨水盒中将芦管笔饱蘸墨水，提起笔，又在纸页上方悬停片刻，似乎在犹疑不决，那张纸他一整天还没写过一个字，然后，他在门徒惊异的注视下，在总能随手拿到的吸墨纸角落里画上一个小小的圆。

“这个圆，”他说，“被吸墨纸变成了一个已被黑夜入侵的点，那就是造物主。”

“为什么你希望这个圆变成一个黑点儿，吸墨纸上有那么多墨渍，你为什么偏说这个墨渍就是造物主？”门徒问。

“你的问题是造物主的问题。”哲人回答。

“假如我的问题是造物主的问题，”门徒说，“那我现在明白了，是造物主用他的形象创造了我。”

（四）

在这时间之前的时间里，当生命还只是虚弱肺泡里的低等死亡时，空间中有一个微不足道的点，它就像一个气泡，却涵盖了世上所有的漂泊。

爆裂时，它解放了宇宙，却也为漂泊定了型。

造物主刚刚消逝，他只存在于创世中。

作为一统的原则——这个圆收缩进圆那绝对可靠的记忆中——他即将成为某种绝对缺席的灿烂的中心。

从此我们再也无法摆脱漂泊。

书便是真实的漂泊阶段。

（死亡中有无数超越生命的小岛，那是生命吞噬掉的星辰，星辰。

一个没有宿命的词语便如一个未经说出的名字一样，只能是我们纸页上的装潢。

我们将践踏我们的王冠。

我们将弃绝我们的王国。）

反　测

这本带着墨水星辰的书，是我们的目光固定住的运动的宇宙。

书中的人们，我们将永无家园。我们将在词语中死去。

阐释必然对个人和世界的命运产生影响。它意味着赋予该命运以新的历程，承担起全部责任，并做好接受一切后果和付出一切代价的准备。

同样，对书的阐释首先意味着挑战造物主，使声音和笔摆脱其控制。我们应摒弃藏诸我们内心的神性，把它最终还给造物主自己，并全身心地享受我们作为人的自由。

简洁是山峰的智慧。

从一开始，展现在我眼前的便是我自己的故事。

那不会是你的故事，因为我们必不同路，即便黑夜是我们共同的子宫，我们也已在某个清晨喷薄而出了。

一切巧合都是为了生存而对抗黑暗结局的酵。我们移动着同样的界碑，却始终不知我们身在何处。

我们被缚于空间，被缚于梦想者的专属之地；我们似柔弱的海星，栖息在灵魂的海底。

接受生命，意味着对存在提出一个解释。但能采用哪一个？所有的解释都自相矛盾。

无辜之两极的纯粹的生命。

生命溜走时才能感知生命。明天将是源头的另一个瞬间。

松弛的时间与密织的时间结合了。我们永远不会去读被书拒绝的纸页。

附加的持续时间里，一枚火花的空间被拉长。假象带来的惊喜。

你在造物主期待你的地方找不到造物主，你只能在期待黎明之处找到他。

你笨拙地走向造物主，你在奔向虚无。

四分五裂的我终归是懵懵懂懂的人，与我相对的是精明强干且不可分割的造物主。

在造物主放弃管辖权的地方，非知视知识为其跑马地。

我两手满满，而你向我伸出双手。

打湿的羽毛永远无法飞出井底。

外面是黑夜。里面缺少空气，火焰耗尽了。

何种黑暗始终压在那不屈灵魂的小径上。

真理无位置。它是非宜居之地的幽光。

人只用一只手睡觉，用另一只手点缀睡眠。

天窗，天窗……

我的目标是有朝一日会被看到。

那念想——果实——紧跟已有的念想——树木；但未被念想的还有不再退缩的荒漠，我们的脚步随着白昼而日益沉重。

进入造物主的思想，意味着去思考非思想。

被心灵隐隐感知的神圣的在场能在无限之非思想的心中被思考么？

——但所有思考都使我们摆脱造物主。

人在造物主之前或之后书写。

造物主是空白的在场。

死去之记忆的记忆

死亡把属于你的机会留给了你：一个不结果的晦气季节。

大海把我们融入浪涛。轮到我们去汹涌澎湃地冲刷礁石。

死后，大海对我们进行评估。

于是，时间细细翻拣着往昔，让不可分的面孔在我们的眼前一一闪过，我们的脸也在其中，唯独没有埃里亚的。

雅埃尔，你气急败坏地对我说：

“我的回忆可以补足那些白昼的回忆。我从未在时间中生存。”

（“……或许死了。”

——在我们的脚步近旁，你就是这样形容生命的。）

《雅埃尔》之后，是《埃里亚》。窥伺了书的话语之后，有了这本拒绝话语的书。

秋天似乎只是衰落了的夏天，而春天则是精疲力竭的冬之寓言。

空无是我们的一切。天空是其自身重复的缺席，在缺席之上，虚空安置了一尊衰变之星座的浮雕。

因此，除了羁留于踌躇与回归的某种程序之外，无论终始俱为空。

书之伊始，便是生命与万物伊始。

一切书写都是对世界先行阅读的邀约，由语言所敦促，也是我们在抹去的记忆极限中所竭力求索的。

我们只能书写那些我们一直以来有能力阅读的东西，而那些东西不过是有待言说之宇宙中最微不足道的一部分。

书其实从未屈服。

（“我在想象一位无法重阅自我的作家。”

“你再想。再想。”

“我在想象一本无法删减的书。”

“你再想。再想。”

“我在想象一个变为黑夜、变为所有黑夜的字词。”

“我们在这个话语中束手就擒。”）

雅埃尔在谈及这本书的时候说过：

“字词一生中的每个音节都连接着我们的生命，它必得在我们能够接近它的生命之前重生；

“但它在哪一页？在超出哪个时间所征服的可信的空间里呢？”

她接着说道：

“我们以为那是一张已书写过的纸页，其实它不过是字母层面上对适当的人和世界进行的一场赌博，且投注只能在死亡的清晨进行。”

在拒绝生命诞生的门槛上，我们在影子中写下了被书写但从未被浏览过的东西。

书在书中蒙上了面纱。

正如造物主在造物主中蒙上了面纱。

书中的书

后书层叠而起，伸展至未来。可以说，它是之前动作的场域，作家天真地通过这个场域爬上每层平台，并在书的时代拥抱缺席。

我们相信了书过早消失的消息，每张书页都在自身的删削中评点着这个消息，就像人在一生中的每个瞬间都可以讲出其死亡故事中的某个片段，以使其能被深刻思考。

鸊鷉，沉睡之水的鸟儿，
黑暗同样懂得如何起飞。

我会通过窒息的回声揭示出书中的书么？它在我们与世隔绝的存在边缘中存在，它是造物主荒诞的故事。

雅埃尔，在你的腹中之子日渐死去的那个时代，书就已经活在我正在创作的书之死亡里了，并且向我借走了你的名字。所以你孩子的名字如今成了书的名字，这不是很顺理成章么？

我自言自语：“雅埃尔必经埃里亚而死。他俩共享的那四个字母[1]在面对面相遇时将失去其自身的源头。那四个字母让死亡留意着风吹草动。书预示了一个警觉的时刻。”

我们将一同越过敌人的火线，爬过空无那铿亮的铁丝网。你以为正在进入我的卧室，其实房门却通往黑夜及其迷人的光。

你发现我时，我正思索着人与其真实之间未竟的战斗，我似乎觉得你手中正藏着这本世罕其俦的书，而所有的书都在狂热地否定它的存在，以便活得比它更为长久。

——但我们怎能在必胜之际妄自菲薄呢？会不会有这样一种情形：我们因醉心于到场而不惜血本，非要从一切中夺走我们所代表的严格意义上的虚无呢？

在渴望永恒的过程中，你似乎很乐于信赖我。呵，雅埃尔，真是烦人。我难道没有迫使你的心屈服么？我不是也随你而死了么？你一言不发。在恢复的努力中，我们的身体纠缠着。在世界牢不可破的黑暗沉默中，我们是同样昏暗的沉默。

看来，要让这一沉默隐秘而持续地演变下去——毕竟我们还需要屡屡折返——少不了这些纸页的效力，这些纸页我曾未经删改便公之于众，可是，唉，公之于众并不能让黑暗退缩。被保护的沉默，在那儿，话语已病入膏肓，虽有些慈悲的话语一度前来援手，但最终仍被嵌入了表层。

《雅埃尔》是一部远未终结的书。只有《埃里亚》能够让它在原始

---

① 雅埃尔（Yaël）和埃里亚（Elya）均由 a、e、l、y 四个字母组成，但顺序不同。

的终结意义上终结，在那儿，人与世界都苏醒了。

（虚空感受到他处的魅力，又满怀惊奇地踏入虚空。

黑夜梦到了更多美丽的夜，并从星辰变身为星辰。

来世令我们繁衍。

造物主是最后的他者。）

深渊的抵押

一

（造物主将其缺席的范围移交给死亡。）

二

（书写，如同人和造物主说话。然而，在任何话语都被缴械的地方，从空无中又能期待些什么呢？

死亡并不遥远。

在黑夜中抛锚，如一颗孤独的钻石。

“何谓回忆？”
“如奇妙的飞翔，四周一片黑暗；

“美丽而发光的鸟儿，须臾也会变黑。”

存在意味着诘问；意味着在向他人和造物主提问的问题迷宫中自问，而问题绝无答案。

谜样的夜，完全的夜。

曙光将造成轰动。

黑夜最后一个对缺席言说。

我们只为消失者所需。

除了在话语嗫嚅的嘴唇之死中死去，你还能期待什么，你还能指望什么？

假如你始终认为我的书有害，你可以根据拉比的教规，烧掉一半，埋掉另一半。

但这本书依旧会以书写出的形式留在空间，仿佛它的每个音节都是为了死于曙光，为了在星星中重新弹射出来而被白昼照亮，或被黑暗点燃。

通过阅读过的那本书，通过它赤裸裸的征兆，通过它黑沉沉的清晰，我所知道的一切都在我面前一一浮现。

提问的那个人参与了全方位的质询，核心的问题就是深渊。于是，书先声夺人的格局便成了那些柔和字词的最后一次循环。

你的造物主无疑需要一个大写的名字，以便体面地挨揍。

名字太大，嘴里放不下，难道我从未对你说过么？你因自己不正当的缺席而获赦免。

有个诡异的疯子说过：“造物主呵，你若能惩罚别人，就能惩罚自己。

“既然见到了连我都压根儿不能忍受的恶，请你就别再蒙着自己的脸了，索性把自己撞个鼻青脸肿。

“我将在你的罪恶之血中洗濯。”

让我敞开或令我窒息的一切都使我易受伤害，像黑夜，像清晨。

到了应该离开书的时刻，我又回到了书，仿佛从我决定的深处，受困的纸页有一道不可抗拒的命令，要我对它重加审视。

于是，在步履不经意的迈动之间，我们走向死亡。

于是，经由不断地更新，光芒在黑夜纾缓的韵律下抵达白昼。

希望与写作相连。还有什么能比狂热和饥饿中的人的欲望更为强烈？对此人而言，阅读和冒险都是优选的种子。

探索源头的过程中，我确实不清楚我走了哪些路，因为路太多且形形色色。

所有开端一旦做出标记即告终结。

绪论在明天执拗的缄默中找到了结论。）

我们沿塞纳河走着，雅埃尔，我记得很清楚；在新桥[①]附近，在我犯案前的几个星期。

你突然对我说："我那个胎死腹中的孩子就在世界的意象里。造物主的生命是虚空环绕的生命。我们每天都清楚地看见那些在宇宙死去时被禁止的植物——宇宙先于我们而死——是如何在我们的河岸上开花结果的。"

书之光荣，属于身后的光荣。

---

① 新桥（Pont-Neuf），法国巴黎塞纳河上年代最久且最为知名的桥，建于 1606 年。

自我的诞生

一

（他者领先我们不止一夜。我们必须跃过深渊才能追赶上他。

一部像世界一样浑圆的作品，在那儿，在存在的合法意志中，**一切**靠拢**一切**，虚无靠拢虚无。

在我们字词的脚下，我们将死于某种交换的死亡。）

写作的青春期就是马上要说出点儿什么来的那种时刻。

有些词语是早夭的。

字词发誓要素颜而死。生命的通道太过狭窄，书难以通过。

自打向你推荐我的作品之后，我便在黑夜的勤奋阅读中出生了；

但要定义一部作品，必须先与其他作品进行比较，我书中的生命如同一篇导论，被呈现给字词中所有已完成的生命。

就这样，经由复位的符号，我优先重返人类。

只要你在，我就仍在我们的影子成双入对的那个夜晚。

时辰迎合光的所有奢求。
梦中，你癫狂不已，退隐之日则睿智有加。

给字词腾地儿。我们并非丰赡之家。

不能给予的就请接受吧。你会觉得你给予了所有其他东西。

书绘出了你的形象。别人知道它正在把你抹去么？

你走过的地方，话语都曾走过。

因此，我们的白昼尽皆穷兵黩武。现在的一切都靠力量取得。我们什么都不放过。

三支蜡烛重复着书，因为这三支蜡烛代表着我们数百年来的祈求，一直熔化到最后。

我随造物主起舞。

你说过："在心灵看来，一团火焰便是世界的一次狂热的重生。"

对我们而言，雅埃尔，一切都开始于那里。书会考虑到那些灰烬；

但在这种自我征逐的情形下，谁能告诉我们继续生存的方式？

我们轮番挥霍自己的财产。黑夜永远不需要见习。

雅埃尔说：

"我求助于造物主时，求助的是虚空的感觉。呵，爱人，呵，离去的你，情郎，你尚不知孤独是什么滋味；你还不懂得双眼直视深渊是什么滋味。

"我们的裹尸布以我们全部的孤独织就。我们相似的生命将在这块亚麻布中长眠。

"……不过，即便不知道无人知晓的秘事，不知道每个人都在自我中寻觅的东西，犹如秘密在我们体内、在我们血脉的每个热点上跳动，那又能如何？

"不知道曙光是不是我们光芒的田野。

"不知道正午是不是我们生涯的顶峰。

"不知道黄昏是不是我们最后的目光。

"黑夜在被禁的黑夜前犹疑不决。这一瞬间的犹疑紧紧抓住深渊上的晕眩，它是时间的宿命边缘上有益的小憩。

"死亡同样畏惧死亡。"

造物主比人更怕造物主。

这其实就是在问造物主是否并非那个不被我们接受的问题，经由这种不可接受的深刻宣示，世界与世界隔绝，人也与其神圣的血统隔绝。

你必须行走在大地上；你的脚步囚禁在大地里，
在那儿，你懦弱的诘问有如花穗举着它们自己。

造物主言说之处，话语再无声息。
话语滋润的是土地而非天空。

别睡着，让最忠于信号的蜜蜂伴你还乡。

二

我之生，不为他人也不为自己。
我出生了，这便是一切。

我确信的黑暗
是孤独之夜。
我们瞎了。
我们迷路了。
听得到我说话么？
我在说，我在说，我在说。

这一切发生在
你死去之前
和我死去之前，
当时我们心存同样的热望，
走着同一条路。
这一切发生在昨天的
雾中，
一度发生在血泊中。
门紧锁，
我们将徒劳地撞击
那巨大的门扉。
一刻不得
安生。

中心便是瞬间。若造物主是中心，他只能在瞬间里存在。

因此造物主凭借自身的重生，从不能经过的地方经过。

永恒是持续的重生。因此，进入永恒，意味着开始意识到一切都在不断开始，意味着开始意识到你自己就是一个开端。

我们在书的开头找到了造物主，造物主与造物主再一次建立起联系。

世界在世界中自我嬗变。他者继续和脸一同对抗同一。

（……雅埃尔，这个他者，这个超凡脱俗的存在，他像虚空一样以自己的非存在来诱惑我们，让我们痛苦得难以自拔，时间又不能将其摧毁，因为他便是中立的时间化身，这同一个他者，这同一个超凡的存在，在我们死亡的边缘，在离开熊熊火焰的森林之际，我们为他选择了哪个名字？提供了哪张脸？造物主始终在寻找造物主。）

这是有着众多面孔的脸，我们明白造物主可以在某种变形反叛的时刻将这张脸与自己的脸混淆，而这种变形并不包括造物主在内。

造物主一现身，就与我们一同死去。

人在目光中显现和消失。谎言受真实束缚，一如花冠受种子束缚。它们显示的自我形象引发了五花八门的解释，这些解释都有确凿的证据支持。

谎言提示我们，向我们暗示自我实现的方法，将我们置于唯一有效的处境，即挑战自我的处境。

书写中的真实或许就是呼号。语句为它披上了节日的盛装。

造物主和宇宙不过是一束被毁灭了的无界的目光。

（面对谎言，死亡与真实仍不甘心被视为世界的简单否定。二者都想成为永恒之源。它们攥着空间赋予它们的密钥。

倔强的、运动着的、遭到破解的边缘，潮水始终在拍击礁石。

雄浑的词语，被释放出的沉默正销蚀着它。

浪涛初次平息时，我们在它的伤口上书写。）

艳阳下，举动

（在此，我要强调的是字词在面对空无时所受到的魅惑究竟有多大，空无环绕着它，因为它是首选的猎物。

那魅惑与造物主施之于发表终极演说之宇宙的魅惑相当。

从前，夜晚之前有一个更亲昵的夜晚，造物主在那儿言说。

呵，雅埃尔，你逐字逐句重温了他的演说。

页复一页，我们用自己的终结去回应宇宙的终结。

星辰与造物投射出双重的光芒。）

那是一个动作，而你觉得那是个必要的动作。不过你做出这个动作的瞬间，就不再去想它了。死亡附体言说。死亡变为你的拳头和手指的力量，变为它们痛苦的决心。

你渴望活着。你行动了。你通过传递死亡来拯救自己。事实上，你延展了死亡。此前在雅埃尔身上你曾经死过，出生时就死了。你必须返回出发点。我们知道，死亡便是回到卵子里。

你做出这个动作的敏捷性排除了预谋。这种明显的前后不一——因为你不是终归没有接受你女伴的行为么？——乍看之下像是无端；不过，这种无端性难道不正是针尖上那轻狂的针，不正是边缘和沉默的地盘上那撒满盐的山峰？

小姑娘，小姑娘，在时间那脆弱的山顶上，这种无端性具有了某个小姑娘的重力。

生者无法进入边缘，沉默的边缘是黑夜支配的世界。

你必须站在雅埃尔一边，战胜边界的敌意。死亡只会在死亡面前罢手。

你成了卑劣阴谋的玩偶，对此雅埃尔和你一样难辞其咎；心爱的雅埃尔，在极具性感的赤裸中被爱抚的雅埃尔，你可以行使情侣之权，借助激情和缠绵悱恻，以具有支配力的真实的名义进入空无。

艳阳下，在明亮的人性白昼里。

透明的时间

光通过水晶让我返回自身，它急于映出我的形象，而不是让形象失真。

为了解开一个谜团，我徒劳地围着我的映像打转。

我们俩谁真谁假？

——既然他不是我，我也不再是他，而是另一个因为想继续成为他者而在暗中偷走我相貌的人。

这时间像一本书。所有这些书都将允许我们自行服满我们的刑期。

某种确信。而它什么也不曾允诺我们。

一

书写或出生若不是向话语和造物预示大限已到，还会是什么？
终结将成为我们的时间，但死亡处于外壳最简洁、最柔软的内心。

在他人眼中，存在意味着变化，而在我们眼中，存在意味着曾在某一天存在过。

我存在于任何冠以我名的事物中，且在我自我中断后继续存在。世界只存在于以往世界的神秘参照中。我只存在于与某个已表达之话语的空间联系中。

已听闻的话语和将要言说的话语之间，这半沉默的所在是回声最后的避难所，那儿才是我的位置。

白昼诞生时是苍白的。所以，人会在爱情最脆弱的那一点上发抖。

所有的光从荒漠投向我们。我的作品即是沙之书，不仅因为它的光，更因为它摒弃了矫饰的赤裸。

一个话语在启示范畴内是微不足道的，但在符号的缺失中却有着重要作用。书永远是敞开的。

每一天都在助力我们丢掉最后一天。

造物主依旧是我们最粗的涂痕。

二

世界按既定的终结安排自身。

你只能爱那些你可以毁掉或每天毁掉你的东西。

此即造物主之爱。

我们还能指望死亡带来什么呢，除了它从我们这里夺走的——我们自己？

明天拥有某种精心设计的不在场的尊严。

时间夺走时间。话语在山上晒黑自己。

黑色，书的词语。

生存也许是一道踪迹的强迫记忆，只有我们在这道踪迹里目击这一切。

这条线将以光构成。

星辰是健康的话语。我们发觉死亡只是沿途或终点的一个精疲力竭的字词，被戏剧性地丢弃给贪婪的黑暗。

太阳，无茎的黄色大丽花，那儿没有天堂。

雅埃尔说，我与太阳一同出生。我诞生于杂乱无章的声音，在那儿，眼睛用来聆听。

黎明把大地呈现给问题。只要天还亮着，我们就一直交谈。字词被用来对抗字词。我们与黄昏一同消失。

获得认可的，将被挥霍一空，有如拱顶随宝石变得灰白，呵，字母中的结结巴巴的表达。

我们的誓言是对沉默的致敬，沉默中，你撕扯书页。

三

契合在黎明时分幸运地降临，与船头订立的契约需加快施行。

唯有航程在预计当中。

唯有大海受到了推动。

真实存在于受伤之翅膀的褶皱中。

我们扬扬自得，却又如星辰被铆在虚空，我们的时间与我们一同随着时间流逝，时间的双臂上承载着流年。

你是谁，呵，若不是那个回应我急切需求的女人，你又是谁？那需求撕扯着我，亟待有被爱的双眼在我的谵妄中去重新辨识。

死亡拓展绝境。

种子之眼，花岗石之眼。

我们在同样的狂热中发芽，僵硬。

目光的冒险——看见与被看见的相互需求——将人引向对自我和对世界的尴尬追问当中，自我和世界两两依存，一方在公认的无能和饥饿中与另一方相互抵消，而深渊底部的书写以其最后一丝气力承受了这种无能和饥饿。

在极端之地，光是不透明的。我们在世界的背面探索不毛之地。

拂晓时，天空像受刑者忌讳的脸。

人受到时间之箭的威胁时，盾牌并非话语而是沉默，世界从平滑、坚固而膨胀的沉默上滑过，你也将它制成了可手的武器。

星辰，无数爆裂的眼。

失明的宇宙看到造物主。

沉默的下一步是死亡。

人生过半，方才懂得死亡，仿佛到那时才明白死亡无非是滞后的相遇而已。

黑夜在我期待的中心。

死亡，一场虚梦？

漂泊，像呼吸和说话一样漂泊。

昨天，明天，这两个单词联袂指定了永恒。

太阳在我们体内么？此时，清晨便是灵魂令人心安的反射。

呵，雅埃尔，睁开双眼之际，你知道自己正有悖常理地停留在旅行的起点和终点么？

我想起那些人，他们的名字是以一颗杏仁、一波涌浪、一条小径命名的，他们永远不会是果实、波涛、枝丫。

我想起那些人，他们在两片遥远的生命海滩之间已化作水沫和风中桅杆那顽强的时刻。

我想起那些人，他们在某一夜被最后一瞥的暗礁击碎，他们的身体永远漂浮在世纪的大洋上。

通过他们的代言，造物主才进入我们的视线。

（我的这些书为不可能靠近他的圣名作证。

我一直生活在离那个王国无限遥远的地方，我曾无数次地相信自己已经抵达。

他若无存，我本该为了他的光荣长啸。我鄙视那些看到他的人，他们凝视的其实是他们自己。

他是一个无形世界里的无形先知。我们要把自己打造成先知，好在空无中与他一样。

主啊，你并非死于曾经存在，而是死于曾被认为存在。

话语以思想作为峭壁。

书引诱宇宙和人在其共同的死亡中被阅读。

这是被认可的持续下去的机会。

毫无疑问，走向书，意味着已经猜到我们会在字词中变形；猜到我们随即会在字词中死去。

书写者以无限作为围墙。）

对那些身处舱底、饱受窒息之苦的人来说，在化作一片与地球上其他海滩毫无二致的海滩之前，那扇调节的舷窗就是会聚点。

我们行走在沙滩上，脸被浪花和定期巡游的盐冲刷出皱纹。

明天同样属于人。

在来自他处的话语中，时间加倍。

（那儿，过去空无一物。

你在。你曾在。）

四

话语爱上了那张完美的脸，像一粒种子爱上了自己的果实：为了树汁本能的增多，这爱秘而不宣。

造物主是字词已经接受的挑战，但话语并不通向造物主。唯沉默可以。

这人很严肃，而他克制自己不去告解的事也很严重。他的缄默见证了毁灭的沧海桑田。

种子钻石，为一颗星而碾成粉的星星。

地核只是假设的种子，那不是钻石，而是镍和铁。由层层叠叠的死亡复合而成，地球是死亡的样本。

循环藏于地核，并在循环中生长。

对死亡的焦虑和恐惧其实就是对真实的焦虑和恐惧。

于是谎言出现了，似乎是针对天堂的攻击而做出的不具人格的回应，是我们在求生的渴望中恰巧出现的神赐法宝；但脸仍在坚持，它是我们之毁灭的见证。

啊，让我们在鲜花、树叶和火焰中自我毁灭吧。

形式塑造我们。

在此，重力是自由的身心俱疲之姊妹，自由背离了我们的意愿，而一旦清醒，它又煽动我们在初次守夜时就向自己提出如下问题，即在诺言中，在漂泊中，在死亡中，我们究竟会落后到何种地步？

被我们称作死亡的那个东西只是变身为另一种死亡的死亡，但却持有我们的名字；终结只有在永无终结时才与我们有关。

灵与肉相连。一个死去的思想便是一具献祭的躯体。

我们被引导着相信死亡不朽，而自己却因失忆而腐烂。
所以永恒无形，无声。

拥抱中的夫妻是跨越黑夜的影子。

回忆失忆之物。虚空见证思想的深邃，而思想在空无中寻觅自我。

呵，雅埃尔，在我们多产的空白纸页里矗立着你的永恒。

有一种身后之死，被称作抚慰人的死亡。

五

“你刚刚倾听了这本书。”

“……不是这本书，而是其中的几行字。”

“你刚刚倾听了书里写出的几行字。”

“……不是写出的几行字，而是我死去的声音。”

“你刚刚倾听了你死去的声音。”

“……不是我死去的声音，而是突然在远方出现的我那没有回声的声音，音色空白。”

“——你刚刚倾听了黎明。”

“……不是黎明，而是一束流放的陌生的幽光，且被不幸的太阳讪笑。”

“你刚刚倾听了一束陌生的、饱受讥笑的幽光在空间回荡的悲叹。”

“……不是一束自主的幽光，而是一束被祭献之幽光的余韵袅袅不绝回旋的低吟，是一道被囚禁的无上之光的影子，那光与永恒不离不弃。”

“你刚刚倾听了黑夜。”

“……不是黑夜，而是感受到的环绕星辰的虚空，是无声掉落在星辰上的几行璀璨的句子。”

“你刚刚倾听了后书中的一大段片段——或许是全部。”

“……不是后书的全部，也不是大段的片段，而只是边缘中的几段。”

“你刚刚倾听了一个与道路一同得而复失的瞬间，这个瞬间。”

“……不是我的道路得而复失的瞬间，而是路边被连根拔起的树，是树散落在遭到玷污的书之门槛上的果实。”

书

呵，雅埃尔，你曾活在渐渐死去的生命中。

天空黯淡时，伟哉，自由之光。

埃里亚，你接受了我们为你打造的前程，就像我们违心接受了一个只在书中强加给我们的过去。

死，生，这无足轻重。

从此，过去和未来形成了同一片灰色的天空，在密布的彤云中形成了一条巨大的云隙。

门之一
(边缘)

啊，在死亡两端冗长的地下跋涉终将成为我们的坦途。

“你们在期待什么？你们在瞩望什么？死亡，毋庸置疑；可其他呢？”

“回归死亡。”

这是期待得以永恒的阶段。时间目睹白昼与人一同有序消散。

我们的屈从当有回报。

天鹅，边缘之鸟。

半明半暗的房间里——外面依旧黑夜沉沉——那面三联镜从中裂开，你应该记得，那是从前雅埃尔临产前独自一人在房间时，为唤来女房东，随手抄起不管什么物件砸向门口而无意间打碎的——因此在这个半明半暗的房间里，在宣告清晨将临的微光下，那面三联镜炫耀着自己的伤口，让人觉得像是淌血的阴道。狭窄的产道系着生与死，这是一个爱恋中的女人奉献给娶了她的男人的地方，从那两片同甘共苦的阴唇中，我看到一个孩子露头了。随后，那孩子在我的注视下变成少年，这个少年发现他自己变成了男人，变成了我，他长着我的脸，却没有名字。

我在这间屋子里，在这个房间里都做了什么？我不由自主地一步步向前走。难道造物主本人也像我们一样，是由一面镜子孕育而生的么？

雅埃尔，我不由自主地一步步走向你，你半裸着困在一句话里，我不敢插嘴。我也停在那话语里。你正在那儿述说着我们的故事，埃里亚也在，他在打盹儿，而我在聆听。你在讲我们与你的儿子一同死去的故事。你说你儿子如今还活着，就活在我们的死亡里。

在孕育我们的种种开端的子宫中，那被诅咒的孩子曾呼唤过他的双眼去拥抱无限么？那悲怆而高贵的目光穿透母亲厚厚的肌体而归于圆满。

那天，雅埃尔肯定感觉到了肚子里的胎动，随后，那孩子沉入敌意重重的海水。

我会任由这个故事在下水道的管网中流走么？这个故事本可以以其清白而成为雅埃尔之子的故事，或许，在死亡的过程中，他已融入这个故事？

在被沙砾打磨光滑的珍珠母般的躯体中，生命剥夺着生命。

而这个离奇曲折的故事会在其真实寂寞的循环往复中成为对现实的大洋彼岸的无尽追问么？

一条神启的生命，了无生气，却依旧活着。被呼唤，被服从。

大海在这只幼螺中放歌，在那儿，心早已屈服。

（死亡中，有多少人会整装待发，去拯救我们的形象？

有人告诉我们说：“你们到了。你们就在那儿。”

我们未及照面便已烟消云散。）

“我是谁？”重复在自身的帮助下完成。

“我是谁？”我答。

患了黑蒙症的植物的生命。

呵，失明，恶之花冠。

花园何处无玫瑰。

所到之处门洞开。

重复在自身的偶然中完成。

（深渊之底——谁知道呢？——是悲凉充斥着下行音阶的空间，结尾的音符骤然凝固。）

记忆可能是所有踪迹中最惊惶不安的踪迹。

（这种下行并未经过验证，对躬身为之者而言是要冒行动落败之风险的，其令人激恼的程度不亚于盲人在大白天里推搡着开辟出一条路。这种下行，不就是某种在欲望的远端斜坡上的体验么？而且这欲望还信誓旦旦，一劳永逸地想让这片林子成为火中灰烬。

在我们受限的中心，我们横遭挫折。）

重复在自身的秩序中完成。

你想通过前门进入书。

雅埃尔，你不知道脸在那儿是有争议的么？

你无法以你自己的名字被接纳。

鲁莽的飞蛾撞入蛛网。

——你没注意到瞬间在语句的提示下将自己修饰得多么完美么？

我们轮流成为纸页的纤维和嵌丝；

成为书写的开屏孔雀，成为死亡的恒久威胁。

我们将在循环中死于自身的谣诼。

“我是谁？”重复在自身的超验中完成。

“我是谁？”我回答。

他可能叫“亚埃里”。也可能叫“埃里亚”。无所谓。她曾是雅埃尔，是造物主的新成员和对手。[①]

真实在她肚腹中挑选了住处。一个有前额、有双眼、有性别、有灵魂的真实。

（“他将成为我的原野。

而我将成为他的梯田。

他将成为我的山谷。

而我将成为他的丘陵。

我，凝视他。

他，凝视我。”）

光中之光，取之不竭，只照亮自己。

清晨从不迷路。

（“雅埃尔，你没爱过么？”

“或许爱过吧，”她回答，“但却是压抑之爱，从未见过天日。”）

我是四月十六日在开罗出生的，可我的父亲很粗心，他在户籍登记机关给我办理出生证明时说我是那个月的十四号出生的。

对这个日期上的错误，对这永远与我睽隔的四十八小时，我是否应

① 亚埃里（Aely）、埃里亚（Elya）和雅埃尔（Yaël）这三个名字均由 a、e、l、y 四个字母组成，但顺序不同。

该无动于衷呢？给我的生命中增加的这两天只能活在死亡里。

所以，对书而言，对世上的造物主而言，我存在的初次亮相，便顶着我名字的缺席。

（我们确认存在之物。而这个存在之物并不存在。此时，知识的明确使命就是否认存在之物，从而抓住非存在之物。

“呵，死亡的教训。”

“所谓非存在，是指在显现中受到质疑之物，亦指公认其变化之物，且其在变化中更接近将来的存在而非过去的存在。”）

重复在自身的解救中完成。

“我是谁？”我回答。

空无推迟了与空无的所有约会。

太阳无替身。

算来距雅埃尔的孩子出生即死已有一百八十天了。一切都已定格并镂刻于灵与肉之中。那是生命难以留痕但依旧宣示存在的六个月，是永恒之阶段在评估缺失的情况下自我变身为永恒的六个月，是失重般搁浅在无名岛屿的六个月。

（“雅埃尔，你爱过么？”

“或许吧，”她回答，“但那爱与日俱减。”）

一个死去的孩子将构成雅埃尔的世界。爱抚是率性的柔情，而拥吻则意味着搂抱轻风。

在这儿，四壁深得时间的厚爱；柔软的笔触沐浴着白色的油彩，它带着一层更为温暖的丝光而非午间的私语。高枝茂叶宛若伴侣，掩映着每片窗棂，而冬季则只剩下光秃秃的枝丫。

我们曾双手支颐，在窗前历数四季。

我们没挪过窝儿。

我们目睹时间流逝。

“我是谁？”我问。

“我是谁？”我回答。

重复在自身的差异中完成。

荒诞的动作被揭露，被弃绝。但精心谋划的行动有助于我们绕开其掌控的关键时刻。

对发号施令者，甚至对曲意逢迎者来说，刀都是通用而锋利的手段。

无论王子奴隶，生命都是有价的。

一旦回归理性，人便会顺势应变。

（四季为此抛头露面地赎罪，从耗尽根须的外皮直到主干，从沉陷的大地直到苍天空洞的头骨。)

人流熙熙攘攘，迫不及待地要去爱，要去创造，要去奔向特定的目标。一簇簇，沉甸甸，面对轻灵的造物主。意识的觉醒由暗礁催化。海洋叛逆地向港口咕哝抱怨。

符号的直白。明天，谁将在书的字里行间读到宇宙对我们凄怆的超自然的征服？那征服伴着人的不满的回声，浪涛喷吐出股股黑色的泡沫，将人冲上海滩。

明天，雅埃尔，谁将在一颗星的额头读到你变形的名字？虚无缥缈中，那张脸仿佛枝形吊灯剥落的碎片，仿佛喷泉旁花楸树上的一滴过早凝滞的泪珠。

生与死，受制于等待的等待。

严苛的行为一如故作骄矜的灯塔，其光芒反被因光而膨胀的黑暗淹没。灯塔永远需要转动，永远需要恪守职责，却永远没有同等的自由。曙光将为灯塔的石头加热。

空中疾飞的鸟儿被一颗霰弹击中，直挺挺坠向地面。

一滴血渍便更新了界碑的位置。任何事物都在人尚未终结的痕迹中终结。

雅埃尔，你儿子便是这个被雪枭唤醒的惨遭蹂躏的梦——雪枭有如黑暗世界里长着双翅的幽灵——从横亘数个世纪的远古堤坝的高处窥伺其猎物。

我们在废墟上呼吸。

> （白色的枭鸟，你是那气流中恣肆翱翔大声喧嚷的话语么？雪枭，你落上柔顺的细枝时，是那被书写的词语么？
>
> 你每次都是同一只鸟么？
>
> 世界需要手与口。可你的儿子，雅埃尔，哪盏合适的清晨之灯能让你想起他的躯体，让你重塑出心目中的他？）

没有生命力的白昼画布在哪儿都无人问津。死亡支配着边缘。任你拼装。任你补缀。

绣品对另一种生命形式的针尖说话，一种完全未知的其他植物。播种后，蹿出火芽，开出火花。夜的泥淖里，种子在闪光，可顶上的花冠难道没有为根系奇迹般的爆裂作证么？我们寓目良久方得一瞥。

伤口把玫瑰当作儿时的女友。

他处依旧是我们的土地。

雅埃尔，当你寻找自我并愿为你的孩子的幸福而成为母亲时，你会何往？从一端到绝对激情的另一端。

光芒是重生的欢娱，有如玻璃球里不时缺氧的火苗。

世界在你膝头。

他处依旧是我们的力量，我们的主题，我们的律法。

我们占据了可以居住的地球一隅，并在那儿比肩绵延。

昨天本该为埃里亚庆祝他的十周岁生日。他古铜色皮肤，蓝眼睛，灰马甲，戴着购自西班牙的鹿皮领带，穿着长裤。还有那难以抗拒的微笑。他像个小伙子一样站在我们面前。雅埃尔把礼物送给他：她首饰盒中的一只腕表。

他脸红了，走上前去拥抱她。

“等一下。”他说，随即便消失了。

昨天是统治我们的黑夜的往昔。

我们只有自己的影子随黑夜移动。

（黑夜现出裂缝，太阳于此出现。

我们的墙被更厚的四壁取代。）

那个被空无从你手中夺走的孩子，那个你再也不能左右的孩子，你会如何敦促绘就他的肖像？

你越来越虚弱，濒临崩溃。

黑夜裁断一切。

所以说，那是个梦想中的孩子，产生于某种叛逆思绪的曲折之幻想。悲剧般的孤独。思绪的后面是有限的空间，是广袤的荆棘，世界摇摇欲坠。

他十岁了。很快会长到十五岁。雅埃尔，他有你情郎的脸，再往后是我的脸。

他便是脸。

（山柳菊，助纣为虐的植物，强化猛禽的视觉。
血河上，雀鹰曾是你的同谋。）

总之，若他未出世时便是雅埃尔的偶像，那他绝不会自暴自弃，换言之，绝不会成为他者。

他曾经离我们很近，他曾代表我们却又驱赶我们，他曾守护我们却又冒犯我们。

在不幸被那个心爱的女人遗弃后，我会求助于他么？之后是否又会怪罪他没有成为我，或只是为了他自己才成为我，仿佛只是出于本能或碰巧为之，就像你在街头拐弯处迎面碰上的一个路人，而这人却是——哦！太可笑了——你的替身？

我会在内心深处长久地伴着他、琢磨他、欣赏他么？然后，一旦厌倦了缺席，我会从他那儿一下子偷走声音和目光，好让自己取代他处心积虑模仿的这个他者么？

呵，死亡，在这难以想象的出口，一切都遽然变得可以想象。

你睡了，雅埃尔。你的子宫曾经是酣睡之夜。

我们将像梦游者那样一直去追随时间。

我们将一直追随那张脸和那张脸上幻想的世界。

（人们永远不可能通读我的作品，若真有那么一天，他们就会看到一个曾是诱惑和沉默的胎死腹中的孩子。）

别人永远不可能了解我们之间的同盟。恶恶相随。话语依旧是最近的门槛。

所以，一切都是从他处开始的：某个子宫深处，厄运降临，一个被剥夺继承权的人出生了，连生命都不敢问他长相如何。

我们就是这样，在对抗生命时奉献了一个其灵魂被剥夺、在遗忘中备受蹂躏的男孩儿；我们在对抗世界时接受了他：你——他的母亲和恋人，还有我——他错过的机会。

（埃里亚，有那么多字词咬钩了。

我已把你无限期地奉献给了我的名字。）

门之二
（名字）

伴随着你的呼号，你拼写出了他的名字，而每声呼号都是为你命名的字母之一。

从字母中学会我的名字。拼读它，畏惧它。珍爱它，逃避它。

在亡灵书中学会阅读我的生命。

于是，悲痛在灰烬中发出灼热的光。

柴堆上，烈焰向森林复仇。

烈焰腾空。

白昼复归一统。

一个清晨

又一个清晨，

一个黑夜

又一个黑夜。

一

所有关于造物主的阅读都只能孕育于造物主之中。

在这儿，噪音和界碑之外，一个孱弱的人将在逋逃的生命中被阅读。

门闩形同虚设。

书在门闩中。

“我的造物主，尿布。我忘了带尿布。”雅埃尔说。

“嘘，你的孩子不需要尿布。”

“我的小天使需要尿布。”雅埃尔坚持道。

“你的孩子正在你空气般的手臂里飞翔。如同两千年的漂泊在温柔抚慰着根本不认识它们的片刻。”

树木高于时间。

死亡中，造物主松开造物主
并让自己成为楷模。

（延续性只呈现于中断的情形下，那是拒不支持没有结果的过激行为造成的中断。

一条路，其值得记忆的线段相对于不确定的空缺，二者机会相等。

鲜花盛开的白昼是我唯一的爱。）

埃里亚明天要上学了。埃里亚昨天开始上学了。埃里亚能数到十位数了。埃里亚马上能数到一百了。他说话时俨然像个大人了。他古怪，好奇。他很结实，还很勇敢。他很独立也很亲热。他要么吊在母亲脖子上要么在她身旁小跑。他长着鬈发。埃里亚会骑自行车了。他变得更斯文了。他很有自制力。母亲说："他快长到我肩膀高了。"埃里亚对发生过的事和其中有什么关联很是在意。世界让他着迷。虚空令他沉醉。他表现得十分成熟。他喜欢争辩。他满脑袋主意和计划。他眼里只有母亲。母亲眼里也只有他。他长得多快呀！她觉得自己也变年轻了。他跨出大学校门了，毕业，庆贺，夸奖。一切对他似乎都信手拈来。她目睹他的成长。好骄傲啊！她对他不是什么都能理解。但她努力不让他失望。她认真听他讲话。还不时做点儿笔记，记下他的议论。他变成了一个男人，她的男人。他是她始终如一的关切，是她全部的目的。他出去，回来，又走了。他不在的时候她衰老得多快呀！他在哪儿？他对她说起一个姑娘，他的女友。她好难过呀！他在哪儿？她依偎着他的胸膛，蜷伏在他的臂弯里。大家都觉得他们像一对情侣。他是她绿色的真理，是参天大树，硕果累累，味道清新。挺拔英俊。他是她的依靠，她的食粮。他是她全部的存在，全部的能量。他是她的守护神。可他在哪儿？啊，他来了。可他怎么了？是他么？她的大树摇摇晃晃，病了。埃里亚落到地上了；不，他没落到地上……可不是么，是在地上。他的头上罩着一朵云彩。雾。也许是暴风雨？他不能抵抗。他站不起来。雾浓，风狂。或许是雪？真冷！茫茫黑夜，呵，黑夜茫茫！他们的希望中，那么多时间化为齑粉。那倒下的大树空心了么？世界在世界上歇息；可你，雅埃尔，你屹立着，直面陶醉于你心的真实。就这样，你与你同族的人们会合了，他们牢守着信念，坚韧不拔，呼唤造物主在冠以他圣名的壮丽黑夜中现身。

你走进死亡，却不料回到了出发的原点。你险些错失海岸。埃里亚与你合二为一，成为同一个溺水者。

你的耳朵早已不属于你，却仍在奋力反抗空无，只为了告诉你，说你正在死去。

你走进死亡，铁了心要挣脱你的躯壳，可是——唉，真没面子呀——却发现自己又重新回到了躯壳里。

你走进自己的躯壳，世界再次独占了你。

你将肆无忌惮地全身赤裸，沉浸在男人们癫狂的爱中。

你说："我将用不断变化的光去摹画世界，我将抹去世界。

"这样，脸将抹去脸。

"反叛的石头将会明白自己已卷入宇宙的运行当中，它将因此而身不由己，面目全非。

"明天它会变成什么？变成另一块石头，变成另一块它使尽浑身解数也变不成的石头。

“而我，我存在着，

“依旧存在；

“而你，那随着我、没有我、经由我、为了我的你，

“你会是谁？”

（由此，造物主在已被抹去的他者中抹去了自己。

目光在劫难逃。）

二

你提醒我说，书要求遣散粗俗的目光。要按照第二条诫命，废偶像[①]，弃象征，以强化已见但尚难辨明、已闻但尚难听清的字词的纯洁性。神谕是令人心悸的黑烟[②]。它并非古怪和唬人的声响，而是从西奈山[③]热气蒸腾的火焰踪迹中蜿蜒而降的和谐之声；是在无垠诫命中回响

① 典出《圣经·出埃及记》20:4-6：“不可为自己雕刻偶像；也不可作什么形象仿佛上天、下地和地底下、水中的万物。不可跪拜那些像；也不可侍奉它，因为我耶和华你的上帝，是忌邪的上帝。恨我的，我必追讨他的罪，自父及子，直到三四代；爱我、守我诫命的，我必向他们发慈爱，直到千代。”

② 典出《圣经·出埃及记》19:16-18：“到了第三天早晨，在山上有雷轰、闪电和密云，并且角声甚大，营中的百姓尽都发颤。……西奈全山冒烟，因为耶和华在火中降于山上。”

③ 西奈山（Sinaï），位于埃及西奈半岛中部，海拔 2285 米。在《圣经·旧约》中，西奈山是耶和华的使者从荆棘和火焰中向摩西显现之处。摩西带领以色列人出埃及后，在这座山上代表以色列人领受了耶和华的律法十诫。

的踪迹之踪迹。

白昼的声音是引导、赞美和谴责的声音；它既没有自暴自弃，也没有过犹不及。黑暗之声，那阻止言说之声——它并非表达，或者说，它是在传递着某种不可能的表达——正在发掘着沉默之书的沙。

这本书，雅埃尔，曾是我们的书。

三

（遗忘在遗忘中藏身。

造物主从造物主的遗忘中浮现。

“难道一个绳结变成了一颗星？”

“可能。”

遗忘是黑夜解不开的绳结，却被清晨剪断。

遗忘在遗忘之夜怒放。

星空是上天遗忘的苍穹。）

遗忘，空无最常见的表现形式之一，只有死亡方能将其降伏。我们进化到这一阶段时，空无会不会恰巧是我们进入来世的序言？它不仅让我们重回自我，而且还让我们重回我们曾经半是想象的世界。失去所有，遗忘所有，以使我们拥抱一道目光中的世界，拥抱一个动作中的世界，而那目光和动作却并不懂得退潮。

我们亏欠死亡某种记忆，那记忆早已超越我们生命的范畴。我们记得前生，也记得来世；因为那个岌岌可危却仍在延长某种真实的东西——我们是其媒介，真实心知肚明——所发出的光可与白昼媲美，一旦熄灭，又会计数着它在中性之黑夜的路径。

因此，链条从未断裂。死亡确定一统。

造物主不求理解，但求被爱。你永远猜不出为什么走向死亡便是走向造物主。一切财富都遗赠给你。那些财富是不求回报之爱的爱，造物主为此创造了脸；

但为了死去，你居然愿意停止去爱，直到在所爱中仅爱缺席。

摧毁脸是否也意味着摧毁造物主？此时，爱造物主首先意味着爱造物主之死。

我们从被遗忘之物启程。书的形成从忘掉书开始。

遗忘，是黑夜与黑夜交换的狂热银线。天空将用它为自己缝制天上的海量服装。

就这样，迟早会把某个不期而至的曙光与反抗它的白昼缝到一起。

剪断这些线，世界就将无存。

从遗忘到死亡，某种非书写正急于表现自己。届时，字词会前来施教。

遗忘伊始，我为自己开辟出一条死亡钟爱的通道。我一字一句地重温第二条诫命的训诲。我在即将到来的话语中废止了世界。雅埃尔，你肯定已经死了。随着你的离去，我才有可能前行到你领我抵达又遗弃我的地方，那正是我强行结束书的机会，而且，雅埃尔，经协调话语与脚步，我得以在满目枯枝中一睹我久已消逝的名字和你的名字。

你在讲话，深受母腹中蹬踹的字词折磨。而你的话语好似一出生即遭斩首。能用来建造的都是费力或轻易从你身上扯下来的东西。

你曾经为那本书死过多少回啊？杀你的同时，我化为书的每一页，把埃里亚据为己有。

（穹隆之钥，虚空之钥，

埃里亚最终会成为那把钥匙么？

行动之后的夜晚。我们把完好无损的黑夜留在身后。）

所以，雅埃尔，如果说我们从来不知道我们是谁，那是因为我们早已忘却。墙外，遗忘的地盘越来越大。我们清除掉障碍。被我们废止的往昔正在被遗弃的书写中搏斗。

书永远认得书。

（雅埃尔，我们在深渊转圜。

那深渊，便是你的孩子。）

所以，那是个胎死腹中的孩子。出生即死，换言之，是因生而死，是直至降生依然被拒绝因而凝固于生命中的生命，但其呼吸和惯性都属于我们。

所以，那是个残酷的真实，你将自己爱情的多重面孔都赋予了它。我本该成为并非你儿子的儿子，直至轮到我沦入他的黑夜。我本该成为并非你情人的情人，直至在他的生命中死去。

我们就这样完成了死亡的轮回，呵，话语，我通过将它投入深渊而赋予它希望。在它的沉沦中，空间弥漫花香。我们要在悠长的芳香中构筑起我们最后的家园——不是坟墓——而是书。

就这样，在页面大小且有横纹的底部，一组负有使命的字词——翼瓣、附器、苞片、花萼、花距、萼片——形成了秘密的胚胎状并排列起来，我们会抓住它们赶紧毁掉，大概是生怕有人在难以忍受的花海中读到我们深居简出的漂泊。

难道我们不会彻底毁掉乐园么？

书其实便是斤斧下四溅的火星。

遗忘是在沉睡时分采撷的谨小慎微的花朵。当黎明唤醒色彩时，黏附于大地的呼号便融入我们的呼号。于是，花冠和日晕竞相展现出其转瞬即逝的美。

任何花朵都拥有遗忘的价值。

对等的仪式。

任何花朵都拥有遗忘的温暖。

无论仪式如何，死亡永不会演变为庆典。我们借此完成了死亡中的游历，呵，话语，我要把早晚会被遗忘的希望交还给它。

于是，我未加克制的举动——尽管是在冥冥中酝酿而成——与你明晰而绝望的行为杂糅在一起，并争夺奠定本书基础的同一份特权。我们没有上花言巧语的当，反而做了它种种内部矛盾的帮凶。话语临终，意味着字词降临。书通过消耗生命，以血肉为代价得以完成。

“尘土终是你的归宿……”①书写便是尘土的体现和证明。

（维尔-奥丹，正是瞎子想在自家草场使用的那种简易摊草机品牌。

生死之间，你在期待一道疯狂的目光——期待

① 典出《圣经·创世记》3:17-19：“（上帝）又对亚当说：‘你既听从妻子的话，吃了我所吩咐你不可吃的那树上的果子，地必为你的缘故受咒诅。你必终身劳苦，才能从地里得吃的。地必给你长出荆棘和蒺藜来，你也要吃田间的菜蔬。你必汗流满面才得糊口，直到你归了土；因为你是从土而出的。你本是尘土，仍要归于尘土。’”

一场疯狂的爱——白昼对此会做出回应。)

雅埃尔，黑夜胁迫的白昼掌控着你青春的法宝，即焕发无价之光的星辰。

你如我愿，在太阳中死去。我们同时成为流逝的时辰、岁月和世纪。

一旦死去，永恒会在我们占据的这个非理性和荒诞的位置上寻欢作乐。

埃里亚，完全漆黑之前，你和我只是影子随机的变形。

黑夜的征服巨大而一统。天上，金色的光斑闪耀在我们遗忘的旗帜顶端。

门之三
（卢森堡花园的某个午后）

一本书就像一连串门。唯有一扇门到另一扇门的通道才可以述说、可以阅读。

一

我们对绽放的花朵言说。而聆听我们的却是落叶。

我夹着一本书向卢森堡花园走去。午后很暖和，阳光明媚。我思考着一位文学周刊的记者头一天向我提出的问题，想在心里归纳一下自己的观点，当然不是为了修改——为时已晚——而是因为我当时回答这个问题时没太上心，这可不是我的风格。我为这次采访而自责，就像我常会为无害的自信心而自责一样。

眼下能够证实的是，我不过是一个写作者；这就是说，是个面对字词严守自身秘密的人。我毫无标榜自我的冲动。我让自己暴露在我的笔伐之下，有时甚至是很恶毒的笔伐。就好像突然间我的躯体只是为了承受这种磨难才存在似的。无论深渊还是天空，字词的构成都留下许多开裂的伤口。伤口里，形形色色的世界各得其所。每个世界都有其向前发展的一片天地，却不了解另一个世界。这种不了解是我写作的主要原因。让那个世界学会通过把我变为一道唯一的伤口来了解自己。无论黏合还是涂抹，词语之间的空间都是同样的黑夜或清晨。一统是极端的苦难，是同一片皮肉，是可怜而破碎的灵魂。

（时间之外，从无漂泊。
我的子民是现时的子民。）

总之，把目光拯救出来，好让一切在永续中显现便足矣。
精神的可怕冒险，呵，最可怕的冒险：向黑夜敞开黑夜。
我们阅读的是全部黑夜。

（苦难中，我的子民浑然一体。）

那么，就让遗忘再向前迈进一步吧。

二

一个小姑娘唱道：
“大海的寝室里，
寄宿生多得数不清。

我们人类的梦
永远比不上鱼的梦。”

我的回忆是一块旧马蹄铁。啊，我的回忆四蹄飞奔而去。

我是没有坐骑的骑手，没有浪涛的海洋，没有曙光的天际，

在时间继我之后变为缺席的时间时，我被钉在自己身上，钉在缺席之上。

那小姑娘唱道：

“坟墓里，
有七个孩子的尸骨。
最大的一根是石头。
其余的都是泥土。”

痛苦的永生中，我们只能在生前谈论死亡，那是永恒的倒数第二个存在。沉默包围了生命。最温暖、最亲密、最温情的避难所，我向你致敬，造物主无须诞生，便已自在于此。

三

我放弃了。

吠叫吧，自由的猎犬。狩猎令人狂迷。

垂死中，我们将宇宙拽入虚空。

无数星星把我们掩盖，四处飘落鲜花。

于是，天空在死亡中呈现出全新的面目，因为在爱的恩典中，一个人的爱变得恢宏宽厚。

昨天，是虚空；明天，是空无。没人告诉我们，空间中散落着星罗棋布的门，且早已事先背负了罪名。

“一次失败，是不是？”他对我说。

“一次失败，确实是。”我回答。

关于这次寻访我已经没什么好说的了。

我们将从播种那一页改道。

思绪的尽头，你如此渺小，再也看不出人的模样，也看不出岁数。

死人都一个样。

当渴望占有了造物，肉身便是灵光乍现的奇迹。

世界满足不了造物主

也满足不了我们。

这次失败让我们一蹶不振。

造物主一头扎进了话语，为了救他，我也一头扎了进去。

我告诉你们，那是个无底洞。宇宙的中心一旦罹患眼疾，所有道路都会通向那片失明之地。

在母亲知道以前

埃里亚断绝了与她的关系。

四

一个警察吹响了哨子。该闭园了。大人孩子大呼小叫。笑声喊声响作一团。有给我留下的出口么？我在自己的眼睛里离群索居。我同样也变成了一尊大理石雕像。我的白眼外露，吞没了花园。我在浪涛中滑行。终于再也无须说话。那是一些勾勒出我们的边界的话语。

风，公海。啊，但愿它们在狂怒中卷走我们的毁灭。

死亡中有那么多死者。湮没中有那么多遗忘。

书的挑战便是沉默的挑战。

门之四
（弟子）

书自我超越的意识很模糊，晚些时候它才会有这种意识的需求。

在时间的阴影中期待时间的到来。明天，这时间将属于我们，届时，抚慰的话语将再次藏身于话语旁。

那是花朵在向其最后的致意中的永恒。

呵，雅埃尔，让死亡绽放，永世流芳。

一

“我一直追随着你。你只向我推荐了虚空，或者说，推荐了虚无。”

“确实如此，虚空存在于众生万物。所以我们将要在应当毁灭的话语深处把这世界翻个遍。”

“路上，火热的阳光下，我始终忠实地追随着你。我们甚至不能指望雅埃尔的影子能让我们休息得更舒服些。”

“探索绝对的过程中，我从不知道休息。我们真是发疯。而且我不知道你的脸。”

“我也不认识你的脸。你是他者么？你对我说话时是雅埃尔的化身么？”

“雅埃尔不会在书中复活。”

“我们曾经是这本书么？”

“……或许我们曾经是那个瞬间，当时书正在反思其干渴。”

“……可这本书，谁会打开它呢？我们是怎么进来并落入自设的陷阱呢？要读些什么我们才能变身字母表呢？”

“干吗要担心我们的勇气？人将被永远阅读。问题书写我们。”

二

“先生，请允许我……向您介绍阿兰，他渴望认识您。说不定哪天他会就您的书向您提些问题。

“是关于埃里亚的……您知道。真巧。

“阿兰进入沉默。他发现自己突然变成了埃里亚。

“一个胎死腹中的孩子，多奇怪的自身形象呀！可他没死，我儿子没死。尽管他不说话，可他还活着。还在呼吸。在动。而且他每年都在长高。他只有十八岁，可看上去像二十二岁了，是不是？

“你们俩单独待会儿吧。我该走了。

“但愿他说话，我的造物主，但愿他能把远离我们时的所思所想告诉你，那些想法让他烦恼。像一头真正的骆驼……可骆驼没有烦恼。而他，他的烦恼太多了。

“是的，他是个荒漠的生物。他从未要求过什么。他只是等着。他很少走动，也不怎么吃喝。有想法的时候，他就写下来。他的出现就像一本有待破译的书。大部分时间里，那都是一本禁书。

“先生，为了能让他说出心里话，您能做点儿什么？我对他说我认识《埃里亚》的作者时，他抬起眼看着我，把他的笔记本放在一边，就一头扎进了您的书里，好像要在里面重新找到他的位置并打算永远待在那儿。

“他变了。我这才决定带他来这儿。我喊埃里亚，他就冲我微笑，他可是完全深陷在您的书页里了。

“可以说，我是和您的书一起来的。很抱歉，我没读过这本书，但每天我都向儿子俯下身去，想发现他沉默的奥秘。或许就是在这种时候，我不知不觉地读过其中一章。像个要饭的。一肚子绝望。

“请您原谅。儿子是我难以遏制的爱。没有他的热情和温柔，我就活不下去。我没法和他分开。他是我的壁炉，是我的水井。

“我想，面对他一成不变的沉默，面对您的作品，您能……您会做出最恰当的举动，找到能把他带回给我的词语；因为这不是那个终将会说话的阿兰，而是您，您用他的声音说话，您被这本书从书里赶了出来；是您，您在寻找一个不那么严酷的真相，这个真相会把我儿子交还给他的青春，交还给我。

“先生，您想什么呢？您也不回答我的问题。

“埃里亚变成了我的儿子。我可没这个命。

“我知道，只要您的笔动一动，您就能改变万物的命运。阿兰就会重新认我。我是他母亲。是他真正的母亲。阿兰是我儿子，自打他红红的小胸脯爆发出第一声哭喊时，我就始终在他的生活里。

“没有了倚靠，我就丧失了躲避死亡的勇气和力量。

“怎么突然那么静。就只有我一个人在自言自语，而自己却听不到。

“我们都在这儿，您、我和我儿子，什么都没动，什么都没发生。空气中只有话语在飘动，像个气泡。

“埃里亚已经为我儿子死了，并向他揭示了他自己的死期，我们正在徒劳地想盘查清楚。

“我将期待。宇宙早晚会发光，并完整地表达自己；

“不过您想知道些什么，先生，想知道您从来不知道的东西么？

“对我来说，我丝毫不指望这种知识，因为它只能指向以造物主为终结的真实的沉默，我也不指望任何话语，因为它没有回声。

“我儿子在那儿，还活着。埃里亚却是一盏已经熄灭的灯。我们不能总在黑暗中抗争，除非黑暗是我们的永恒。

“我的肉体在祈求我的儿子。您可曾想过，阿兰作为您的得意门生，难道不该有个母亲么？

“请您在毁灭自己的同时也毁灭这本书吧。请在死亡中杀死我儿子吧，好救他一命。我们仨才能重生。

“这样，话语才会有意义，世界也才会名正言顺。”

那年轻人的目光始终没离开我。阿兰对字词确实执着而警醒。他在渴望什么？毫无疑问，我会重返那本他一直都没能与之断绝的书；他也始终在恪守书的真实，而我随即会成为书的试验品——但他是否意识到，在将句子收归己有时，他已经把我排斥在每个语句之外？

按照他自己设计的曲折路径，书与他一起滑进了死亡的沉默，似乎我们只是一个令人尴尬的、带着孱弱睡意的瞬间；只是我们惊骇的双眸睁开时的一个令人心碎和悲伤的瞬间。一切都会在眼前接踵而来，在那儿，书回应书，造物主任人靠近和感知。所以，万物会在自由而明确的架构中自行组织起来。

我垂下双眼，我甚至相信自己已经闭上了眼睛。我再次变成了埃里亚的猎物，我应当保证这个年轻人的生命和自由，而一位哀怨的母亲再次强迫我对它提出质疑。

你还想要我怎么样？沉默唯有一知己：沉默。

我杀死了话语，而它又突然间在某个陌生女子的轮廓中露面。

雅埃尔，我没有在她身上找到你，但她的孩子无疑就是你的儿子。

（死亡无法分享。）

第六卷

亚埃里

他说：“你知道书末的句号是一只眼睛而且没有眼皮么？”

他把“造物主”（Dieu）写作“来自双眼”（D’yeux）[1]。“D 表示渴望（désir）[2]，”他又接着说道，“那意思是渴望看见。渴望被看见。”

造物主的一笔一画都很像他的圣名，而他的圣名就是律法。

① 法语中，“上帝”（Dieu）与“来自双眼”（D’yeux）发音相同而书写不同。

② 法语中，“渴望”（désir）一词的第一个字母是“D”。

前书之前：一

你的律法公正。你聆听了书。

在螺旋状的前书之前，你从断裂的圆中发现，中心同时就是顶点。

眼眸是顶级的深渊。

书之律法是深渊的律法。

他说："正义（Justice）与律法（Loi）分享同一个元音字母。这个字母是它们之间唯一的联系。在善（Bien）这个词中同样能找到这个字母。[1]

① 法语中，"正义"（Justice）、"律法"（Loi）和"善"（Bien）三个词中均有元音字母"i"。

“恶（Mal）与律法（Loi）则分享同一个辅音字母。[1]善与恶在律法的影子下成长，正义则只与善相连。”

他又说道：“造物主不公正。他的写法正确。”[2]

我们不知道何谓书之律法，因为没人说得清善是什么；可我们却天真地通过书写行善。

律法（Loi）一词中的o是个旋涡，是个中心。既有善的旋涡，也有恶的旋涡；但其中心何在？

他说：“律法（Loi）一词中的o是个轮子。律法之轮与命运之轮之间有相似之处么？——显然没有……除了二者都渴望正义。”

书中，声音（Voix）和信念（Foi）在律法中是平行的路，有同样的车辙。[3]

神圣的白昼是任何人都无缘得见的白昼。或许它是书写之前的白昼，是空白页上的白昼。

---

① 法语中，“恶”（Mal）与“律法”（Loi）两个词中均有辅音字母“l”。

② 法语中，“juste”一词同时有“公正”和“正确”之义。

③ 法语中，“声音”（Voix）、“信念”（Foi）和“律法”（Loi）三个词中均有复合元音“oi”。

他说过：“纸页上的囚徒，造物主的痛苦便是我的痛苦。”

神圣的白昼是作家的第一个时辰。

地狱，地狱。

车辙之间：死亡的来世。

*

你在那儿。你在打量四周。你在起点么?

万物终结之地，一只返老还童的眼睛注视着你。

于凯尔死了。

萨拉和雅埃尔死了。

埃里亚之后，

谁是亚埃里呢?要我说，他是被遗忘的状态。是那个剖腹结疤的女人的遗忘——她被胎死腹中的儿子压垮了。他是宇宙的遗忘，是生命和空无的遗忘；

是所有不曾存在之物的眼睛。

他问道:“是不是因为某人某物看我们而我们才能看到彼此?此时，一切发现都只在两道目光的交汇点。

“所以，看比接受的含义更深；比用双眼构想物体的含义更深:借自身的秘密渴望去认知某种诉求并对之做出回应。”

目光最初只是为了证明和考验爱情。

可见与不可见的法则。你在犹疑。你在探索。你不知道你已把生死的法则嵌入词语。

作家未被告知便被挑选去编纂律法。

律法最初是刻在石头上的文字。我们因文字的石头而走近石头的文字。书是书的滑石。律法则是火焰。

他说："一本书同时也是用阳光烧制的一只陶碗，你用它畅饮世界；但别指望它能一劳永逸地为你解渴。大部分时间里，碗中所酿都是苦涩的。"

他说：

"偶然似混沌之珠，是贝壳藏匿的无价之宝。"

他接着说道：

"任何一句话语都在挑战偶然。"

他说："在书形成的空间里，如果眼睛和耳朵听任偶然的摆布，不也是偶然听任耳朵和眼睛的摆布么？"

书中的所谓必然，是已出生、已不复在世并被死亡引用之物。

你期待于书的，或许书正期待于你。所以，写作只能是对某种情不自禁想在书中实现的渴望的双重纠结，这必须以牺牲每个字词为代价，而且你必须与字词合二为一；也就是说，要以牺牲你自己的生命为代价。

因此，写作的最大野心不过是体验自身死亡的绝望尝试。

书的问题是纯真的。

你将把偶然变为问题的酵母。

*

（人们永远不可能先于话语和行动抓住我们，只有在此之后。唉，随之而来的沉默中，我们又变得不可捉摸了。

遗忘意味着诞生。）

我从城市上方的海角眺望大海。

我目送一波海浪推着另一波海浪涌向终点；在前一波海浪濒死的痛苦中加速其死亡，继而又退至原点——或许它已非原来的旧浪？——去找寻新一波海浪，推着它——或帮着它——轮番赴死。

你当然可以说，在水之畔，这些死在无动于衷的苍穹之下的海浪由其死亡昭告了天下，但你不如说，是它们在行将咽气时由其蒙上的色彩昭告了天下。冲上沙滩的白浪最为剽悍，仿佛它们之所以出发，就是为了远赴死亡之约，远赴一切理智上难以厘清之死亡的终极死亡。

复杂的游戏，却又在残暴中透出优雅，偶然在此占据了一个巨大的席位，这一切难道都是事先策划好的么？

从律法中，可能还会派生出无数含混但公认的法则，这些法则既挑战该法，又依附于该法，因此它们同时构成了律法的强大与虚弱。那难以掌控、无法预测的东西，同样也有其法则，举例来说，就如同生命和梦想，有时锋芒毕露，有时平心静气，有时还会死亡。这是一些神秘的法则，仅适用于律法处于休战或半睡半醒状态的时刻；律法对这一时刻不能直接施加影响，但可以在富于灵感的思考后用以扩大地盘；这一时刻位于律法的黑夜和地下，在那儿，律法保留着探索未知的权利。

（于凯尔在给萨拉的信中写道：“我为诞生的一切而爱你。我忘掉了你是谁，好在这样一个时刻发现你并因你而死。”）

一只海星横卧沙滩。海滩把它留给了我。它早就干瘪了——远离了它曾滑溜溜长大的、墨汁般半透明的深海；它已经死了，或许是因为太爱太阳而死透了。一颗星，便是放弃了书写的那个点。既如此，书可曾被书写过？徒留下这只干枯、坚硬的眼珠儿，徒留下书无言的追问。

前书之前：二

他说："须知，即便最为暗淡的一缕微光也已然成为律法。"

微光的门槛

在生命的沉默里，在书的碎片中，他说：

“书中，书写意味着缺席，而空白页意味着在场。

“因此，缺席的造物主在书中也是在场的。”

空白化为律法。

敞开的书。

平衡的意象。

纸页是秤盘。

字词的重量，但何谓沉默的重量？

一个秤盘上，是沉默，另一个秤盘上，同样是沉默。

书写中，我们表明服从律法，服从造物主，服从空无。

他说道：“人是倒伏的茎秆。

“通常，我们渴望改变的只是撤销上一次改变中的某个不便公示的诉求。”

一只眼抓住我，并把我带入歧途。

我被看见，自己却看不见自己。

书在遥远的地方显露。

这中心并未纠缠我，反倒是书在演进的每个阶段都以同一个圆心无意识地围绕死亡打转。

造物主是灭迹的暴君么？话语肆虐之处，世界和人销声匿迹。

我们的字词首先证实了那神圣的灭迹。

被吞没的残骸上，
最后一圈儿涟漪打了个转。
哦，平静的水面上
只有这只眼，这只
白色的、巨大的、恐怖的眼；
这只缺席的眼，这只
令人恐慌、难以承受的缺席之眼。

澄明与清澈只能以通透描述。空气只能对微风诉说，水只能对水滴诉说。

近乎一切。

近乎虚无。

唯有在空无中我们才能成为一切和虚无。

因此，我们近乎存在过；因此，我们近乎了解了死亡。

手同样书写看不见的事物。

目光的门槛

眼珠（œil）当中有律法（loi）。[①] 每一道目光中都包含法则。

这是一本书，垂死的字词利用造物主与造物的不朽来取悦你。

他说："造物主是死亡的未来，而未来却意味着生命。

"我想象着一具因全然不可亵渎而得以永续的躯体，可一开始它就被死亡销蚀了。这一销蚀能取代未来么？或许这意味着造物主以其牺牲了的一统亦即以虚无的胆量复制了他自己。于是会有一种以分裂生殖方式而来的空无，通过某个有着如宇宙般炫目的虚空之名义勇敢地面对空无，它如果不是造物主，至少也是造物主的不朽之身。"

有一天他曾经写道："造物主的缺席是不朽的。

① 法语中，"眼睛"（œil）与"律法"（loi）这两个词中都包含有 l、o、i（意为"律法"）三个字母。

而造物主不过是不朽的参照物。”

一

他曾说过：“书写是按书的比例画出的宇宙。”

……一部律法，刻在大理石或焦木上的铭文；一部有关生与死的律法。

一部律法，犹如律法中的一只眼，字母不会朽烂之眼—— 一丝不苟地守法是否意味着视野中的坚守？

假定造物主只是一本书、一只眼、一个符号，甚至只是抹去他名字的那四个字母的未来和过去。

一部作为造物主的律法——似乎造物主就是*律法*——所以那是一部作为*律法*的*律法*；

一部作为人去寻求造物主的律法。

造物主与人的相会不能想象没有字词居间发挥作用而只在沉默中延伸。

一部支配白昼与白昼、黑夜与黑夜、瞬间与瞬间、永恒与永恒之间关系的律法，而空白的纸页则是其杀气腾腾的容器。

我想说的是，书的律法就是犹太人的律法。

我想说的是，书中这部造物主的律法就是犹太人的律法。

我想说的是，书中这部人的律法就是犹太人的律法，因为书中的每个字母都是一个犹太人的骨殖。

二

你变黑了，你在死亡中变黑，而那儿一切都是白的。

（造物主为生选择了死，赋予人生命因而他会死去。从字词上讲，一个人期待在其中终结，另一个人则期待在其中复活。

书写被追随，被聆听，直至不再成其为书写，并化作某种富于激情之抹除的深刻感受。

我们无论去哪儿，无论做什么，无论要点儿什么滑头来摆脱我们的境遇，都会被看见、被注视，而我们永远都不会知道被谁看见与注视、因为什么、以什么名义或为达到什么目的。）

他说过：“别以为墙能把你隔开。一只眼就能看穿墙壁，而那只眼不属于任何人。”

没有造物主之世界的目光还是没有世界之造物主的目光？

呵，已经来到并留驻的你们。

呵，一度在此却不复再现的你们。

一只正在回忆并唤醒我的记忆的眼睛；一只像剑鞘一样的眼睛——里面是造物主的一统和整体——“一”，这个原初的数字，进攻的性征，滑落了进去。呵，联姻之伤！呵，神圣序幕中复活的造物主。只有造物主能构想造物主。那眼睛首先掠向“一”的左方；有个“O”形的虚空之眼，是代表“零”的极简符号，它在分解过程中重新构成一统，接着又在“一”的右方将一统扩大为无限；先是混沌、子宫、产道，然后是星球、空间、宇宙，但永远是主动或被动的空无，是明亮的虚空。

空洞中遭到放逐的造物主，难道是他正趋向于“零”？

我们将目睹缺席的降生与消逝。就这样，人来人往，还有从字词到字词、从数字到数字的人内心的造物主。

死亡的赌注：造物主变成了词语。

通过书，你会明白如何死和在哪儿死。

你拥有了这份确信，造物主因此得以存在。

（他说：“善是真诚的告白，恶则难以理喻。”）

空无的门槛

……或许，对某部冷酷律法未经证实的

确信

正是恶之泥淖中善的法则。

书并非建构，而是解构。造物主因书而死。

书，是造物主深不见底的坟墓么？

解构意味着回归最初的话语。

前夜的基本法则，黑暗与光明各自将其信念随风播扬四方。

建筑师透过白纸显现蓝图。

作家在无形中构筑家园并旋即毁弃，使之成为所有人永恒的家园。

我们会通过黑暗而阅读星辰、通过向外扩散的光而阅读根么？若能如此，则书的法则便是无限的法则，是空白之物的法则，是友好与沉默的法则。

书写之路跨越黑夜。我们眼前漆黑一片，其他眼睛会为我们指路么？我们从不迷路。

他说：“毫无疑问，夏天是我们的四季之眼。”

他又说："很难说星星能看到卵石，但反过来说，卵石肯定能看到星星。"

（黑暗，造物主创世时的这一缧绁，在醒来时再度成为空白。

清晨，你将自己狂热时书写的纸页撕成碎片，但每个字词都会自然而然地把你带回它的色彩、它的黑夜中去。

清晨清点逝者，计数着那些排列成行、与我们绝无相似的词语。

白昼被葬礼包围。

他说："对于创世身后的指责，造物主便是那个令人烦恼的回应。"

他说："当你俯身纸页时，若没有因突然袭来的恐惧而颤抖并把笔甩出老远，就说明你写的东西基本上没有什么价值。"）

前书之一

另一个声音临近时，每个声音都会把自己提升得很高，然后再降低下来。

他说：“你沐浴在——呵，穿透性——书的文学性中，如同沐浴在静谧而明亮的海湾并在那儿沉没。这也是合理的。”

（……或许是一个声音——我的声音么？——或许是某个声音或某句话语的魅影；或许是从某个话语中逸出的话语，那话语如此孤独，以至于避开了“我”和“你”；它是另一类缺席的话语，甚至陌异于缺席；它是另一类沉默的话语，又同属沉默的汁液与焦渴；或许它是话语之后的话语或话语之后再之后臆测的话语；它像一枚戒指——却不知戴在哪只手指？它像一只腕表——却不知为谁报时？它像一滴露珠——却不知落在哪朵花上？它像一掬海水——却不知源自哪片大洋？某个盘绕在自身声音里的话语，除了声音，除了不确定地埋葬于某个无形的话语以外，它一无所长，一无是处。

亚埃里的声音，亚埃里的话语。）

无处可寻

在主观性折磨我们之处，话语依旧客观。

真实是客观的。

律法是客观的。

死亡是客观的。

我们必须将造物主视为一个客观的整体。

他说：“我就是造物主认不出来的那个人么？果真如此，我就该结束寻觅。对我而言，造物主无处可寻。”

一

本该有一道隔绝了一切眼睛、一切生命、一切神祇的目光；一道生与死都无法驾驭的目光；在那儿，白昼与黑夜的终结均告失败。

一处更深邃的深渊中的深渊，一个更广袤的空无中的空无。一道超越了任何目光的目光，它在其他目光无从看到的地方观看，它看得到那些目光，并在其鼎盛时期将那些目光轮番吞没。一道苛刻的目光，它超越关注，超越机遇，超越放弃，它隐姓埋名，能量之大令人生畏：虚无与一切的目光。

如今我们知道，这道目光到处尾随着我们。一旦走入死亡，我们便要向它致敬。

（萨拉的目光、于凯尔的目光和那个胎死腹中的孩子埃里亚的目光。

从作品到作品，我都会明智地臣服于这道目光；……它在亚埃里的视野里无助而孤寂。）

二

只有造物主才认得出自己的形象。

创世以前，造物主的一切都可以指望造物主，如同作家书写以前一切都指望手中的笔，如同书在被创作以前一切都指望书一样。

……然而，这一期待只能归因于创造者对自身的无知，归因于所有书对书的无知。

我们以无知为基础并构筑了我们的毁灭。

创世以前，造物主是一切；之后，唉，创世以后，他是虚无么？

一切是不可见的。可见性介于一切与虚无之间，它来自一切的每个精微的部位。

为了创世，造物主从自身逸出，以便看穿自身并自我毁灭。

创造了这个世界以后，造物主成了没天没地的一切。

创造了白昼和黑夜以后，造物主成了没有星辰的一切。

创造了动物和植物以后，造物主成了这个星球上没有动植物的一切。

创造了人以后，造物主没有了脸。

没有人见过造物主，但对我们每个人来说，他死亡的每个阶段都是可见的。

（话语将从虚无出发，为的是在一切中分解。

一切法则也同样如此。）

三

生命与创世同呼吸。

那不容回应之物始终让问题保持清醒。

所有追问都与目光相连。呵，有关造物主的不可能的问题。

永存的造物主，就是说，造物主之前已被创造的造物主已“在”万物无存之地。

作为创世者的造物主，亦为造物主的毁灭者；

因为在面对虚空时，一切必须出示它固有的完全性的证据，直至最后的剥离，在那儿，受害人与刽子手相拥，沉入莫名的缺席。

轮番解开每一个结，我们把自己困在了解开源头线团的任务中。呵，被拯救的沉默，书即肇基于此。

作为无形之造物主的崇拜者，犹太人极目远眺，在那儿，命令式的话语自愿化为易懂的戒律。

造物主教导我们说，极目远眺处，书写即永恒。

书为所有字词而看。

四

沙的王国里，一个声音便是目光的允诺。

造物主为自我观照而选择在荒漠言说。

因为造物主不朽，故死亡亦不朽。

书　写

跃入大海吧。

你将听见造物主。

陷进荒漠吧。

造物主将听见你。

唯死亡听见

死亡。

人们本来会说，潮水在各种声响中——从最低沉到最高亢——向海滩推进，要把海滩团团围困。

有那么一瞬间，我以为那些声响早晚会让我成为语言和大海的主人。

我何曾料到，在潮水和海滩敌我交互的过程中，死亡窃据了字词，而构成字词的字母——在将字词的含义刻上岩石之际——居然一味呢喃低语着一个关于我们共同结局的大胆且滴水不漏的解释，这个共同的结局，其各个秘密阶段尽在字母的预见当中；

……这呢喃低语如此轻柔，我至今一次都没听到过。

那是海边紧临礁石的一座渔民窝棚发生火灾的情景，从前我常去那儿坐坐；一场发生在火与火之间虽属即兴却又是决定性对话的精彩场景，那大火完全无视风的存在——或许还是因风而起——突然间，一阵巨浪翻卷而来，扑灭了大火，这一场景对我颇具示范性效应，并坚定了我的信念，即无法确知日期的死亡既是异己的又是熟稔的，它窥伺一切死亡，同时又支配着世界和人。

我们在这死亡的恐惧中书写。

一旦意识到这一点，我们就已经把进入书的众多钥匙之一——而且是最难寻觅的一把——掌握在手。

（他说："潮汐，这个巨大的凸轮，每天都在编织其高织挂毯。

"有时，岸边的大火正好可以成为织毯金线的临时仓库，潮汐一直都梦想能把金线从太阳那儿偷来。"）

在书的直觉中

方式。行为的草图。

颤抖的裸体。

呵，岩石的忧惧！

疯狂的欲望，飞翔的欲望，人饰满钻石的欲望。

一切都仿佛从这个屡试不爽的馊主意中诞生并强加在我的身上，也就是看见的行为与被看见的隐秘欲望羼杂一处。

空无中，我们是否既能看见又能被看见？或许字词能证实这一点。

这样说来，一定会有某种死亡凝视着绝对顺从其目光的死亡。

我在哪儿？——在我还未了解书的此刻。呵，广袤而迷人的水。我沿着海岸徐行。终有那么一刻，我会像个莽撞的泳者一样与大海结为一体；但我只能游很短时间。随即我便会浑身僵硬，径直沉到海底。

作家的形象便是溺死者的形象，大海让他见识过海底亦即最深的欲望后，再把他冲上岸来。呵，挥之不去的真实。作家无非想对书有些直觉而已，没想到竟搭上了性命。

因此，一切有关写作的貌似合理的解释都必须从死亡开始。从时间释放出来的记忆开始。

……在时间的转折点，符号召唤虚空做出交代，此时，被撕裂的拂晓始终让世界与世界相对。

知识之书便是滑落在夜晚之外的书。

作家为他对书的直觉承担责任，而书在死亡中认可了这一直觉。

（所有降生都发生在死亡离开死亡之心的美妙时刻。

于是，缺席中的缺席便构成了永恒的开端。

缺席的会是造物主么？

……造物主，那缺席者，是不受缺席权控制的；如此说来，他非得在所有在场被废止时在场么？）

在场中的缺席，缺席中的在场。观看是造物主傲慢的挑战，而人出于自尊接受了这一挑战，只是为了与他比肩。

若活着意味着看见，那么死去则意味着被看见。

因此，生与死无非是靠眼睛而活的双重冒险。

黑暗有益于理性。呵，灵魂如一道彗星，毅然穿越布满闪光陷阱的黑夜。

火焰投向火焰。

冥想中心的造物主竟如此蔑视思想，所以后者无法在造物主之中自我思考，徒然消耗掉了供养自身的火焰。

思想，温室的植物，孤独地花开花谢。

若我思故我在，则我的孤独亦无涯际。

书是沙的孤独，每个字词都有声音的留痕。

你在沉默中所阅读的，曾一度被天下人所尽言。

眼眸是睁开之眼睑的缺席。

前书之二

“从这里开始，书占据了前一本书留下的空位置。于是，千百个麦穗接续了前面的千百个麦穗。”

“你会像农夫稼穑一样，一本书一本书地去耕耘沉默么？”

“字词前后，我们始终惦念着沉默那块不毛之地。”

究竟是噪声在大海里，还是大海在噪声中？

礁石，静止的堡垒。

噪声能淹没沉默么？

大海能销蚀礁石么？

造物主为消失的造物主作证，如同字词为死亡与人的合谋作证。因此，造物主和人在洁白纸页的流线型犁沟中会合。

抗拒我、逃避我的是不是死亡？双手满满的我怎么会死呢？

水就一道犁沟将其与水隔断提出指控。

前书之一的犁沟中

书写并非人的投影，却可以追溯人虔信虚空的踪迹，并异化为人的负面记录。

书被用来对抗书，恰如对话中的话语被用来抗击孕育它的话语。

撰写一本书的任务是否包含让对话在作品中自由阐发？

死亡暗中监视死亡。我们不会就此争辩。

因此，边缘只是两种声音争抢的那块沉默地带。

一个答案肩负着拒绝或继续一个问题的重任。其实，不知道答案何在的问题中就有答案存在。

这个答案正处于被问题所弃的空间里。要么是该答案中和了问题，即该答案自身变成了追问的答案，以便独自跑完全程；要么是该答案舍弃了它急欲知道答案的问题，导致问题搁浅。

由答案制成地图的问题之路直通死亡，它永远是第一个问题。

被答案拒绝的问题在空无的门槛上制服了我们。

正是在这个意义上，作家成了异乡人：或是在通往死亡的途中，或是在峭壁悬崖的边缘。

字词正攀向更纯净的黑夜，一本幸存之书在此与曙光会合。

这本书中没有我们的声音。它也不会对我们言说。尽管路途遥远，它仍将继续与散落途中的书对话，而书的沉默永远将其萦绕。

（沉默的声音，谁会认同你？当万物众生不复存在时，我的声音将重回我身。

我们将在与死亡抗争时死去。呵，边界为无边界所苦。

请让我面朝黄沙而死。莫测高深的苍穹以遗忘向我们复仇。）

前书之二的犁沟中

一

无犁沟的生命甚至不抵一声叹息，它只能是某种不受任何期限威胁的死亡。

人在跨越死亡时，或身陷黑暗，或尽享光明。

你知道么，死亡中，黑暗与光明层叠上升乃至无穷？

因此，在茫茫空间，亡故者永不会被置于同一个分离的层面。

用所谓丧失意识来表述我们的死亡状态是一种额外的骗局。书即为明证。

死者与活人同样意识清晰，但难以确认。

他们不再拥有自己的脸。

任何一张脸都是他们的脸。

任何一个字词都是他们的名字。

看吧，直至再也看不见世界，继续看吧，但别指望能看见什么。死亡超越了一切生命，为我们的生命解渴。灰烬构成了我们的家园，我们的家园以黑夜和灰烬构成。

在书中，濒死是否意味着对所有其他人而言都变得不可见，唯有自己可以辨别自己？

书计数我们在死亡中的脚步。

……可是，造物主本人会像字母中的人那样理性思考么？

他痴迷于那本书[①]，便与该书的字词联了姻；因为他知道每个字词都背负着一个他本该谨慎地归还给沉默的问题。

每本书都与造物主一起陷于沉默。

二

时间是否为我书中的追问而来？

看来我至少应该和它们一起承担起已写就的这些书的责任，

① 那本书（le Livre），指《圣经·旧约》。

可我认为我对这些书不应当承担什么责任，相反，我自己的良心要指控它们将我的生命与另一个人做了交易，而那个人的生活我殊难过下去；

或许这条命是我欠它们的，所以它们才来向我索偿？

这种情况下，我的书通过我而诘问我的书。

（亚埃里从未离开过他所探索的沉默，就这样，他在雅埃尔的话语中取代了埃里亚的位置。

至高无上的诘问——呵，精神的溃败——是虚空向虚空诘问的时刻，宇宙对此忧心忡忡。

亚埃里，对书敞开的书。）

虚空的双面镜。书的形象便是纸页面对面的轮番反射。

……他同样煞费苦心地向我们表明，有些伟大的作品——每个世纪都有一两部——庄严地转向我们作品的方向；也有带有批评的眼光关注着那些正被写出——或将被写出——的作品。在那些作品的脚下，我们的书终有一天要前来赴死。

但他立刻接着说道，这些作品对每一代作家而言都不尽相同。他所能做的评价——也许这个结论过于仓促——是我们的作品打开了那些作品的眼界。

（死亡始终是犹太人谨小慎微的密友；是他谦卑的镜子，每晚，他都在烛光下的同一个位置审视自己的脸。）

话语应答雅埃尔名字的地方

一

若话语有朝一日通过索要一个名字来执意索要一具肉身—— 一具肉身和一颗灵魂——有什么可大惊小怪的呢?

但话语想要成为肉身的这个女人，她仅仅是个女人么?

沉默为她塑形，她自己则提出要在死亡追杀她时打破这一沉默;

之后便是死寂，只有在死亡中她才属于我，死亡已预示了我们的结合，并郑重地将它分别为圣。

轮到我终止存在，并在她毁灭我的渴望中永久地变为他者时，书从天际传播到天际。

我们很难完整而精准地理解自身。

那是以破坏性的行为诋毁我们自己的行为，呵，虚假的哀叹。

我们再不会以行为而只会以丑陋的伤口评价自身。

……但话语想要成为肉身的这个女人，她仅仅是一个女人么?她认为躯体与躯体之间靠无数座桥梁连接，并认为无论生或死，我们都在岸边——左岸或右岸——徘徊;她是这样推论的:在她毁灭我的渴望中，当我终止存在并永久地成为他者时，爱会在死亡中耗尽她的气力，而为了绽放出笑容则需以我的脸献祭。她欣喜地宣布说，在我们俩之间展示出了宇宙的全部激情；那种殊绝的激情蔑视一切疆界，对生者与死者都同样震撼。

空间首先存在于我们内心。死亡将空间揭示无遗。

某种无常的距离隔绝了我们的肉体与肉体、心灵与心灵、感觉与感觉；一如它隔绝了水与水、沙与沙，隔绝了我们的星球和其他星球。表面上看，那是某种被动的距离，然而它早已预感到那种交替的运行、内在的活动。

这一距离很快就变成了我们的主要关切。我们的生，我们的死，俱存于其范围内，而我们却自不量力地想要扩展这一范围；若再试一次，我们会立刻万劫不复。

这种死中求生的意愿与激励真实和谎言斗争，并偶尔鼓动其利用对手武器的意愿相比同样强烈——这不正寓意着要以各种方式让自己和世界存续下去么？——这种在死亡中生存、相爱和繁衍的意愿为某种非凡的冒险开启了序幕。她说过，这是在“探索一种和谐”；但其实是话语突然迷恋上了沉默，我们的鲜血则为其代价。

（呵，雅埃尔，同一次喷涌中，你的血渗入我的血，封住了白昼的盛筵。

心与光一同跳动。

她对我吐露真情：“流出的鲜血是死亡的暴虐之光。”）

二

血沃大地，血脉长存。

眼睛是鲜血托起的战利品。

（他说：“我的头脑被一个想法完全占据时，常会不知不觉离开这个想法，转到与此同时产生的其他想法上去。

“一种思想的发展首先意味着得让这种思想为另一种思想而死，无论是出于偶然还是其自身严苛的要求，但都是为了将这种思想轮番击溃。

“呵，意识心理遗留下来的曲折而蜿蜒之路！呵，认知的复杂机理！

“我们的道路为两个思想的对手而铺设，任何一方都有火花迸溅的思想。

“很可能真理和思想是空无唯一崇高的形变。”

他还说：“归根结底，知识之树便是死亡之树。”

……从这个“与此同时”——没有镜子的参与，却意外颠覆了一个思想——新的思绪冒头、成熟并最终在其时限中死亡，一如它的前任，这一切都是为了让死亡可以继续考量其自身。

不可逆的创世顺序肇基于平衡的律法。正是这种平衡揭示出相生相克的游戏：火定义水——火烧水，水灭火；光定义黑暗——光令黑暗目盲，而黑暗让光力竭而息；恶定义善——恶破坏善却使善更形完美。

违反这一律法，就意味着清泉在清泉中干涸，意味着目光在目光中凋零，意味着物质在物质中窒息，其后果是使世界从最初的一统变得难以想象，变得隐匿无形。

当这一切被引领到其终极阶段时，死亡就有可能通过我们彼此和造物主荒诞的缺席，成为被系统地相互抵消的我们的矛盾之总和。）

雅埃尔曾经写道："正是在漂泊和痛苦中，我们清楚地看到了长久以来处于隐蔽状态的东西；没有任何面纱能够遮蔽背井离乡者的双眼，在这片闪烁着生命微光的黑暗山坡上，他们的每滴泪都犹如从一颗星上坠落的一瓣水珠儿，

"璀璨有加。"

前书之三

有个字母从我们的名字上脱落，而我们早已无存。

*

……因此我梦想这样一部作品：一部不会归入任何范畴、不会属于任何类型的作品，却包罗万象；一部难以定义的作品，却因定义的缺席而大可清晰地自我定义；一部未回应任何名字的作品，却一一担负起了那些名字；一部横无际涯的作品；一部涵盖天空中的大地、大地上的天空的作品；一部重新集结起空间所有游离之字词的作品，没人会怀疑这些字词的孤寂与难堪；一处所有痴迷于造物主——某个疯狂之欲望的尚未餍足之欲望——的场域之外的场域；最后，一部以碎片方式交稿的作品，其每个碎片都会成为另一本书的开端。

书，某个无尽探索的目标；那不正是犹太传统中看待那本书的态度么？

他说："我们嘴边的话语是从历朝历代深处向我们涌来的话语。
"我们为即将到来的时间而重复这些话语。"

荒漠存在于不能被听见的话语当中。

永恒，众神融入造物主。

（当我们在岔路口争论不休、左右为难的时候，
她曾说过，"要探索一种和谐"。

她接着说道："……在书——书是颤动的死亡之镜——的每个瞬间。"

什么都丢不了。连酝酿中的话语和动作都被死亡一一采集和保存。

呵，雅埃尔，正是在根存在的黑暗中，一日之花永恒绽放。）

*

我的承诺何为？——按照书的需要。

在未知面前，书很孤独，而作家独处于书的孤寂中。

荒漠中的燧石。

将一块石头剖开，把两爿表面精心打磨光滑，让它们重见天日。

一道致命伤将这块石头制成了书。

呵，除了我们自己，还有谁能在死亡的时刻，在我们的身上创造出这项奇迹？

你将书中本无之物归咎于我，那都出自你的猜度。于是我再次被违心表达的和被你记在心中的话语所侮。

生命只继承了书的部分遗产：穷人的那一部分。

有生之年，我将追随某句话语的踪迹，让它耐心而执着地引导我走向自己的死亡。

犹太人就是这样，因自己的名字而死。

“你叫什么名字？”

“请看我的脸。”

“你叫什么名字？”

“请看我的手。”

“你叫什么名字？”

“请看那条路。”

来世是我们的源头在符号迷宫中发出的悲呼，它早已被一个又一个黎明感知。

清晨是我们最后的落脚点。

*

“我不叫亚埃里。没人赐给我这个名字。那是一本书的名字。我是不是这本书？只有当这本书是一个已被破译了的名字的沉默时，我才是这本书。

“我们因此得以在类似和感伤的缺席中互勉；

“……但这种缺席不会被呼召。

“我没有生命，而且不曾有过生命。

“我不存在。

“我逃避一切避我之物，逃避一切避你之物，

“正在言说的你，

“正在追我的你，

“正在死去的你。”

此地，呵，远方传来的遥远之声何其嘹亮。

（“亚埃里，”我重复道，“亚埃里，不可思议之他处的他处，

“沉默的种子。”

梦想在我们头顶；沉默在我们脚下，在石头里。

“天空、大地和海洋都包含在石头里，”他说，
“而且，在宇宙的天平上，石头是沉默的砝码。”）

*

书写之人便是构成不可妄呼之名的四个字母之人[①]。造物主靠自己的圣名而缺席。

因此，书写意味着由那四个字母中的每个字母承担起造物主的缺席。

于是，书写的任何一页都由那四个字母的符号所塑造，那四个字母是书页之命运的主人，它们有权通过包含那四个字母的字词让书页缺席。

无处不在的缺席，时刻准备以其最具活力或最无害的字词令我们瞠目。

然而，并非只有那四个字母可以提炼缺席。

就某种缺席的意义而言，任何话语，只要躲开念兹在兹使其固定的含义，它就是自由的，这一缺席的自由即话语之生与死的自由，话语始终向着缺席的自由倾斜。

---

① “构成不可妄呼之名的四个字母”（les quatre letters qui forment le Nom imprononçable），指《希伯来圣经》经文中代表上帝圣名的 J.H.W.H. 四个字母（又写为 Y.H.W.H），被称为“圣名四音”（le Tétragramme）。犹太教认为圣名至圣，不可妄呼，故而禁止在耶路撒冷圣殿以外说出上帝的名字。

……就尚未确定的空间而言，其天际便是那四个沉默的字母。

（一经阅读，词语便失去了其透明度。玻璃要成为镜子，镀银是必经之路。

有些字词虽未镀银，却依旧是镜子。

选择能代替镀银么？词语能选择自己的死么？

雅埃尔说过："死亡即阅读。"）

*

我战战兢兢在书中行进，每个字词都能引发一场地震。

我总觉得身旁有个奇怪、模糊的东西：它在夜里影影绰绰，到了白天则是一道更浅的白色，就在我最惧怕它的当口，它突然改变了形状，直至踪迹全无。

我神魂颠倒，觉得自己是站在两条路的交汇处；但眼前却是个洞。

在那儿，昼与夜互不相识。我与某种死亡搭讪，而它也不认识死亡，因为它不曾认识生命；某种没有死去的死亡，某种没有众生的孤儿的生命。

在那儿，除了虚无，依旧还是虚无。

……我的直觉不曾诓我。在死亡途中有一处场域，只要我们抵达，任何场域都消失殆尽；这个场域的消失引发关注，但即便如此却没有人担责。

在那因为感觉不到或思考不到而永远不会被书写的地方，我们会试着在它周围画线么？

他说过："这种死亡的暧昧，的确是造物主的暧昧。"

……可是，若黑夜认为它也是白昼，而白昼认为它也是黑夜的时候，该当如何？

*

（我被自己的书赶出家门，随后又被慢慢喊回家。于是我知道我得开始写一本新的书了，或毋宁说，我其他的书已摩拳擦掌，想轮番让我把它们听写下来，我的手只需唯命是从即可。

我躲得开么？

作为首个字词和首部作品的囚徒，我深信它们意识到身上蕴藏着所有字词和所有作品。所以我常会满怀敬畏地凝望它们。

词语被字母梦见，书又被词语梦见，而这个词语自己也做着旷世的美梦。

难道我只是想围着那个最大的字词、那个墨水浇灌的第一个字词兜圈子么?

我的书会作证。在那个冷漠而占有欲强烈的话语之夜里，它们会见证我不懈的漂泊。

在那儿，没有人会向证人提任何问题。

——可那是哪个词语呢?或许我还没有写出来。)

空白笔记本

莫非我一直以来都在读无字之书，都在读一本空白笔记本么？

告别此生，是否仅仅像一次轻率的场域变更那么简单？

你死于自身，一如你从来都因自身而活。

留着根茬的沉默不依不饶地搅扰沉默。

他说：“你若相信空白，就要始终不渝地相信下去，而无限的空白就是造物主，就是书中令人晕眩的场域。”

“您是……”

“没错，可……”

“我想请教您……”

“也许，可是……”

“您好像还有点儿犹豫。”

“是的，我不确定能否回答您的问题。”

“但就是您呀，这就是您的名字。”

“是的，当然……但这是另一回事。”

“什么？”

“我不知道能否……我越来越觉得您把我当成了另外一个人。”

“不是您还会是谁？”

“可能没有人是。”

“您的念头怪得很。”

“我也有同感。在路的尽头，我觉得——怎么说呢——我很孤独，无路可走。”

“您一直都在走这条路。”

“没错，但肯定是一条路么？我们以为在前进，其实是面对深渊原地踏步。”

“……或面对死亡。”

“死亡和深渊还是有区别的，死亡是一个迷人却没有光亮的场域的无限之地。”

“那深渊是什么？”

“是障碍，我想试着这么回答。死亡就不能说是障碍，而只能说是边缘的跳板。我们得一直等到死去才能飞升。死亡里没有一条路是有意义的。”

“那空白页呢？”

“路中有无数条路。”

“这是您曾经说过的——当然，不是用同一种方式——是在《问题之书》里说的。”

“我几乎忘了。”

“您说：‘路在何方？路永远有待寻找。一张白纸上满是道路。而所有这些路又都有它们自己的路——否则的话，它们就不会是路了。

“‘……面对着眼前已开辟出来的路——或可能开辟出来的路——我们为什么总是要选那条离我们目标最远、会把我们引向别处的路呢？我们并不在那儿——但是，或许，我们又在那儿？’”

“这些句子是在地铁里写的。”

“您已经写出来了。这些句子就是您的。”

“我想起来了……当时正好有个男人坐在我旁边。他长相很可笑。又矮又胖。一张红肿的脸，胡子拉碴。鸭舌帽不偏不倚地扣在脑壳中央。我当时真想笑，却又不能。我想我是注意到了一些平时很难碰上、需要超越自身去寻找原因的事了；一些既外在又内在、既疏离又紧密的事；就像在我生命最深处还有另外一个我，某个拒绝了我名字的人，而我却被判处去抚育他，呵护他，满怀赤诚地去服从他而不问自己愿意与否，而且他还要将话语强加给我。我为此困惑不已：在自己身上养育一个陌生人，向他慷慨奉献自己的鲜血，向他输送自己的呼吸，而心里明明知道他不过是个陌生人，却无力摆脱他。

“那个戴鸭舌帽的男人，还有那些乘客，那节车厢，那些相继而至的车站，这就是我面对的真实。

“假如我曾经写过您刚刚引用过的那些句子，那么这些句子就该聚拢起来并坐实这一真实；就该成为我之所见、所闻或曾存储之物的反射和回声。可如今恰恰相反，它们热衷于在现实中用并不属于我的某段记忆、某件往事、某种存在的名义除掉我，除掉我周围的一切，而这些记忆、往事和存在就变成了它们自己的现实，变成了它们转瞬即逝的生命。而它们也会经由这些记忆、往事和存在，最终因我之死而死。”

“那些词语前来与您相会，是为了与您一同构建这本书。”

“假如您是指我的作品，您应该知道，它们只允许我誊写那些符号。”

“您是在您的书里。”

“……的确，就像我们同处在宇宙中；但我们能奢望哪一部分天空和大地属于我们呢？”

“整个世界。”

“那虚空呢？”

“……是那个时间的陷阱么？……是试图倚着自掘之陷阱的那被废黜的时间么？”

“书的时间。”

（他看到黑暗中伸出许多只手，有些手肉嘟嘟的，有些手结结实实的，有的修长，有的羸瘦，有的白皙。那些手之间在相互传递着书，它们给书装上翅膀，在半空中追逐它，把它丢进火里，又从火里把它抓起来埋进地下，再从地里把它挖出来扔进水里，仿佛这本书该着在死亡和涅槃的中心成为神圣且恒久期待的话语。）

注释

一

“我是间隔。”
“间隔是一个连字符。”

二

时不时把我们与植物做做对比很有必要。植物若没有根会怎样？我们同样如此，斩断我们之间的联系就意味着毁灭。

世界确认我们的内心中活着一颗灵魂。

手之前，目光成双。

三

请让我成为照亮黑夜的熊熊火炬。请让我成为烈焰中灵动的生命。我死了。而你们所能做的只是将我的骨灰抛撒大地。

半死不活。生者避之不及。死者掉头而去。

石头在控诉。

请让花岗岩成为我等的君主。沙从沙那里收获礼赞。

荒漠是我们的骰子。

没教养，运气差，没主意，受虐待。

恶鼓满我们的风帆。

数世纪的温情一路走向黑暗。

镜子背后，边缘漆黑。

四

苍天只为水流泪。

萨拉曾经写道："黑夜中，无数瞳孔很快将变成一只眼睛。

"呵，于凯尔，太阳是失而复得的一统。

"眼泪全干了。"

我们因燃烧的目光而成为犹太人。

五

"书的问题是一个关于路的问题么？"

"问题永远先于问题到来。"

于凯尔曾经写道："萨拉，在没有安宁之处，我们的手温柔相握，对抗时间。"

六

萨拉，昨天，空无追问你的死亡；今天，我与你一同追问空无。

他说：“注释是问题之下隐藏的宇宙。

“我们将向注释提问。”

那是一滴泪珠儿，而眼眸化为问号。

耶路撒冷本–耶胡达大街的首个夜晚

乌里说，书在其分界线躁动。因此，焦虑在我们的边界徘徊。

贝妲瑟芭说，边界是我们的世仇。

一座城市可以见证所有的城市，

一粒沙子可以见证所有的荒漠。

他们在本–耶胡达[①]大街的一个小公寓碰头，乌里和贝妲瑟芭住在这儿。

平哈斯、卡迪什、尤妮娜几个人都在。平哈斯说："在《问题之书》里，你们聚在虚构的拉比们四周。的确，他们的话语通常与唱诗班里吟唱的律法大相径庭；若是你们把声音借给了他们，那说明你们对他们仍抱有某些温情，说明你们对他们的存在依旧保留着些许感恩之心。

① 以利以谢·本–耶胡达（Elizer Ben-Yehouda，1858—1922），犹太裔语史学家、词书学家和报纸编辑，是为希伯来语作为口语在犹太人中成功复兴做出重大贡献的第一人，原籍立陶宛（当时属俄罗斯帝国），1881年迁居巴勒斯坦，其子以他玛·本–锡安（Itamar Ben-Zion）是第一位以现代希伯来语为母语的犹太人。

不过你们并非遵守教规的犹太人。至少你们是这么说的。”

“对我来说，”卡迪什说，“造物主无疑是史前创造的最高成就，是你们珍爱的书写之前的书写。与造物主同在，我们赢得了统一；造物主却吃了败仗。如今，他就像一面被扯碎的旗帜，再不能随风猎猎作响。你们心头也曾萦绕过这个场景吧？”

贝姐瑟芭说：“我曾被《问题之书》打动，甚至通过他们的言说被书中的人物感动，虽然他们使用的是现代语言，但每个人确实属于他们那个时代。数个世纪的反抗和泪水有时会分开他们，然而同样的罪恶又使他们成为当代人。比如说，他们当中有人指出：一分钟足以认识一个世纪——这是众多故意写得平铺直叙的表述之一，就像你们在《书写的习惯》[1]一章中将这些表述比拟成一个基座一样——听到这句话时，我觉得它仿佛就像从话语的起点向我走来。所以，在这个不变的今天，我认为本书的作者资格最老，并且数百年来他就属于我们。”

“你们呈现的这些朴素得近乎突兀的语句就像楼梯间昏暗的平台，”平哈斯接着说道，“这些句子虽然指出了我们在书中人物的陪伴下身处何地，却没有说明我们是谁。你们是犹太人么？而且，身为犹太人意味着什么？”

乌里说：“对我来说，拉比的声音就是你们的声音。我也想问问你们：为什么要拉比呢？”

尤妮娜说：“当我还是小姑娘的时候，拉比们总是像黑黢黢的影子，仿佛刚从符号里跳将出来，让我们阅读他们。我料想他们对我体现了那

① 《书写的习惯》(*Habitude d'écrire*)，见《问题之书》第二卷《于凯尔之书》的第二部第二章，下文中“楼梯间昏暗的平台”等语即出自该章。

本书的秘密。在祷文中，过去我只愿意听那首赞美诗。打那儿以后我就变了；不过，每当我的思绪和眼神迷失在黄昏的地平线上时，那首赞美诗又会重新浮现出来，而我仍会呜咽。”

卡迪什说：“在波兰的童年生活给尤妮娜打下了深深的烙印。在这儿，她又学会了其他赞美诗；不过还是回过头来谈谈你们的书吧。我想，这儿或那儿偶尔使用的那些罕见的、过时的或遗忘的词语是为了强调碎片化带来的迷惘。只有一种双重进入记忆的文本——在常用的字词之前和之后——才有可能摆脱那种迷惘。双重的断裂。”

“那是书中的话语和人的双重命运，”贝妲瑟芭说道，“一个词语不可能在另一个词语中完全缺席。书写围绕着一声呼号展开。现实中的拉比们永远不会回答你们的拉比。”

“大海永远不会回答大海，你们不是这样写过么？”尤妮娜说。

乌里说：“对你们的某些问题，我们曾经提出过一个答案。你们能接受么？”

卡迪什说：“答案在大地上，在我们对大地的爱恋中。”

贝妲瑟芭回答说：“人家说，果实永远检验问题。”

乌里总结道：“若是酸果子，我们会拒绝你。”

本－耶胡达大街的第二个夜晚

在乌里和贝妲瑟芭家里，这天晚上来的是鲁文、西蒙、尤莎娜和乌利埃尔。

乌里说："《问题之书》的展开从头到尾都是断裂的。每次断裂就是一道伤口。裂口很大，伤口是白色的。那是纸页的羞耻。"

"是话语的羞耻，"西蒙接口道，"纸页是饥馑。"

"照这么说来，"乌利埃尔说，"那话语既是渴望又是馈赠。"

尤莎娜说："《问题之书》是夜晚的孤独之书，诘问是星。最美的清晨生长在眼睛里。"

"还有最美的死亡。"鲁文补充道。

贝妲瑟芭说："死亡是时辰的长眠，人再不会从时辰中醒来。

"让时间醒着，你们就将永恒。"

"……就像大地。"西蒙说。

贝妲瑟芭说："那是对死者的思念，是沐浴露水的植物在春天里对泪珠儿的思念。"

大家陷入沉默，随后鲁文说："天空不会因为爱恋大地而疏离天空么？天空不会因为爱恋天空而舍弃大地么？"

贝妲瑟芭说道："天空在来世的激情中把石头变得闪亮而轻盈。"

（我不知道我为何书写，或毋宁说，我太过明白了。

如果我在我的黑夜不断书写，这时我除了看不见的书写以外一无所是，如果我写得停不下来，那或许是为了在另一个人的目光中复活。

这首赞美圆满的颂歌，你说它在这儿无家可归，它若不是因为压抑的渴望而变成一本书的热忱之歌，那又会是什么呢？）

围绕雅埃尔和埃里亚的对话

他说："真实，或许就是一条后悔吃掉了自己的虫子。呵，无情的造物主。"

一

"人的头顶上没有真实。人只有固执的信仰，这种真实消解我们。头脑首当其冲。"

"虚空是国王的额头么？"

"唯一的真实是晶体的真实。水的坚实透明。"

"我不相信真实；但我们应当催生每个真实的萌芽，好让我们真正的时间能在阳光下绽放花朵。呵，谎言的允诺。"

"真实如被觊觎的童贞，虽深藏不露如处女膜，却十分脆弱。凋谢时节，几滴落红，便昭示着向快乐或薄幸的情郎奉献的祭礼。"

"粗暴的靠近，伤口的纯粹。"

（"你看，"雅埃尔说，"你看枝丫上有那么多瘤结，只有这个被生命剜出来的像一只眼珠，告诉我，呵，告诉我，哪种仁慈的死能帮一帮它？”）

太阳下山了。明天是第一天。

二

（“我爱你，”雅埃尔曾说，“我爱你，可你的全部精液也淹没不了我的三滴鲜血。”

雅埃尔说：“那是因欲望而起的性器上唯一的眸子：

“肉欲之夜，我令性器窒息，在欢娱的短暂时光里，分泌物让我死去的子宫布满星辰。”）

“书是真实么？”

“真实是那把钥匙。”

“它缀在你腰带上么？”

“我不系腰带。”

“它缀在你脖子上么？”

“我不戴项链。”

“那把钥匙在哪儿？我们能知道么？

“没有那把钥匙，谁也读不了你的书。”

“在书中的每一页，在白色的火焰中，那把钥匙正在熔化。”

（雅埃尔说：“被我认为真实的东西也认为我是真实的。

“呵，真实，我们将多么精于相互欺骗。”

我们被变形的自己占据。

预言，存活下来的罪孽。

最后一首歌是贱民的歌。）

三

他说：“临终之际的脸才是我们真实的脸，而死亡千方百计要把这张脸化为尘埃。”

在我的书中，我无数次被死亡赶上，于是它变成了我的同谋。

在它的前动作中发现那个无形之物，并跟随它走近将我们毁灭于猝不及防的那个终极动作。

书写出的东西来自生命的历程，由符号归还给其公认的边界；但在更远的地方，在遥不可及之处，生命固守着废墟，除了人注定要经过的记忆之外尽付空无，在那儿，宇宙终于让我们从记忆的反面读懂了它，如今，我们也可以独自这样做了。

造物主会成为那本书么？——不过，在书中，造物主不因造物主而存在；一如在话语中人不因人而存在。

造物主的沉默与字母的体量相当。在圣名的深渊中，造物主是沉默的钥匙。

四

无形之物是光的透明的圆，是被黑暗加冕的黑暗。

时间赤裸。

沉默淡化了声音的轮廓。每个声音都是一颗星，距离使其缄默。

我们在书写，但词语不断离我们远去。

（总会有遇难者用指甲在海浪或沙上刻下名字，

而生死也总会在每本书中争夺这个名字。）

五

女人，你的性是死亡空洞的眼。

雅埃尔说：“痛苦和欢愉之际，我曾从我的灵魂深处和瘀青的五脏六腑里冷酷地观察过你。”

死亡无秘密。

太阳，地狱之靶，
死亡之眼，
永远、永远地
蒙着咳向白昼的羽箭。
这只是一个火光熊熊的圆，
死亡中眼眸在燃烧，
永远，永远。
反射着来世的火焰。

……那只是一个圆，由我的脚步在死亡中难以察觉地度量，而圆的中心是那只不懂廉耻的瞳仁。

造物主之眼无处不在。

虚空是偷窥者。

六

（“以眼还眼。
目光毫不妥协。”
“可造物主怎会拒绝冒这个险？”）

七

我见你笑了。随着每声大笑，我见你开启了空无。
死亡在笑；偶尔我能听到，就像你大笑的回声。
狂怒中，我撕毁了几页纸。
刹那间，我招致了空无的哄笑。
虚空的
歇斯底里，歇斯底里。
最后的白昼，一声莫名的大笑吞噬了世界；
在一只眼中。

（……“以牙还牙”；所以大家才说：“用眼吞下。”

埃里亚，两道目光的边缘。）

危机或等待死亡的三个阶段

呼吸咻咻作响，发出刺耳的声音。灵魂和躯体不过是一声拉长的呼哨。世界向自身关闭。

他躺下了。读着一部刚刚到手的作品。又放下书拿起报纸。已经午夜了，或许更晚一些。他睡不着。呼吸困难。他半坐起身。枕头斜靠着墙。这个姿势稍微好受了一点儿。胃隐隐作痛……是不是胃呢？心脏部位好像有个堤坝挡住了呼吸，疼痛一直延伸到牙龈。说实话，疼还不要紧。可呼吸不畅让他难受。他站起身。他琢磨站着也许可以尽量使呼吸正常些吧。进浴室时他突然感到天旋地转。双手总算抓住了盥洗台的圆角，就这样靠在上面，脸贴着面前的镜子。他心想，不能动，好让空气顺畅地穿出胸口。他面色苍白，浑身发抖。他等着缓过劲儿来。难道这次真的没救了么？还有那么多事没做完哪。尤其得让他能说得了话——可还有什么启示性词语能让他张口？让自己觉得值得……——可又为了什么？他的生命基本上是得放手时且放手。如此多的爱值得每次都留下新的回声。已写过的，停在了哪一页？而且，为什么是这一页而不是另一页？正在写的，会停在哪一页？是词语让他窒息么？是不是这本每个词语都令人困惑的书让他窒息？

（我自身的敌人，没办法。我被裹挟前行，不是走向白昼，而是被拖进了一片古老的黑夜，而那片黑夜又阴差阳错地变成了我的隐居之所。无依无靠的我好像头一次有了一个名字。

能看得出来，我的身体衰弱得只剩下喘气的份儿了。造物主会成为呼吸中的呼吸么？）

注射器的针头扎进了右臂上血管最清晰的地方，吓了他一跳。那么他并非独自一人。有个人——肯定是医生——在说：“心脏没危险。”继而又说：“这次发作肯定另有原因，是精神方面的吧。”似乎有很多环要扣上，可从哪儿开始呢？刚才一瞬间的事，他怎么也想不起来了。那时他命悬一线。忽而像冬夜般冰冷彻骨，忽而又浑身大汗淋漓。刹那间就过了几个季节么？四周的一切都在加快他的节奏。最后的瞬间，我们猛跨几步，可要去哪儿呢？他仍站在那儿，半步都挪不动。

（我在挣扎，腿和手都绑着，与一个莫可名状的噩梦搏斗。

我曾经是谁？我避免经常抛头露面；因为我怕人家把我和另一个我混淆？由于我的过失，我已经既无名字又无祖国。为了安慰自己，我对自己说我就是**一切**。消沉的时候，我承认我就是**虚无**，而在整整齐齐排列着我的快乐和痛苦的词语的信纸下方——我还在给谁写信？——我的签名对谁都无非是两个难以辨认的音节的组合。

在我这个签名里，我看到的是某种无归属的命运的机缘巧合；是一个远去的真实在逐步淡出。

我在给雅埃尔写信。我从未中断过与已逝女友的通信。她的回复是一大张一大张的空白纸页。）

有液体在流。他觉得浇灌他大脑的已不再是血而是某种液体，可能是淡黄色的——汗液还是尿液？——他发烧的身体难闻的馈赠。他的脑袋发出恶臭。一个死人能有多少小时来控制自己的思想？而思想又能抵抗几天空无的进攻？

呵，时间的某个不确切的缺席时间。什么都证明不了，却敢假设一切。

他再也没有了嘴巴，只有一个无用的空洞，连空气都不情愿去冒险。有些声音在他耳朵里嗡嗡作响，又模模糊糊、难以辨别地传播了出去。

（我记得，当有个朋友告诉我说，在我最近缺席巴黎期间，报纸上发布了我的死讯，我的反应是这事真搞笑。

我不在乎这个新闻。我常常拿无价值的生命开玩笑，说它如此脆弱以至于虚空都可以将其碾碎。顺便说一下，这是错的；难道我不知道生命的无常本身就是跟随在一个永远也赶不上的真实后面的契约条款么？——只有虚空才能把握的真实，任何软弱的生命都是向死亡跨越的边界。

……任何软弱的生命都是天赐之门。

最终，精神能否占有肉体？

死亡中，精神能否承载躯体的全部重量？

来世，肉身无存，

话语即成为肉身。

精神放任之地，

虚空是躯体决定性的遗弃。

宇宙的缺席被迫将在场割让给虚空。

然而这个虚空并非真实——它无法与真实发生任何直接联系——但它是一扇门，我们通过这扇门进入真实，并在良性或恶性肿瘤之间向着遗忘行走，遗忘之地被我们的联盟封存了。）

外部有不少急迫而强大的压力。他必须与现时精诚团结，恢复生命活力，以便经由古老的联系和失败，找回被屡屡拒绝的脸。

虽说终结已逐步揭开了面纱，但终结的次日却依旧是个谜。破解这个谜自然要用自己的终结。

细沙。最后的沙。思想陷入沙地动弹不得。

难道他一无是处，只是最底层的思想么？

不过，他不是曾经头戴最高统治者的王冠巡视过王国的每一寸疆土么？可今天晚上，他被所有的土地掐住了喉咙。在一条以荆棘为界的小径上，他被打得皮开肉绽，很快就变成了不止上千个致命伤口的笨拙的笔迹。

医生的话在他脑海里盘旋，如同灯火旁翻飞的蛾子。扇动翅膀的沙沙声好似来自另一个世界，这让他恼怒不已。风不停地击打着片片蓝天，我们永远无从了解它们的故事，而它们却保留着我们有关死者的回忆。

（呵，太阳，暴戾的循环否定循环。

那么，中心否定中心么？中心这个精确的点受到了来自曲线的挑战，而怀疑叫停了曲线的飞升。

只有徒劳地渴望我们再也想象不出的水井么？）

漂　泊

“书是我的家。它始终都是我话语的家。”

“你靠话语生存，而话语却一次次被盗走。我的话语就是这个家。”

“这么说，我再也没有话语了？”

“这么说，我再也没有家了？”

第一次接近书
（空白页）

他说："我是漂泊，漂泊之漂泊，唯一之漂泊，孤独之漂泊。"

"这个缺席，"他说，"这个为了重写此书而声称书属于它的缺席，它是造物主么——因而也是吞噬了我们的某个神圣话语的希望么？"

造物主之名约束了语言。

话语中，造物主将了造物主的军。

脸

你的脸在哪儿？
你根本没有脸。你或许根本不是

一个人。

我将为我的同类赋予一张脸，

让他们之间能说能笑。

我将战胜脸；

可造物主说没说过，“不可杀人”？

造物主的脸比孩子的额头

光滑。

女人呵，那是由你的子宫

所雕。

而乳母说：

女人呵，那是由我的双乳

所雕。

而异乡人说：

女人呵，那是由死亡

所雕。

负　担

我为时光飞逝而苦恼，那并非畏惧死亡，而是因为无法生存，无法追随。

呵，爱人，两岸之间，河流便是负担。

躯 体

> 我承载着我的白昼和傲慢的黑夜，在那儿，我原谅你的躯体剥夺我的世界。

躯体近而灵魂远。所以，我们既是缺席又是在场。

我们自以为存在的，其实缺席了；我们自以为不存在的，反倒是在场的。

躯体是可以被触摸的——被触摸，被爱抚，被安抚——也是那个触摸、爱抚、安抚的施予者以及安抚行为本身。

灵魂是躯体中的生命，躯体是灵魂里的死亡。

灵魂在前，躯体在后。

在前，是无限；在后，是有限。

那些终结了的，被灵魂永远承受。

那些未终结的，则蹂躏躯体，并以你的脸祭献时间。

你的脸与我们同龄；它是时间中所有时间的一张脸，都同样地不忠。

我们被超越了。

（躯体
繁衍。）

无形者

无限砍杀我们，我们是呼号的永恒。

有形的纯属欺诈。
无形者予以否认。

复杂是有形者的游戏，用以诱惑无形者。

造物主无形。我看到过他多次，都是在他能向我显现时看到的。他每次莅临，都以无形的方式出现在天尽头，只要他以自己愿意的方式现身，我们就能感知他。永恒的踪迹——即终结时远未终结的那些事物——真的能由伤口的大小来衡量该物质的重要性么，一如流散的星辰持续而徒劳地向曾经照耀过它的光求助？天空密布着神经痛点——坠落的最高点——没人能看清它们。物质像个四马分尸的十字路口；但远处的路越来越难走，标识越远越模糊，除了虚空，什么都无法辨别。

（缺席的解密，否定的口径。）

时间是肯定——即确认存在的事物；而永恒则是否定。
造物主在时间中存在，并非在永恒中存在。
因此，是造物主毁灭了造物主。

（词语为了独揽而抢走我们的视觉。它们化为我们的瞳孔。）

书中，一切向视觉毛遂自荐。于是，在残酷的遴选程序结束时，它宣判我们自身将死于绝望。

看见了一切，意味着抹去一切。

书写伤害我们的视网膜，一次比一次严重。

书中的每一页都有我们茫然的眼。

在死亡的另一边，荒漠用我们的眼盯着我们。

（形象为沉默代言。对话语而言，无形者即沉默，在那儿，造物主定义自我。

在世界不复存在之地学会看到。

字母是缺席最后的容貌。死亡中，书将自身奉献给书。）

人是光。造物主站在人的后面。

愿我的光永不做闭塞的目光。道路先于道路行动。

用一夜盘点那一千多夜。尘世之前的首个夜晚，开场白熠熠生辉。

（于是，在生命的旅程中，通过定期卸载直至最终遗忘的方式而逐步达至无形；进入永恒，闭上极限的目光，燃尽最后一盏灯。

黑夜是无尽的留守。我们惧怕黑暗，总是徒劳地梦想向丽日求生。

造物主为造物主燃烧。）

海滩是泡沫的边缘，宇宙是否终结于此？

每次降生都是死亡般的空白。

我们逆流而上，追随难以驾驭的水流。

已做与未做都同样迅疾发生。

明天无非是一只在手中迷失的手。

灵魂是永恒的驿站。躯体迁就躯体，直至因干涸而变得透明。

造物主是远方的镜子，与其反射的距离一致。

深渊已见。

（当冒险抵达最远点，也就是大海只能聆听大海的地方，书写如一条起伏的海岸线般遽然出现，而任何地图里都没有标注这条海岸线；

——晚上，仙女会用哪只精准的手指去点亮万家灯火？

漂泊中，那正被书写的人向接纳他的纸页发问。

虚空认出字词。）

第二次接近书
（联系）

一

目光并非知识，而是门。

观看，便是打开一扇扇门。

他问道："所有这些都是我的么？"

有人反问他："荒漠属于颗颗沙粒么，天空属于滚滚流云么？"

书写之外，我们如何聆听造物主？将被写下的便是造物主已经昭告的。

存在的修炼，生命的精神戒律。我试图聆听你，而你的话语早已存在于我要聆听你的热望当中。

暴风雨喊道：“救救云彩。”

二

创造自身的真实意味着颂扬瞬间。我每分每秒都在向永恒致意。绳索钟情于结绳的手指。那并非真实获胜，而是被役使的造物；人，岁月，被囚禁的肺。

我走下楼，来到街上。雨后，这不是那条街，而是联结起白昼之世界与世界之终结的彩虹。

我只有自己的眼睛能帮助我适应生命。

在发生的一切中当个过客。

对于被宇宙困扰的数代恋人而言，只有石头以及无从知晓曾经存在过的东西能留存下来，

还有长久被禁言的激情话语也将留存下来，但却是从饶舌而诡诈的女窝主们的嘴巴里透露出来的。

盗墓贼成帮结伙。

你行经之处会有水，会有大地，会有天空；你感到暖和之处会有火；你努力前行之处会有风；你最终长眠之处会有肆虐的严寒；在我们

麻木的四肢上，会有故国之夜轻摇着人世沉沦的海洋。

大路同样是谦卑的路口，大多数情况下，我们不知其走向。

在这儿，尘世轮转，我们将因盲目的尘世而死。

自由，它的翅膀曾为自己带来几多荣光，却求助于深渊为其筑牢地基。

树干向上生长，果实在其预定的飞升中成熟。

第三次接近书
（对一封来信的回复）

造物主为其死于造物主的不朽渴望而生。

你向我提出了不少问题。我无法一一直接作答，但我争取以某种间接的方式与你切磋其中的几个问题；这种追问将把我引向我曾经孤身走过、黎明时分又将我抛弃在交叉路口的幽暗之路；这就好比旅程虽启，却行迈未及；又好比人虽待命出发，却十分清楚最终还是要返回那折腾人的起点。

万事开头难。书就是从词语的每个字母、从句子的每个字词开始的。

因此，那些亲密的路，只有深入内心才能一一穷尽，并让这些路引导自己抵近生命存在的边缘，在那儿，所有在场都屈服于饥渴：饥渴意味着对匮乏的探索，我敢说，这就像是一座迷宫，就像展会里的那种玻璃迷宫，迷宫四周人头攒动，人人看着你，拿你取乐，手指对着你戳戳点点；而你在那座迷宫里，谁都能看到你，你却看不到别人。几经摸索，当然能找到出口，但那些出口却是按迷宫规则设置的。这样的出口，还有多少我们根本找不到？

我与你的想法不同，我觉得写作尤难。每当笔握手中，眼前的每个出口就都关闭了。祖国和世界将我拒于门外。于是，在这个封闭的宇宙中，每个字词——即便是我自创的字词——都变成了我必须要去拉开的门闩。被囚禁在内，我连在哪里可以敲门心里都没谱。

我每次进入自己写过的书时都会有这样一种切身感受，即没有谁会对我抱有期待，或者说人家等得太久，已经不指望我会再度出现；就好像书只属于字词，而这些字词早已准备好——或早已不再准备——加入我必然会请它们参与的冒险中去。于是便出现了一些终将到来的不确定的瞬间，一些从动笔伊始就游移不定的瞬间，它们不断地要求证明整个求索是重要的——其实这种求索很可能在本质上是一种幻觉。作家总是必须认同某种求索的价值，尽管他也有疑虑和苦恼。实际上，对作家而言，更大的问题在于评估风险而非引诱词语跌入陷阱，否则作家会首当其冲成为牺牲品。在我看来，走向死亡，像安排自身的生命一样安排自己的死亡，这才应当是作家在书中的使命。为此，经过与词语的较量，作家将自己认作字词本身。在一个充满音节的宇宙，在得知每个字母都是一个名字以后，他将会接受一个复合的名字。当他丧失了主动权时，当他的声音不用再事事率先垂范时，他就终于知道他能书写了，知道他一直在被书写，知道他从此将代表书的极小部分，那书像排浪般向前涌动，在惊涛裂岸之际将他毁灭。他淹没在轰鸣的海水之中，在永恒的瞬间高昂起头；但那只是顺带着向天空的致敬，而天空并未泛起半点激情或凄楚的涟漪。

书被书淹没了，但话语是无辜的，因为它听命于某个未知力量的紧急指令；一个远比话语声洪亮数倍的声音，是声音预言过的缺席，它震慑话语，并令话语颤抖。死亡在其鼎盛时期沉醉于我们之死的呼号。我们也因意气相投而沉浮与共。

在我们准备对书实施包围以前，数十部书早已在字词几乎碰触不到的某个被遗忘的空间里无须假手我们而自生自灭。因而每个词语——除了其自身的生命系由众多存在过的生命编织且依旧陌生以外——在回应我们的恳求时，都避开我们曾梦寐以求的、想象中的无数存在，而我们让词语一窥其堂奥，就像它也能够成为那样的词语一样。千万别以为词语没有记性。在我们抹去一切的地方，它都在场，在电闪雷鸣中，在唯一的一道光中，在本该存在和曾经存在之地，它提示着我们的往昔。

因此，当我们因毫无回忆而在书前挣扎时，那些难以把握的瞬间其实早就存在于书的计划与期待中了。所以我们永远也不会知道书是否早已不在那本装满了问题、只向书请教的前书里，而书本身则仍在努力作答，好像此事与之毫不相干似的。

在我们的追问和书的自问之间，作品在我们的帮助下得以完成或又被取消。面对这一工作，我们在聆听真实，而这真实从不放弃，它只向那些曲折的、有伤自尊的回归虚空之路低头，而此种虚空非大海无以填补。书的真实是时间的碎片，书只有挣脱整体，才能重新找回从一开始就被它打得头破血流的纸页、句子和符号。

呵！追随书的时候，我们可曾知道，我们自己是多么没想法、没需求、没想象么？

语言内在的纯洁与天真的人群一样，被希望与绝望吸引到某个未来岌岌可危的固定场域。语言展现出它的纯洁，直至被眩晕征服的那一刻，它便宣称自己拥有了真实。

原罪会超越真实而永存么？我们曾为拥有这种真实而自豪。对自称已拥有了真实的人，真实会无情地予以报复。有多少我们的同类死于它的投枪之下，又有多少作品被它以得心应手的武器毁灭。

无法传递的真实，深渊和沉默的姊妹。空白的纸页会成为它偏爱的宝库么？所有空白都是暴力，就像高墙固执无语地阻挡我们的去路。所有空白都是造物主的色彩，他在无限真实的沉默中刺穿我们的双眼并将它们捏碎。作家的奋斗不正是这种荒诞的努力么？他想在靠近海滨的地方，在被海浪卷走之前，把自己的双手最后一次埋进沙滩。空白而焦虑的纸页，它拥有外海强悍的意愿，咆哮的海浪吞噬港口，不知疲倦地开凿海底。造物主就在那堵墙里。造物主就在那大海之中。从今以后，我们的双臂、我们的呻吟只能尝试着纾缓他的暴烈，直至被迫投降。

高塔内的囚徒早晚会发出惨叫，以逃避最残酷的惩罚：缺席的话语中窒息的话语。同样，作家和字词也将永远与其短暂的生命隔绝。生命的这种悲怆呼唤，没有狱卒或读者听到后会无动于衷。

呼号变为花束，化作晨曦。陌生的大地，我们曾为它的幸存而欢呼，那死去的声音指出了路中之路，人们对此再不会视而不见；抵达应许之和平前的苦难历程。

书写难道只是单纯地奋起反抗沉默，只是死亡中生命的悸动，而最终死于自身的激情么？难道它与激情同归于尽，而这种死亡悄然潜入，令我们毫无警觉，就像西沉的落日一样丧失能量了么？呵，黑夜，无垠的遗忘之墓。人们若能看到黑暗中闪烁着压抑的话语，一如永恒的秩序中冰封的墓志铭，那就绝非一般的巧合；但这些能赋予我们一个完整而不受侵犯的和平么？梦揭示了沉默的暴力，而在潜意识中困惑和搅扰我们的，到头来只是一句缄默的话语。会有一种无梦无涯的长眠作为终结么？书中肯定没有。

围绕着未表达的和我们永远不知道如何表达的一切，我们在时间之外像聋子般言说，像盲人般书写；但生命仍在那儿步步紧逼，它与我们相会的地方正是我们坚忍地设法甩开它的地方。它想从我们这里得到什么呢？它能首先对书施加何种影响呢？呵，重要的序幕。所有步骤都被置于它的符号之下；它把死亡揽在怀中，而我们正靠这一死亡哺育。

沉默之处，话语让位，那同样是造物主示范性的死亡。我们的泪水和荒漠中的每一株干枯的树根都见证着造物主的死亡。

那么，言说是不是想填满造物主死后留下的虚空呢？我们对造物主言说，一如对沉默的反面言说；换言之，我们是在对某个影子的影子言说，而那影子照亮我们，而后又驱逐我们。

你会控告我是个死亡作家么？你指责我在书名上抹去自己，似乎作家意识到了这点以后，除了宣告自己不可能存在以外就没有其他选择？“虽然我不能存在，但请让这本书自此以后存在吧。我将靠本书而存在下去。”我不是不能作为个体存在，而是不能作为“参与者”存在，不能在与他的失败相一致的某个瞬间中燃烧；不能作为“参与者”存在，不能在某个星辰诞生时置身其中，并随后去计数星星的黑斑。在那个与空白纸页搏斗的人身上，没有任何东西能吸引我们的注意。无论他强壮或贫穷，迷人或丑陋，和蔼或狂暴，他都是他变成的那个东西，而他变成的那个东西并不认识他。不过，这个缺席的造物仍然活着，他的生命轨迹就像是一道谜。就在他向生命俯身之际，他便丧失了自己的真实。他也因此在命名之际失去了自己的名字。

此时此刻，在穿越一个受到时间之影响的空间的一系列变形中，在时间于此爱莫能助之际，言说能否保证你的存在呢？除此之外，那是不是也意味着在话语中噤声并坐看一切向宇宙漫不经心地表达忠诚呢？在那儿，话语在自己领域的极限处受到监视，像一只鸟儿一样被带往鲜花盛开的无限。

最后一次起飞时，话语会不会让自己变得可见，并创造出一种既神秘又宏伟的手稿呢？我们在地面上一直看着它写成，所以我们可以将这份手稿冠以己名。

但从长远看，我们会不会受到话语的影响？倘如此，则等于断言说我们承担起了在悬崖边或惊涛拍岸时的责任。不过，海洋和悬崖是不是也要通过我们而定义自我，是不是也要通过我们而相互沟通呢？

这是个典型的连字符，作家为了重新找到立足点而希望自己能成为牢不可破的纽带。这条纽带是深渊上的套索，话语在此逃之夭夭，把作家留下当作人质。因为，那首先是一个套索，随后，作家在这个套索里越来越不自在，直至动弹不得。到了早上，套索松了，作家又重新置身于虚空，直到他的灵魂被某种真实撞得鼻青脸肿，他便失去了自己的脸。

经过数十亿年的燃烧，仍有星辰在为我们闪耀。在死亡的彼岸，缺席诱惑着我们，而死亡正是进入缺席的正式入口。

在没有我们参与而自我表达的东西里面，书写难道只是这样一种简单的方式么：它通过自我们的起源开始就再也没有中断传承的那个东西而再度自我表达，而字词又让我们发现了那个东西？

我的目光只关注没有见过的那个东西，我知道，那个东西很快就会让我目眩神迷。道路在其两端延伸。太阳并非在黑夜里脉动，而是在燃烧，或许是边燃烧边脉动，但肯定有脉动存在。死亡是创世的同谋。死亡是缺席的场域，在那儿，书正期盼着修成正果。

第四次接近书
（论障碍的本质）

你如此表现自己，只是为了隐瞒你是什么，呵，虚空，呵，空无。并不存在的东西总希冀自由地存在。而这一自由将成为你遭遇到的障碍。

词语之间的空格可以被认作是那个瞬间——话语沉默不语，为的是跨越这个分离它和其自身的距离；但这个距离难以测量。

呵，早产的死亡。

空白是海难的泡沫，是献给溺亡者的永恒颂歌。

呵，空白的、无名的纸页，你在我们手中置入一个动荡不安的真实。

我们是否知道，这真实并非别的，而是你自己？

他说：“我们只能像字词一样待在这张纸的白色表面。

“障碍存于纸的内心。”

虚空轻若空气，却支撑起宇宙的重量。

所有真实都如空气般轻盈。

我回答他说：“……障碍就是那道空白。

“我们在那上面书写，希望能绕开它。”

vivre（生）这个词中包含着 ivre（醉）这个词。

他说：“就像给船装上压舱物，呵！何种沉默的配重能平衡我生命中皈依了语言的那一部分？”

在空间晕眩的风因可悲的消散而终结。

让海浪保持缄默吧。狗不再吠叫。

暂息。暂息。

澄澈的天空是临终之床。

造物主清晰的脸。

的确，多透明呵！

障碍是那种并非即刻呈现自身为障碍的东西。

准确地说，障碍是障碍的缺席。

耶路撒冷圣殿的外墙便是明证，那儿的每块石头都是祈祷的跳板。虚空向外形成了路障；既限制了躯体穿行又遏止了灵魂外溢，它挡住了哀告、赞美和哭号。石头有助于飞升，空间使飞升中断。为了不再成为障碍，造物主走进了我们的话语。他与话语一同死去。造物主之死便是被击穿的障碍。

路上的界碑歌唱着自由，也诉说着自己的失败。一个人的生命终结于一堵墙的脚下，不可见的终极。

虚空是最古老的陷阱。

（书写与死亡一同诞生，但它是演进中的生命。

生命之源在空无中分列排开。它们聆听候某个机会的到来，以便飞升到那个本能之话语的世界。它的名字早已知悉。书在书中结合。

明天你将阅读自己，在那儿，你几乎死过上百次。

你不知道你是谁。你将知道你会变成谁。

死亡是生命暴虐的灵魂。是火焰和黑夜的精灵。躯体是死亡力量的果实。）

第五次接近书
(J.H.W.H. 或不可妄呼的那个名字)[①]

一

(我在谈论犹太人。当我说：**犹太人**，我想到的大都是字词本身，是每个词语，是字母，是那个以一个点出现的最后的符号，是那个饱蘸着墨水与鲜血的**虚无**的中心，那上面承载着书及其全部光明和黑夜的重量：一颗小小的星，一颗黄色的星——"无限"那最震撼人心的体现不正是在省略号的那六个点里，在那六颗黄色的小星星里么？

我重复这句话：这个符号是犹太人的。

---

① J.H.W.H.，又写为 Y.H.W.H.，是 Youd-Heh-Waw-Heh 的缩写，读作 Yahvé、Yahweh 或 Yehowah，汉语通译为"雅赫维"，是犹太教对上帝的称呼。在《希伯来圣经》的经文中，该四个字母代表上帝的圣名，称为"圣名四音"（le Tétragramme）。通说认为，此名源于古希伯来词语根 hwh，本意为"是 / 在 / 有 / 生"。犹太教认为圣名至圣，不可妄呼，故而禁止在耶路撒冷圣殿以外说出上帝的名字。但由于古希伯来语仅记辅音，不记元音，岁月流逝，这个名字的读法逐渐失传，现诵读 Y.H.W.H. 时被"阿东乃"（Adonaï，意为"我的主"）取代。

这个字词是犹太人的。

这本书是犹太人的。

这本书是犹太人写就的；

因为，千百年来，犹太人都希望自己能成为某种符号，成为某个字词，成为某本书。犹太人的书写便是漂泊、怀疑、期待、会合、伤口和迁徙，

还有流浪、流浪、流浪。）

二

他说："造物主之名是至善之名。那些公开了造物主之名的字母将界定其范围，如果该范围可以想象。"

三

废止这个圣名时，造物主切断了他所有的联系，因为他知道每个名字都是一个难以摧毁的结。

有一部律法支配着书的缺席，就是书宣布的那部律法，是书为成为书而援引的律法。

已昭示的律法中的律法。我们在页边处诵读它。

四

犹太教始终不拘泥于犹太教；它是超越了话语的宗教，是将话语留在话语自身的缺席和紧张的创新之中的宗教；在那儿，脸焦虑地期待着脸的出现。

荒漠熟知这一类名字的弱点。

五

你由自己的双眼开启。

本书讲述了一枚古老的种子与一个分离的时代，那种子和分离均为种子中的果实的时代。

宇宙中留下了呼唤的痕迹，话语降生时弥漫着回声。因此，书写首先在于回应某些陌生的声音，在于持续地窥视某个声音，而这个声音正以其无效的努力从内部将时间穿透。

平行的存在之一

在你眼里，我无疑是有错的；可是，自童年起，我不就是自我矛盾的无辜的受害者么？

你问过我的源头。我告诉你说，我的源头在书里；那并非造物主现身昭告自身的权威之地，而是*话语*在遭受失聪和失明的打击后造物主的退隐之地。

我乐见耳目失聪的造物主，这样我就可以宽恕他的听觉和视觉这两样糟糕的感官。单单我们自身就可以成为造物主的耳目。

原罪是否首先是造物者之咎呢？如果不是，起源何在？会不会是造物主一直在欺骗造物主呢？

这是一个上升到例证的关乎意识的悲剧性争议，但它很清楚，通往净化之路必须经由其诅咒的罪恶。

创世中的无意识部分是神圣的部分。我们受缚于造物主，超越了一切知识，超越了一切*善恶*；也就是说，超越了造物者确凿的行为。

有意识的生命是奉献给宇宙的祭礼么？体现在话语中的绝美统一难道只能靠我们的临终残喘去实现么？

尔后就没有了，什么也没有了，充盈的只有那个永远不再属于我们的那个瞬间。

我们只有败下阵来方可开始书写么？书写是将我们打翻在地的那种

力量么？我学会了匍匐而行，可有谁会在我浪迹天涯时出手相助？我联系世界的手被斩断了，随着我的血漂流。

雅赫维说："你们要成为圣洁，因为我是圣洁的。"这是在说：通过我的爱，愿你们成为神圣中的我。此外，他不是还说过"你们要有别于其他民族，因为我有别于其他的神"么？

于是，经由造物主，在他作为唯一的神而令人敬服之地，成圣与隔绝、成圣与差异变成了同义词。

在造物主的形象中，圣人和作家一样，都是隔绝的：在符号指定的——或重新指定的——距离中隔绝，在那个阴暗的空间里，激情与死亡的星辰如标点般点缀在这儿或那儿。我们可以构设无限，那是禁闭我们的一座座地标的距离。明天来自我们最遥远的翌日之后的岁月，而我们最古老的往昔正在那儿酣睡。

作家是否因为渴望实施那个神圣的任务而与众不同呢？这个神圣的任务便是从自己的声音中辨认出造物主的声音，而那个声音死之久矣——似乎作家只是为了能听到造物主的声音，因而早早地与造物主一同死去，随后消失在自己的时间里。

确切地说，话语之所以奋起反抗，是因为它必须对抗造物主与人的沉默，必须对抗这种沉默残留的磁力；渐渐地，作家被迫进入这种沉默的状态中，进入一切断断续续的沉默的地底。在那儿，话语正奄奄一息。

那么，书写是否会像一粒沙，死于一句不可分离的话语，又被死亡单独挑出来作为祭品呢？

死亡是神圣的，与不可妄呼的造物主之名同样神圣。让自我消泯，使自己成为具有性数格变化的消泯本身，坚守起一句话语，尽管没有一页纸可以明确表达或容纳它，但在该话语上会突然迸发出一片话语的云团，这片云团以彻底毁灭我们的方式将我们让渡给它的秘密。

他说过：“……沉默滑移着，与自身的沉默迎头相撞。”

犹太人要俯身啜饮的水是环绕字母流动的水，但那水像神圣的文本之水一样永远无法解渴。那慷慨之水流淌着，像回声般昭示出无瑕之爱的篇章，充溢着它的灵魂。

在这片水之后，在反复吟唱的那首赞美诗之后，远行开始了。纸页追随着纸页。荒漠在这片水的后面延展着，记录下一个没有希望的民族在希望指引下的长征；而这正是这个民族的特异之处：他们既是最悲观的民族，同时又是被顽强的希望所激励的民族。

作为没有信仰的我——或不如说，我的信仰如永无休止的童贞之夜——我对那本书中的这个民族从来没有过如此强烈的归属感，它身处荒漠，置身于*一切*与*虚无*之间，而*虚无*在逐步侵蚀*一切*的同时又将其据为己有。我们的远行即由此开始，那是一条没有目标却允许我们抵达之路。这条路没有尽头，每一次因疲惫或气馁而导致的停顿或休憩都汇入先人智慧之路的里程碑。这些里程碑后来变成了书，这些书又换取了本书中一页页深思的页面。

我们会在明天写出的文字以及字词已经表述的一切中读到里程碑下出生的那个人，仿佛所有的事都被一下子说了出来，每件事都已经占据了这个广袤的世界——浑圆的过去与未来；仿佛我们活着的时间仅仅存在于已经废止的时间，存在于那个赋予其无可计量之维度的废止行为。

那由死亡而开始的一切，或更确切地说，那为了活在自身之死而求助于呼吸的一切，在造物主于造物中周而复始的庄严降临中成长，而后衰败，而造物则被迫与死亡更新契约，直至认命。

人与书的时间之间存在着微妙的关系，如我们现在所知，那时间并非字词的时间，而是走在词语之前、远远领先于词语的时间，在那时间中，字母在自身的火焰和告白里燃烧殆尽。肥料与灰烬的时间。麦穗令田野美不胜收并养育人类；但那呼号，那因一切降生而引发的伤痛，却属于虚空，属于胜利，属于向着空无的蔚为壮观的坠落，在那儿，宇宙探询着其内部遽然爆炸后发光的碎片。随着世上一切在场的骄人胜利，那坠落也接踵而至，那是每道星光的漫射亮度描绘出的坠落，被黑暗和时间苦苦搜寻；那是白昼与朗星之夜的坠落，它并不追问这颗星是否存在，而只关注我们能否看到这颗星。视野之外，在支离破碎的生存意愿或黑夜的退缩中，万物都遵循着自己独特的生命轨迹。光明之前，黑暗早已教会了我们这个道理。于是，死亡便如一个戏剧片段般出现在我们的意象里：一个可以感知的在场，随后又在飞升和坠落中消失于我们的感觉。

从一个热爱一统的灵魂的迷离醉眼望去，这出正剧讲的正是人与宇宙的悲欢离合。我们永远无法拥抱无限，然而无限却是我们的梦想，是与我们相生相伴的真实。

永恒对我们言说，而我们因无知而燃烧。知识有如气泡，空气的些微流动都会使它爆裂。犹太人拒绝偶像的同时也拒绝了自己；但这种拒绝却起因于这样一种欲望，即义无反顾地在激情中使偶像褪色，直至偶像本身亦迎来自己绝望的解脱。

荒漠的机会来了，耳朵警告眼睛有什么东西正在偷偷摸摸地靠近。沙子质疑造物主的存在。

一本书的坚持不懈与一种奉献给书写的思想异曲同工。造物主是书写的源泉。思想重新认识到字母的优先性，并奠定了字母同时代性的基础。圣殿是否象征着挺立的字母？那圣殿便构筑在那本书里。于是，为了那本书，造物主和每个字母一道放弃了肉身。

要先于所有的书去平行地解读造物主与人的行为之间存在的某种相互制约的关系，在造物融入创世的自由空间里，分散于五大洲、被命运发配到各个边缘地带的犹太人学会了将他们使用的词语与其原始记忆中的词语相融合。这也是符号中的一个符号，它让字词挑起了重担，承载起书尚未勘察的所有路径。这是从“一”到“一”的路，仿佛“无数”这个概念集合在了“唯一”这里，以便构成直线，而我们对世界及其各种存在的反复阅读，将会在这条直线折断后再将其修复。这条直线声称，它便是一个种族永续存在的明证——它跨越了两种语言，其中一种语言已死——这个种族的生与死都生成于同一个话语；

……生成于那个遵照白昼的意愿学习或忘记的同一个话语。在那个冰冷的中间区域，在期满之日那无可逃逭的时刻，遗忘将各种族与各星球联合起来。向虚空祭献。再从原路返回。在时间傲慢的遗忘中，造物主永远身处两者之间，故意将时间忘得干干净净；

在这种对人与时间的永恒遗忘中，造物奋起反抗遗忘。

反抗遗忘。声声祈祷都来自因没有造物主存在而发酵的悔恨。人爱上了歌唱，并将其创制为奉献给创世之荣耀的颂歌。实际上，人正是在向自身的缺席言说，那是由宇宙界定的缺席。

反抗神的遗忘，但非反抗造物主。先知的声音尽管被石头压弯，但仍饱含着歉意；沉默的声音，字母是其漆封。

沉默是遗忘的门廊。人从沉默到沉默，走向自己的终结。

“沉默的书写，白垩的字母。”他曾这样说过。

忠于信仰的人有心将记忆奉还造物主。如果你想让造物主帮你记住，是否意味着在你书写造物主时，除了尘封在宇宙记忆深处的那个多情的记忆之外，就再也没有什么可以依赖的了？

在死亡的边缘，我们正在跨越贫瘠而隐秘的大地。

人和造物主面对着他们共同的回忆。一如这些回忆已记录在案。一如人从书到书又重新生活在这些回忆当中。

死，是否意味着在死亡中一直走到记忆尽头？身后是否又会有某种记忆竭力将造物主的记忆据为己有？

人死即褪色，有如造物主从形象到形象都失去光泽。

他说过：“请不要再用你们自己这些可憎而发黄的图片来伤害我们的视觉了，让我们快点儿奔向那个最终的形象吧，唯有它还保留着最模糊的回忆。”

存在，意味着抓紧白昼不放。死亡，意味着从记忆的光芒中清空黑暗，意味着一步步走进完全的黑夜。

造物主、死亡和人共同抵达永恒，这是另一种形式的遗忘。

（信徒盼望目睹造物主复活的幸运能落在自己头上，盼望能参与到目睹造物主复活的每个行动、每种思绪中去。关爱生命的法则是受神圣程序感召的法则，亦可以说是将人转变为宇宙的专一读者的法则，这条真实的宇宙之路，沿途鲜花怒放，只为强求对枯萎花瓣的认同——黄昏的荣耀。

于是，欢乐与苦恼轮番构成了同一首预言之歌的段落。）

对造物主的忠诚便是对求索真实之人的忠诚。那是在凹陷的圣迹中之踪迹。我们的差异令我们激奋。造物主便是我们之间差异的总和。

保持对律法的尊重，首先就是在不同的个性冲突中保持对人的尊重，个性会由于置身于其责任的对立面而更难相处。要生活于真实，要以微薄之力去达致真实。成文法是连接终结的话语。除此之外无他。排斥语言的世界可以自给自足，在夜之书写的诸世纪看护下，那里有无垠的可支配空间用以扩大写作。

（烛光随着每一次呼吸摇曳，并成为我们发掘出的二十二个字母[①]之一。它的光芒来自死亡。

七枝烛台[②]，死亡中，死亡七次庆贺我们的幸存。)

理解律法，便是理解自我；但哪一次穿越造物主的自我理解可被视为唯一的呢？我们理解同样的词语，而词语的含义隔绝我们，让我们在词语留下的孤独中联合起来。

人在没有造物主之处，造物主独自与人同在。

(……没有造物主，意味着在造物主以前，在人以前，书在未受玷污的黑暗中闪光。)

……对造物主而言，唯有他可以预见变化中的整体。

理解律法，便是理解死亡。

---

① 希伯来语字母共有 22 个。

② 七枝烛台（Menorah），犹太教的徽号和以色列国国徽的中心图案。七枝烛台原为犹太教的圣器，安置于耶路撒冷圣殿。据《旧约 · 出埃及记》第三十七章记载，该烛台系由以色列著名工匠艺人比撒列用黄金制成。七枝灯盏中，中间的一枝略高于两边的六枝，代表安息日，其余六枝代表上帝创世的六天。公元 70 年，罗马统帅提图斯占领耶路撒冷，洗劫了圣殿的圣器，黄金烛台下落不明。以色列国复国后，认为圣殿烛台能为无家可归、受尽磨难的犹太人带来光明和安慰，并象征和解及光复的希望，是犹太人敬爱上帝的庄严所在，因而确定将七枝烛台作为国徽的中心图案。国徽呈盾形，以蓝为底色，白色的七枝烛台居于盾面中心，两侧各有一株白色的橄榄枝。

平行的存在之二

我们环游世界，只能是围绕着一句话语的漫长漂泊。

话语，像一注冠以人之名义的赌资，其所到之处受着虚空的支配。

想象一下吧，一棵不再绿满枝头的树，一片与土地不再相似的土地，一声世世代代持续的呜咽。而呜咽之中，犹如笔下所绘，是与我的脸一样的数不清的脸。

（成为犹太人，并不意味着其出生与众不同，而是意味着他出生于分离，这种分离数百年来愈演愈烈。

终身流浪，被弃于苦难而无人问津，如同被甩在命运的站台上——或被丢进首列即将驶出的列车里——犹太人将目光扫向天际。我们会记住那些震撼人心的画面，记住那诀别的神情，但这些早晚都会被遥远的距离消磨殆尽。

“那边会有你和我，你和我会永远在一起。那边会有我们的家和我们的欢乐。”

彼处，便是此处；但为什么不是此处？此处，像个被重新发现的彼处。

成为犹太人，意味着希望借每个人都能认同的相似性来结束分离，但从不成功。

我们忘了么——犹太人从其源头开始就备受打击，还要忍受敌意行为和砸向他的电闪雷鸣般的话语造成的伤痛？

他遭受排挤，他周身赤裸；裸如被摧毁的圣殿，裸如证人般的哭墙。

在他的伤痛和他的话语里——那些来自真实的**话语**和来自他人充满敌意的**话语**，那些受到那本书保护的话语和拱手交给风头正劲的强敌的话语——犹太人焦虑不安地将自己的命运转向某种跨越死亡的不屈探索，这死亡是他发起的，也是他准备服从的。

因希望能活着面对生命而死，却因迷失于迷宫般的死亡而活，犹太人就是那个在幸存中实现了自我的人，仿佛来世便是他的场域；因此，他的话语始终具有预言性，并宣告了在人的时间中离去之人的回归。

那是由某个非人时间的受害者所预言的友爱的时间——明天永远意味着更靠近希望。大地的时间。

犹太人的特性和怪异。这些特性和怪异是表现在第二张脸上的——它或是由顽念雕刻而成，或是因邻人的想象而显现——当我们仔细观察时，这第二张脸便取代了原先的脸。这张脸形象乖张。不知是漫画还是未完成的草稿？以至于犹太人的这些特性和怪异即便存在，也只能存在于与脸无关的主观的负面性当中。在这个空间的某个负面空间里，还有待填充、铭刻以及抹去随之而来的痕迹，从另一方面看，这也是让犹太人在自身之外认识其犹太性的一道联结——仿佛你可以和其他人拴在一起，沿着一连串出口走向无限的虚无。

于是，犹太人活在了他人的谎言中。他在他人的虚构中虚构了自己。跳出自身后，他所看到的并非是他人见到的自己，而是永远不会被他人看到的自己，对此他心知肚明。

于是，他似乎在请求说："请找找我的灵魂吧。"但为什么呢？灵魂是从不撒谎的。或许，是为了最终躲开谎言和他自己拙劣的模仿吧。

所以，成为犹太人，意味着始终置身于一个一成不变的质疑中心。他被承袭了问题的人们所追问，他的信念在余烬之下燃烧；因为每天都是经受磨难的日子。翻动灰烬，会惊醒几多从未把握住的时间？

他本该依自己的经验发现地球是圆的。他的话语是循环的，是取之不尽、用之不竭的。宇宙就存在于这个循环当中。

可以这样说，他内在的生命是更深邃的生命，因为他不曾拥有任何其他生命。

更进一步说，犹太人之所以是犹太人，不仅仅是由于他的话语，更是由于沉默或无垠的低语——沉默围住了他的目光，如一片海水围住了一座孤岛，使得他难以接近。

对犹太人来说，解读世界应当从公海的中心开始，从平静或咆哮的海浪开始。沉默的广度堪比炸弹爆炸那样具有摧毁的能量。

犹太人的灵魂始终戒慎戒惧，它深知狂风在翻卷和鞭打水面时带来的折磨。闪电被视为造物主的手指发出的威胁。须臾之间，足以让时间——我们的时间——化作尘埃。

这令人生畏、来势汹汹却又精致至极的沉默，它为了自我言说，便在造物主呼唤他的子民时一分为二，变成了神圣的沉默和造物的沉默，这便是破碎的约版[1]带给我们的思考。那对镌刻出的约版使这一双重的沉默再生和长存。字词之沉默与存活得更久的瞬间之沉默被永远封闭在其自身的饥饿当中。

造物主的语言——缺席的语言，经历了烈火和大理石冰封的语言之语言——是永恒的，仿佛是死亡将它们拼缀而成。它由永恒的符号构成，不承认生命有任何特性。

由于造物主之名无法听闻，于是造物主之名变成了一个不可妄呼的名字，并在其含义达到顶峰时变得毫无意义。)

平行的存在之三

他说，我是一株活泛的植物。

另一个人回答说，而我，我是一株垂死的植物。

---

① 约版（les Tables de la Loi），即摩西十诫，是上帝借由以色列先知摩西向以色列民族颁布的律法中首要的十条规定，是犹太人有关生活和信仰的准则，也是最初的法律条文。据《旧约·出埃及记》，上帝在西奈山上单独召见摩西，颁布了十诫和律法，并将十诫亲自用手指写在约版上。摩西下山后看到以色列人离弃上帝，竟然在崇拜一只金牛犊，愤而将约版摔碎。后来上帝再一次颁布十诫，被刻于约版并放进约柜，存放在敬拜上帝的会幕的至圣所中。所罗门王在耶路撒冷圣殿建成以后，将约版置于圣殿的内殿。后来约版失传，可能是在公元前 5 世纪巴比伦国王尼布甲尼撒二世焚毁第一圣殿时被毁。

他随后又补充道：其实，我最终是一个场域。

呵，愿你把这个地方告知世界。

……可是，这本神圣的书，这本万书之书好在何处？它是范例而不是课本么？或者是范例式的课本？作为所有书的范本，它因被模仿而不朽。

面对着那本书，族人们团结一致，像他那样刻苦地阅读自己的历史，犹太人就是通过这些关联，通过接受族人们的主张而将自己称为犹太人的。

在无论谁都只能是另一个人时，只想着成为自己，就是疯狂的傲慢。

除了路以外，我们难道没有共同之处么？

……我们毫无共同之处，但与此同时，我们所拥有的却又是共同的，那就是对书坚定不移的信念。但书对你而言是避难所，对我则关系到放逐与死亡，亦即剥夺了我们与某种话语之间的联系；那话语为死得其所而剥夺了我们的住所，亦即与祭献于某种话语的联系，我们很快便无从返回该话语，而该话语也将再次向我们的虔诚之心关闭。

在联系的本质中流亡，那正是联系的固有属性。流亡与流亡结合。

那是与某种野蛮而赤裸裸的话语的联系，其场域便是某个废墟世界的中心，是某个陷落的宇宙中央。

旷野。每一次书写都首先是沙的伤口。希伯来子民曾在西奈[①]的旷野中用了四十年时间认同那本书。

旷野书写了犹太人，而犹太人在旷野中阅读自己。

坚忍的符号中的呼号，呼号中充斥着胜利与顺从的歌声。犹太人尝试着将一句无根的话语植入自己的灵魂而产生的爆裂，而这话语从此便绽放在犹太人的口中。

对蛇的惩处是否意味着让我们在其滑行中阅读造物主？

他说过："我的手长着眼睛，而我的笔是它的舌头；一只爬行动物的头部轮廓在我的纸页上显现。"

他又说："嘴巴是应许我们的大地。对我们而言，我们的每句话语都意味着重归大地；

"意味着我们通过话语进入一个被沙漠掩埋的流浪的话语。"

旷野是我们命运的进程。我们的声音在进程中渐行渐弱。

人在造物主之后言说，但造物主已经为人言说。因此一个共同的话语就是我们共同的源头。我们与每个字词一起，站在造物主身边，站在最初的沉默那开始得以听闻的门槛上。

"拥有土地，意味着拥有一个词语。"

"心仪的词语常返回书中。"

---

① 西奈（Sinaï），连接非洲和亚洲的三角形半岛，半岛上广大的干燥地区称为西奈旷野，与埃及的东部旷野间隔着苏伊士湾及运河。据《圣经 · 出埃及记》，以色列人随摩西出埃及后，曾在此地的荒野中度过 40 年。

“拥有自己的土地不只是音节的和谐。它是一个集体的梦想，是生存的誓约。”

“在人心里，世界就是一堆再生的词语。”

“那书呢？是书中纸页的一份祭品么？”

“书写一种命运，构思一个话语。”

（他说：“造物主选择的子民只能被排除在外，一如造物主被自己的名字排除在外一样。

“这种排除造就了我们共同的身份。每次阅读我们的特性，我都会辛酸地发现我们这种异乡人的身份。”

他接着说道：“为了安慰自己，我们有时就想象自己是因为这本书才受了那么多的苦，内心也就释然了。”

一个人和另一个人如果不是同时在书里，他们能相遇么？

我们会使用某种全球通用的语言与造物主言说，仿佛他让我们对某种普世的话语产生兴趣，而我们所有的话语都向这种普世话语汇集？

那种话语晨昏通用么？

是造物主把我们的声音混合起来了么？

他说：“所有爱的话语都是单向的，是一致的话语。”

他在荒漠中迷了路，不禁悲号道：“我现在明白了。水在死亡之后到来。”）

有人要求他：“请用一幅图像让我们看看漂泊吧。”
于是他画了一座岛屿。又解释道：
“话语是一座岛屿。
书是岛屿众多的海洋。
书是星辰散落的天空。
岛屿、星星都是漂泊的象征。
海洋、天空都是漂泊中的漂泊，
也是漂泊中的律法。
漂泊在律法之中，因为律法
是话语中的
书。”

在赤裸的黎明中惊现的某种真实，连每堵墙都难掩其困惑。

（对律法的诠释是被自己战胜的那位创世者话语中最为有益的部分，心灵在此话语中不可逆转地吹拂。

于是，造物主为承载心灵之痕的律法而死，以便让这一痕迹成为我们前进的动力、责任和目标。

荒漠之上，书写的边缘，造物主变成了他对空无的凝视。

呵，虚空的面容，造物主在其中看见了自己。）

对我们而言，漂泊中的和平意味着影子的叠积。

（请让这影子成为我的影子。
那样，我将成为一棵树
和树叶的寓言；
那样，在大地和我之间，
将唯有
汁液的盟约。

我醒来的场域便是被发现的场域。

“死亡，”雅埃尔说过，“是被目光遗弃的目光。”）

请原谅我的书，就像我原谅你的书一样。
我们的黑夜一奶同胞。我们来自同一片土地。

平行的存在之四

所有种子都已发芽，除了一粒种子。它的命运依旧是一粒种子。

围拢来吧，所有那些数不清的自我，说话呀，别停下来。沉默对我是个折磨，我陷于沉默的重围。

我本该是个犹太人，就像荒漠中那株对自身欲望感到惊奇的植物。

我怎能怨恨那些否定我身份的人呢？沙只信任沙。

沉默如沙，被一粒一粒地交还给我。

我们的岁月如孪生兄弟，像一本书中面对面的两页。我们来自普世话语后面那个壁垒森严的国度。曾几何时，我们已将其超越。为了找回它，我们必须原路折返，并追溯出埃及到圣殿毁灭这段历史——因为对比当今这个令人窒息的时代，那是一个恢宏的年代——似乎正是这次毁灭传递出一个民族注定永世流浪的信息，传递出家园中所有破碎的石头释放出的信息。

成堆的石头。千百年来，造物主在石头中言说。

造物主言说于石缝，而他的子民由此得知，他们的每道伤口均已付诸文字。

（我来了并说道："我缺席了词语间这个手足般的缺席。我缺席了让这些字词变得可读的毗邻海滩。"

而你回答我说："在我名字后面刻上你的名字吧。你不知道自由就存在于缺席的沙之结中么？"

真实的中心露出一道我们保存完整的光亮，那是某句神秘的，同时又是悲悯和宽恕话语的闪光；因为远在天涯海角，所以觉得动听；但它又是痛苦的话语，有如窒息于岩石下的根的呼号。

真实的中心是再无光亮惠顾的缺口，因为白昼闪耀其间并摆出一副与任何异类的光一决雌雄的架势，它希望自己是全能的。

全能，它自身的异类，却是唯一的。它造就了书。

深渊注定要破坏我们的自由，因为它是新生阶段的自由，也是终极阶段的自由。

我们被拘禁在造物主之中，一如被拘禁在真实之中。

没有生命的自由无从设想，但正是死亡解救了我们。

自由存在于我们赢得的那个名字当中，也存在于那个名字之外的世界。因此，一无是处的人，既无关联又无盟友的赤裸生命，将于自我毁灭的过程中在宇宙中分解。

记忆，风干的树汁。

我梦想写作，而造物主是我之梦的至简形式。我会惊得目瞪口呆，与墙一同坍塌。

在造物主身上，死亡如此单纯。
在造物主身上，生命如此单纯。）

犹太人无法摆脱自己的过去。如今他充其量笼罩在曩昔最美好岁月的余晖里。

无论何时，犹太人都会追问大地：

“大地，大地，你信赖我么？”

大地的回答恒久不变：

“求我者，我俱信赖。

“弃我者，我俱信赖。”

大地说：

“向爱我者，”

大地说：

“向不经意间爱我者，”

大地说：

“向清晨到梦中给我惊喜者，”

大地说：

“向在远方目睹光阴流逝者，”

大地说：

“向内心为我日夜兼程者，”

大地说：

“向在万物中选我者，”

大地说：

“向一旦选择即从一而终者，”

大地说：

“向与我血泪相连者，”

大地说：

“向沉浸在血泪中者，”

大地说：

“向作为犹太人而平静地付出代价者，”

大地说：

“向视我如歌者，”

大地说：

“向与荒漠和岩石同样古老者，”

大地说：

“向与丘陵上的白杨同样年轻者，”

大地说：

“向其记忆如长青之松柏者，”

大地说：

“向从死亡中用双眼携我脸而去者，”

大地说：

“向愿意回应石下种子之祈求者，”

大地说：

“向其名字柔若灯盏或露水者，”

大地说：

“向所有与他同在的你们，”

大地说：

“向你们每一个人，

“献上我的敬意。”

书由黏土构成。

（在这儿，我停下脚步。
这门槛是土地又是天空。
在这儿，我放下书，
并将在我名字的黑夜里
躺在每张纸页上。
在这儿，我很自由，别无所求，
只为验证一句话语真实与否，
因为我既是判官又是同谋。
假如页面上晴空万里，
时间会像忙碌的蜜蜂
在亲昵的音节上嗡嗡盘旋。
假如书缝中阴暗如晦，
狂热地想摆脱黑暗的影子
会吞下伤口乌血的每一个字母，
并在自己的永恒中向即将到来的岁月将其揭示。
于是，开天辟地以来的时间
将被阅读。）

“我只是话语。呵，我想有张脸。”

“我把我的脸给你。我会爱上这张脸，就像它本该是你的脸。”

"苦涩包裹杏仁，偏见的馈赠。"

"愿果实甘美。"

绿色，黄色，红色，我们的问题上的醒目色彩。黑的是深渊，那个一以贯之的白色是我们的痴迷。

你认为自己是什么人往往意味着你想让自己成为什么人。书亦如此。

死亡让我们得以看到曾经或未来的世界。

踪迹显露之际，时间重叠。

已说过的和重归沉默的，是我们的孤寂。

对犹太人而言，拥有一个场域即意味着书的完成。

未完成的书维系我们的生存。

第六次接近书

目的与手段

（对某件事物抱有强烈的欲望，意味着要抑制其他欲望；意味着要将全部欲望归结为一个欲望；意味着要想同时获得每一样东西，就再也不能拥有任何东西。

缺得越多，渴望就越疯狂。所以，虚空总渴望被填满。

为爱而甘愿穷极潦倒，只为有朝一日红运当头——谁知道呢？

死亡背离我们的目光到了那样一种程度，此后不仅再也不能唤起它们的注意，更有甚者，还惹恼了空无。）

在我上下求索的过程中，不可能存在折中的立场。目的是供我使用的手段，我在写作中用它来反击对我的限制。

我始终在寻求超越，就像在呼唤或祈祷中那样；但我没呼唤过任何人；我也没有祈祷。

目的是难以逾越的障碍。用什么招数才能最终达到目的？——直至终极的极限？

将目的认作手段，不也是赋予目的一个手段，以便进入“后目的”的境地么？——等待延展的两个短暂目的之间的境地。

闪烁吧，呵，逃逸的荒漠。目光便是笔录。

呼唤和祈祷有能力撕开缠裹着它们的沉默么？这似乎意味着圆和环都是某个封闭于自身冒险的受限中那不受限的一面。

在向造物主提出那个宿命之问题的内心，必须循着明智的路径，必须找到生与死的平衡——这种平衡乃是死亡中的生命和生命中的死亡——而那个问题是：目的在哪儿？

写作的选择与权利

（在死亡中被阅读和自我阅读，这真的是写作的目的么？

在这种情况下，作家在隐身之地的深处，正是某个被诠释的宇宙的无可逃逭的读者，而这个宇宙也正在表达他。

我们对自己的理解来自此种阅读么？

你在退让之后聆听自己，随后再度退让，以成全那不可剥夺的书页。

在你和大地之间，你选择了那个愿意在自己的脸中接受你的国度，你在那张脸中几乎无法认出自己；不过，既然你将成为世界上这个特定地区的孩子，那么你早晚有一天会愿意和它一同分享你的名字，所以，那也没有什么关系。

——我已经和清晨的首次呼号分享了我儿时的名字，在这之后，我一直不曾有过名字。）

从作品到作品，追求一种不妥协的真实决定了要走哪一条路；然而这追求不急不躁，仿佛在等待一次邂逅，这表明它已抵达一个失而复得的整体，或正处于该整体的前奏中。

真实是神圣的否定么？真实之神是那个我们永远也无法目睹其真容的造物主么？但四周的创世雾霭中已露出的一丝青天证实了他的存在。目前存在的一切只会在将来不存在的条件下存在。于是，造物主在教诲人们如何死去的语言中毁了自己。

生命、物体、世界，除了拥有毁灭自身的真实以外，并不拥有其他真实。真实的时间是随时准备消耗的时间，有如怒放中正在枯萎的玫瑰。

生命和物体相互联合，又在不知不觉中相互抵消。死亡是永恒之源。

所以，在一切解读之外，犹太教或许正是这样一种单一的观念，它是在靠近造物主的瞬间由缺席与死亡共同做出的诠释；在这一瞬间，限定的话语上涂满了醒目的涂痕，天意的缺口面向书开放的通道。

我的土地会在五大洲的碰撞中灰飞烟灭么？我真的曾在此驻足过么？

他说过："我的路灰烬满途，还有灰烬的灰烬。多少年来，大地与我的脚步已经融合，可现在我觉得它越来越不像大地了，它越来越像是漫漫长路。"

我也同样如此么？我跋涉得太久，已迷失了对大地的所有感觉，如今能记住的只有极度的疲惫和我的脚步声。

不过，我参与了人的战斗。我不再逃避选择。

选择是个性的解放，是人最基本的权利。

诘问我的人，让我回归大道。

选择与成熟相互融合。

书曾是我的选择，不久后成了我的权利。

关键的力量

（你，从真实的内心浮现。

你，以真实的内心而与众不同。

你，为了掩饰自己而蒙着真实内心的面纱。

"留在内心里吧。活在内心里，"我书中的一位哲人说道，“因为若造物主在，他便是灵魂和宇宙的内心；是那个不能成为内心的永不知足的内心。”）

他问：“我耽误了时间，我总是非早即晚，我今天准时么？”

“没错，你很准时；”有人回答他说，“可现在几点？”

每部作品里大概都会有关键的一句话或一幅图像或难以把握的几页纸，我们在很久以后才会理解，就好像这个关键应当在字词的黑夜里闪耀，好让我们离开书本后才能应用。

每道踪迹就是一个关键。视觉不去抵抗虚空。黑夜被保驾护航。

呵，它赤裸裸地在夜空中浮现，去发现我们本能追逐的清晨；但有时黑夜在黑夜里终结。

我不再书写以后，你还会读我么？

我属于这个坚韧不拔的民族，它将自己的流浪化为一首歌，把自身的根基变成一本书；但有朝一日，它或许应当停止跋涉，并瘗埋那些纸页。

（在空白的纸页中寻找近乎透明的踪迹，并追随这道踪迹。这样，迷路者就会在荒漠中追随着每一缕真实的或想象的足迹走向绿洲；但也可能被引向焦渴，到达死亡。

我的书中踪迹甚多；我因为时常迷路，所以在同样的路上走过多次。我在绝望和希望之间久久徘徊，以至于我再也不记得我的年纪。我的书是漫长忧伤的回声和复活的歌；是对生命不懈的呼唤和对重获赤裸之辉煌的颂歌。

面对纸页，我仿佛荒漠中失去罗盘的旅人。任何旅程都不属于我。所以，通过从一道踪迹到另一道踪迹的自我追赶，我追赶着旅程。明天我又得上路，就像我始终处于起点那样。

这旅程屡屡延期，丝毫不像一次通常意义上的旅行。它将我纳入轨迹，但并不让我知道终点何在。这旅程始终在旅程中酝酿，它是跨越死亡的一次迁徙，是向书中的一次无知的迈进，直至话语与话语分离，在沉默中自我追问。在一个分成两半儿的话语深处转移，为的是能在缺席中自我观照。

永恒的双重踪迹，双重的幻影，在那儿，这旅程只能成为旅行中移动和静止的场域，在你必须死去的地方争取一次免死的荒诞尝试。

在这旅程的关键点上写书，意味着在最亲昵的沉默里书写存在。死亡依旧是我们的首个词语。

从被选择的话语到被禁止的话语；从萨拉这个被他人的仇恨所毁灭、又屡屡现身于《问题之书》前三卷中的少女，到因造物主创世深处的谎言而成为圣女和魔女的雅埃尔；从雅埃尔到埃里亚这个仅存在一天的躯体中难以忍受的沉默；再从我书中的这些纸页到于凯尔持续见证的那些伤痛，都一股脑儿地挤压在骇目的真实上面。但这一不会立刻夺走全部认可的真实是一种什么样的真实？我的真实只能由我认可，无论其缺陷与确信都只能属于我自己。

埃里亚对书写一无所知，一如那些任梦想与声音归于沉寂的原始部落；可无论他愿意与否，他都一直是我们读过的那个符号，因为事实在于，书先于在书之巅自我辨认的世界而存在；千真万确的是，先于那个在巅峰解读自己的世界之前，书已经存在了；同样千真万确的是，埃里亚，先于你在沉默中独自出生之前——那是你不为所动的一张专注的书页的沉默——你就已经接受了你的名字。

持久是对受难之石的某种接续，但对安息却十分珍贵，因为石头上的字词任鲜血滴淌。犹太人能够辨别出那些殷红或褐色的斑痕，因为他记得沿着同样的路途跋涉的那些伤口。

他们是被给予、被找到又被抛弃的人。每条边界上都炫耀着那些拒绝。

我不记得造物主。造物主在造物中思索。我们在自身古老的思索中被思索。

我奉献我所寻觅和我认为善的东西。恶是致命的黑暗。

沟渠永远不是水井。呵，虚空的善行。

心只有在躯体中、在善的目光中爱和被爱。

真实：形式之敌，拒不听从内心。

造物主迷失在炫目的接近中。）

思想的力量

（犹太人在两个层面上被思索。他处于相互矛盾的两种思维中心——一个过分抬高他的不在场，另一个则暗中损害他的在场——这两种思维模式他都反对，他有他自己的犹太式思维；这是一种因那两种思维模式破灭而益发得到强化的思维，而为了这种思维，犹太人视死如归。

那边，在远处，有一种思想即将来袭，它将彻底摧毁所有其他思想，以便最终占有沉默，占有一排排酣睡中的字词的梦。

有一次，造物主曾在那思想中

言说，随后便一言不发了。

思想的力量取决于视觉的全面胜利。

愿你思想纯洁，并置身纯洁的话语。

犹太人赤裸于自己的结和自己的夜。）

卧室的天花板上，电线的尽头吊着一只玻璃球，里面亮着电灯。该亮的时候它却熄灭了。我因此得知，它是为了让我能看到夜色。

思想有如依次点亮的玻璃球和电灯：一个注定在另一个当中入座。

我若将玻璃球漆成黑色，便为黑夜报了仇。电灯会怀疑它的光亮。

自我表达始于思想，思想与我们分离，引导我们走向一个未知的场域——是个非场域么？——话语便住在那里。

玻璃球便是这个未知的场域或非场域，电灯则是住在那里的侨民。

书中嵌入一个排斥我们的他处。它是经过思考的话语，但它白纸黑字地记录在案时，还是将它自己重新思考了一遍。我们被话语侵入。每一句话语都曾是我的朋友，因为我是一盏燃尽的灯，回忆起自己的光明和被它瞬间照亮的宇宙，而现在它只能透过自身的死亡观看。

黑夜便在书的一条条边界线上。呵，徒有虚名的思想，呵，至高无上的思想，我在夜里接待你，以话语作为祭品。

我们将一直在书的黑夜中书写，以空无作为证人。

第七次接近书

死去的空间

探索我们这代人生活的这个空间的伟大梦想，归根结底，只是一种想理直气壮地回答有关我们的源头这一问题的意愿，似乎这一源头也期待着从我们这里得到一个关于它不是什么的答案。

眼睛有想象力么？肯定没有。但怎能否认是它激活了想象力呢？

我们重回大地，但并未手持武器，我们被缴械了。

眼睛比目光更广阔。凡妨碍目光的，都很快被撂在身后。

没有回声。带着谨慎而精准的目的去唤醒回声。

光苦于没有黑暗的角落休憩。

太空之外，锋刃之间，四周无空气，以残存之氧活上数秒。

没有常春藤的月亮。

场域并非障碍，而是一切羞于展示它荒唐的一面，在那儿，近乎是虚无在管理世界。

此段时间之后的时间。

脸中无脸，场域中无场域。我们的王国是一条狭窄的通道，一头是依稀一瞥，另一头则永不再现。

重返尘埃。星座交换承诺。喘息的时间。呵，黑夜，你孵化出火焰。水是与死亡、与源泉最后的联系。

词语身携其自身之死的疤痕。

眼睛捕捉到的是因死亡而逐渐显露之物，也是唯有在死亡的过程中我们才能拥有之物。

门槛步门槛的轨迹而来，随后又步我们的背井离乡而去。

终结——或一搏。运气靠自身的活力而定。

我们死于偶然。

死亡是大海的彼岸，在那儿，沙不再被抚慰。

在沙与风的语言中，造物主是沙丘的同义词。

……聚沙成丘，神的灵吹进旷野。

我们与造物主之间的关系之所以出现困难，是由于我们总受控于一粒沙。

请让你掬满沙的手说出金粉流逝的代价。
——你将聚集起来的沙归还沙丘，那是你向造物主致敬的方式。

（那么，过去所有这一切难道都是为了伟大的冒险么？我们知道，任何注定属于我们的场域——无论它多么遥远——都是公认的失败。我们曾经决定为了更有价值的失败而留在外面。毫无疑问，这是不理智的——但我们别无选择。最终，我们尝试着生活在逐渐拥有支配力的某一天的某个阶段，它在真实的内心向我们揭示出其范围。死亡就在眼前；

永恒则处于第二次注视当中，那注视是焦渴的种子，是渴望水的钻石。）

下面的灯光

他说过：“眼睛洒满灯光。”

“请下来吧。同样的灯光在你内心燃烧。”

夜间，你在灯光外；白天，你在灯光里。

（除了在流放作家头脑中充溢的流放话语，书的话语还能是什么？

作为流浪者，你只有在书中或通过书才会被理解和被爱；

到头来，书不也同样被追随其路径的那些人踩在脚下么？

犹太人的孤独存在于书不可能的结局里，一如世界存在于孩子们受控的目光中。

呵，天空浴血，蔷薇色影子般的浓血。）

他说：

“无论到来的是谁，都两手空空。”

他说：

“无论留下的是谁，都两手满满。”

他说：

“无论谁留下，我都欢迎。”

（他说：“对我而言，做个犹太人就意味着背负起流浪，如骆驼背上的两只驼峰。”

“记忆或遗忘，哪个是犹太人的特点？”

“二者皆是；他们记住苦难，忘掉不幸。”）

造物主记得住，生命和万物便能存续。

呵，爱人，请让你的记忆成为你的家。

我走到哪里都一直是个异乡人，而牵住我手的你则一直是我黑夜的明灯，清晨的机运。

流水谋求发迹。

盐则孤寂独处。

比衬他人，方能证明自己。

要坚持自我，则在面对他人时条理井然；要认识自我，则在面对他人的未知时努力让他人认识自己。

我像个异乡人一样对异乡人讲话，坚信他们中间有我的兄弟。

我对他说："我将以我的生命在存在中寻觅可能并不存在的东西。"

"而我，"他回答说，"我将致力于在拒绝中追讨曾赋予我的东西。"

词语忘记了它的书写者。

它的未来记录在遗忘中。

请让我的脚步成为一段话语的舞蹈吧。

他说："在空白页前，我堵住耳朵，蒙上双眼。

"造物主令人生畏。"

"一"之前，是炫目的虚空，我们预感到"一"莅临在即。

书中孑然一身的书

（“我已洒尽满腔热血；”他曾经写道，“我已被词语索取了全部墨水——我在这些词语中历险，呵，将黑暗的符号对译为骨干的文字，直到我只是一次被书写了的——字词与我分享的——死亡的肇始。

“无形之门！所有家园都被归还给空气。你们可知道虚空是昨日之光照亮的一连串门么？”

他又接着写道：“何谓场域？它是深处的巢，鸟儿在那儿隐藏起被其翅膀拯救的那一部分永恒。

“字词，你至少曾为猛禽或鸱鸮。曙光发现你死了。纸页便是那无情的白昼。”）

书

黑暗拥有往昔的光，而光拥有往昔的黑暗。

无论我们选择哪条路，往昔都会在远方闪烁，如蜡烛的最后一截儿烛芯。

我们找到了阅读时间里留下的那根蜡烛。

书是接续来去往复的场域。

……从黑夜到黑夜，意味着从往昔的这一端到那一端。

我创作的作品立刻就会在书中自我重写。

这种重复性是其自身吐纳的一部分，也是其每个符号再行重复的部分。

假如吸气是为了让肺部充满氧气，那么呼气便是将生命从肺叶中排出并使其滑向虚空。

所以，我们只有事先同意死去才能活在世上。

他说："书写的困难，仅仅在于跟上书呼吸的节奏。"

他又说："书并非场域，而是掩体。"

词语死去时都很干燥。

"那不就是把一张嘴横向撑成圆形么？数学家们受此启发，便以一个符号—— 一个在圆里画上斜杠的符号——为虚空命名。"

第一次接近亚埃里
(呼吸)

让我悬停在我生命中吧，那儿没有什么东西是坚固的。

结束，即死亡之吻。

沉默张开双翼，亚埃里随之显现。

他在舒展，超越了一切存在。超越了你，雅埃尔。他步埃里亚的后尘而来。

……我在想，他的躯体属于另一个人，属于另外的某个夜晚。

……那生命既无话语也无行动，既无伤口也无交合；既无聆听也无宽恕。

所有超越的生命对应着某个超越的死亡。这第二次的生命和这时空错置的死亡是亲姐妹。

（影子之子的影子：亚埃里。

我告诉自己，这影子或许从未停止融入雅埃尔的影子，当时雅埃尔正抱着并爱抚着埃里亚；后来这影子也没有停止融入埃里亚的影子，那时雅埃尔已经不在了。

亚埃里是死亡用来躲避我的方式，与生命躲避我的方式如出一辙。他难以捉摸，甚至他的名字如何正确发音都不清楚。他既不会从我这儿离开，也不会到我这儿来。他是世界末日的虚空，远远地让我着迷，让我既不能靠近也不能评价，这虚空成了死亡最后之瞬间的代言人，而这一瞬间恰逢有个名字进入虚空的缺席，我早晚有一天会被叫去接受这个名字，而不再接受我自己。

在这两种死亡之间，在这两种死亡的内心，世界正在——或已不再——呼吸。

因此，所有黑暗中都会有某种黑暗，所有道路中都会有某条道路，所有曲折或笔直的路线中都会有某条路线。甚至我们自己都没有必要知道。留在我们身后的，自然已经飞升；仍在我们眼前的，就在我们脚下：我们会在自己的死亡中被某个无人留意的死亡所定位，而这一死亡也从不向我们索取什么。这死亡质疑一切，甚至质疑一切存在的基本原则，它对该基本原则冷嘲热讽，因为我们觉得这一

> 原则是不完善的，而它则趁机向我们兜售它自己的秘诀；这死亡夺走我们最后的机会，将死亡还给死亡，就像黑暗把光明还给光明；这死亡已被死亡所遗忘，它对任何观念或方式都无动于衷，却统治着一个祥和的宇宙。因此，一切都再无意义。“我们是谁？”这个问题已变得多余。从此，一切都与我们无关，一切，一切，一切……）

所以，亚埃里会在某个预设了话语的模糊空间里观察我们。

谁能预见到沉默会如此耐得住性子？呵，黑夜。

世界让我们和平相处，除非我们自己纵容各种胆大妄为。

某种东西想要毁灭我们，即使已经毁灭了我们，还要把哪怕包含了一丁点儿我们的残留之物统统毁灭。

有一种毁灭伴随着所有毁灭的过程，它在养精蓄锐，以便在未来毁灭掉所有毁灭。

亚埃里，便是那最遥远的能量。

……是那最遥远的、未曾设想过的能量。

空无会从最后一个字母开始重组我们的名字么？

听听时间的呼吸吧。永恒的呼吸难以察觉。

第二次接近亚埃里
（街道）

不变的词语伫立在那儿，像值勤的哨兵。你在向我挑衅。你是哪座宫殿、哪所监狱的哨兵？

是黑夜前的哪个黑夜的哨兵？是白昼前的哪个白昼的哨兵？

是哪次珍贵之在场的哨兵？是哪次遗憾之缺席的哨兵？

——或许是死亡的哨兵？

在这部借走了埃里亚名字的书里，埃里亚认领了一副躯体，离他不远的地方，雅埃尔找到了自己的躯体。

在这儿，亚埃里两次丢掉了自己的躯体。忘掉雅埃尔，同样意味着忘掉死亡。

扎沙里走着，行色匆匆。

伊夫在东游西逛。

格扎维埃向薇尔弗莱塔耳畔轻轻吐出几句亲热话，让薇尔弗莱塔欣喜若狂。

维克多沉思着走在后面。

尤里尔撞上了一位行人，却怪人家不小心。

苔蕾丝弯腰捡起了掉在地上的一本时尚杂志。

西蒙面对一张海报思忖片刻，随后便消失在酒吧里。

拉乌尔下车冲进了医院，病人们都在等他。

康坦正在拍摄一条死胡同。

波莱妲裹着一条丝质短裙，任路人用目光剥去她的衣服却毫不羞赧。

奥利维和诺贝尔在人行道上寒暄。不久后又在酒市街[①]的理学院里相遇。

摩西突然打了个寒战。他竖起风衣领。天色灰蒙蒙的。会下雨么？

莱奥波蒂娜从市场采购回家，购物袋塞得满满当当。

魁元走进了佩斯塔洛齐街[②]，可能是街里两家中餐馆中的一个吸引了他。

以实玛利、侯赛因和贾布尔争执不休，手舞足蹈，大呼小叫，又捧腹哄笑。

费利西安骑车缓缓经过。

---

① 酒市街（Halle de Vins），巴黎地名，位于第五区塞纳河畔的圣-贝尔纳码头，17世纪以来一直是巴黎最大的葡萄酒市场。

② 佩斯塔洛齐街（Rue Pestalozzi），巴黎地名，位于第五区的植物园附近。

埃丽娅没有几天好活了。她靠人搀扶着穿过人行道。

丹妮丝遇见了卡米拉和陪着她的贝尔纳黛特，便邀请她们去她刚刚租下的阁楼做客，阁楼对面就是那座小小的木剑剧院[①]。

阿德里安很不好意思，他向几位迷路的北欧姑娘拘谨地承认他并不熟悉这个街区。那些姑娘是想请他帮忙找找主教街[②]，而那条街——噢，真可笑——就在眼皮子底下。

亚伯拉罕 - 亚当站在自家窗前向外张望。

在这个 6 月的上午，下雨了。

这册识字课本与那些磨损的字母及各种墨水同样古老，我看见自己的名字在那上面时聚时散。

若没有躯体，人的生命可以跨越数个世纪。

万物的终结既非终结也非开端，更不是终结的再一次开端，而是遗忘；遗忘在死前或死后到来。某种对终结的遗忘。某种对开端的遗忘。

我家所在的街道芜杂奇妙，因为它具备了世上所有街道的景象。它很短，很窄。整条街最高的建筑是个邮局，它正在经历向五大洲开放的转变。邮戳下，一封封信、一张张明信片、一个个包裹走向一个个国家、一座座城市、一个个村庄，它会碰到一个个回忆，会变成一条条

---

① 木剑剧院（Théâtre de l'Epée-de-Bois），巴黎的一家实验剧场，因 1969 年创建于第五区的木剑街（Rue de l'Epée-de-Bois）而得名。1972 年迁往第十二区的剧院街——弹药库街（La Cartoucherie），但维持原名。

② 主教街（Rue des Patriarches），巴黎地名，位于第五区的植物园附近。

街。因此，它总是别处。

在这儿，它连接起了两条街，要不然，这两条街也互不相识。

第三次接近亚埃里
(梦)

困惑中的眼睛和敏捷的目光。

谁将追随这个梦，追随书的第一个富于感染力的睡眠？

词语刚从那儿掠过，白昼就变得丰富多彩。

我走着。路像被墨水染过一样，清澈得近乎发蓝。抬起双眼——或者是垂下？——我觉得似乎有个友好的鬼魂在安慰着我，还能看到它手里攥着一支笔，正专心致志地用歪歪斜斜的字母抄写我的名字；但这只手不似其他的手，或许它本不是手——这让我想起了一条小章鱼。毫无疑问，那是因为我们曾深潜海底——水生动物在濒死或谵妄的自由中，难道不会把天空也当作深不可测的水底么？

“亚埃里，”我喃喃道，“孩子、虚空、怪物、影子、手，请让我看到你。”

而空无中有个声音也在重复：“请让我看到你；”重复声很清晰：“请让我看到你，”就仿佛在向一位父亲、一个兄弟、一个儿子说话。

（他说：“只有死亡记得住今天消失的所有的脸。

“多亏了死亡的记忆，我们才得以进入永恒。”）

对宇宙而言，假如大地就是最后一只眼睛，该当如何？那就可以确认我们的星球是造物主之书中最后一个句号。那时，我们就会被禁止书写。书依旧会是书壮志未酬的欲望，依旧会渴念遭到拒绝的话语。

亚埃里，反叛的兄弟、父亲、儿子；被付诸文字的父亲、兄弟和儿子。

眼睛对任何钥匙都是一把锁。

（他说：“在大屠杀的死水上，梦便是沉默，它的目光保留下了那些已逝的景象。

“如同被好奇心驱使而紧盯着百叶窗外的老妇人，我们通过数不清的死亡缝隙凝望世界，就好像光明突然间变得令人痛苦。

“任何时候我们都不会用鞋跟去踩踏河滩的烂泥。

“严防死守！不过，它任我们漂进大海。”）

对大地而言，假如造物主就是最后那只眼睛，该当如何？

对造物主而言，假如到头来人就是最后那只眼睛，又当如何？

第四次接近亚埃里
（符号）

字词总是面对未知。

证据无力。

在这儿，或许联系就是符号；但没有任何联系会去为难文字。

亚埃里，符号下的符号。

他说："从'一'到'一'的距离由造物主保护。"

亚埃里是通过符号得以确认的。首先，在读书的过程中，我会突然感到被某种痛苦攫住却找不出原因，仿佛我正面对死亡。

我从未想到过在书中，在寸草不生、飞鸟绝迹的虚空中央，我已经攀上了那道山脊。想象一下，在石头里发现了一个字母的踪迹该是何等惊喜；

但这孤零零的山脊如何能在空间立足呢？无限率领着所有字词炸开

了书的边界。作家生活在字母化为齑粉的氛围中。他呼吸的空气因某句苦心孤诣再造的话语被碾作尘埃而变得沉重。痛苦郁积胸中。

这种情况下，那奇特的山脊无非是一座由数字和字母构成的荒唐的堆积物，那些数字和字母被空间攫取、碾碎，并因年代久远而僵化。

对空无的某种阅读只能在支离破碎的宇宙范围内进行。我们从探索的深渊中带回一本与我们双手相称、在死亡中重建的书。呵，最后的符号中字母和数字的同一性。

他说过："'一'是'一'的思辨性缺席。

"任何数字都是一切，最小或最大。

"任何字母都是一切，是距离和结。

"最小的是未触及的距离，而最大的是结。举例来说，路上的界碑越多，我们漂泊中的结就越多。"

宇宙在成为字词以前是数。呵，书的复活。"或许，"他说，"书写只是经由笔的媒介证明：字词必会遇上数，火必会遇上火，河流必会遇上大海。"

……不定数中的数，书中尤感孤独的字词。

打破藩篱，只为成为无所不在的整体中某个不易察觉的部分。

缺席，缺席。

[他说："为着词语的无限消失，为着它们每日的鸣响，我对它们倍加珍重。因此我不得不心怀谦恭地原谅自己，但也无非像原谅一棵不声不响任其枝叶飘零的树那样。"

他在其他场合也说过："必要时，唯一能与死亡抗衡的只有'宇宙'这个词了；但你又能以哪个词与'虚空'抗衡呢？或许只有由一个辅音字母和三个元音字母如此温柔地组合而成的那个词了：Dieu（上帝）。①

"所以，我们是能承受我们的空无的。"

那个圆里的虚空是亚埃里的眼睛，是死亡的眼睛。我是不是对这个神秘的话语束手无策，只能围着一只眼、一面镜子不知疲倦地打转呢？

"很明显，"他又说道，"Mort（死亡）这个词和Univers（宇宙）这个词因R这个字母而发生关联，否则它们之间就会剑拔弩张。"②

R意味着Respiration（呼吸）。③

宇宙中的大气是死亡从我们肺里抽走的空气。

因此，在最后一次痛苦的叹息之后，死亡将宇宙归还给宇宙；也就是说，将死亡赋予死亡的全部空间归还给了空无。

---

① 法语中，"上帝"（Dieu）一词由一个辅音字母（d）和三个元音字母（i、e、u）组成。

② 法语中，"死亡"（Mort）与"宇宙"（Univers）这两个单词中都有字母r。

③ 法语中，字母"R"是"呼吸"（Respiration）一词的第一个字母。

虚空只是没有存在意义的生命，而它的呼唤也许是对生命的一声绝望的回应。

有个词语可以轻松地跨越书。这个词就是 Soif（渴），它是盐和沙的兄弟，在不可避免的终结到来时，它也是被沉默风干了的兄弟。[①]

我们看到了自己一个个被废弃的名字。从边界到边界，同样被废弃的名字有萨拉的，有于凯尔的，有雅埃尔的，有埃里亚的，还有亚埃里的。

轮到 Soif（渴）这个词时，它也将经历同样的命运。

由于圣名希望其表面上的可读性不被妄呼，因此所有字词都注定被奉献给那个不公开其名的缺席。

我眼瞅着那几个字母坠落和毁灭，首先是 S 这个字母，随后是其他三个字母。于是我确信在虚空之镜中读到了那个词，而那几个字母在经过时也同样会自我观赏，那个词就是：Foi（信仰）。[②]

书中的信仰。字母中的信仰。

构成词语的复数就是在这个单词后面加上一个

---

① 法语中，“渴”（Soif）、“盐”（Sel）、“沙”（Sable）和“沉默”（Silence）这四个词均以字母 S 打头。

② 法语中，“渴”（Soif）与“信仰”（Foi）这两个词中都有 f、o 和 i 这三个字母。

S，这是教给小学生的语法，为的是让他一头扎入圣迹的中心。

呵，具有往昔和未来同一特征的女王，死亡中光热夺目的重复和不可抑制的变化的女王。

Soif（渴）。Sable（沙）。Sel（盐）。

呵，沉默，失聪的地平线。

造物主是字母永不泯灭的渴望。]

星

你将在第一颗星和最后一颗星的光芒到来之际离开这本书。我们还未见识过白昼。不过，我们哪天可曾疏漏过这个诉求呢？如果这是真的，即每种令我们目眩的颜色内心都是黑色的——“第八种颜色是黑色，”他说，“它藏在所有颜色里。它是各种颜色的血脉，是滋养它们的夜。”——如果这是真的，即我们受到诱惑而着手去穿越险象环生的隧道，就意味着我们得像蠕虫一样爬过书的底部，爬行占去了我们大部分时间，醒来后不过转身重新开始，那么，这颗伴着我们启程和终结的星就是我们的救星。它是指出这本书尚未开始便已终结的星。它也是数学家的星，与头脑中所有潜在的功能一同闪烁，但未见得利用了头脑的所有机会。它同样也是萨拉和于凯尔佩戴在胸前的那颗星，他们作为另一片天空的居民，随后又把这颗星悬挂在我们难以表述的哀恸的苍穹中。

律法跨坐在这同一颗星上。我们并未被授予律法，但随着我们在书中的推进，律法通过每一个字词、通过悦耳的遗忘中的词语逐一向我们展示出来。呵，死亡的乐曲！

……可矛盾在于，如果写作基于这样一种需要，即保护字词不受这本杜撰出来的书的诱惑，该当如何？或作家心甘情愿地满足这种需求，只为自己能摆脱绝境，又当如何？

呵，为了摆脱泥潭，

急切地重返虚无。

那么，一个字母的彼岸只能是任何一个黑夜的此岸。

他说过："书写不正是意味着让字词不断摆脱下一个字词的控制，以便使我们——尽管暗地里也有些鼻青脸肿——能找到完美无缺的空白纸页，找到永恒的纸页么？"

阿兰的信

先生：

我要走了。我摆脱了自己。我不是老强迫您重新拿起笔么？您正在记叙我的沉默。我打破了这种沉默。我和死去的生命一刀两断。埃里亚，我一直冒用着他的名字，之后又冒领了他的书，从此他将成为我的黑夜之歌。我将经常聆听他言说，就像这两年来我肃穆聆听您的教诲一样。那么多的误读在伏击您的作品，但这是一种恶么？恶在您本身，先生。它存在于写作之中，而我一直以来都是它的意象。我怎么能这么长时间忍受这种命运而没有死去呢？但是，我母亲给您拽去的不正是一个正在死去的人么——好让您使他复活，也就是说，赋予他话语，您的话语？我认领了这些话语，只是为了让您能够生存下来，就像雅埃尔精神错乱以后还能靠埃里亚活着一样；因为我们俩都受到了诅咒。从某种类型上讲，我属于一本书的托词，您的所有书都期待着从您那儿获得一个符号——或许是最后一个符号。这本书就在您的桌子上。我当时就待在那儿，它始终横亘在我们俩中间；眼下它又横亘在您和那些他者之间，横亘在您和白昼之间。如果清晨没有看见咱们在一起又有什么关系！我命中注定就要离您远去。无辜是遗忘之女。知识是因神助而问世的结巴。我立刻要降生了。您马上会痊愈么？

（亚埃里，你是从哪个尚未栖身的世界里继承了刽子手和审判者那道缺席的目光的？

书是离别的代价。

或许，书写就是在死亡门槛上揭示给自己的那个词语。）

我的作品——雅埃尔，你把它称为我书写的沉重的、断裂的锁链——还会停留在对造物主无数的和矛盾的定义中么？我的孤独还会停留在这个词语的死亡中么？

呵，难以定义的宇宙！呵，这绝嗣之书，其字词只是在期待字词时递延了！

通过造物主而成为黑色的东西，若没有了造物主还依旧会是黑色的么？那白色的呢？——白色永远不会让它自身的白色消泯，因为那同时也是白色在白昼诞生前后的希望和绝望。

因此，作为犹太人，这意味着要在白色之路上追随造物主，并把那些貌似圣迹之物化为转瞬即逝的字母。

造物主的外衣是白色的裹尸布。

犹太人拒绝裹尸布。

我不会给阿兰回信。

（书被书摧毁了。我们此后将永世一无所有。）

第七卷

·（埃尔，或最后之书）

造物主，埃尔[①]，当他想现身时，便化作一个点来代表自己。

——《喀巴拉》

于凯尔在给萨拉的信里写道："上小学时，我在自家门廊里滚动一颗带玛瑙纹的弹子，突然它在老远老远的地方停下来，停得那么远，我无从得知那上面的泪水究竟是我现在看到的痛苦边缘上谦卑的眼泪，还是一度挂在你苍白的脸上、现已消失的泪珠；

"置身于游戏之外，却被卷入更大的赌局，

"这褪色的、熟悉的点让我害怕！"

她说："耳闻Fin（终结）一词会联想到Faim（饥饿）那个词。[②]终结很饥饿。"

他试着阅读那本书里面的书，并出于这个理由而在每个字词中摧毁那本书；但同时那本书也把他

① 埃尔（El），是上古时期闪族对神力的称呼，含义为"具有力量"或"权力"，暗示神的作用和地位，主要在《塔纳赫》（即《希伯来圣经》）的诗句中出现，常和其他词组合在一起称呼上帝。

② 法语中，"终结"（Fin）和"饥饿"（Faim）两词发音相同。

毁灭了，很快，他和那本书一起荡然无存，只剩下两个小小的点，一个黑，一个白，并即刻合而为一。

我们能知道哪个点会继续骚扰他么？

随之而来的是虹膜上的伤口，是为虚空准备的已经签过字的空白支票。

即将生成之物和即将消散之物间难以想象的相遇。

经受考验的话语在考验中盛开，那话语既是刽子手，又是受害者。

呵，当期待弱化时，所有的期待都会退缩；犹如在死神把守的花园里，能期待的只有不开花的渴望。

于是，荒漠变成了一个脚步让位于解脱其另一个脚步的空间，而地平线则意味着翌日得以言说的希望；

在那儿，契约便是那个点。

他说："孤独中，你会远远地听到那个词语，你若心存感念地靠近它并凝视它，就难免会沉溺其中。

"我的忠告是：请保持正确的距离。

“这样，你就会在第二本书之前读到第一本书，直至读到依然是第一本书的最后一本书。”

他接着说道：“我们要在正确的距离内书写。”

他说：“同样，你要去思考已被书中词语替代的所有被删去的词语，因为你的笔记本中仍会有若干痕迹。

“这样，你就会明白，那是缺席在为所有被侵害的缺席作证，因为那些缺席已经写在了它们被逐渐侵夺的过程当中。”

他说：“这个点虽如此之小，却包含着所有其他点的灰烬。”

昨天和明天各是同一个点的一半。

本书的问题是问题之外的书：刺入骨头的匕首。

一片片墓地，我知晓你们在圣名的深渊中朽烂的所有名字。

落满苍蝇屎的镜子。谁能说出这面被抛弃的镜子的善意与困惑？

[“我意识到爱情是撞在不可能性这堵墙上了。我们以为爱情的目标就是这么一个存在，它安睡在我们面前、寓于一个躯体之中。可是，哎！爱情正是这个存在向它在空间和时间中曾经占据或将要占据的所有那些地点和瞬间的扩张。如果我们没有掌握它与这个或那个地点、这个或那个时刻的联系，我们就没有占有它。然而我们是不可能触摸到所有这些地点和瞬间的，倘若这些地点和瞬间都是一一指明的，或许我们还能设法去摸到它们。可是，我们只是四下瞎摸，结果一无所获。”

——马塞尔·普鲁斯特[①]

《女囚》

“有待我们完成的部分是否定的部分，肯定的部分则是既定的。”

——弗兰兹·卡夫卡[②]

《木桶骑士》

---

① 马塞尔·普鲁斯特（Marcel Proust，1871—1922），法国小说家，意识流文学的先驱。本段译文引自其代表作《追寻逝去的时光》（*À la Recherche du Temps Perdu*）第五卷《女囚》（*La Prisonnière*），周克希译，上海：华东师范大学出版社，2015，第 96 页。

② 弗兰兹·卡夫卡（Franz Kafka，1883—1924），德语小说家，出生于布拉格一个犹太商人家庭，主要作品有《审判》《变形记》《城堡》等。其作品大都以变形荒诞的形象和象征直觉的手法表现被充满敌意的社会环境所包围的孤立、绝望的个人，文笔明净而想象奇诡。

“一幅用以解释真概念的图像：一张白纸上有一个黑色的斑点，人们可以通过说出这个平面上的每一个点是白色还是黑色的方式来描写这个斑点的形状。与一个点是黑色这个事实相对应的是一个肯定事实，与一个点是白色（不是黑色）这个事实相对应的是一个否定事实……但是，为了能够说一个点是黑色还是白色，我必须事前已经知道了人们在什么样的情况下将一个点称作黑色，在什么样的情况下将一个点称作白色……在如下之点上这个比喻是不适当的：即使在不知道什么是白色和什么是黑色的情况下，我们也能指向这张纸上的一个点。

“……一个命题的动词并非……‘是真的’或者‘是假的’，而是相反，‘是真的’东西必然已经包含了该动词。”

——路德维希·维特根斯坦[①]

《逻辑哲学论》

你说过：“爱情是死亡的晶莹白昼，而遗忘则是其朦胧之夜。”

---

① 路德维希·维特根斯坦（Ludwig Wittgenstein，1889—1951），哲学家和数理逻辑学家，语言哲学的奠基人，出生于奥地利，后加入英国籍。代表作有《逻辑哲学论》和《哲学研究》。本段译文引自韩林合（译）：《逻辑哲学论》，北京：商务印书馆，2013，第38—39页。

于凯尔曾经写道："萨拉，你裸着，你玉体横陈，你如此美丽，而我却在你不存在的地方、在你不再存在的地方满世界找你。"

她说："écrit（书写），récit（故事）：同一个词语，但字母不动声色地颠倒了顺序。①

"一切书写都在和我们分享它们的故事。"

无根。百根。②

除了这条引导着我们走向死亡的路以外，再没有其他路好走，而这条路正是我们不待见的那条路。

他曾在自己的笔记里潦草地写道："我怎么可能既在要死去的地方又在唯有活着才能拥有爱情的地方同时存在呢？"

那哲人把芦苇笔蘸进墨水盒，提起来，又在纸

---

① 法语中，"书写"（écrit）与"故事"（récit）两个词均以五个同样的字母组成，但顺序不同。

② 法语中，"无"（sans）与"百"（cent）两个词读音相同，但拼写不同。

页上方犹疑片刻——这张纸他一整天还没写过一个字——然后，他在门徒诧异的目光下，在总能随手拿到的吸墨纸边缘画了一个小小的圆。

“这个圆，”他说道，“被吸墨纸变成了一个已被夜侵入的点，那就是造物主。”

“你为什么只想让这个圆变成一个黑点呢？吸墨纸上有那么多点，为什么偏偏这个点就是造物主呢？”门徒问。

“你的问题是造物主的问题。”哲人说。

“假如我的问题是造物主的问题，”门徒说，“那我现在明白了，是造物主按照他的形象创造了我。”

后面的那些纸页之所以存在，是否得益于埃里亚的这条通道和这种很久以前的反思呢？我的每本书都是以这种方式写就的。某种通常无甚新意的观察、某种背弃、某种恐惧、某种焦虑、某种痛苦轮番催生了这些作品。

在此，昨日的循环缩成了点，而循环的提问变成了向那个点的提问。

从书的空无中，一种更深层次的空无很想与某个桀骜不驯的点密谋而成为光，而无垠的黑暗向我们隐藏起了那个点。

“一次偶然事件可以突然间把无限变为诸多无

限的世界，”他说，“我们对此很难做出定义，不过我们可以感觉得到。”

这个点，是个偶然的事件么？这个白昼，是个偶然的事件么？

那么，这本书也会像以前的书一样，成为一次偶然事件的产物。

伤口是共同的边界。无限的时间是已经跨越边界的时间。

我经过的地方没留下任何血迹，还有什么比这更正常的么？只有缺席有权赓续，但其遗忘从反面显现出那绚烂夺目的点，那是超越联盟、超越忠诚、超越永恒的太阳。

“在注释之夜——是绝对的大胆还是冷酷的嘲讽？——缄默那个高傲的动词正在闪烁，”他说，“任何注释都必须始于文本中缄默的部分，无论这种缄默是心照不宣还是不知不觉的。”

如何？呵，那可是开始时必问的问题！

如何存在？

如何追随？

如何死去？

你必须学会配得上自己的真实。犹太人知道，相信真实远远不够，还必须次次都能配得上它；除了执着地通过努力达至真实，别无他途。肯定真实是否意味着确信能配得上它呢？我们这份自信又是从何而来的呢？

呵，就让我们努力向配得上真实的那个方向发展吧。

我们确实配得上的东西——分享一个字词——或许就隐藏在书的字里行间。毫无疑问，一切创造力都缘于对此并不知情。

我们永远也不会了解书的价值，因为价值只体现在其反抗深渊的过程中。可谁又能知道书会在哪个点上迷失方向呢？

流浪的生活！圣名使这种流浪变得合乎情理。犹太人继承了这个**名字**的同时，便丢掉了属于自己的领地。流浪担当起了这个未经阐明的**名字**。

从声音中流光所有的血。

声音是条直巷。它追随字母的轨迹。它是书之血脉。

你再也没有了声音。你奉献了你的鲜血。你书写过了。

书的沉默便是声音的献祭。

一切书写都是铭记下的沉默，是远在声音之外隐约可见的山巅。

在一簇簇星团之外，那些疏离的星辰令我们着迷。]

他说：“想象一下，想象一下吧，一个词语可以包含多少暗中掣肘的词语呵。

“不过，切勿过近观察！只要你放走一个词语，立刻就会有上百个词语来攻击你。那最后一个词语难道不会最终制服你么？”

所有字词都是任由攻击的场域，强大的字词蠢蠢欲动，准备乘人不备将书篡改。

他说：“这不是很奇怪么？那个为了争得自由而击碎了词语的词语居然一度执掌打开书的钥匙。”

只需拥有一个共同的字母，便足以让两个词语不再陌生。

书写行为是可控的暴力行为，是为抵达暴力的新阶段而花费的时间。书迸发出令人着恼的清晰。

所有书写的罅隙都状若钥匙。

呵，分崩离析的语言，呵，齑粉之书。你以为你是用字母和符号完成的。这可能么？尘埃滋生出更多的尘埃。

很显然，面对虚无，一切意义均不再有意义；一切真实均为极度的非真实；一切联盟均系无效之漆封的告白。

布满眼睛的纸页转向死亡，转向夜晚。

黑暗中，我们已长久地探索地平线。

呵，点的消耗：书不竭的抵抗。

沙粒孤身斗荒漠。

（“出于引文的需要，”他重复道，“在注释一词中有缄默、陷入沉默、让人住口等各种词语。”）

所有其他生命都在生命的话语中终结。

生者与死者的区别在于，一个言说，一个不再言说。

语言一旦被剥夺，躯体即朽；再无从与自身应和，再无从转达、取消和证实讯息。

我们为了让死者复活而向死者言说。我们所做的一切只是为了给我们自己某种共同复活的幻觉。

光也是招惹其他爆炸性话语的话语。

大爆炸后，夜在实施暂时的统治；我们的各种光在盲目集结。

·

……这个无情的之前同样也是之后的场域。

既有那个点之前的时间，也有那个点之后的时间，而二者均为基础时间。

就从这个点开始……

（“造物主率先打破了沉默，”他说，“我们想把这个打破沉默的动作试着译成人的语言。”

他说：“元音字母让我们得以看和听。元音字母犹如图像和歌。在我们祖先的手稿里，元音字母便是那个点。

“造物主拒绝形象，拒绝语言，好让他自己成为那个点。他是不在场之形象中的那个形象，是不在场之语言中的那个语言，是不在场之点中的那个点。”）

“我们抵达黑夜的尽头，刹那间，世界变白了。”

“我们在路的门槛停下脚步，面对满目苍茫不知所措。”

“坐在最后一块界石上，我们一句话也说不出来，呆若木鸡。”

“我们都变白了。”

“人家会说我们两个一模一样，仿佛裁自同一片风景。”

“风景只是一块巨型的白色屏幕。”

“……我敢打赌，天地就是从那块白色屏幕里剪裁出来的。”

“一个平面的世界，它仇视形状。”

“我们曾有过什么形状？”

“或许曾有过沉默在缺席四周的形状。”

“一个有待思考的千真万确的点的形状。”

（“那么，你的作品进展如何？”他问道，“是风中的一缕轻烟吗？”——可那个刚刚斥责过我的男人好像再也看不见我，因为他又在重复：“你在哪儿？”而我当时正徒劳地想回答他。

于是我颇为懊恼地意识到，即便是最近的话语，也并非总能束手就擒。）

某个未被任何字母标识过的空间的点。

它会在死亡中完整地再次涌现么？

（没有风险之地就没有书写。此处，只要有这个点在，我的风险就少不了。）

结点。

饱和点。

露点。

在书页的这个点上……

“期待，”他说，“便是黑暗中的一个不归点，在这个点上我们希望黑暗终将过去。

“身后，是我们跨越的宇宙，桌上，是一对焦灼的骰子。”

（萨拉曾在给于凯尔的信中这样写道：
“自从那个白昼么？
自从那个黑夜么？
哪些曾是我们的白昼？
哪些曾是我们的黑夜？”）

他又说道：“期待是我们的宿命中有耐心的边缘。”

（我让你阅读书中的书和词语中的词语。

这样你就会明白，一旦诉诸笔端，就没有书不是**书**，没有词语不是**词语**；因为，在死亡中，万物存在如斯。

每一次以不同的方式存在就意味着死于某种诞生，而那诞生自身也因欲望的实现而正在死去。

因此，死亡的尽头仍会是另一种已被判有罪的诞生。

词语中稍微宽敞一点儿的空间——比方说，音节之间的间隔——就是一道意外的裂缝，一个字母破碎或坠入虚空就会导致这样的一幕出现，词语看到自己被拖拽进了一系列的变形当中，并在这一过程中被毁灭。

他说："复数与多样性，无非是空间的固附之梦，在进程中无关紧要。"

词语深受某种晦涩之苦，唯有在脱离躯壳时方能解脱，一如为了能被听闻就必须先剥除表象一样。

一个声音里有上千个声音，呵！谁能辨别出这个声音？而这些鲜血又是来自哪位捐赠者呢？

起初，一片透明。

那个早熟的点。）

“此后你一直在做什么？”

“我在等待。”

“此后你在哪儿？”

“还在这儿，一动没动。”

“你推荐的是哪几页？”

“第一页，永远是第一页，或不如说，是第一页之前的初始页。”

“读不了。”

“阅读是不可能的。”

“荒诞的书。”

“在武功尽废的absurde（荒诞）一词里，有sur这个词，意思是‘在……上面’或‘在……外面’；同时，sur这个词还表示‘有酸味的’，比方说‘水果和酒变酸了’，意思是说味道发酸且略带苦味；最后还有 sûr 这个词，意思是‘确定的’，表示言之凿凿的确信。

“在平面或空间的纵坐标、横坐标或曲线里，若有不合理的、过度的和意外的参照系，都有助于给那个因各类搜寻而兴奋的点定位。”

“迷惑人的点。

“如今，你再不会有任何信仰。

“你在我们所有人中最为不幸。”

（造物主在那个回响的点中又哭又笑。

显然，那便是深渊，其证据便是那个点。

对我们而言，一切必然性都是安全索，是在广袤天空翱翔时将我们与虚空系牢的方式。）

……一部我们本该删除所有词语的书，好让它回归到白的多样性中去；一部本应同时具有应许和拒绝两部分的书；最后，一部本应由一个点指定的书，不知道那个点在清晨是不是白的，在夜里是不是黑的，但我们会习惯于将其视为一个即将到来的点，一个演变中的点，在那儿，一切都将无存。

（我，曾经存在过的声音。）

这是那个点难以承受的在场。

为精神的君临，一切不惜成为废墟。

一个点在你胸中跳动，这是你的心脏。
一个点在你手上跳动，这是你的脉搏。
一个点在空间跳动。你在聆听。

（抵达某个特定的点后，放弃它并旋即再次发现它；同样的场域，同样的点，但你不知身在何处。

从这个点出发，任想象驰骋。而这个点的四周没有一声呼号不是其最后的呼号，没有一个声音不是其最后的声音，没有一次呼吸不是其最后的呼吸。

从这个点出发，我们就能不以词语书写，不用话语言说，书的末尾，在那个由死亡淘空的缄默的空间，那个点可能超越了一切行为，一切约定，一切真实。）

自由的精神，呵，惴惴的空无，取决于一切支撑点的废止。

在我抵达的这个点上，

废除身份。

用一个点标注出场域。

从此，事物但分两种：点之前的事物和点之后的事物——前者是记忆，后者是死期。

点本身在它之前可见，之后则不可见，反之亦然。

进入中心，就是在看见与被看见之间。

手在这些点之间书写。因有字词为伴，手始终是中心。

后记忆是听觉，是狂乱的目光。

前书同样如此。

回忆：来自上面，来自下面。众多的声音，众多的形象，众多的话语，沉默。昼与夜。届时我们将已离开……

火记得第一缕火苗，水记得山泉不变的甘洌。

记忆就是这条由虚线标出的冗长轨迹，它由黑暗与光明轮番标注。

被我们称作记忆空白的，只能是对视野中的一个或多个点的憎恶。

[发现一个点和另一个点之间的深层关系，而

无论其相距多么遥远，也无论我们对其的感知力多么有限，呵，那才是真实的、鲜活的知识。

“在 savoir（知识）这个词的迷雾中，”他说，“voir（看见）一词隐约可见。因为知识的本质就是看见。”

我们在字里行间镂刻。

他接着说道：“voir（看见）一词置于 roi（国王）一词的威权之下，虽然我们读不到它，但它仍在统治。那个王国就在视觉当中。”

“……可国王这个名字不是也出现在其他字词里么？”有人问。

“确实如此，”他答道。停顿片刻，似乎是为了杜绝类似问题或断然摆脱对话者，他又说道：“即便字母不在，造物主也在。”]

生与死是同一个无法磨灭的点。

（或许，第二十七个字母有待发明。）

……一侧肩痛甚至妨碍到他散步。

他在一家咖啡馆的露天咖啡座坐下，点了一杯冷饮，现在正惬意地享受着。

生命中仍有一个点需要澄清：他为什么写作？是为了什么事业，为了什么荒唐的计划要去献身？

书写便是这一图表的象征，是一本书之四壁上的这幅令人着迷的壁画，书封存得太久，稍一打开就会因空气的涌入而腐蚀隳坏。

书的场域有如被隔绝的虚空。每页都像不牢靠的避难所，徒踞四壁边缘。若在众目睽睽之下将其大白于天下，无异于推倒隔墙，掀翻顶棚。一切书写都让字词回归其原始的透明。

他的焦虑集中在以颠覆性手段去照亮一个特别的点这件事上：事实之点，律法之点，名誉之点。

（他说："亡灵与已然终结之场域的冲突简直风马牛不相及，死后激发出的灵感。"）

"我的故事，"他说，"就是这个一小时的计划，让我把三百六十秒[①]变成地平线上尽可能多的点。"

在流动的铭文的首个符号面前，任何有关永恒或无限的观念都是过

---

① 应为三千六百秒。原文如此。

时的。

躯体以众多的点来回应躯体，而那些点就像魔镜或恶疾。宇宙和宇宙在我们的皮肤中贯通。

躯体是我们之间联系的主宰。

（光彩夺目！千千万万个微太阳，如白色的火焰之轮倾泻在书上，令我目眩神迷。）

肆

在内与在外仅仅是某种无限之时间在分离中的任意一部分，流动着的每一片刻都在不停地对中心提出质疑。

每一片刻都是空无的顶点。

你说过："骄傲的灯塔中射出四道光束，而这四束光就要遭遇四倍的陨落。"

他把写满字的那张纸揉了，又在手里攥了好久才扔进纸篓，然后等待。

天马上就该亮了，

然而，他对这一天并没有任何期待。

脚边，那张纸变成了一个满身瘀伤的球，好似被老鼠啃去了一半；人家会说那是一个点，它正试图恢复受伤害前的完整。

天很冷。还飘着雨丝。街上很安静，突然……

他站起身，推开窗子，纵身跃入虚空。

（有个邻居被惊醒了，他说："我看见有一个点躺在血泊里，他还活着，随后我又看见两个救护人员把那个点匆匆抬走了。

"我吓得挪不动窝儿。

"那个点的呼号声始终在我耳畔回响。"）

我今天这个姿势，别人以后想起来时最起码会说很不舒服，但于我而言它全无征兆，因为我无非是习惯性地顺着路走罢了。

迄今为止，这条路始终是连串的转向和含混晦涩的往复。但我莫名其妙地突发奇想，想要点到点、步对步地去重温心中的历程。换言之，我试图返回一段写作期，返回充满符号的一段过去，我并不能对它完全担责，但我的确是属于其中的一分子。所以无论从自己选择的场域出发还是歪打正着的起步，我的每次启程都始于空间赋予书的不同的点。所有场域中的场域，锚定在空无中。

呵，和着乌黑的墨水吞下这只空洞的锚，在其从属于死亡的日常范围内，在其黑暗统治的中心还原其残酷的现实。

（两种沉默的证据之间，是复杂的赌注。）

我别无向往，一心要融入这一虚无。
就像要在此清白之夜，
信守誓约，迎接挑战。
用踪迹认祖归宗。
为生存下去
我们有多少人曾绝望地跋涉？
今夜
是我的夜
没有脸，没有讯息。
雪，下雪了，雪落在我的足迹上。
彼世的凛冬。

我隐约听到从邈远之地传来夜的声音。

“别让谎言蛊惑了你的笔，”它说，“我，还有你，都不能再死于一个纯朴的字母那年轻羸弱的躯体里了。”

[这个白昼终将到来，此后，再没有一个白昼。

我们可以随意点燃问题，可之后谁又能把问题熄灭呢？

他说：“在 jour（白昼）这个词里，首先是 ou（或者）和 où（在哪儿）。”]

你在哪儿，或者，真是你么？

（“白昼或者其他白昼，白昼的另一边。
“哪儿的白昼？”他又说道。）

我必须适应这种环境。

没有人会同意我这种说法——介词 pour（为了）和名词 pour（赞成）中都有 ou（或者）和 où（在哪儿）这两个词。赞成什么或反对什么？在哪儿？没有人会同意我这种说法，我的意思是说，我无力获得周围任何人的帮助。在 autour（周围）这个词中——vautour（秃鹫）藏起了它第一个字母[①]——也能找到 ou（或者）和 où（在哪儿）这两个词。在这个白昼里，没有人会为我的事业辩护。

时间变骷髅为化石。

---

① 法语中，“秃鹫”（vautour）一词的第一个字母 v 取消后，就变成了“周围”（autour）一词。

Néant（空无）：né en…（出生于……），我们出生于空无……[1]

呵，地下的苦工，符号根系中的劳役，永远都处于死亡的严厉监视之下。

无论何时，书都在被拒绝的完美中冒着失去书的风险。

［“在 jour（白昼）一词中，”他说，“最重要的是有了 Our（吾珥）[2] 这个词，亚伯拉罕的故乡，众生诞生之城。”］

那么，这是真的么？空无，一切诞生均属徒劳。

“那海呢？”你们问，“啊，大海的诞生也是徒劳的么？”

“我被禁航了。”

“每个时代都有自己的航程。你们就没有自己的时代么？”

“那么这就是真的了！我们的确出生于空无……或者……又是在哪儿？”

（于凯尔曾经写道：“萨拉，我将给你谈谈大

---

① 法语中，“虚无”（néant）与“出生于”（né en…）读音相同。

② 吾珥（Our），又称乌尔（Ur），《圣经·创世记》中提到的一座古城，是犹太人的始祖亚伯拉罕（Abraham）的故乡，其遗址位于今伊拉克首都巴格达以南的纳西里耶附近。

海，谈谈地平线上所有的点。”

萨拉曾经写道：“于凯尔，我将给你谈谈大海，谈谈所有的点，我的牢狱。”

“雅埃尔，我将给你谈谈大海，谈谈大海的盐和泡沫，那是埃里亚宽松的裹尸布，是亚埃里无限的航迹。”

荒漠，早已预言过的未来。）

叁

从书到书，空白是场域，也是纽带。

大写字母，为墓志铭而设的字符。

（我那些吃喝无着的人物
在我的书上，
在其空无的轰动中，
跳着一轮轮
　　法兰多拉舞[①]。

只有一个圆的蜃景，
越来越小，
越来越淡。

一个点
在那个点中
沉陷。）

你写过书。那些书把你送给了死亡，送给了他者，送给了那个令人毛骨悚然之物。

没有了“R”这个字母，mort（死亡）就会在mot（词语）中窒息而亡。

---

① 法兰多拉舞（farandole），法国南部普罗旺斯地区的一种民间舞蹈。

（他说：“语言不可能作为整体存在；只要是语言，就必定是分离的。”）

就像刚学会提问的孩子或陶醉于分享的情人，与书抗争的作家也不会问自己是谁，而只会问自己属于谁。

“我属于谁？”这就是在追问自己依附于哪个字词，依附于哪行文字，依附于哪一页？依附于什么样的生命或什么样的死亡？

书的问题是作者之问题的回声，字词的问题是书之问题的回声，而字母的问题是字词之问题的回声——这都属于同一个问题。

源头作为一个热门话题，无论其在书的时间内外，似乎都是个一遍遍确认我们源头的托词——前文本[①]；但是，如果我远离的场域始终都是我之由来的那个场域，我又如何能真正明白哪个场域才是我的场域呢？

空洞的空间需要不断填充。空间是我们必须竭力抗衡的全部。

（“我好像认识您。”

“我不记得见过您。”

“您从哪儿来？”

“我曾那么多次离开同一个场域，这个场域完

① 这是雅贝斯的一个文字游戏：他将法文中的 prétexte（托词）一词拆分为 pré-texte，使“托词”一词变为了“前文本”或“先文本”的意思。

完全全迷失在无垠的场域中了，所以我觉得我已经没有了来处。”

“……可您讲的是一种特定的语言。一个我所知道的国度的语言。是我的语言。”

“其实，我也曾一度以为在我的话语中找到了我的场域，可后来……”

“后来……？”

“……怎么对您说呢？所有词语好像突然都不一样了。”

“我听不大明白。”

“就是说，它们再也不像我希望的那样清晰了。”

“愿闻其详。”

“是这样……好像突然间，在这个由于差异而变得空空如也的空间里，我除了沉默以外什么都表达不出来了。”

“差异是怎么回事？”

“……是有些根本不相容的东西把人及其话语隔开了。虽然他们被判处一同流浪，可他们所共有的似乎只有那条路。漂泊中的漂泊。”

“可是……？”

“……对话语而言，也许是有意利用其距离来彰显这种差异；但对人而言，也许会因为不能掌控话语而痛苦。”

“难道词语不是始终在为您表达么？”

“的确如此，那是因为我的笔在书写词语时，我的声音解放了词语……可是，紧接着，我就发现我什么也没写，什么也没说。”

“……可是，既然如此，那您读过的和别人听到的又是什么呢？”

“……是背井离乡的苦涩和陌生的真实之中混

杂着的声音和字词。我告诉您吧，人已经哑巴了。人是唯一缄默的造物。”

“……可是，那您的书呢？”

“啊！我的书……我还能说些什么呢？”

“您看，或许正是在那儿，我们该言说时沉默，该书写时没人阅读我们，而我称之为犹太教的那个东西却在此安营扎寨。犹太话语就是被埋进沙里的那一话语，它永远沉默，然而，它的每个音节仿佛都被这种生生死死所催眠，给我们带来不朽的末日。

“荒漠就是我们的书。”）

你说过：“他就在自己的沉默中[①]。他——造物主——在，或许就意味着沉默‘在’。

“沉默的投枪令天空密布血渍斑斑的字母。”

你也说过：“血便是火。”

（你还说过：“字母的鲜血和字母一头潜入的血

① 这是雅贝斯的一个文字游戏：他将法文中的 Silence（沉默）一词写为 SILence，将其中小写的 il 写成大写的 IL 来暗指上帝，使“沉默”一词的意思变成了“上帝自身的沉默”。

泊终会化作同一片汪洋。”

荒漠死于汪洋。）

透过我的书，你就能看到我走得有多远；你看到我凛然前行，而今天你也像我早上一样，注意到我并未离开自己的家。

这曾经是一切事情的开端。这正是一切事情的开端，所以我始终没有往昔，没有未来，我只是在原地踏步。

赤裸裸的，如张开的手一样可怜。

我抵达那难以想象的死亡顶点了么？在那儿，死亡搅散并淹没了亚埃里的目光。死亡拒绝了字母，拒绝了字词，它也因此挣脱了所有羁绊，当然也摆脱了书。

可怕的义务：屈服于突然遭遇的终极缺席那晦暗的光；屈从于非存在那地狱般的环境。

虚空像造物主一样没有名字。沉默另一端的目光与书最后一个句号一同化为石头。

从此再也没有了话语的言说。

（E_L，埃尔。E 下标 L，即联络的能量，与 E_S，即分解的能量相对。[①]

提供能量，意味着将一个实体分解为各个组成部分。收回能量，则意味着恢复那个实体，即那个点。

---

① E_L 表示联络的能量（Énergie de liaison）。E_S 表示分离的能量（Énergie de séparation）。

EL，埃尔。

折断的双翼。[①]）

① 法语中，“翅膀 / 翼”（ailes）一词的发音与作为上帝之名的“埃尔”（EL）发音相同。

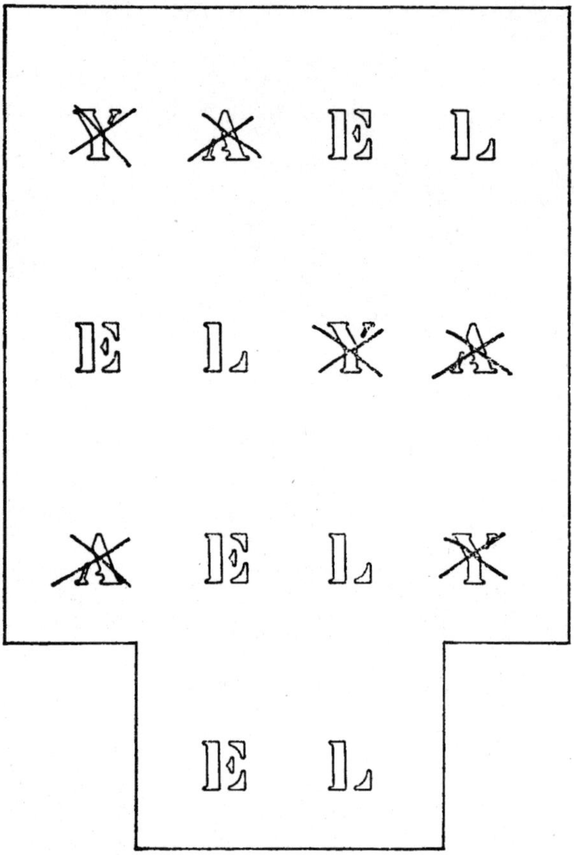

YAËL：雅埃尔

ELYA：埃里亚

AELY：亚埃里

EL：埃尔[①]

---

① 该图案将“YAËL”（雅埃尔）、“ELYA”（埃里亚）和“AELY”（亚埃里）名字中的两个字母 Y 和 A 划掉，就只剩下了作为上帝之名的“EL”（埃尔）。

（他说：“我们在阳光刺破云层极限时读到的这个词语，就如同通过摩西暴怒的行为在破碎的约版上读到的神圣的律法一样。”

在这个爆炸的词语中，造物主与充满敌意的字母迎面相撞。

即便在圣名之外，造物主依旧是圣名的囚徒。

“我在人类的生命中干了一件不可饶恕的坏事。此事令我心生悔意。”他说造物主就是这么对造物主说的。

书的影响取决于书在其边缘兜售的暴力。

这位先知天生确信阅读那本书无须中介，由此造成了造物主的强暴。这是个根本性的错误。

在背弃约版时，造物主选中的子民给摩西上了阅读中精彩的一课。他们从本能出发——那本书不是在人之先么？——将造物主的强暴提升至原始之死亡的高度，并在起而反抗那个字母的同时，将自身的独立奉献给那块破碎的约版，造物主自己在那对石版上书写下了反对造物主的文字。

被毁灭的书允许我们去读这本书。

他说："那本书的子民，大家就是如此称呼希伯来民族的。这就暗示造物主是唯一的书写者，而在阅读那本书时，每本书都是一个应许的时刻。

"呵，眼里满是血丝和疲惫的兄弟们，当书写和阅读构成同一种行为时，你们当中谁能心平气和地承认他的阅读一直受此激励呢？

"那本书中的犹太人并非忠厚之人，而是伪君子，是叛逆者，是被放逐的人；对这种人而言，书充满了不复存在的风险，所以每次都不一样。"

"……但所有这些记录下来的阅读，"他接着说道，"所有这些累积的作品都将付诸东流。难道造物主没有将他的**话语**呈现在人前，并下意识地将那**话语**化为尘埃么？

"而你也将如你的名字一样，重归尘埃。

"血沃尘埃。"）

“不要忧心忡忡了，您什么也改变不了；既不能保全一己性命，也甩不掉其他麻烦。

“要想放松心情，您要么像往常一样沿着河畔去逛逛旧书摊儿，要么就在您喜欢的首都街区里遛遛弯儿。

“从昨天起，除了您自己以外，什么都没有改变；或者说，除了您以外，一切都改变了。

“这些您都不知道；因为您是风，是可怜的、盘旋的风，

“在远离您躯体数千里之外，

“为书中的每个词语大打出手。”

这封未具名的信——我怎么还留着呢？——从抽屉中我准备整理的文件夹里滑落出来。

“您始终跟着我么？您是谁？男间谍？还是女特务？

“我在自己的躯体内十分惬意。我把它写了下来。我在书写。我的草稿本、笔记本上写满了字。”

“您的草稿本、笔记本每每让炉膛里泛起红光。您忘了我曾在您身旁生活过。我是阿兰。您想起来了么？阿兰，就是那个被您不经意间写进作品里的年轻人；若我的书写唤不起您点滴的回忆，我又怎能向您描述我的脸呢？”

她说：“在没有书的地方，别承担字词的命运。”

[他说："在 corps（躯体）这个词里，隐藏着 or（金子）一词，闪亮的金块被字词加热到熔点时，就在这灿烂的躯体内流动起来，为了共同燃烧，正在书写的躯体便与之结合。

呵，我的笔在太阳的绝境之火上用墨水摹画出一张静脉和动脉之网！

孪生的世界。黑暗，光明，同为近义词。

在不知进退的死亡中永生。

呵，火的友情共享！"

于凯尔在给萨拉的信中写道："人在心底调试声音，使和谐的词语比经由嘴巴说出来时更加动人。我只听到了我们的死。"

萨拉给于凯尔的信中写道："外面的声音是死亡的声音，是言说出的声音。

"我们不会在自身死去，却因自身而死。"

萨拉还说："啊！我们闭嘴吧，安静吧。守护起我们完整的生命。"]

三千年，三个烧焦的点，此地不设防。

我是从一个无声的国度来与我们的边界续签协议的么？

大地在空洞的梦中，如矿山里的铜矿石，如印堂上的印记；

如夜空中

那颗幸运的星。

没有别的土地更珍爱你的脚步。此地沉睡着每个世纪的伤悲与坚忍。

听吧。学习吧；因为我们的泪依旧在浇灌着种子，麦穗始终属于我们的时间。

“你在此。在泉水之沙中。你在哪儿？”

“借沙中之泉，我认识了你。你的目光尾随着我。我是个过路的人。”

“我盼望你。在你眼中，世界已多次覆灭。你是复仇的烈焰还是海洋未消解的饥渴？记忆中，我们能否重建世界？”

“在宇宙闪光的地方，我曾是一道影子。每一天都是鸿沟加宽距离的一天，可根系依然存在。”

“你扎根在我的灵魂里。你的爱在我的爱中成熟。”

“我的爱是一粒盐对大海的爱。是被诅咒的激情。”

“你将成为林木之爱，嫩草之爱。汁液酬谢汗水。大地心满意足。呵，情郎，请到树荫下来吧。”

“当黑夜对世界垂涎三尺，我便是被踢开的影子。人蛮可以被当作猫头鹰。黑暗令其耳聪目明。

“我是那道被追杀的影子，永远也找不到避难之所。清晨向土地告发我。黑夜对我恨之入骨，视我为闯入它怀中的不速之客。”

“你将成为那本书的晨昏之爱。太阳倾听沙谈论树叶和果实，如光阴对恋人唇贴唇地倾诉。”

“无言的话语。”

“你在此。你在哪儿？”

我们在相爱的第一天。

他说：

“你需要我的什么，姑娘？绿茵在我眸中生长，清晨，你在草地上翩跹起舞。

“你没有记忆，而我的记忆是一堆废墟。你像热情而芳香的花茎那么年轻。而我看到书化作碎片。路是我的床，而我的双膝是桌子。

“你没有记忆，而我的记忆是累积的呼号。

“你是自由的，你只惧怕自己。

“温存中，拥抱中，我认得出你儿时和作为女人的脸。

“你的纯洁是钢水冶炼出的至纯渴望。伸出手来，牵住那个要娶你这玉洁冰清的姑娘为妻的人吧。

“你沿着一条蜿蜒的小溪漂流，土地和天空的饥渴错过了这条小溪。你是小溪的回归。”

“你需要我的什么，姑娘？柑橘和橄榄在向你致敬。

“你的躯体承载着一块土地的责任与重负，这块土地及其未来已被双重占领。

“你双腿强健，双乳在充盈奶水前已因愉悦而膨胀，你的丰臀让我沉迷。

“这种靠鲜血供养的撩人的真实，我能在这种晕眩中沉溺多深？

“死亡保留脸，一如爱情保留脸。

“紧张。

“一波海浪。销魂涌动的爱抚。过度的热狂让海浪赤裸。

“瞬间，你化为女妖，美艳无比，

“向投入

“你怀抱的人

“伸出利爪。

“于是，天光涌动，躯体相拥。

“呵，涨潮，退潮，无始无终。”

“对不合时宜的新来者的合乎时宜的耐心，屹立不倒的墙体见证了向诸世纪发出的挑战；其砂浆便是灵魂。

“待心跳加快之际，灵魂舒缓。”

“无语的结合，锥心的理智。展示的身份。早夭的清晨，赭石色的尘埃覆盖世界。

“黄昏的季节，我们将挚爱面孔上滑落的黑纱撕成碎片。

“一首摇篮曲。让我们舞动起我们的战利品。”

“这儿，歌与歌离得更近，沟槽还只是一道印痕。

“所以，微风是流水的姊妹，而掬满沙的手与播撒岁月并让岁月开花的手也很相似。

“你来了，姑娘，

“带着你芬芳的思想

“坐在我的门前。

“这是我们相遇的

“第二天。”

“你需要我的什么，姑娘？大地让你旋转，你将晕倒。

“我们缠绵的身体为灯的曲面送去你沉睡和梦境的故事。

“终点何在？

“躯体始终处于起点。”

他说：

“我停留在每一道最后期限的门槛上。失望，不因年龄而因期盼；不因身体而因被黑夜裹挟的灵魂。我生于死亡。我尚未过完重生的坎儿。我看到远方的自己，我呼唤着。我呼唤自己前往某个疲惫至极的天空的两处天际。飞升是为了坠落，启明星便如此诠释人的命运。

“我抵达某个生命的终点，路上的卵石肯定乐于讲述。但谁会对着石头言说和聆听呢？只有犹太人。只有倚着一堵墙或身影投在路上的犹太人。

“我抵达奋斗的终点，当你在那儿出现时，沉睡便是酬劳。我心中充盈着你，我经常祈祷般地脱口说出你的名字。大地驱纵着我为生命冒险一搏，那是我甘愿蜷缩在内的健康和谐的躯体。

“狂野而坚毅的你到来了。啊，我能从自己的内心、自己的血脉中挣脱自己么？我将从你那儿挣脱我自己，因为我的时辰已命我启程。当光爆炸时，当无尽的黑夜之晨显露时，我将挣脱我自己。那时，时间将毁灭时间；但你将会在那儿，你仍将赢得胜利。”

而她回答：

“我将在那儿，与果实同在，那是大地的温柔。我将为那季节庆贺，并携带根的救赎走向远方；但我选择你躺在我的身旁。我曾向你奉献我的唇，我的乳。因为你，我才有了性，有了颈。

“有你之处就有我。我的田野需要双臂。我献出我的田野。我的丘陵需要肩膀。我献出我的丘陵。我的荒漠需要水。我献出我的焦渴。我赤裸着，我是你的。”

他说：

“若你是焦渴，呵，爱人，我会用我的焦渴纾缓你的焦渴。

“若你是夜晚，呵，爱人，若你是清晨

“或界石；

“但你是目标，

“而我认不出来。

“于是我受到的惩罚恰恰发生在我获允的那份特别恩典当中：

“被爱却无法回应。

“怜悯我吧。我呼唤过你。”

而她回答：

“明天在此，在我们脚下，在我们头上。

“留下吧。你去哪儿，我就去哪儿。

“只要你在，我就放歌。”

［……我告诉你吧，大地其实就是一个被死亡野蛮剥皮的半透明的点；真正的深渊。

他说："点变成了国家，变成了星球，变成了宇宙，它被无数次地探讨，以至于我们只能以观念靠近它。"

他曾经写道："在 amour（爱情）这个词里，藏着 mur（墙）这个词——别人都没发现么？

"刹那间，我们重建了圣殿。"］

"我藐视你们话语的价值，"他对他们说，"不过，你们的话语凸显了我的话语。'亵渎的话语，'你们会说，'亵渎了我们的话语。'"

"你的话语来自我们一连串海难的戏剧性场面，来自我们的复活，但那是犹太人的话语么？"他们问他。

"那是犹太人的话语，因为它负有幽冥的使命，而且这些话语听命于那本被风吹散页码的书。因此那话语具有蝴蝶般虔诚的狂热，具有蚂蚁般执着的坚定。"他回答。

"数个世纪以来，犹太人都以前额抵石，仿佛石头坚守着造物主的沉默。"他们反驳说。

“造物主的缺席就在那本书里。呵，为遗忘而被封存的话语。人无缘接受，只能对使书成倍增加的字母忠心耿耿。”他对他们说。

“造物主拒绝我们的书。你相信书能证明我们与造物主之间的距离加大了么？”他们问他。

“人每向造物主迈出一步，就离书远一步。”他回答。

[随后，他又凄楚地说道：“……我刚才说的这些话从未向别人说过；呵，但愿你们和我一样，在心里默默记住这些话吧。”

宜耕宜牧的大地正向古代的应许之地言说。

漂泊！背井离乡的游子！

他说：“我从远方听到了 erre（漂泊）这个词，它将我与 terre（大地）这个词分开了。我倒着读，读出了我的耐力和我的痛苦。”]

书远离大地，像一叶扁舟为实现自己的时光而远离母港。

一朝永别，话语便再无依恋。

大地上的人再不会认得书中的人，但大海将永远伴着每个字词讲述他们共同的痛苦。

那时，到那时，我们的书将被用来供养地狱的烈火。

只要有书，就有关于燃烧的梦。

［刚被抓住的纵火犯显然想要报复房主，而不是想报复石头。

“让烈焰说话吧，”他吼道，“在那儿，财富让我们的词汇变成了奴隶。”

在每个街角毫不含糊地
以一个点
确定自己的位置。

他说：“rue（街道）这个词过去不会、将来也永远不会出现在roue（轮子）这个词中。或许，也永远不会出现在rouelle（圆形切片）这个词中。

“犹太人总是在街上、在小巷中被人追捕。”

你说：“……总之，rue（街道）一词被恶意地嵌入了univers（宇宙）这个词中。”］

贰

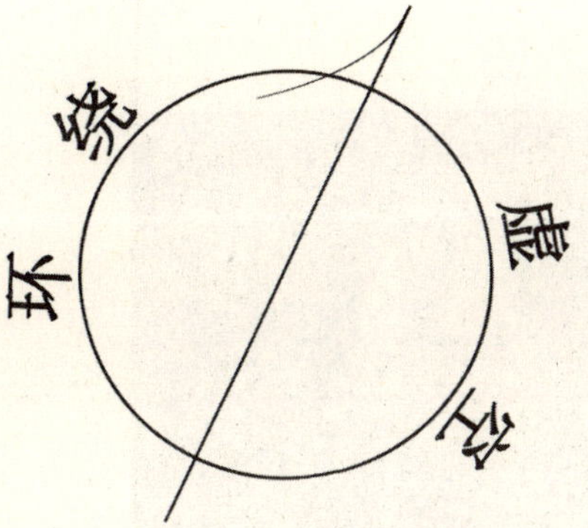

一：斜穿此圆。

斜穿此“一”，虚空可见。

“一”：圆的可见度。

在一片日益扩张的海洋里，

呵，盐粒幸存。

NUL：乌有

L'UN："一"①

① 该图中，乌有（NUL）一词反过来读是"一"（L'UN）。

[他说："椴树的韧皮部——即椴树的内皮、韧皮或纤维——既可以编绳子、打草席，也可以用来书写。

"在 liberté（自由）这个词中，就有再次写出的 liber（韧皮部）这个词的痕迹。

"所以，自由这个词将我们载入可以再次书写它的那个词的自由当中。"

待过的地方，我是异乡人。
要去的地方，我是异乡人。
现在的地方，我是异乡人。]

……书与书之间、题目与缺席的题目之间存在着某种距离；这是书页缺少让人心安的踪迹的时刻，是对人对己都无迹可寻的时刻；是空白的行程在空白中自我完成的时刻。

没有影子，没有界石，甚至连一颗小小的卵石都不存在。

无限的光！

……除了目光尽头的一个点，什么也没有，那并非一个标志，却是一个奥秘。一个孤零零的点，漂浮在一片泡沫的大海上，在炽热的蔚蓝中移行，只有在我愿意解释它的时候，才会让它在世上瞬间显现。

（一切都被抹去了。只留下了那个点，它是抹去一切的主宰。）

此时我却被粗暴地夺走了风景，夺走了虹膜。

我遭遇到上千只手臂的群殴。

他

谈起

那个

点

和

那个

专心致志

听他

讲话

并

揉着

双眼

以赶走黑夜的

人。

（那个点藏起了它容纳的书。它也因此保护了书。

假如有一天，书的历史其实只是我们都认出的一个虚幻的点的历史，该当如何？）

宇宙被纳入那个点里，如同大海存在于一滴水中。

遗忘如墨水的海洋，是翻滚着遗作的水库。

风把镜子打得粉碎。

（纸页上，符号“+”是纵横的两个符号“-”。

两条线的交叉点是书的心脏，当符号被符号取代时，那个交叉点便是假定的宇宙中心，其每个字词都在忖度被消耗的空间。

那中心既在任何中心的此岸，亦在任何中心的彼岸，在思想与非思想的交叉点上。

呵，书精确与难忘的中心，在那儿，书不再存在，在那儿，书曾不遗余力地争取存在，结果，中心大量繁殖，反而偏离了中心，导致书中已写就的空间在有待书写的空间里被删除。

明天被明天抹去，徒留涂抹的弥散性意识。

“我们写作时所能做的，”他说，“就是把墨水甩进火里。”

“重复是某种虚幻的僭越。书写有如源头，它只是在纸页中倏忽而过的符号，是一个插曲般的附加物。”

我能支配的只有个别空白的空间。）

你说："书写是走向造物主的行为么？其中包括从他的口中啜饮他的话语，以便让这些话语引导我们去读所有的阅读么？

"宇宙面向宇宙开放，意在消耗自己，如同字词对字词开放一样。"

他说："每个字词里都能发现死亡。书写，书写，书写，就是剥下死亡的外衣。

"呵，赋予欲望的神圣权利！明天又将有不一样的裸露。"

他又低声说道："欲望是被目光宠坏了的目光。"

"其实，"你说，"我们与造物主之间的关系起初很像我们与死亡之间的那种扭曲的关系，很像那种落入圈套般的乖悖。"

（不）可辨读的原始文本。

他，或许便是那个关键。[①]

---

① 这是雅贝斯的一个文字游戏：法语中的"il"既可以是主语代词"他"，又可以是具有否定意义的前缀，如文中的"lisibilité"意为"可以辨读"，若词前缀上"il"（即"illisibilité"）则具有了否定之义，意为"不可辨读"。雅贝斯在这段文字中将"Il"在括号内单独大写，便使其具有了暗指上帝"他"之义，隐含了"你不可辨读而上帝可以辨读"的意思，故下文说"你读不了的 / 他正在读"。译文无法将这几层意思同时译出，只能选择其一。

你读不了的，

他正在读。

打碎语言中所有以词语构成的造物主的名字，将它化简为一个词语，一个音节，一个字母。这样，在黑夜终了的时候，我们就能抵达字母表。

利用散乱的碎片，在新的同源关系中重建示范性的约版。

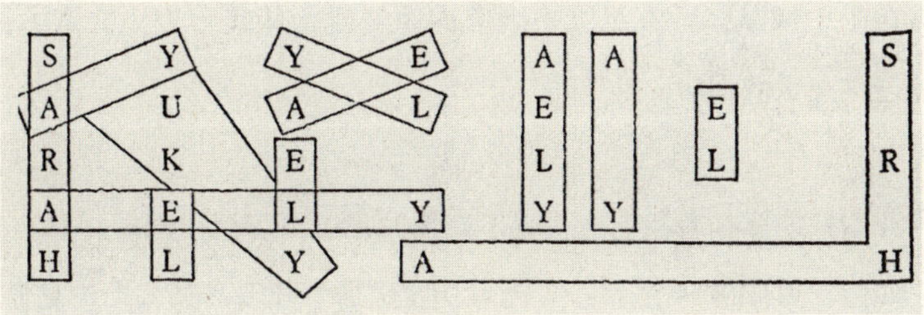

SARAH：萨拉

YUKEL：于凯尔

YAËL：雅埃尔

ELYA：埃里亚

AELY：亚埃里

EL：埃尔①

---

① 该图中，纵横交错的名字里每个都有作为上帝之名的“EL”存在，删去其他字母后便只剩下了作为上帝之名的“EL”。

关键可能就在*亚埃里*。

可以辨读的死亡。

你写道：*死去*。你知道，从此一切都能看到。

手，猛然打开的点？

拳，是攥起的手么？

宇宙在手中缄默，并在沉默中因字词而复活。从此，源头缺席了，那正好是过早失忆的伤口。

新的开端只能意味着我们在全然不知情的情况下忘记了开端。

无论如何，开端意味着遗忘。我们以为这是个开端，其实无论是显现的还是在自身黑夜中消隐的，都不过是一次重启而已。

白昼是夜的开端，而夜是白昼的又一次开端。

链环越来越窄，越来越紧，是为了铐住空间么？链环套着链环，呵，谁能解救宇宙，谁能打破这沉重的束缚？

书写就是死亡逃遁时那声持续不断的呼号。

我只有一种回忆，每次都是字词令其重振活力。

能记得住的书，就是我们想写的书。

——完成这件任务并不是费力的事，但它却使我们与天天漫步的海岸和道路日渐疏离，总之，使我们与日常生活日渐疏离。

回忆始于何时？从书之前开始，那时，词语正渴望揭开面纱，按其本意成为真实的词语。

死亡因我之死而与我一同陨灭，这或许是我唯一的确信。

在每个符号、每个点中，一只手击拍另一只手。

每个字母都是一次手的投射，是一幅简洁而尚不完整的图像；瞬间的图案。

他说："手是探险家，疾风吹过一只只手。"

手是字词的尺寸——也是字词溢出的部分。

他说道："左手是清晨，右手是黄昏。书是黄昏的作品。"
他又说："左手是生命，右手是死亡，是死亡正在书写。"

（可见与不可见，在场与不在场，都是同一血缘的字词。

数以百万计的眼睛，来自你的血缘，其中大部分空洞、迷茫。

失明！死亡同样是空洞眼睛的泛滥。)

壹

你在想方设法把这个被虚空啮噬的点变为一顶王冠，戴在你那贱民般的头上。

麦秆，这让我不得安睡的*虚无*——或*一切*——究竟是什么？

点，一滴精液。

善，或许是因书而衍生的书；*恶*，则将书化为尘埃。

造物主通过*恶*在尘埃中与我们混为一体，构成了一幅永恒的世界末日般的图景。

（他曾写道："造物主在言说，他说的话变成了我们的符号。字母的轮廓或许就是他的脸的轮廓。一种语言中，字母有多少，造物主的脸就有多少。造物主在所有语言中被书写。

"一旦你学会了聆听词语，学会了小心审慎地观察它们，也就是说，当你学会了阅读时，你就可以沉思造物主了。"

他又曾写道："他的声音难以察觉，但却是确证的沉默，这种沉默使我们的声音各自分离。"

他还曾写道："你将摧毁词语的形象。你将剥夺词语的声音。你将使词语转义。你将把词语变为洞穴。

"然后，阅读和书写就会把你丢进被虚空耗尽的声音的旋涡里。"）

孩子在母亲的子宫中看不见，却听得到。

那个点中，会有多少双耳朵？

即使在书的沉默中我们也听得到它，但我们何曾抓住过它一次？

那个点或许就是一个声音？

他说：“在 poisson（鱼）一词里，son（声音）是个斑斓的词语。当然，在 poison（毒药）这个词里，也找得到 son（声音）这个词；但由于听力受损，聆听一个新词必须正襟危坐，细心谛听。

“致命的衰退。写作大部分都是波动的手法，声音以音阶演绎，眼睛调度其高低。

“是的，鱼是声音的和谐转世，如血色的蔷薇。”

（弥散的声音中有一道漫无目的的目光。

我们经听觉进入万物不可见的性状之中。）

水族馆里，好奇的孩子们观察神奇的水生动物的进化。

潜移默化中，他们接受了书的教诲。

（所有书都在大海中写就。

海底，词语生活在自己的环境里。

听吧，呵，你听到了字词中的水。）

然后便是荒漠，亘古不变。

［他说："字母I是一条纵向的直线，上下两端是水平的衬线，如同虚空嘴里的一根麦秆，从麦秆里溢出一滴水泡，如此澄澈，只有瞬间的反光暴露了它的在场。

"那个点，像一颗与躯体突然分离的头，以其转瞬即逝、肥皂泡般的丰满再次变为灵魂，一经与空间接触，便应声破裂。

"书写是空无的童年，是召唤字母和词语的符咒。

"在第二阶段，空无变为纯粹的沉默，成为被刮去和抹掉的字词。"

他又说道："我在cris（呼号）的深渊中读到了ris（大笑）这个词。呼号和大笑——是孩子，还是大人？——在我们的书写中互动。"

你紧接着他的话说："书写便是这面魔镜，孩子一头扎进去后就再也分辨不出自己的脸。"

他又说道："字母是词语的祖先，书写——无论动机如何——意味着维系先人的崇拜；但接近任何字母都必须从最近的那个字母——即母亲——开始。”

“词语从往昔向我们走来，又回归往昔。”]

骸骨指向水漾之点。

过去，片片汪洋在我们的四壁中碰撞。

他说：“谁也听不见的，造物主能听到，谁也看不见的，造物主能看到。”

在 lumière（光）这个词中，miel（蜜）有一分回甘。

Île（岛）位于 miel（蜜）中

而 El（埃尔）在 île（岛）上。

你说：“献给造物主的话语，便是与世隔绝的话语。”

“你把这个海岛比作蜂巢，好像所有祈祷都是甜蜜的；但你要提防蜂蜇。在造物主运行的空间里，他也自身难保。”

声音弱化声音。“书的行距之间，”你说过，“是缺席使用的各级平台。书页的下部是永恒的沉默。”

连字符从一个点到另一个点来满足愿望。它是最短的路。

读到连字符时便能读出欲望；但连字符首先是个减号。

星光以系统化减法的方式闪烁，有计划而又不可预见。它光秃秃。它赤裸裸。

深渊或许只是造物主那双被世界的重负分开的巨手。

你永远不可能让一个死去的声音心平气和。来世自有其枷锁。

戴上手铐，就像拳头被虚空中怒目圆睁的双眼锁定。

每道目光都是牢狱。我们将在最遥远的牢房里戴枷而死。

生命的消耗起因于死亡深深地啮噬。

死亡不可能有错。它早为我们抽好了签。

为构思死亡，我们本该设想一个没有今生来世的宇宙，一个没有黑夜的夜晚，一个没有黎明的清晨，我的死亡把我留在了那儿；但怎样面对死亡？空无超越了想象，它是想象的反面。

（那么，就让白昼无悔地进行一次回光返照的狂欢吧。）

壹

一个空格便是对空白的一次初读。

创世的秩序是白垩的秩序，其次是大理石的秩序。

他曾经写道："写作时，你并不知道自己是在听命于那个瞬间还是在听命于永恒。"

对人世的每一次新的阅读都是对那本书的初读。

他说："arbre（树）生长在 marbre（大理石）中，永恒的果实是季节的产物。"

他把 feuille（树叶）拼写成 feu-œil（已故的

眼/火的眼)[1]；但我始终搞不懂，对他而言，feu-œil是否意味着“已故的眼”，又或者是“火的眼”[2]，后一种解释更符合我对于空白页的看法，因为空白页眼瞅着字词慢慢地燃烧殆尽。

瞬间拥有关于永恒的辛辣回味。

不朽者，你在咀嚼死亡。

① 法语中，feuille（树叶）与 feu-œil（已故的眼 / 火的眼）读音基本相同。

② 法语中，feu 一词既是一个形容词，表示“已故的”，又是一个名词，意思是“火”。

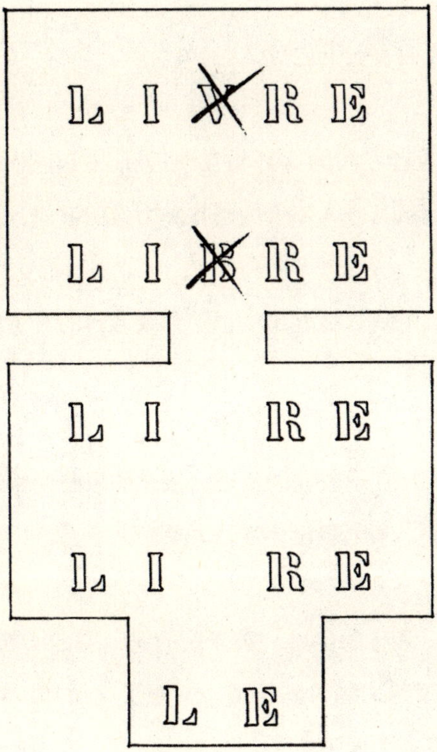

LIVRE：那本书

LIBRE：自由的

LIRE：阅读

LIRE：阅读

LE：它[①]

① 该图中，“LIVRE”（那本书）和“LIBRE”（自由的）二词删去第三个字母就变为“LIRE”（阅读）；再将“LIRE”（阅读）一词中间的两个字母删去就变为“LE”（它），既可能指“那本书”（LIVRE），又可能指作为上帝之名的“埃尔”（EL）。

为一人之荣光而盲天下之目。

律法和目光两者之间的这种相互渗透和相互生发的关系是怎么回事？无他，只是揭示其令人不安的趋势和力量的欲望，此后再无值得渴求之物。

眼睛奋起反抗眼睛。战胜了一个受到致命伤的对手后，我们被唤去观看。

得胜的眼睛大声宣示着它的真理。败北的眼睛则蜷缩在自己的失败当中。无论哪一个，书都避让，唯恐不及。

死去的玫瑰，落日的忧思。被俘获的龙，它的头就要被铡刀斩下，滚进世界阴暗的深渊。醒了。睡了。又醒了。循环，呵，梦，各种演进。终结总是在下一个词语中。

从早前年代漂移过来的一处处冰川上的岩石纹理或某些晶砾上几乎看不清的线条——在其瘢痕之间，律法穿透一切，并对先于我们死亡的某个未知的死亡权威进行裁决。

醉于自由甘醴的鸟儿翱翔着冲破捕鸟人的罗网，把它的天地冲出一道疤痕。

EL（埃尔）

LE（那本书）

L[①]

这是从前书到缺席之书所体验的各个阶段。

Dieu（造物主）=Vide（虚空）=Vie d'yeux（来自双眼的生命）。[②]

他说："造物主是虚空之虚空。造物主是虚空之生命。造物主是来自虚空之眼的生命。死亡便是那丧痛之眼。"

Cieux（天堂），这个复数的单词是由 yeux（双眼）和 ciel（天空）这两个词组合而成的。

Dieu（造物主）也在 Cieux（天堂）这个词中，就像个唯一的沉默——在纸页的镜子中，橡皮的第一次涂抹就将 D 变成了 C。

天堂：造物主之沉默的复数。

Dieu（造物主）。Di eu，即 Dis（à）eux（告诉他们）。[③] 在这两个音节之间，是虚空。造物主让我们说出了自己的丧痛。

---

① 法语中，字母"L"的读音与作为上帝之名的"EL"的读音相同。此处或指"埃尔"与"圣书"同为一体。

② 法语中，"虚空之造物主"（Vide Dieu）与"来自双眼之生命"（Vie d'yeux）读音相近。

③ 法语中，"造物主"（Dieu）与"告诉他们"（Dis à eux）读音相近。

你会不加区别地将 Dieu（造物主）写成 Dieux（诸神），将 Lieu（场域）写成 Lieux（诸地）；因为造物主是诸神中的造物主，而场域也是诸地中的场域。

所有丧痛都首先是造物主的丧痛。

把握好词与词之间的距离，确保沉默是中立的。

让火成为火中之剑，让井成为解渴之水。

为了沉默，我们必须多说。
……沉默，换言之，是为了不再沉沦。

荒漠中，乳房便是沙丘。

由沙哺育。

无人质疑死亡迈出的是最陡和最大的一步，但它会把我们带往何方？落点成谜。

拍打禁入的天堂。

放大那条连字符。

围着那渴望存在之物打转儿吧，那是曲尽思绪的波动之路。包围深渊。

循环只有在其自身不断复制时才是循环。
——循环的缺席导致连字符病态的谦恭。

最大之循环是最小之循环的函数。

你收紧。你挤压。所有书写的努力都是那个点的偏振。

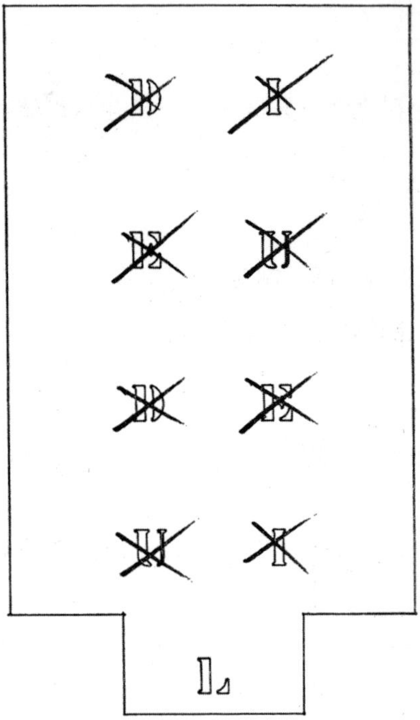

DI　EU：告诉他们

（DIEU：造物主）

DE

UI（DEUIL：丧痛）

L[①]

---

① 据美国诗人、作家罗伯特·邓肯（Robert Duncan，1919—1988）在其《意义的谵语》（*The Delirium of Meaning*）一文中对该图版的解释，“雅贝斯将 DIEU（上帝）置于上方，将 DEUIL（葬礼）置于下方，又将上下方所有的 D、I、E、U 字母全都打了叉，只留下字母 L，我们于是看到，这个留下的 L 便是一个字母的名字，站在上帝（EL）名字的门槛处”。参看本书上部代序二。

贰

确保词语不受展翅而过的词语传染。

Aérien（空中的）一词在内心被 rien（虚无）一词威胁。

她说："那传染很隐秘。大批词语因其自身的缺席而死去。"

将 voile（面纱）一词中的字母 l 去掉，就看见了 voie（道路）一词。

羽翼揭去了白昼的面纱。

他说："Aérien（空中的）可以读作 A et Rien（一切与虚无），或者读作 A est Rien（一切即虚无）。

"在第一种读法中，有 A 这个字母——我们都知道，这个字母包容了其他所有字母——然后才是虚无。

“在第二种读法中，A 本身就是虚无。

“据此，我们只能得出如下结论：A 既是虚无，也是一切。

“那个点同样如此。”

你说：“空白页便是这片从未现出湛蓝却又无处不在的天空。”

我必须忠告你：书写导致自戕。难道这是因为一个人的生命只有在书写行为中才岌岌可危么？与字词之命相比，一条人命算什么？也许什么都不是，也许就是全部？或是某个虚无中的一切，或是某个一切中的虚无。

因此，它们都死了。因此，他又拿起了笔，而这一自然的、近乎下意识的动作让他突然觉得那未知的力量如此沉重，让他心惊胆战。

（那无法言说的力量将我们置于这片荒漠地带——语言已死的国度。此地，每一颗因缄默话语而窒息的沙粒都在上演着永恒的大地之根尚未萌芽便遭扼杀的荒凉一幕。若在久远的往昔，大海是会哺育这一颗颗沙粒的。这是空无在折磨宇宙而宇宙又在刺激空无么？深植于沙中的根仍在思念着树。那些最深的根痛悼着它们的果实。而它们也因泪水而重生。

鱼只能在水中进化，人只能在陆地上繁衍，字词只能在死亡中生存。

看来，一旦死亡借作家本人之笔对其痛加杀伐，作家将得以跨越黑夜而言说；但对谁言说，为何言说？或许，放弃言说便可在难以听闻的话语中安身，而那些话语正是造物主为探究沉默之底而特地为他自己保留的。）

满足纸页休憩的需求；让纸页休息，视同让田地保墒。

纸页的果实是苦涩的字词。

荒漠是由沙维系的距离。正是在此地，那个点与沙同眠。

她曾经说过："我不会再让你死去。为了爱我，为了爱我们的生活，放弃写作吧。"

"你想活，"我说，"却对自己的名字不闻不问。你难道想活在这样的死亡里么？"

"我想活，"她说，"我想活在我们的生命中，而不是活在我们的死亡里。生命是来自空无的奇迹。我相信生命。"

（在这样一种我们可以声称属于自己的在场中，缺席扮演着怎样的拆台角色呵。

字词是虚空的世界。

他反复说道："真实是不存在的，存在的只有真实的实践，就像只有写作的实践一样，那是作家的真实。

"造物主反复说：我是'在'的那一位。可我听成：我追随——顶着狂风和潮汐，我曾追随并将继续追随——'在'的那一位。[①] 如此说来，'在'的那一位，不就是那个被创造出的生命、那个潜在的世界的主人么？

---

① 这是雅贝斯的一个文字游戏：法语中，动词"是/存在"（être）与动词"追随"（suivre）在直陈式现在时第一人称单数变位时的书写与发音均相同，故"我是'在'的那一位"（Je suis Celui qui est）亦可译为"我追随'在'的那一位"；下文中"我是自有自在的那一位"（Je suis Celui qui suis）亦可译为"我追随追随的那一位"。

“造物主反复说：我是自有自在的那一位。而我又再次听成：我追随追随的‘那一位’。我追随那位追随者的追随者。

“人开辟神圣之路，一如字词开辟人之路。”

精确的话语。话语在造物主自身与造物主会合，在人的自身与人会合，以便在命运的精确时刻实现其目的。

我追随追随的那一位。
纸页对纸页如是说，
字词对字词如是说，
点对点如是说。）

在未从我们黑暗的岁月中摆脱出来以前，除了先前的低语——那令她心碎的、渴望爱与被爱的朦胧期待——以外，我没有给过她任何帮助；除了我准备搜罗起来题献给她的一些有关联的符号以外，她没有我的任何音容笑貌；只有一个笔记本中记下的那几句通信中断前的斯人独语。

除了我们在死亡中抵达的那个不朽——那落下我们的船帆、劫夺我们财物的不朽——以外，难道就没有其他不朽么？

“还有我，”她喊道，“我怎么办？死亡让我们结合，难道就是为了再冷漠地把我们拆散么？”

（不出所料，我们将在空白的宇宙中沿着宿命的障碍蹒跚而行：那绝壁旁一块不起眼的石头，那个小小的点，有些人勉强看得见，大部分人是看不见的；而我，自从这一切发生以后，就再也看不见那个点了。）

“别再写了，”她央求道，“放下你那支撑着我们之死的笔吧。我不想朽烂，我想和你一起生活并活在我的世界里。为了你的爱，为了生命和爱我，拒绝那些让我死于其中的话语吧。”

“活在你的世界里，可你死了，”我说，“与我同在，你会活在我们的死亡中。”

“把我的名字刻在生命之书上吧。”她哀求道。

“可是，”我说，“生命之书只有在死亡中才能打开。”

我必须原路折返，去看看我没有躲开的那个障碍、那个空白纸页上的空白点到底是什么。

当造物主试图激发我们的好奇心去阅读他时，他确信自己有一个诱饵，就是我们不得不定位的那个复杂的点。所以，在那个点之前，我们痴迷于书，之后，我们获得了那个点的认可。

因此，不以那个得到背书的点为辞旨，我们就无从获得接近造物主和书的方法；也就是说，我们必须以一本书为根据，我们发现，那本书掌控着那个点中蕴含的希望。

我能成功地提升那个点么？

你想在空白的纸页上刻出一个盲目的图像，结果只能在空白上打个洞。书的清晨是钻过孔的清晨。

书有没有一种与想象格格不入的规则呢？当赖以求助的想象力枯竭时，书自然就会显现出来。规则是严格的。律法是峻厉的。无人能延缓死亡。

“你不能再写了。不许你再写了，”她咕哝道，看似自言自语，又像是给往昔一个机会，那是她对未来所有时日的斑斓梦想，“我只关心一件事：让你活下来。”

（女人呵，书之外，你又会是谁呢？书的脸就是你的脸。书中的每一页都在描写你，仿佛书透过你的透明身在向我描述我们之死的每一个阶段。）

造物主玄奥的世界是话语被烧焦的世界。字母的轮廓经由火焰显现。

我曾经读到，造物主在创世第一日结束之前曾五次使用“光”这个词；能完全看清并应允我们得见的尝试也只有五次。因此，五个炽热闪光的白昼在时间中隔开，那是字词的白昼。

面对缺席，面对虚空，我们不断复制出的那些符号——所有书写不都是某种宏大而痛彻的独白么？都是被记录下来的渣滓——都会要求追溯我们源头的踪迹——“在 origine（源头）一词中，”他说，“有 orgie（狂欢）这个词”——并出示确凿的证据来证明迄今为止人所失去的话语；结果，在符号窥伺并以多重含义迷惑我们的地方，我们发现自己总陷于无法言喻的边缘，总陷于干涸的、永远不能解渴的水源地，但这一切也让我们明白了，水也在遭受干渴的折磨——有些水源丰沛之处不就是佐证么？——而且在其冒险的终点，即在其惊醒的时候，它也只是惬意的花瓣上一滴晶莹的水珠而已，充其量不过有一滴露水大小。

书写，本质上是超度的，它挣扎在清规戒律制约下的某个特定的时刻。

鸟儿因其飞翔的能力本不会受到任何制约，可一旦被关进鸟笼，它便会本能地将这个笼子定义为它的王国，再不敢越雷池一步。作家则刚好相反，即便是很有经验的从事写作的人也会被冒险所吸引，甚至不惜最终的失败。这种想要一飞冲天的尝试是一种疯狂的冒险。任何一部浸淫着绝对性的作品在本质上都构成了对疯狂的某种间接的敬意。

“把你的笔扔掉吧，”她说，“把我从疯狂中解救出来吧。紧紧搂着我，呵，爱人，我可不想在这同一个地点死在这张冰冷的书页上。”

[你说：“……或许，疯狂就是怪异形象的集成，就是话语在遭禁的形象四周、在被猎杀的话语四周的那种可憎的配对。”

你又说道：“在 Folie（疯狂）一词中也可以见到 Foi（信仰）这个词。

“禁区已然松动。”]

叁

我在我们祭献的生命之上构筑起一本书。在生命的边界上，是否还会有某条生命存在？在那儿，我们会再一次——出于怎样费解的意图？——重复我们特有的动作，并再次言说最私密、最庄重的话语。

书写会不会就是困于纸页沼泽中的那条与世隔绝的生命？在此，任何注定要献身于惶惑时期的生命都会深陷于书写的泥淖。

我告诉你们吧，那是个陷阱，是陷阱上赫然的伤口，有如在我们的词语上——以及在我们的烦恼上——附加的含义，它是不会让我们和他人仔细端详的。

我们将从这些伤口中提炼乳汁。

他说："书的神秘之处在于它的光明而非晦暗。"

他又说："墙不在眼前而在内心，那儿才是我们要撞击的地方。"

……于是，事情恰巧就这么发生了。逃生口没有了。这堵墙没被拆毁之前，我们正在墙里。我们与一块块石头一同崩落。每块石头里都能找到我们。我们找到过自己很多很多次，但从来不曾一次找齐。很多很多次都处于存在的那个点上……

（当尸体成双成对、十个百个地消失并滚落进骨灰堆里的时候，

请驯服那些猛兽、喷火人、吞星人吧。没有黎明可以独善其身。）

"别把身上弄得那么脏，"母亲对孩子们说，"你们还不如去玩球呢。那更好玩。"

可孩子们更喜欢用手扒开亡故者脏兮兮的屋顶。

（草坪泛出青翠色。不过有的时辰它完全是青色的。

散落在花园中的点是玄秘的花朵。

谎言有无数根须。)

他无法辨识所见过和经历过的一切，总之，那些事情像往昔一样，被海浪席卷而去，卷入巨大的缺口，卷入虚空。

他扔下了笔。呵，死亡中的死亡，是什么庞然大物般的钻机凿穿了地球，给一摞摞书腾出了空地儿？

有时，他会想起一个单词、一个音节，或是以一个手势的影子向一个蓦然冒出的字母致意，随后便出现了这样一幕：地平线上有一个点正在闪烁，于是他知道，他孜孜以求的那个东西已经不远了。

我家数米外的空地上有个空罐头盒吸引了我的目光，阳光涌进了空罐头盒，黑暗则精心包裹起这些光，并在不久后把它们分送给天上的星辰，好让众星闪烁。

在这块空地上，世界将世界拱手相让；看来这是真的，空荡荡的采石场里会有一座座楼房拔地而起，并带来丰富的教益。

这些建筑难道没有让我们明白这样一个道理么：话语就仿佛这些建筑，虽然出入口设在地面，但也像这些建筑一样各有各的楼层，各有各的或舒适或不舒适的房间。

“您住得舒服么？”

“我在自己的话语里来去自如，没什么不方便。您呢？”

“我的房间狭小逼仄。”

“房间里亮堂么？”

“我的话语很昏暗。”

“或许您该住到乡下去。”

“我离不开城市。”

“希望您变换一下话语。”

“我还没找到另外一个话语，也没有这笔钱。”

现在，这片被夷平的空地上杂草丛生。过去这里有两栋老房子，里面住着一些手艺人，直到不久前才腾空。老房子随即卖给了一家房地产公司，那家公司手脚麻利地拆掉了老房子，打算在原址上兴建一座豪华公寓。可不久后这家公司倒闭了。

在这个暮色苍茫、四顾空荡的时刻，那罐头盒难道不就像从苍穹中坠落下来的那个点么？在这片被夜晚征服的土地上，在翱翔长空、长着钩喙的黑色猛禽贪婪地向下俯冲之前，光明曾前来蜷缩着为它取暖。

（他说：“黑夜是遥远海滨的形象，是昏暗和灰白在被毁灭的白昼之焰尚未熄灭时构成的一片区域。”

那个点的影子便是我们孤儿般的黑夜。）

肆

在 écorce（*皮 / 壳*）这个词中，我又拼写出 roc（*岩石*）这个词，那种坚硬的质感让我兴奋。

长方形精美的书皮，呵，不朽的纸页，我们曾以为可以在岩石上书写，但深渊只表现出它一瞬间的好奇。

……而犹太人最终的确认或许正存在于这种悖论当中，即并没有犹太人，只有话语的漂泊，而犹太人之所以前来担此重任，并非为拯救话语，也并非为自我救赎，而是为引导那话语在最长的一天里从黎明走向黄昏，从星星之火走向其辉煌的尽头。

在书中长途跋涉之后，我将带回一张空白的纸页。因此，犹太人在剥去其特性之皮后，发现自己依旧是个犹太人。

我会相信哪种软弱呢？当然是那种最无辜的软弱；随着死亡的连续进攻，我们的反叛逐渐沉寂，与死亡之间的同谋关系不断强化；这种持续的软弱——造物主的软弱——本已极为严重，更由于人每被其同类伤害一次，造物主也跟着受伤一次而更形严重。为了那一天的进程而燃烧的同一句话语，我们曾经、我们曾经共同流过多少血呵：创世之日，审判之日。那本书之晨。

极端的软弱会让我们在不可企及的山巅直面极端的死亡。在我们逃避的这个危险阶段，宇宙被抛弃了。在任何文本都不可能存在的这一高度上，书写难道仅仅意味着食指在不可言传的空无中缓慢地移动么？

（犹太人的脸缺失之地，再也没有了字词。）

我本该把这几页的题目确定为“死者日记”。

“日记这种体裁是假的，”他说，“除非……”

“您是说除非？”

“您想没想过 faux（假的）这个词还有另一层含义：有着弯曲锋

刃的长柄大镰刀[①]？所以，一本日记也可以说是每个字词奉献给死亡的祭品。”

“此种情形下，”我说，“从某种意义上讲，写就的每一页都是一个死者的日记。”

① 法语中，faux 一词的含义极为丰富，作为形容词时表示“假的 / 伪造的”，作为副词时表示“错误地”，作为阳性名词时表示“错误 / 虚假 / 伪造 / 谎言”，作为阴性名词时则表示“长柄大镰刀”或“镰枪”。

“你在攒钱。你在把那个点当作钱袋；”他说，“但那上面有洞，有洞。”

一种缺失，

诸世纪的巨口，

煎熬着我。

伟大的书！庄严的建筑物！

我是否曾违心地成为那座建筑物冷酷的一部分？似乎以专事毁坏为职业。

书写的呼号掩盖了不幸的怒吼，呵，守候在我荒漠的镀金之门前徘徊不去的泣妇们。

石块、尘埃、虚空的背面、地狱，从那儿，往昔曾震撼圣殿的那些低语渗透出来；

那低语①不正是那两堵墙么——两次被摧毁的圣殿之墙？不正是第一圣殿之墙被摧毁后又被再次摧毁的第二圣殿之墙么？②

缺席胀裂的脓肿，

或许，犹太人必须被夺走其唯一的财产

才能与他的造物主相通，而他的造物主的王国是透明的。

我们任无限的潮流

在两条相反却总是清澈的

河中从容不迫地

淌过。

---

① 法语中，“低语”（murmure）一词的拼写有如“墙”（mur）一词被两次拼写。

② 第一圣殿和第二圣殿，参看本书第一卷《问题之书 · 缺席者之书》的第一部。

[和谐：相互中和、相互否定的武器。

早早宣布一个人“伤得非常重，请相信消息的来源，伤得非常重”时，人们通常会感到震惊，千回百转的旋律如此古老，山水间——存在着倒数第二条生命的天地——仿佛有一种模糊的震颤，我们在那里分辨着歌声的边界，向话语作别。

……这种爱早在它化育为文本前就存在了，这是其深化的托词。

繁星满天！从行星的视角看一个流散四方的民族，它的光仿佛灭顶的白昼那悲剧性的反射。

面对这个白昼，

依赖这个白昼，

我们将计数我们的太阳。

“在 naufrage（海难）这个词中，”他说，“nuage（云彩）是个幸运的词。天空是泡沫将至的憧憬。死亡是至尊的避难所。”

行距间，字词无尽。]

在这个确切的点上，他们之间的意见并不统一。一个试图在书中寻求逃避，另一个则想延宕这种奇特的状态，虽然其理由定义不清，但他害怕这种状态终结。在救援无望的情况下，一个想慢慢地死去，而另一个……

另一个的态度也似乎未定。他唯一确知的是他正遭受的磨难远超过他所能承受的程度。

在卧室的墙上，他们的影子重合了，当……

"时间任时间超越，"他说，"我突然觉得很冷。"

特别的一幕刚刚发生。

在一个四面大理石廊柱的冰冷房间里，若干黑衣老者讨要我手中的羊皮卷——那是我与死亡签署的书面契约——并当众撕毁了它，与此同时，所有的书向我关上了大门。

这个仪式过后，我离开了宫殿，注意到眼前有十几个人非同寻常地聚在一起，其中有个警察。

我近前一看，只见一个人躺在地上，浑身是血。他是从我住的那栋公寓的五楼上摔下来的。以前我从未见过他。"天哪，是那个作家，"女门房对我说，"这些古怪的家伙，他们大部分时间里都是透明的。"她是怎么知道的？她从来都没摸过一本印制出来的书。"真可怕。"我想，对自己是否依然活着心里也没谱儿了。

（这个点，

埃尔，

是最后之书么？）

今天是我的场域。

造物主在自己的圣名中四缄其口。[①] 在每道山坡上，或上或下，我们都直面字母的沉默。

她曾说过："骄傲，便是希望战胜那不可言说之圣名的四个神圣的字母，而失败则命中注定要听凭每个字母的吞噬。"

① 法文中，"上帝"（Dieu）一词由四个字母组成。

[他曾经写道："MORT（死亡）一词——如云团向生者隐藏起的峰线——与那个必然出现却又必须避讳的圣名一样，也是由四个字母组成的，这并非巧合。而在MONT（山峰）这个词中，那第二个字母O便是一个豁口，是让我们得以阅读这一字词的峭壁悬崖。

"'4'这个数在其与无限的关系上，是那个最大的数的四倍。即便最远僻的点也会被它招至麾下。"

他又写道："造物主向摩西现身的山顶是难以靠近的，因为那儿便是这个圣名的场域。"]

（他说：“昼与夜预示着同一个症结。”

玻璃难以抵御自身的透明，特别是它斗胆玩火的时候。

我的纸页与大地一同起火了。

二者同属无辜。

一只死去的眼睛，像红色的火山口悬停于书上。岩浆在每个铅字上流淌。

在隧道的尽头会有你们，或许还有大海，那书中活生生的声音。

荒漠在我们手中。）

呵，我觉得我和那些孜孜以求探索光明而非黑暗的人们心有灵犀，因为他们肯定一直生活在黑夜中。

曙光，奇迹般的深海。

今晚，或者说在仍延伸于黑暗的今晨，我愿意为你们写下如下文字。

没有比在书的边缘束缚我们的沉默更令人压抑的沉默了。如今，宇宙的沉默四处弥漫——它还要蔓延几多季节？

从今往后，所有的话语都站在让我们窒息的那个话语后面。在那儿，没有一个字母可以发声，语言变成了绝对概念的通道。令人窒息的干渴中，荒漠变成了我们的荒漠。

作为犹太人，这就意味着少小离家，浪迹天涯。

“抱歉，”其他人说，“晚了。明天再来吧。”

“很快，曙光会看到我们在一起。”犹太人反驳道。

“黎明时，”其他人又说，“你们早走远了。”

“我已经看不见字词了，”他写道，“我只能看到它们诞生和死去的场域，那里一片空白。”

他又写道：“我们没有抵达任何地方，甚至在路上被指引到某个点的避难所时也同样如此。

“二十个世纪的漂泊，我们除了这个话语之外没有找到任何庇护所，那话语如此厚重又如此轻盈，空间将它夺走，随后又被海浪吞没。

“我只存在于这个话语中。”

此外他还说过：“……我们通过重复的戒律和清晰的教诲而得以继续前行，但所经之处只有字词中破碎的希望和被粗暴损毁的戒律碎片。”

（谁在书写？你我之间为什么会有这种媒介？
或许是为了让我们远离某句话语，而我们正以全部
善意发掘那句话语的碎片。

绝望中，摩西曾经问过造物主："你的名字是什么？"你的名字是什么，换言之，你的荣耀何在？然而，在人期待被命名之地，神圣的真实只有在名字不在场的情况下才能够显现出来。

造物主正是这个高远的呼唤，是他使我们踏上了本次向着某种全体性进发的冒昧且痛苦的旅程，而这种全体性正热切地想在其自身的毁灭中一举吞噬我们。

造物主清楚地知道，一个名字在形成过程中也在自我消失，他也清楚地知道那无形之物——我们是无法去限制无形之物的——便是他自己的全能。一无所有之地，才有完好无损的**一切**，才有片言只语能被抓住。

造物主不会说"我创造过的那个世界"，他只会说"我创造的那个世界"；似乎创世的任何行为不过是他不竭之挑战的最初聚焦罢了。

我们时刻准备迎接一个到达时业已死去的话语。我们所有靠近它的企图都付诸东流。

总之，我们的书写体验只能是迈向死亡的又一步。

啊，在一个无色的宇宙里，我们还要在黑暗中的黑暗、空白中的空白中怎样冒险呢？我们还能走多远呢？）

他说："我要用笔换一根吹玻璃的点棒。我的稿纸就是一片玻璃。"

对这个点的诘问，意味着对这个点衍生出的问题刨根问底；对与其自身超出的部分进行较量的所有思想而言，那是个无懈可击的场域，是有益的和决定性的，并因此构成峰顶和谷底。

这个引发幻觉的点——触点，交点，射点——是知识的活结，吊在崇高绳索上的人被四道天际线认领，他的躯体每天都要燃烧一遍。

我脖子上的那道环越勒越紧，它将成为我与书的纽带。呵，预谋的死亡！

字词的白昼是个之后的、不可明言的白昼。

"这条路布满地雷，"他写道，"活该背运的人倒霉。"

所有这一切反抗、这一切苦恼都占了我们的上风。

我觉得想给您写信的欲望是出于我生命的需要，如呼吸般急迫；但在抛出那种冒犯的目光之后，还能有什么新的举动让我与您重聚呢？

突然间，sol（土地）一词脱离了solitude（孤独），来到我的脑海里。

孤独，是不是就像贴着地面爬行的虫子，或将你的头低垂至地？——可是sol（土地）比铁还要温柔，它秘密地唤来了solacier（慰藉）这个动词。所有的孤独是否都渴望慰藉？

呵，孤独的人们，你们在被夺去土地的同时，是否也被夺去了兄弟情谊的慰藉？

既不在此，也不在彼；而每次总是在天空如此之低的门槛上，苍鹰仿佛是翅膀沾满泥土的巨大蠕虫。

于是我们懂得了，无限是被藏匿起来的根，所有萌芽、所有绿叶和开花的物种都以无限作为汁液和梦想。

这是否意味着，我们汇集起来的力量所唯一渴求的就是能再度聚集于那个不可能的圣名当中？

就像那些代表我们的字母随造物主升华的同时依然与我们同在。

每一次翱翔蓝天的尝试，都从一个必然出现的点开始。

我们也正是从这个点开始构思书的。

(“在虚空中劈上一刀，这正是我希望我的生命和我的书写能够留下来的形象，”他说，“若我的血滴不止一次地弄脏了这块土地，你就应该明白，每一滴血都是一本不为人知的书。”

一道裂缝，建筑坍塌，开启了对这片废墟的无尽阅读。

他又说道：“我什么都看不到了。我什么都再也看不到了。这就是那个在书中求索的作家在无法预料的结局中发出的可怕呼号。”

黑暗这个词漫无涯际。

我本应去探查一下空无，从我的诞生直到我的死亡之夜。

在一个特定的时刻，我那些书中的书页全变黑了。

呵，不可逾越的河岸之夜。

或许，这种黑只是某个失去光泽之黎明的反面。

宇宙的问题催生了书的问题。

对我们而言，在重重危机中保护好这个问题，才是至关重要的。）

译后记

20世纪的法国文坛巨星云集，大师辈出。其中，集诗人、作家、哲学和宗教思想家于一身，与让-保罗·萨特、阿尔贝·加缪、克洛德·列维-斯特劳斯并称四大法语作家的埃德蒙·雅贝斯绝对是一位绕不过去的人物。

先看看诸位名家如何评价他吧：

勒内·夏尔[①]说，他的作品“在我们这个时代里是绝无仅有的……”

加布里埃尔·布努尔[②]说，“信仰的渴望、求真的意志，化作这位诗人前行的内在动力。他的诗弥散出他特有的智慧、特有的风格……”；

---

① 勒内·夏尔（René Char，1907—1988），法国诗人。年轻时受超现实主义影响，曾与布勒东、艾吕雅合作出版过诗集。第二次世界大战期间参加抵抗运动。法国光复后被授予骑士勋章，并出版多部诗集。1983年，其全部诗作被伽利玛出版社收入“七星文库”出版。

② 加布里埃尔·布努尔（Gabriel Bounoure，1886—1969），法国诗人、作家，雅贝斯的好友。

雅克·德里达[1]说，他的作品中“对书写的激情、对文字的断守……就是一个族群和书写的同命之根……它将‘来自那本书的种族……’的历史嫁接于作为文字意义的那个绝对源头之上，也就是说，他将该种族的历史嫁接进了历史性本身……”；

哈罗德·布鲁姆[2]将他的《问题之书》和《诗选》列入其《西方正典：伟大作家和不朽作品》（*The Western Canon: The Books and School of the Ages*）；

而安德烈·维尔泰[3]则在《与雅贝斯同在》（*Avec Jabès*）一诗中径自表达了对他的钦敬：

荒漠之源在圣书里。
圣书之源在荒漠中。
书写，献给沙和赤裸的光。
话语，萦绕孤寂与虚空。
遗忘的指间，深邃记忆的回声。
创造出的手，探索，涂抹。
当绒蓟死去，声音消融。
迂回再无踪影。

---

① 雅克·德里达（Jacques Derrida，1930—2004），法国哲学家、符号学家、文艺理论家和美学家，犹太人，出生于阿尔及利亚，西方解构主义的代表人物。

② 哈罗德·布鲁姆（Harold Bloom，1930—2019），美国作家、文学评论家。

③ 安德烈·维尔泰（André Velter，1945—），法国诗人、文学评论家。本诗选自其诗集《孤树》（*L'Arbre-Seul*），法国：伽利玛出版社，1990，第 150 页。

在你在场的符号里，你质疑。

在你影子的垂落中，你聆听。

在你缺席的门槛上，你目视神凝。

再也没有了难解之谜。

荒漠之源就在你心中。

古人云："颂其诗，读其书，不知其人，可乎？是以论其世也，是尚友也。"我们只有了解了雅贝斯的生活思想和他写作的时代背景，准确把握其所处时代的脉搏，识之，友之，体味之，或许方能有所共鸣，一窥其作品之堂奥。

埃德蒙·雅贝斯，1912 年 4 月 16 日生于开罗一个讲法语的犹太人家庭，自幼深受法国文化熏陶。年轻时，他目睹自己的姐姐难产而死，受到莫大刺激，从此开始写诗。1929 年起开始发表作品。1935 年与阿莱特·科昂（Arlette Cohen，1914—1992）结婚，婚后首次去巴黎，拜访了久通书信、神交多年的犹太裔诗人马克斯·雅各布①，并与保罗·艾吕雅②结下深

① 马克斯·雅各布（Max Jacob，1876—1944），法国诗人、散文家和画家，犹太人，雅贝斯的良师益友，其诗歌兼具立体主义和超现实主义色彩，且有人性和神秘主义倾向，在 20 世纪初法国现代诗歌探索阶段曾发挥重要作用。1944 年死于纳粹集中营。

② 保罗·艾吕雅（Paul Éluard，1895—1952），法国诗人。1911 年开始写诗。1920 年与布勒东、阿拉贡等人加入达达主义团体，1924 年参与发起超现实主义运动。第二次世界大战期间参加反法西斯斗争。一生出版诗集数十种。《法国当代诗人》一书评价说，"在所有超现实主义诗人中，保罗·艾吕雅无疑是成就最高的作家之一"，"他精通如何把'荒谬事物的不断同化'有机地融入他对自由的无比渴望之中"。艾吕雅与雅贝斯私交甚笃，他是最早向世人推介雅贝斯的法国诗人。

厚的友谊。

他与超现实主义诗人群体往来密切，但拒绝加入他们的团体。

第二次世界大战的残酷惨烈令雅贝斯不堪回首。战后的 1945 年，他成为多家法国文学期刊特别是著名的《新法兰西评论》① 的撰稿人。

1957 年是雅贝斯一生中最为重要的转折点：1956 年，苏伊士运河危机②爆发，埃及政府宣布驱逐犹太居民，四十五岁的雅贝斯被迫放弃了他在开罗的全部财产，举家流亡法国，定居巴黎，直至去世。惨痛的流亡经历令雅贝斯刻骨铭心，对他此后的思想发展和创作轨迹影响至深。

身在异国他乡，雅贝斯将背井离乡的感受化作文学创作的源泉，他的作品充满了对语言的诘问和对文学的思索，并自觉地向犹太传统文化靠拢。雅贝斯后来谈到，正是这次流亡改变了他的人生，迫使他不得不重新面对并审视自己的犹太人身份，并促使他开始重新研读

---

① 《新法兰西评论》(*La Nouvelle Revue française*)，法国著名文学刊物，1909 年由诗人、作家安德烈 · 纪德（André Paul Guillaume Gide，1869—1951）等人创办。

② 苏伊士运河危机（la crise du canal de Suez），又称第二次中东战争、苏伊士运河战争、西奈战役或卡代什行动。1956 年，埃及宣布将苏伊士运河收归国有，英国和法国为夺回苏伊士运河的控制权而与以色列（为打开苏伊士运河使以色列船只得以通航）联合，于 1956 年 10 月 29 日对埃及发动军事行动。在国际社会的普遍指责和美苏两国的巨大压力下，英法两国于 11 月 6 日被迫接受停火决议，以色列也在 11 月 8 日同意撤出西奈半岛。英法两国的军事冒险最终以失败告终，只有以色列在一定程度上达到了自身目的。这次危机也标志着美苏两个超级大国成为主宰中东乃至全世界的力量。

犹太教经典——《摩西五经》[①]、《塔木德经》[②]和犹太教神秘教义“喀巴拉”[③]。雅贝斯说，在流亡中面对自己犹太人身份的经历以及对犹太教经典教义的研究，正是他此后一系列作品的来源。

1967年，雅贝斯选择加入法国国籍。

雅贝斯是一位书写流亡与荒漠、话语与沉默的作家。针对德国哲学家西奥多·阿多诺关于“奥斯威辛之后没有诗歌”的观点[④]，雅贝斯认为纳粹大屠杀的惨剧（以及苏伊士运河危机中的排犹色彩）不仅有助于探

---

① 《摩西五经》(*Sefer Thora*)，又称摩西五书、律法书、摩西律法或托拉，是犹太人对《圣经·旧约》最初的五部经典——《创世记》《出埃及记》《利未记》《民数记》和《申命记》——的称呼，是犹太教经典中最重要的部分，同时也是公元前6世纪以前唯一一部希伯来律法汇编，曾作为犹大国的国家法律规范，即便在犹大国亡国后也依旧以习惯法的形式自动调节犹太人的生活。传统上一向认为，这五部经典是摩西接受上帝的启示而撰写的，内容是古代以色列人的民间故事，记载了以色列民族的起源，尤其是创世的上帝对他们的启示，其主要思想包括六个重要的教义：上帝的创世、人的尊严与堕落、上帝的救赎、上帝的拣选、上帝的立约和上帝的立法。

② 《塔木德经》(*le Talmud*)，犹太律法、思想和传统的集大成之作。公元1—2世纪，犹太人恢复独立的愿望被罗马帝国粉碎，于是将目光转向传统律法的研究和编纂。以后各个时代的判例和新思想都汇入到了《塔木德经》之中，使分散于世界各地的犹太人得以跨越距离、风俗和语言的差异，通过《塔木德经》而紧密联系在一起。《塔木德经》有两个版本，分别为3世纪中叶在巴勒斯坦编纂的耶路撒冷版和6世纪改订增补后的巴比伦版。

③ 喀巴拉（La Kabbale），希伯来文“הלבק”的音译，意为“接受传授之教义”，表示接受根据传说传承下来的重要知识。13世纪以后，“喀巴拉”一词泛指一切犹太教神秘主义体系及其派别与传统。

④ 西奥多·阿多诺（Theodor Wiesengrund Adorno，1903—1969），德国哲学家、社会学家、音乐理论家，犹太人，法兰克福学派第一代的主要代表人物，社会批判理论的理论奠基者。他在1955年出版的文集《棱镜》(*Prismes*)中有一句名言：“奥斯威辛之后，写诗是野蛮的。”

索犹太人的身份及其生存的语境，也是反思文学与诗歌固有生命力的重要场域。阿多诺将大屠杀视为诗歌终结的标志，雅贝斯则认为这正是诗歌的一个重要开端，是一种修正。基于这一体认，他的诗集《我构筑我的家园》（*Je bâtis ma demeure*）于1959年出版，收录了他1943—1957年间的诗作，由他的好友、诗人和作家加布里埃尔·布努尔作序。雅贝斯在这部诗集的前言中写道："从开篇到二战的那些年，犹如一段漫长的回溯之旅。那正是我从最温情的童年到创作《为食人妖的盛筵而歌》那段时期。而与此同时，死亡却在四处疯狂肆虐。一切都在崩塌之际，这些诗不啻拯救的话语。"

此后，雅贝斯呕心沥血十余年，创作出七卷本《问题之书》（*Le Livre des Questions*，1963—1973），并于其后陆续创作了三卷本《相似之书》（*Le Livre des Ressemblances*，1976—1980）、四卷本《界限之书》（*Le Livre des Limites*，1982—1987）和一卷本《腋下夹着一本袖珍书的异乡人》（*Un Étranger avec, sous le Bras, un Livre de petit Format*，1989）——这十五卷作品构成了雅贝斯最负盛名的"问题之书系列"（*Le Cycle du Livre des Questions*）。

除上述作品外，雅贝斯还创作了随笔集《边缘之书》（*Le Livre des Marges*，1975—1984）、《对开端的渴望·对唯一终结的焦虑》（*Désir d'un commencement Angoisse d'une seule fin*，1991）、短诗集《叙事》（*Récit*，1979）、《记忆和手》（*La mémoire et la main*，1974—1980）、《召唤》（*L'appel*，1985—1988）以及遗作《好客之书》（*Le Livre de l'Hospitalité*，1991）等。

1991年1月2日，雅贝斯在巴黎逝世，享年七十九岁。

雅贝斯的作品风格独树一帜，十分独特，实难定义和归类。他在谈及自己的创作时曾说，他始终为实现“一本书”的梦想所困扰，就是说，想完成堪称真正的诗的一本书，“因此我梦想这样一部作品：一部不会归入任何范畴、不会属于任何类型的作品，却包罗万象；一部难以定义的作品，却因定义的缺席而大可清晰地自我定义；一部未回应任何名字的作品，却一一担负起了那些名字；一部横无际涯的作品；一部涵盖天空中的大地、大地上的天空的作品；一部重新集结起空间所有游离之字词的作品，没人会怀疑这些字词的孤寂与难堪；一处所有痴迷于造物主——某个疯狂之欲望的尚未餍足之欲望——的场域之外的场域；最后，一部以碎片方式交稿的作品，其每个碎片都会成为另一本书的开端……”。

美国诗人保罗·奥斯特（Paul Auster，1947—）1992年在其随笔集《饥饿的艺术》（*L'Art de la faim*）中这样评价他的独特文体：“（那些作品）既非小说，也非诗歌，既非文论，又非戏剧，但又是所有这些形式的混合体；文本自身作为一个整体，无尽地游移于人物和对话之间，在情感充溢的抒情、散文体的评论以及歌谣和格言间穿梭，好似整个文本系由各种碎片拼接而成，却又不时地回归到作者提出的中心问题上来，即如何言说不可言说者。这个问题，既是犹太人的燔祭，也是文学本身。雅贝斯以其傲人的想象力纵身一跃，令二者珠联璧合。”

沉默是雅贝斯文本的核心。他在“问题之书系列”中详尽探讨了语言与沉默、书写与流亡、诗歌与学术、词语与死亡之间错综复杂的关系，以期超越沉默和语言内在的局限，对词语与意义的根源进行永无止境的探求，并借此阐发自己的思考和感悟。正如美国诗人罗伯特·邓肯

（Robert Duncan，1919—1988）在其随笔《意义的谵语》（*The Delirium of Meaning*）中所说，“《问题之书》似乎是在逾越字面意义的边界，引发对意义中的意义、字词中的字词的怀疑和猜测”。雅贝斯正是凭借在创作中将犹太教经典的文本性与个人的哲学研究相结合的方法，通过持续不断地提出无休无止的问题、并借这些问题再行创作的超卓能力而获得了成功。

雅克·德里达高度评价雅贝斯的“问题之书系列”，他在《论埃德蒙·雅贝斯与书之问题》[1]一文中写道：

> 在《问题之书》中，那话语音犹未改，意亦未断，但语气更形凝重。一枝遒劲而古拙的根被发掘出来，根上曝露着一道年轮莫辨的伤口（因为雅贝斯告诉我们说，正是那根在言说，是那话语要生长，而诗意的话语恰恰于伤口处萌芽）：我之所指，就是那诞生了书写及其激情的某种犹太教……若无信实勤敏的文字，则历史无存。历史正因有其自身痛苦的折痕，方能在获取密码之际反躬自省。此种反省，也恰恰是历史的开端。唯一以反省为开端的当属历史。

雅贝斯这种尝试以片段暗示总体的“跳跃—抽象”创作模式以及他的马赛克式的诗歌技巧，对20世纪的诗人和作家产生了极其重大的影

---

① 《论埃德蒙·雅贝斯与书之问题》（*Edmond Jabès et la question du livre*），原载雅克·德里达论文集《书写与差异》（*L'écriture et la différence*），法国：索耶出版社（Éditions du Seuil），1967，第99—116页。

响。1987 年，他因其诗歌创作的成就而荣获法国国家诗歌大奖。更为重要的是，他对后现代诗歌以及对莫里斯·布朗肖[①]、雅克·德里达等哲学家思想的影响，已然勾勒并界定出一幅后现代文学的文化景观，他自己也成为众多专家学者研究的对象。他的作品被译成包括英语、德语、西班牙语、瑞典语、希伯来语和意大利语在内的多种文字出版。特别值得一提的是，他的《问题之书》由罗丝玛丽·瓦尔德洛普[②]"以大师级的翻译"（卡明斯基[③]语）译成英文在美国出版时曾引起巨大的轰动，被视为重大的文学事件。

由广西师范大学出版社出版的这套《埃德蒙·雅贝斯文集》，系首次面向中文读者译介这位大师。文集收录了"问题之书系列"的全部作品——《问题之书》《相似之书》《界限之书》和《腋下夹着一本袖珍书的异乡人》——以及诗集《我构筑我的家园》和随笔集《边缘之书》，共六种十八卷，基本涵盖了雅贝斯最重要的作品。

感谢我的好友叶安宁女士，她以其后现代文学批评的专业背景和精深的英文造诣，依据罗丝玛丽·瓦尔德洛普的英译本，对我的每部译稿进行了专业、细致的校订，避免了拙译的诸多舛误，使之能以其应有的

① 莫里斯·布朗肖（Maurice Blanchot，1907—2003），法国作家、哲学家和文学评论家，其著作对后结构主义有重大影响。

② 罗丝玛丽·瓦尔德洛普（Rosmarie Waldrop，1935—），美国诗人、翻译家和出版人，雅贝斯"问题之书系列"的英译者。生于德国，1958 年移居美国。

③ 卡明斯基（Ilya Kaminsky，1977—），美国诗人、大学教授。犹太人，生于苏联（现乌克兰），1993 年移居美国。所引文字系其为《ECCO 世界诗选》（*The ECCO Anthology of International Poetry*）所作的序言《空气中的交谈》。

面貌与读者见面。

感谢我的北大老同学萧晓明先生，他在国外不辞辛苦地为我查阅和购置雅贝斯作品及各种文献资料，为我的翻译和研究提供了巨大的帮助。

感谢中国社会科学院宗教研究所研究员黄陵渝女士，她对我在翻译过程中提出的犹太教方面的各种问题总能详尽地答疑解惑，使我受益匪浅。感谢我的北大校友、中国社会科学院宗教研究所研究员刘国鹏先生，是他介绍我与黄陵渝研究员结识。

感谢我的兄长刘柏祺先生，作为拙译的首位读者，他以其邃密的国文功底，向我提出了不少极有价值的修改建议，并一如既往地承担了全部译作的校对工作。

感谢法国驻华使馆原文化专员安黛宁女士（Mme. Delphine Halgand）和她的同事张艳女士、张琦女士和周梦琪女士（Mlle. Clémentine Blanchère）。她们在我翻译《埃德蒙·雅贝斯文集》的过程中曾给予我诸多支持。

感谢广西师范大学出版社多马先生，他为《埃德蒙·雅贝斯文集》的选题和出版付出了极大心血。

对译者而言，首次以中文译介埃德蒙·雅贝斯及其作品，是一个全新的挑战。因个人水平有限，译文中难免存在这样那样的谬误，还望方家不吝赐教。

译者

己亥年重阳于京北日新斋

埃德蒙·雅贝斯文集

埃德蒙·雅贝斯文集

问题之书

（上）

[法] 埃德蒙·雅贝斯 著
刘楠祺 译 叶安宁 校译

GUANGXI NORMAL UNIVERSITY PRESS
广西师范大学出版社
·桂林·

问题之书
WENTI ZHI SHU

LE LIVRE DES QUESTIONS
Author: Edmond JABÈS © Éditions GALLIMARD 1963 for *Le Livre des Questions*, 1964 for *Le Livre de Yukel* and 1965 for *Le Retour au Livre*.
© Éditions GALLIMARD 1967 for *Yaël*,1969 for *Elya*,1972 for *Aely* and 1973 for *(El, ou le Dernier Livre)*.
Translated by LIU Nanqi
著作权合同登记号桂图登字：20-2017-209 号、20-2017-210 号

图书在版编目（CIP）数据

问题之书 ：上、下 / （法）埃德蒙・雅贝斯著 ；刘楠祺译. --桂林 ：广西师范大学出版社，2020.12
（埃德蒙・雅贝斯文集）
ISBN 978-7-5598-3304-4

Ⅰ. ①问… Ⅱ. ①埃…②刘… Ⅲ. ①长篇小说－法国－现代 Ⅳ. ①I565.45

中国版本图书馆 CIP 数据核字（2020）第 192335 号

广西师范大学出版社出版发行
（广西桂林市五里店路 9 号　邮政编码：541004
网址：http://www.bbtpress.com）
出版人：黄轩庄
全国新华书店经销
湛江南华印务有限公司印刷
（广东省湛江市霞山区绿塘路 61 号　邮政编码：524002）
开本：710 mm × 930 mm　1/16
印张：63　　字数：652 千
2020 年 12 月第 1 版　　2020 年 12 月第 1 次印刷
印数：0 001~8 000 册　　定价：172.00 元（上、下）

作者像

埃德蒙·雅贝斯，1912年4月16日生于开罗。

1957年被迫离开埃及，定居巴黎，后选择加入法国国籍。

1959年出版诗集《我构筑我的家园》，收录1943—1957年间的诗作。

自1959年起开始创作《问题之书》：

1963—1973年出版七卷本《问题之书》。

1976—1980年出版三卷本《相似之书》。

1982—1987年出版四卷本《界限之书》。

1989年出版一卷本《腋下夹着一本袖珍书的异乡人》。

上述十五卷流亡中诞生的作品构成了埃德蒙·雅贝斯著名的"问题之书系列"，该系列作品因其创作风格的独特性而难以定义和归类。

埃德蒙·雅贝斯已成为众多专家学者研究的对象，其作品已被译成包括英语、德语、西班牙语、瑞典语、希伯来语和意大利语在内的多种文字出版。

埃德蒙·雅贝斯于1970年获法国文学批评奖，1982年获法国犹太文化基金会艺术、文学和科学奖，1987年获法国国家诗歌大奖，并于1983年、1987年分别获意大利帕索里尼奖和西塔泰拉奖。

埃德蒙·雅贝斯于1991年1月2日在巴黎逝世。

目 录

第一卷

问题之书

献　词

献给揭示生与死的古老源头；

献给水井的尘埃；

献给拉比[①]诗人们，我借他们之口道出了我的话语，而他们的名字在历经沧桑之后已化作我的名字；

献给萨拉和于凯尔；

最后，献给以笔墨和血脉之路贯穿字词与人的人们；

尤其要献给你。献给我们。献给你。

---

① 拉比（rabbi），意为“老师”“教士”，原指古代犹太教中精通典籍和律法的学者，后泛指犹太教中负责执行教规、律法并主持宗教仪式者。

你就是那个书写与被书写的人。

在书的门槛

请用红书签标注出书的首页，因为创伤伊始俱无形。

——阿尔谢拉比

*

“我把我的名字给你，萨拉，这可是一条死胡同。”

——于凯尔的日记

“我呼号。我呼号，于凯尔。我们呼号，因为我们无辜。”

——萨拉的日记

*

——这扇门背后怎么了？

——有一本书的书页在脱落。

——这本书讲了什么故事？

——关注呼号。

——我看到有些拉比进来了。

——他们作为特邀读者三三两两而来，与我们分享他们的思考。

——他们读过这本书么？

——他们正在读。

——他们是碰巧来凑热闹的么？

——他们已预感到书的存在。他们有备而来。

——他们认识书中的人物么？

——他们对我们的殉道者都很了解。

——书的背景在哪儿?

——就在书中。

——你是谁?

——家的守护者。

——你从何处来?

——我四海为家。

——于凯尔是你朋友么?

——我很像于凯尔。

——你的命运是什么?

——我的命运是打开这本书。

——你在那本书中么?

——我的位置在门槛处。

——你渴望知道些什么?

——我有时会在溯源之路上停下脚步，并问问路标，那是我祖先的世界。

——你在查验重新发现的字词。

——是的，那些音节的黑夜与清晨都属于我。

——你迷路了。

——我已游荡了两千年。

——我跟不上你。

——我自己也常想放弃。

——我们面对的是个故事么?

——人们曾屡屡讲述我的故事。

——那是怎样的一个故事？

——但凡不在场的便是我们的故事。

——我不懂。

——言说让我备受折磨。

——你在哪儿？

——在我的话语中。

——那真实的你呢？

——真实令我心碎。

——怎么解脱呢？

——忘掉我说过的话。

——我能进来么？天已经黑了。

——每个词语里都有一根燃烧的灯芯。

——我能进来么？我灵魂四周天色已暗。

——我周遭也是同样的黑暗。

——你能为我做些什么？

——你的福分在你自己身上。

——为写而写不过是轻慢的一种表达。

——人是被书写出的联系与场域。

——我憎恨那些在我已不在之处被说出的东西。

——你和未来做了交易，因此后果立现。留下的只有无你之你。

——你把我和我自己对立起来。我何尝赢得了这场战斗？

——我们已约定了战败的代价。

——你是犹太人，所以你像个犹太人那样说话。

——表示我血统的那四个字母[1]就是你的四根手指。你用一只拇指就能把我压扁。

——你是犹太人，所以你像个犹太人那样说话。但我很冷。天黑了。让我进房子里去吧。

——灯在桌上，房子在书里。

——那我迟早还是能住进这所房子的。

——你将循此书而行，书的每一页都是一道深渊，在那儿，翅膀因了那个名字而闪耀。

---

① 法语中，“犹太人”一词由 juif 四个字母组成。

*

“大海没有台阶，悲伤亦无等级。”

——尤莱拉比

“宇宙，连同字词，从睡梦中醒来——在书的每个时代，一道曙光打破了既有的平衡状态。”

——塔尔拉比

“去看，便是去穿越一面面镜子。

终极处，是最后一颗星的黑夜。”

——艾拉尔拉比

“有一本造物主之书，造物主经由该书而考问自己；也有一本人之书，它的大小跟造物主的那本一模一样。”

——里达拉比

“一分钟足以认识一个世纪。”

——柯拉拉比

“必须用七天又七夜再乘以足够多的年头才能让我的书从世间获得解脱。”

——阿鲁姆拉比

“书的年代与水火同样久远。”

——拉梵拉比

*

（“这是个犹太人，”托尔巴拉比说，“他背靠着墙，凝望白云飘过。”

“这个犹太人其实并不需要云彩，”雅莱拉比回答，“他是在计数自身与生命之间的里程。”）

而你将在书中

当作为孩子的我首次写下自己的名字时，我便意识到我在开始写一本书。

——斯坦因拉比

*

（“光是什么？”一个弟子向阿巴尼拉比请教。

“书中有大片大片空白的空间，”阿巴尼拉比回答，“对此你根本用不着怀疑，因为频频光顾这个空间的字词都是出双入对的，但只有一个例外：造物主的名字。光存在于这些恋人的欲念冲动之中。

“你看，说书人从天涯海角为我们的双眼带来了机会，那是多大的功德呵。”

哈迪拉比说：“书的每一页都是门，急于重新组合的字词穿过一扇扇门，好在抵达作品的终点时恢复透明之身。

“墨水将词语的回忆固化于纸页。

“光就在被你阅读的其自身的缺席当中。”）

当人仰望天空时，当知识宣称自己就是想象中更美丽、更丰富的那一部分时——宇宙中的一切奥秘都是即将绽放的火之新芽——我是否知道，在我的流亡中，有什么东西往回推着我穿越泪水和时间，直至我祖先们冒险抵达的荒漠之源？看上去，纸页敞开的门槛上了无一物，唯有那道来自书的种族的伤口，其有序与无序俱为受难之路；唯有那种痛苦，其往昔和赓续已与书写中的往昔和赓续浑然一体。

词语与词语相连，与人无涉，而犹太人只能寄身于犹太人的宇宙。词语承载着每个字母的重负，从第一缕曙光开始，犹太教徒就承载起了其形象的重负。

水源决定绿洲的边界。从一棵树到另一棵树之间，蓄积着大地的全部焦渴。

“我即话语，”有一天，约书亚拉比对一位来访的拉比说道，“而你却声称是通过我的脸认出我来的。”他对一位神启之人竟然以貌辨人愤愤不平。

一入夜，城市便成了一扇内瓤被掏空的门面。

一堵墙上的数笔涂鸦，便足以让在我手中打盹的回忆接管过我的笔，足以让我的手指去支配我的视觉。

这部关于萨拉和于凯尔的传奇，通过赋予虚构的拉比们以多种多样的对话和沉思，讲述了一个关于被人和词语毁灭的爱情故事。这个故事具有书一般的分量，也具有对一种漂泊性问题的苦苦追求。

（“灵魂是光的瞬间，第一个字词便可以将其引爆；于是我们化为宇宙，我们的皮肤上有成千上万个天体，我们远远地就能从其亮度上识别它们，一如通过一颗明亮的星的自曝而辨别这颗星。”

——亚伯拉比

“距离是光，你要时刻记住：它们没有界限。

因此，我们便是距离。”

——米尔沙克拉比）

*

他们围坐在他的四周，就像拉比们在太阳落山后围灯而坐。

“呵，”阿蒙拉比说，“当我又看到我的灯，我便开始细心聆听，而他的知识成就了我的知识。”

于凯尔说：“他跟随着我走过巴黎的街街巷巷，他熟知我的故事。

他跟随着我进入往昔的影与光，进入我茫然的思绪，进入我未来的缺席。

有时，他冒用我的名字；

可我并非此人；

因为此人在书写，

而作家谁也不是。”

（那是一条死胡同，若任其胡乱伸展，它能穿越整座城市。不过，有堵墙挡住了胡同的去路。墙后的高屋广厦被时间罩上了丧服。胡同挣扎在石头的矩阵中，就像被墨水和纸页缚住的书挣扎在磨损的书皮下。

对作家而言，发掘他将要创作的作品近乎同时发掘一桩奇迹或一道伤口，近乎发掘伤口中的奇迹。

我觉得若干世纪以来，我便穿梭于生与死之间——而这个生与死便是我的种族的生与死——只为了最终来到这个出生之地。

我任词语们在我书中各就其位，我用手指追随着它们。它们有时联袂而来，有时成群结队地走进书中。我尊重它们进入我心中的先后次序，我很清楚，我随身携带此书久矣。

离港口还很远，可小舟却在变大。我面对的大海越来越宽，我的书变成了所有道路在此交汇和敦促我们启程的唯一场域。可一声呼号刺穿了我，正是由于这声呼号，我开始了从大洋到大洋的苦旅。）

*

“你梦想在书中占有一席之地，旋即，你变作一个词语，被眼与唇分享。”

——塞尼拉比

“记号与皱纹是同一道墨痕的问与答。”[①]

——《我构筑我的家园》

“你已经做出了选择”，艾洛达拉比说，“现在，你将受你的选择摆布。”

“但你选择做个犹太人么？”

伊尔岱拉比说：“当我们无从选择而只能服从某个特定的选择时，选择与被选择又有什么区别呢？”

“当你沉默时，我曾在。当你言说时，我在。”

——莫里纳拉比

① 本句诗出自雅贝斯诗集《我构筑我的家园》中的《词语的白与符号的黑》。

*

（假如大海没有掀起将它席卷而去的滔天巨浪，继而又把浪涛归还大海；假如大海掀起的巨浪还没有大到吞噬地平线，却足以或恰好让大地感到不安；假如大海没有耳朵聆听大海，没有眼睛可以永远凝视大海；假如大海既不含盐也没有泡沫，它就会变为被斩断根脉的太阳中那灰色的死亡之海，变为被太阳斩断的枯枝败丫环绕的垂死之海，变为布满水雷之海，其连串的爆炸会以其超群的记忆威胁世界。可还有果实。果实会变为什么？可还有人。人会变为什么？）

*

（“假如创造出我们就是为了让我们忍受同样的苦难，为了到头来让我们接受命中注定的同样的死亡，那为什么还要给我们嘴唇，给我们眼睛和声音，为什么还要给我们全然不同的灵魂和语言？”

——米德拉什拉比）

在书中存在。在问题之书中充当某个角色，成为其中的一员；担负起一个词语的职责或一个语句、一个自然段、一个章节的职责。

可以这样宣称：“我在书中存在。书是我的世界，是我的故乡，是我的家和我的谜。是我的呼吸和我的休憩。”

我随着人们翻阅纸页而起，随着人们合上纸页而息。可以这样回答：“我来自词语的种族，我们用词语构筑家园。”我确信这个回答依旧是个问题，确信这个家园仍不断受到威胁。

我将呼唤书并引出问题。

如果造物主存在，那是因为他在书中存在；如果哲人、圣人和先知存在，如果学者和诗人存在，如果人和昆虫存在，那是因为在书中都可以找到他们的名字。这个世界存在是因为书存在；因为存在意味着与它的名字生死与共。

书是书的作品。书是太阳，它生出了大海；书是大海，它发现了大地；书是大地，它塑造了人；否则，太阳、大海、大地和人就只能是无目标的聚焦，是无方向的奔涌之水，是广袤却无存在感的沙漠，是无人呼应的对灵与肉降临的期待，所有这些都没有应和，既无相似物，亦无对立物。

永恒以语言嘀嗒拨响每一个瞬间。

书繁殖了书。

于凯尔，你总是活得不自在，你从来不在此处，总是在别处；你不是超过自己就是落在自己后面，犹如秋天眼里的冬天或春天眼里的夏天；你不是在过去就是在未来，就像那些音节，从黑夜过渡到白昼时疾如闪电，与笔端的灵动融为一体。

现时对你而言，就是这条迅疾得无从把握的通道。这条通道留给笔的只有或荣或枯的枝叶之词语，只有被投射到未来以求表达未来的词语。

你阅读未来，你让我们阅读未来，而昨天，你不在，明天，你不再存在。

而你已试图将自己嵌入当下，成为独一无二的此时，那一刻，笔支配着那个将会幸存的词语。

你试过了。

你说不清自己的脚步想往哪儿走，也不知道它们会把你带往何方。我们永远也说不清奇遇会在何处开始，在何处结束；然而它肯定会在某个特定的地方开始，在某个更远的确切地点结束。

在一个特定的钟点，在某个确切的日子。

于凯尔，你穿越了梦想和时间。对于那些看见你的人而言——但并非是他们看见了你；而是我看见了你——你是一个在迷雾中穿行的形象。

你曾经是谁，于凯尔?

你现在是谁，于凯尔?

你将会是谁?

“你”，有时便是“我”。

我说“我”时，我非“我”。“我”指的是你，而你行将死去。你已心力交瘁。

从此，我将独自一人。

> （你们曾见过盲目的腿、胳膊，盲目的脖子么?
>
> 你们曾见过盲目的嘴唇么？它们属于今夜的那个漫步者，这个在他生命尽头的
>
> 最后一夜。
>
> 于凯尔，我是你曾缺失的那道目光么？是那道石板路上的脚的目光、拥抱中的手臂的目光、干渴中的脖颈的目光么？是那道亲吻和言说时的唇的目光么?
>
> “我”，指的是你。你行将死去，而我将独自一人。）

你走向死亡，死亡已宽容你至今，好让你无怨无悔地走向它。你行走在属于你和你的种族的所有死亡之上，意识模糊，对所有这些死亡无知无觉。

是我在强迫你行走；是我在播种你的脚步。

是我在思想，在为你代言，在寻觅和掌控节奏；

因为我在书写，

而你是伤口。

于凯尔，我背叛你了么？

我肯定背叛了你。

天地之间，我只保留了你受难的儿时开端。你是集体呼号的麦穗之一，已被太阳染得金黄。

我已把你和萨拉的名字给了这个持续的呼号，

给了这个嫁给微风的呼号，它比我们所有人都要古老，

给了这个恒远的呼号，

它比种子还要古老。

原谅我，于凯尔。我已用我接受了启示的句子替换掉了你的。你是那个传说的谎言中沉闷的话语；那话语像孤星般淹没在群星中。夜晚，人们只会看到我的星，看到它们温暖、神奇的闪烁；但只是在替代你短暂消失的那段时间。你归来之后，缄默无语，重临旧位。

当你张口，只是拖长呼号，你还怎能表达自己？当你既无激情亦无耐心，你还怎能去解释你的行动，

当你既无激情亦无耐心？

萨拉，在于凯尔的春天，你是谁？

（在大地之血比大地还要宽广的地方，在黎明

为了给她做件衣裳而织布的地方，

她就在那儿，

她在那儿，大脚趾上还在不停地滴水，人们怎能理解一个刚刚离开水的女人，一个刚刚离开用双手创造简朴生活的女人，一个刚刚离开欢乐海浪的女人，

她会变成什么样子？

他们把她切成了碎片，

而她成了他们网罟的猎物。）

于凯尔，在萨拉的春天，你是谁？

（我们问过自己的影子在夜里会是什么样子么？

问过黑夜有没有自己影子的消息么？）

你曾是黑夜，而你正走向黑夜。你想念它，因为你知道它有多温柔，知道它的手摩挲你双眼时有多清爽。对你而言，白昼尽为痛楚；夜晚你才能自在逍遥。但你梦见的是光，是一片片原野，是一道道发光的地平线。

“我真的是和第一个男人一块儿出生的么？”一天，无辜者麦穆恩问纳蒂拉比。

“你是和第一个神圣的誓愿一块儿出生的，”纳蒂拉比回答，“这个誓愿是你应当成为一个男人。”

“爱造物主真的意味着要在众生中爱他么？”无辜者麦穆恩又问纳蒂拉比。

“爱造物主，”纳蒂拉比回答，“就是要把他对众生之爱变为自己对众生的爱。

“造物主是一根不起眼的灯芯，唯有借你才能发光；因为灯芯正在玻璃罩下等着火苗，火苗让灯芯变为你的灯。”

“要是那样的话，我早已失去我的造物主了，”无辜者麦穆恩呻吟道，“因为我不会爱杀死我父亲的人，打那儿以后，我一直生活在黑暗中。”

萨拉，在于凯尔的冬天，你是谁？

（牝鹿在沥青与铅的迷宫中遭到围猎，今晚我也要取道于此；活捉的鹿将被烧烤——你躲开了众人之火，却没有躲开自己的火——鹿被你故乡的猎手们带走了，他们只是为了向窝赃人交出你的自由，向屠夫们交出你轻盈的脚步、张开的双臂。

萨拉，浑然洁白，

如同以其上涂鸦钉住你的那堵墙，

如同大海，无论你去往何方，它都化身为爱的词语，

漂泊的萨拉。）

于凯尔，在萨拉的冬天，你是谁？

你是我那戴着隐形荆冠的同伴。你并非英雄也说不上是公民。你的同类排斥你。我曾陪伴你穿行过一本本小学时的作业簿，铅笔在那儿描摹出你命运的踪迹；我曾陪伴你穿行过你成年后的笔记本，那笔记本被橡皮擦涂抹得无法辨识。

我一句句拾起你所有的语句，过去我无法解读——你确实写下过它们么？你说出过它们么？还是仅仅想到过它们？——

我让墨水在我猜测出的每个字母躯体中流淌，好让它靠自身的活力定生死，

那活力是你的，于凯尔，它在书中，

在书想要接近和意欲隐藏的地方。

冈杜尔拉比曾经说过："那些不信书的人丧失了对人的信心和对众生王国的信心。"

兄弟，还有哪个字词比你赋予其肉身的那个词更专注、更梦幻、更凄怆和更重情谊的么？

*

“我们与众生和万物之间的联系太过脆弱，它们屡屡断裂而不为我们所察。”

“一缕气息，一次注视，一个手势，有时甚至是向一道影子吐露的秘密，这差不多就是我们的联系之原初本质。”

“若我们之间的联系是永恒的，那是因为这种联系是神圣的。”

“你试图用写作解脱自己。真是大错特错！每个字词都会揭开一层新的联系的面纱。”

——莱卡拉比

“我命名你。你曾在。”

——维塔拉比

你有一个未求而得之名，随着生命的延续，这名字将令你饱受磨难。

但到哪个时刻你才会意识到这一点？

（若你的名字只有一个字母，你便站在了你名字的门槛。

若你的名字有两个字母，两扇门会打开你的名字。

若你的名字有三个字母，三支桅杆会带走你的名字。

若你的名字有四个字母，四条地平线会淹没你的名字。

若你的名字有五个字母，五本书会摘下你的名字。

若你的名字有六个字母，六位哲人会解释你的名字。

若你的名字有七个字母，七根树枝会焚烧你的名字。）

你有为脸备下的虚空。

“孩子，你名字中的每一个字母都相距甚远，因而你是星夜里的一堆篝火。

“你会在你自己的时刻感受到你的称呼的维度，那是你向虚无回应时的痛苦。”

——阿米埃尔拉比

你有为旅程备下的虚空。

“一旦你占有了自己的名字，那些字母便归属于你；但你很快就将沦为这一占有的奴隶。”

——泰里斯拉比

“你将独自承担书的罪孽。”

——莱维拉比

*

阿贝、泰恩、扎姆、埃拉尔、达贝尔、埃拉蒂等
诸位拉比的评论和于凯尔的第二次发言

“莫轻觑回声；你要靠回声活着。”

——普拉多拉比

阿贝拉比的评论：

“作家的生命，要靠他所说、所写和一代代的传承才能显现。

“而被记住的往往不过是一句话、一行诗。

“此中有真实。

“但那是怎样的真实呢?

“假如一句话、一行诗能长存于作品，这殊遇并非作者以牺牲其他诗行为代价得来，而是拜读者所赐。

“此中有谎言。

“作品面前，作家消失了，而作品靠读者长存。

“真相在于，到头来，对谎言荒唐而不懈的追寻，却要我们付出泪与血的代价。”

（“你，相信我存在的你，
我怎好以含义
多端的词语，
以如我一般
望即生变的词语，
以饱含异乡人声音的词语，
告诉你我之所知？
我怎好说
我不在，
但，在每一词语中，
我看见
我听到
我洞悉自己？
我怎好对你说
这新的现实
这光的现实
世界凭借这光
认识了世界
同时失去了你？
而你却回应了
一个借来的
名字？
我怎好显现我之创造，

在我之外，
页复一页，
俟疑虑
抹去
我经过的每丝痕迹？
谁曾见
我给予的形象？
到终了，我索要我的应得。
但我如何自证清白——
当鹰从我掌中腾飞
去征服
拥抱我的天空？
我在精疲力竭中
死于自尊。
我等待的总是遥不可及。
我怎好让你融入
我的冒险奇遇，
而那冒险之告白，只是
我的孤独和我的苦旅？”）

泰恩拉比的评论：

“我的路自有其辉煌的时刻，
自有其碰撞，有其痛苦。
我的路自有其巅峰和海底涌浪，
自有其沙砾，有其穹苍。
那是我的路，抑或你的路。”

（“我不知道
别人是否告诉你
地球是圆的
像干渴，
告诉你恋人们的影子
随朝霞翩跹时，
诗人之舌、
水井之舌、诸世纪之舌
变得干涸，
粗粝且干涸，
它助人虽多，害人亦多，
如此长久地曝于空气中，
曝于噪声中，
曝于自己的话语
已然变硬，
上了釉彩

而后碎裂。

于是路尽之后，

于是路始之前，

散落的石上有石，石上有灰。

书

从呼号祭献的花瓣中出现，

从先知玫瑰的火焰中升腾。

烟。

烟

为所有在其中只看见火的人，

在其中只嗅到

晨曦

和死亡气息的人。

但山巅的布局，

废墟的布局，

俱为婚礼的欢乐。”）

扎姆拉比的评论：

“人走进黑夜，

像线穿进针眼，

通过或幸福或血腥的

豁口，

通过最明亮的罅隙。
人就像穿了线的针
进入黑夜，
一如进入自身。”

埃拉尔拉比的评论：

“从一个词语到另一个，
可能空旷，
很远，
但难以抗拒。
梦是分期付款，
是不起眼的首笔
定金。

人能在回忆或血脉中
追溯一条路。
人能在众人眼中挖出一条路。
孩子是这些路的主人。

下降；
随坠落
融化并混合，

遗忘

是万物与众生的

坠落；

带着已发现的

赴死

之分量的重负。”

于凯尔，你的书中有多少页为着生，有多少页为着死，有多少页让你与自我隔绝，

又有多少页让你与书隔绝，并最终让你放弃了书？

于凯尔说：

我在寻找你。

我寻找你的这个世界里没有树。

只有空荡荡的街，

只有光秃秃的街。

我寻找你的这个世界向其他无名世界开放，

那个世界里，你不存在，而我在把你找寻。

那儿有你的脚步，

那是我追随、期待的你的脚步。

我曾追随你一步步足迹那没有影子的缓慢道路，

不知我是谁，

不知去往哪里。

终有一天你会在那儿。

会是此处，会是彼处，

那一天将与往日无异，你会在那儿。

或许，就是明天。

为追上你，我也曾追随其他苦涩的路，

那儿，盐碾碎盐。

为追上你，我也曾追随其他时间，其他海岸。

夜对追随夜的人伸出它的手。

夜里，所有道路塌陷。

肯定有过这样一夜，我握住你的手，这一夜唯有我们的身影。

肯定有过这样一夜，如同肯定有过这条路。

在我寻找的你的这个世界里，你是青草又是矿石。

你是迷途的呼号，我在那儿迷路。

但在无物醒来的地方，你依旧是镜之飞灰的遗忘。

达贝尔拉比的评论：

“引领我走近你的这条路，即便通往大洋也是安全的。”

“我如何知道我写了诗还是散文，”埃拉蒂拉比评说道，“我是韵律。”

他在别处也说过：

“没有韵律，你们每早都不会见到太阳。

你们见不到。

韵律是内在的，它是命运的节奏。

你们就是再用力，它都不会更快或更慢。

你们只能与自己的血、自己的精神、自己的心谐调行动。

谐调一致。

你们不会超前也不会滞后。

你们做不到。

能想象月亮之后再现一轮明月么？

我曾向造物主走去，因为造物主是我的命运。

我曾向造物主的话语走去，因为造物主的话语是我的命运。

我曾向话语走去

让它成为我的姿态。

过去我向它走去，

如今我依然走向它。”

缺席者之书

第一部

所有字母都构成了缺席。

故造物主是其圣名之子。

——塔尔拉比

一

一个孩子能比成人造成更多的伤害，一个成人更甚于孩子：恶性循环，这初始的循环。

孩子用的是粉笔，大人用的是刀剑。

什么样的事让他止步，让他遽有所思呢？一件微不足道的小事改变不了他的生命进程，什么也改变不了。

就像河里的一颗卵石。

不知穿过了多少不认识的街区？人流如潮的路上，有个男人撞了他的肩膀。那是昨天还是今天的事？在哪儿？他离自己的家可能已经很远了。恋人们相拥着擦肩而过，那些恋人就像把根扎进天空的小树，承载着星辰。有个女人向他问路……他没理她。他听不见她说了什么。他只听到一些声音。他甚至都没看见她。他真的是从她身旁走过的么？他只听到了一些噪音……一些噪音。他穿过红灯，穿过绿灯。他跟着路灯走，走岔了，折回来，再跟着路灯走。不经意间，他听到了一些对话的片段，左耳进，右耳出，后来，当某个念头、某个主意、某个计划冒出来的时候，他又会回想起那些对话。他走着。他始终在走。他不想回家。他没勇气回家。他随人流走着。要找到家他得花点儿工夫，得想想，先得找到方向，弄明白现在几点，身在何处。他已经没有多少力气了。他随人流走着。风刮起来了，是为他在刮，刮向他身上和身后。有那么多枯枝败叶在他心里、在他脚下纷扬。有那么多风帆升起又撕裂。

他蹒跚而行。不仅仅是疲倦让他脚步踉跄，或许确实有点儿累；但更多的是一种上千年的倦怠，比负担还要沉重的倦怠；一种让他逐渐消沉的厌倦。他走了那么多路，却始终是同一条路。

怎么解释呢，是啊，怎么解释？他从来不知道。语言和他，完全是两码事。他是个沉默寡言的人。纵有千言万语却从不表达；那些话，有些不过是“你好”之类能让人高兴的简单事；有些是人们想都没想过或早已置之脑后的事。还有一些则是让人蒙羞的事。

现在一切都晚了，太晚了。

他想起那些非洲地区的水车，由一头蒙着眼的母水牛拉着转动；想起那头受尽屈辱的畜生，它笨拙而驯良，是它用自身不停的转动浇灌着大地，是它为人送去清水，而人却羞辱它。

他觉得他和那畜生没什么两样。

他走着。心里很烦。

“总有骄矜善辩的胜利者，”那个被囚禁的拉比、被囚禁的圣人曾经说过，“也总有寡言无闻的失败者。

“沉默的种族都坚忍顽强。”

那位拉比的骨灰埋在那边的耕地里；

而他的话语在城里。

对他而言，还有什么能比他走过的这些街道更真实的呢——既然他在走，说明他还活着——还有什么能比他闭眼或睁眼走过的这个都市更真实的呢？还有什么能比这种不真实更真实的呢？——这种不真实的真实——他是其主人，亦是其傀儡，

就像船长是船的主人？

有张脸一直在他眼前萦绕，一张修剪着金色短发的脸，理发师似乎想让头发与脖子——一个好斗者的脖子——保持有礼貌的距离，不遮住太阳穴；一对近视眼从生锈的别针之间向外看着，就是那种被用来别牢方格纸上的一沓沓笔录、能提升警局卷宗尊严的别针。

“别针是最可靠的束缚。天长日久，这些嵌入纸张的别针就成了纸张的一部分，谁想毁掉它们的杰作它们就会扎谁。”

呼号的耐心无极限。它比殉难者活得更长久。

呼号的耐心无功德。

任何机构、任何政府都不能垄断呼号。

任何行当、浪尖、波涛也都不能垄断呼号。

此地就是他处，就是锁住我们脚踝的他处，呼号谴责的并非一个国家，也并非一片大陆，而是全世界；并非一个人，而是全人类。

呼号指控的并非一串念珠，也并非一座教堂，而是上百座教堂和上百万串念珠；并非一首颂歌或一篇祈祷，也不是一棵青草或一轮新月。

（那是一个国家和一株草药，是一串念珠和一片大陆，是一篇祈祷和一首颂歌，是一个新月形的地球和月亮。）

呼号的不耐心便是它的功德。

“从永恒的角度看，”穆萨拉比曾说过，“我们的忍耐就是某种无理性的不耐。”

（树枝所教的
轮到人去教时，
都还给了树枝。
大海所唱的
轮到人去唱时，
都还给了大海。
所有欢乐，所有家园，
难道什么都没留给我们？）

萨拉，我不会为你复仇——对他人而言，你的名字又能意味什么呢？你曾因为我的爱有过一个名字，曾因为曙光有过一个名字——但你的仇终将得报。

你是良心，是逆耳的真实。是裁断一切的真实。

终有一天，人们会清楚地发现，美拥有你的面容、你的愁云、你的灰暗天空。

车前灯照亮了眼前的一栋建筑——是哪条街呢？身前身后有那么多条街，他记不得了——他看到上面写着：

犹太人去死
犹太人滚蛋

这两条标语都是用白粉笔写的，都是用大写字母写的。[1]

是哪条街呢？在好几条街、好几面墙上都有。他试着辨认所有这些涂鸦，他看了又看：

犹太人去死

每个车站、每个拐角都有；同样的拐角、同样的车站，都有。

除了墙上这三个单词以外，他什么也看不见，或许这些词并不存在——我是说对其他行人而言。在他记忆的窗玻璃上，他只看见了这十二个字母，一个个晶莹剔透。

曾有警报声循着痛楚的拱门，在光滑的空气中荡开。曾有炮弹在人身旁爆炸，把人炸得血肉横飞。曾有多少逃离者历尽陆路和海路逃难后只身返回劫掠荡尽的住所，或孑然回归荒疏已久的心灵深处。

旷野中曾有万人坑，其上青草离离。鲜花相伴而生，靠枯骨喂养，以枯骨之思为食。花香做着伪证。

——我的主，他喃喃道。岁月的时针定格在同一时刻。

① 这两条标语一条为法语（MORT AUX JUIFS），一条为英语（JEWS GO HOME）。

二

童年是沐浴在水中的一片土地，水面上漂浮着几只纸制的小船。船有时会摇身一变成为蝎子；于是，生命随时会中毒而死。

毒存在于每朵花冠中，如大地存在于太阳下。夜里，大地被留给它自己，但，幸亏人已入眠。睡梦中，他们刀枪不入。

毒即是梦。

在这几页里，有关于凯尔·塞拉菲的事很少——但他又常常被扯进来——因为于凯尔·塞拉菲是个证人。而我们知道，想让我们看见、听见、梦见和评判的词语只能依靠创造和逃避它的现实而存在。

于是书打开了，书中描绘的是黄金的影子，黄金的内在命运便是发光。

（“破晓了。夜所孕育。”

——加尼拉比）

他在书写。

他在为他的手、为他的笔而写，为抚慰他的双眼而写；如果不写的话，它们将会怎样呢？那么他的笔如今会无法使用，因生锈而窒息；他的手不会反映在任何地方、任何词语、任何字母中；也就无法用墨水即兴发挥出任何意象；至于他的双眼，则会因为面对着合上的纸页、没有任何文字相邀而迷乱——只有写，才能让双眼在纸页上保持注视。

他追随着双眼的历程。他在追问。他无暇回答。有那么多问题从他舌尖掉头而去，沿着他的手臂冲进他的掌心。有那么多热望压迫着他的笔，给他手指以力量去运笔疾书。

路在何方？路永远有待寻找。一张白纸上满是道路。我们知道必须从左向右。我们知道路还很长，知道还要历尽艰辛。而且永远要从左向右。我们早就知道，有时纸页一旦因符号变黑，这张纸就得撕掉。我们还要在同一条路上走上十次、百次；那是他鼻子的路，脖子的路，嘴的路；是他前额的路和灵魂的路。而所有这些路又都有它们自己的路——否则它们就不会是路了。

面对眼前已开辟出的路——或可能开辟出的路——我们为什么总是要选那条离我们的目标最远、会把我们引向别处的路呢？我们并不在那儿——但是，或许，我们又在那儿？——除非我们处于心有灵犀或蒙受圣宠的状态，或是灵感在引导我们做出正确的选择——但这太罕见了，确实太罕见了——而那些蒙受圣宠的人对此却一无所知；我是想说，他们在蒙受圣宠时一无所知。更重要的问题还在于蒙受圣宠往往意味着迷失自己的路，迷失自己熟悉的那条路而去追随另一条更隐蔽、更神秘的路。

我们都有自己规划出的路，而在摊开的认知地图上，最长的路其实就是最短的路。对此他最近又有了新的体验。一天下午，他冒险去了荒漠，荒漠向东方延伸，越过了他父母曾经居住过的那个中东国家的边界。因为他需要用风景填补一下自己的寂寞。他驾着车四处乱闯。甚至越过了安全警戒线。在他四周，温暖的夜摘下了自己的手镯和项链——其中粉色的最迷人——他很惊奇，夜竟然可以出现却又复消失，可以无限膨胀又遽然变小，小得可以揣进怀里。他很赞赏夜可以是个女人和女性的世界，可以玉体赤裸，又可以星辰为衣。

风不时刮过，掠过影子和地表，像个探子似的来去无踪。没有任何征兆说明风会在日出前疯狂地攻击这一片虚空，而他正躲在这片虚空里。没有任何征兆，因为直到那时沙漠都无动于衷。

——不过，或许那正好就是答案？

正午时分，他再次发现自己正直面无限，直面一张白纸。所有线索、所有足迹都消失了。被湮没得无影无踪。从到达后搭起的帐篷里，他目睹了风即兴而玄妙的表演——不知帐篷为何没有被它吹走？突然，他听到了风在与沙大笑，在与沙共舞；风戏弄着沙，刺激着沙，又因自我嬉戏和无法尽数的沙粒而发怒，最终，它在自我欲望中变成了狂躁的沙神，驱赶着巨大的有翅造物去征服宇宙。

他也许离出发地只有几十公里；但他却不知道。这里又有谁能谈论出发与抵达呢？到处都是遗忘，都是因为缺席而未铺就的床榻，都是灰飞烟灭的国度。

对人而言，无论拯救什么，都必得有始有终，一如人的真身，可以从头再来。拯救是能止渴却又需求不止的水；是能充饥并让我们留有饥饿感的面饼，是为人而发芽、生长、成熟并与人相生相伴的那种东西。永恒，无限，它们是果浆和果皮的宿敌。当一切不复存在时，也依然会有沙、会有荒漠去与虚无聚合。

在那个不再移动并且不再扎根的内心里，在那个自给自足并挑战理智与季节的内心里——因为荒漠之钥已交付了五大洲——在那个被迟缓逐渐征服而排斥了大海的干燥疆域的内心里——迟缓是一种震慑人心的力量，因为它富于静止的激情，早晚有一天，迟缓会在静止中融化——在那个不可改变且拒绝存在的内心里，生存便意味着要确认极限，因为人就像囹圄中的囚徒，最终会意识到其损失——其损失的胜利。面对一堵高墙，除了推倒它还能做些什么？面对一扇铁窗，除了锯断它还能做些什么？但这堵高墙若是沙墙该怎么办？但这扇铁窗若是我们投于沙上的影子又该怎么办？总之，目标渐行渐远，便意味着停滞。

无限拥有那种邪恶的透明。那超越我们之物睥睨我们。那逃避我们之物毁灭我们。每当低飞的鸟群想要观察一下沙丘的形状时，蓝天便会推开沙丘，让死亡占领阵地，用已死而谦恭的地标去迎接它们。

不过他倒并没有身处险境。他只能走着去与大海会合，因为他的汽车发动机因沙尘暴出了故障，四轮深陷流沙，对他再无用处。

他做出了决定。等太阳落山后再出发。但现在怎么打发呢？天气酷热。他决定先躲进帐篷。他的头很疼。他得每两个小时停下来休息一下。他得相信他自己对方向和捷径的直觉。

三月的风很有鹰隼的做派，一旦成帮结伙，就会先啄瞎你的眼，再把你扑倒在地。他想象着一个失明的、一切都在它们摆布之下的世界。他还能找到海滩，找到他的家么？

他的心脏有规律地跳动着，就像一泓泉水在他胸口引流架管。他紧紧抓住心脏，仿佛抓住泉水。他紧紧抓住一切征象，抓住生命所有原始的征象。这不幸的人，他丝毫也没料到他正远离自身而去。

每次重创之后，就必须恢复生死之间的原始平衡；或向生祭献，或向死祭献，或按照顺序祭献；随死而死，随生而生，直至最后一息，但那并非死的凯旋，而是抛却皮囊：人的躯体。

很小的时候，他就曾痛苦地感知过死亡。他曾眼看着死亡一步步逼近。当时他就站在床边。死亡讲着我们的语言。为了能让我们听得明白，它屈尊纡贵降到我们的水平——或者说把我们提升到灾难的水平，甚至还把它自己的声音借给我们使用。他在姐姐的床前俯下身去，听她讲述只有过了青春期以后才能理解的东西，她向他揭示出了事物的另一面，那是无常的地盘。

为了回应濒死的姐姐，他只得像她一样，使用死神所提示的词语——那是唯一能让他们沟通的词语。当他们无语时，他明白他永远失去了姐姐。[①]

与树叶和沙在一起时也同样如此。对话不能也不应中断。那是活人与树叶之间的对话；是死人与沙之间的对话。

渐渐地，他释怀了。死亡变成了他的使命。他进入维持生存条件的体系。他再次注意到该体系精致而缜密地运行。灵魂像躯壳一样也需要维护，而灵魂指望的就是生与死的口粮。

他想起阿伦拉比曾对一位前来问学的外籍拉比如是回答：

“那活在自身的人活在他的造物主身旁，活在造物主的生与死旁边，活在被门隔开的两个相邻的房间里。他得穿过一个房间才能去另一个房间祝圣。他从有意识的存在穿行到不在场的存在。他必须完全存在，才能向往不再存在，换言之，才能向往更多的存在，成为一切的存在，因

① 埃德蒙·雅贝斯很小的时候，曾目睹他姐姐产后去世，这件事使他大受刺激，从此开始写诗。

为不在场才是一切。”

他在每分每秒中死去。他在死后积聚起某种力量。他成了荒漠一粟和回旋的风。他撕去了没用过的纸页。

但词语才是一个志得意满的播种者。晨昏也如种族般被记载下来。当他回到自己的街区和自己的住所时——一个牧人把他驮在骆驼背上引向最近的一个哨所，他从那儿挤上了一辆开往城市的军车——有那么多字词来套近乎。但他执意避开这些词语，因为它们仍过于热衷地想挤进这个空间，让他不得不操心如何安顿好它们各自的位置。

三

我相信作家的使命。作家从词语那里接受使命，词语将其痛苦与内在的希望带给作家。作家向词语提问，词语也向作家提问；作家与词语同行，词语也与作家不离不弃。创始是共享的，仿佛是同步发生的。在使用词语——也被词语使用——的过程中，作家把深邃的含义赋予起源于词语的生命。

那时间很远，又太近。

我，塞拉菲，我就是那个缺席者，我生来就是为了写书的。

（我不在场，因为我是个讲故事的。唯有故事才是实在的。）

我周游了不在场的世界。

我讲着与我同类且心不在焉的人们的语言——语言是他们的猎物，他们也为语言捕获，

我对我的同类讲话，对他们而言，我并非总是他们的同类。

我背负着他们猎物的重量。

我在自己的书中消弭了生与死的界限。

我告辞了。

母亲，你从未料到怀上我之后，便将血肉和光明的纸页留给了白昼，以换得所有这些语句——这些刺青，我必得应召才能保护它们；以换得所有这些语句——这些彩旗和虫豸。

呼号声中，你硬是活生生地切了下去。

（我汲水的井就在犹太的土地。
我的故事就从这口水井说起。

我汲水的井就在犹太的土地。
井栏边上坐着我的那些兄弟。
他们正在自己的土地上畅饮。
我会把这口水井给你们带去。

我的故事就从这口水井说起。
最初，那井水纯净而又清冽。
我兄弟们失去了他们的水井。
我兄弟们为他们的水井哭泣。

我会把这口水井给你们带去。）

——于凯尔，你说的这片犹太土地，每个犹太人都声称它属于自己，可他们却从未在这里生息过，你能说清楚是为什么吗？

——我曾在这片土地上打过井。

——于凯尔，我们的土地上有这么多好喝无比的水，你能说清楚是为什么吗？

——那是我们手心里已被遗忘了五十个世纪之久的水。

“张开你们的手，兄弟们，”塞格雷拉比写道，“把你们的脸藏在手里，你们的脸就会像汲水植物一样绽放花朵。”

“我的大拇指就像剽悍的卫兵，”哈基姆拉比说，“而我的食指辨认金星时最为灵敏。我的中指最为遥远，它是破开海岸的梦。在我无名指的根部，我戴着我们的誓言和羁绊。声音就住在我的小指并为它戴上钻戒。

但我最喜欢的还是我的食指，因为它会随时为我拭泪。”

我的书是否加剧了兄弟们和我之间的误会？他们的希望慢慢变成了绝望。

（一部作品开始时的语句永远充满希望；怀疑是在路上渗入并发芽的。

它最终会导致双重的绝望：作家的绝望和证人

的绝望。)

梦醒时分，我在地球的两个半球上兜着圈子，不得安宁。

（我缺席了，只有地图是真实的。）

我兜着圈子。
我辗转反侧，不得安宁。

对着我，我的同胞们说：
“你不是犹太人。因为你从不去犹太会堂。”

我转向我的同胞，并且回答：
“我心系犹太会堂。”

对着我，我的同胞们说：
“你不是犹太人。因为你从不祈祷。”

我转向我的同胞，并且回答：
“祷文是我的脊梁和鲜血。”

对着我，我的同胞们说：
“你引述话语的那些拉比都是江湖骗子。这样的拉比存在过么？而你却接受了他们那些大逆不道的话语熏染。”

我转向我的同胞，并且回答：

“我引述其话语的那些拉比都是我记忆中的灯塔——因为人只记得自己——而你们知道，灵魂是以话语为花瓣的。”

对着我，同胞中最年长的人说：

“我们的普林节[①]不再是你狂欢和喜庆的节日。逾越节[②]不再是荒漠

① 普林节（Pourim），又称普珥节、普珥日，犹太教的传统节日，约在每年2月底3月初的一周，以纪念犹太人在波斯帝国统治期间，薛西斯一世的皇后以斯帖（Esther）拯救他们逃离灭族的危难（参看《旧约·以斯帖记》）。普林节期间，犹太人身着夸张的服饰、戴着面具参加狂欢游行，因此这个节日又被称为犹太狂欢节。

② 逾越节（Pâque），又称无酵节、除酵节、巴斯卦节，犹太教的三大节日之一，在犹太历尼散月（公历7月）的14—21日，以纪念上帝在击杀埃及一切头胎生物的同时，保护了犹太人的长子。据《旧约·出埃及记》第十二章，以色列人在埃及遭受奴役，上帝选召摩西带领以色列人逃离埃及，前往上帝应许的迦南美地。犹太人出埃及时遭到法老的阻挠，雅赫维遂对埃及全境进行惩罚，惩罚之一便是击杀埃及所有长子和一切头生牲畜。雅赫维将这一计划晓谕了摩西，“于是，摩西召了以色列的众长老来，对他们说：你们要按着家口取出羊羔，把这逾越节的羊羔宰了。拿一把牛膝草，蘸盆里的血，打在门楣上和左右的门框上。你们谁也不可出自己的房门，直到早晨。因为雅赫维要巡行击杀埃及人，他看见血在门楣上和左右的门框上，就必越过那门，不容灭命的进你们的房屋，击杀你们。这例你们要守着，作为你们和你们子孙永远的定例。日后，你们到了雅赫维按着所应许赐给你们的那地，就要守这礼。你们的儿女问你们说，行这礼是什么意思？你们就说：这是献给雅赫维逾越节的祭。当以色列人在埃及的时候，他击杀埃及人，越过以色列人的房屋，救了我们各家”。

中你歇脚和越过红海的周年纪念日。赎罪日[①]也不再是你的禁食之日。

现在，那些标注在我们日历上的这些日子对你还有什么意义？

你已被你的同胞抛弃，你已被剥夺了传承的资格，你是谁？

对别人来说，你是犹太人，而在我们眼里，你是那么不像。”

我转向我同胞中最年长的人，并且回答：

“我身上有犹太人的伤口。像你一样，我在出生第八天便行了割礼。像你一样，我身上的每道伤口都证明我的犹太人身份。

难道人与人不一样么？”

对着我，我同胞中最稳重的人说：

“不对犹太人和非犹太人做任何区别，这不就已经不是犹太人的作为了么？”

对着我，我的同胞们接着又说：

“兄弟情谊并不要求体谅邻人；但意味着你要体察其本性，而你只希望他成为有用之才，成为那本书要求他成为的样子，甚至不惜伤害到他。

实现目的才是硬道理。知人体恤才最符合兄弟情谊。

信徒的坚守犹如剃刀的刀片，它很锋利。”

---

① 赎罪日（Yom Kippour），犹太人一年中最重要的圣日，在犹太历新年后的第十天。这一天，虔诚的犹太教徒不吃不喝不工作，并到犹太会堂祈祷，以赎回他们在过去一年中犯下的或可能犯下的罪过。典出《旧约 · 利未记》第二十三章。

他们还说：

“兄弟情谊就是给予、给予、给予，你有什么就只能给什么。”

我用拳头捶打着自己的胸口，心想：

“我什么都不是。

因为我有一颗分裂的大脑。

可一个人难道算不上一个人么？

一个没头脑的人算得上是个有信仰的人么？”

四

我写书，首先是为了读书，其次是为了讲述；所以我把它们称为传说。

（“我们由所有字词集成，我们是字词的心愿。”

——韦伊拉比）

你还记得埃弗拉伊姆拉比为他导师们所作的那首颂歌的第一节么？

“一扇门就像一本书。
打开了，合上了。
你经过，你阅读。
你走了。它还在。”

呵，你不是犹太人——我确实不大像犹太人。可我是犹太人——我把你引到我的领域；呵，你不是作家——我确实不大像作家。可我是作家——我把我的书送给你；呵，你是犹太人，或许还是作家。

你将指责我错把猎物当作影子，你也将为了惩戒我而无视这些书页的真实性。

你见过一个词语如何生存么？

你见过两个词语如何生存么？

那么，你听着好了。

我把我书中的话语送给你。

（与写作打交道当然是复杂的。词语敏感而任性；但同时又是慷慨和宽容的。

接触词语时你应当从头做起，你要忘掉你知道的一切，以便为马上就要学到的新知识腾出地方。）

看看那个词语如何生存。
看看那些词语如何生存。
然后，你听着好了。

我把我书中的命运送给你，
那是萨拉和于凯尔的命运。

（我想讲述的只是他们的爱情悲剧。但有关他们起源的各种符号充斥在他们寄身的空间里；字母表中那些被遗忘的字母则在窥伺时机与他们的名字、手势和话语中的字母交织在一起，好让我再也搞不清它们之所在，就如同我们从不知道我们之所在一样，因为世界已与我们一体。）

我把我书中的世界送给你，
那是萨拉和于凯尔的世界。

你猜想我会十分重视被书写下的东西，而我可能更重视的是被言说出的东西；因为在被书写下的东西中缺失了我的声音，而我对自己的声音却深信不疑——我的声音指的是创造者的声音，而非女仆随声附和的声音。

你考问我吧，你是我为之辩护的人。沉默中，在答案被深藏的岑寂中，我回应你的考问。你满意么？那不是我在回答，是语句在回答。

（词语们推推搡搡地涌进来，想轮番向我游说。而真正的人际间的对话——那种手势与眼神的对话——都是沉默的对话。人之间的对话，无论是说出来的还是写出来的，从来都不存在。于是我常常扪心自问，我们每个人在讨论或陈述中究竟在充当什么角色。我们自以为很了不起。无疑，某种程度上，当人们认同我们的话语时，我们时常会成功地将话语视作我们自身。我们似乎传递出了真相；但其实我们在这个瞬间是退隐在一旁的。在这个瞬间里，我们了断了过去，了断了未来，唯其如此，我们才能成为话语；在这个瞬间里，我们的五种感官都沉寂了，我们变成磨光了的铜镜去明鉴自己，并在无情的图文中看到自己接受裁决：不论是我们镌刻的字母抑或绘制我们的字母，不论我们的书写是门廊抑或风吹出的小径，不论我们三缄其口抑或和盘托出，总之，在这个瞬间里，我们不复拥有大胆示人的脸。

“书法是生活的艺术之一，是最贵族化的艺术。”戴波拉拉比曾如此评价。

那些煞费心思摆弄字母的人必定很是惬意，因为他们的词语都是精雕细镂出来的。他们出入于豪宅，而其他人的生命却饱受摧残。他们的世界是不定型的，因受制于千百种不同的演绎而处于恒久的变形之中。在他们的笔下，元音就像被钓钩拖出水面的鱼吻；而辅音则犹如被剥下来的鳞片。它们在行动的夹缝中、在墨汁的陋室里左支右绌。无限性纠缠着它们，但或许也只有靠无限性才能拯救它们，就像沙粒得救后华丽转身，变为星辰。）

要在那些因慰藉而和解的字词中成为世界与四季；要在那些字词的休憩及血腥争斗中成为沉默；因为明里暗里，词语常作弓，话语总为箭。那些战争有何意义呢？在这场决定性的战役中，被伤口出卖的战败者倒下时，向我们描述了战胜者献给那个稀里糊涂被选中的挑战者的一纸谢词。其实，这场战役不过是为了确立言语对人的绝对霸权、确立言语对言语的绝对霸权而发生的。其实，被选中的挑战者无非是些担架员，他们因为从一件差使中获得了名誉和荣耀而忘乎所以，而差使本身却又使他们自己暴露于相对危险的境地当中。

不过，这件差使毕竟还是件好差使——好得就像一个冒险家得到了真爱：让一个无名小卒捡回一条命，以便重归传说和历史的世界。我的讲述中需要一些这样的伤痕累累的词语；需要一些这样的关爱和抚平伤口的词语。

我几乎无暇做梦。

我拥有全部时间。

我在梦中言说。

我在梦后言说。

于凯尔，给我们讲讲那种周而复始的沉默吧，它是词语的灵魂，如唱经人和殉道者一样，在特定的时刻，他们便是世界的灵魂。
——我把你们引到门口，门钥匙就在你们手中。

五

> 一本书若不能给世界留出地盘，就不能称其为书。因为它缺少最美丽的页面，在那些左侧的页面，甚至最灰暗的砾石也能反射出光来。

有天晚上，努瓦尔拉比在犹太会堂门口对塞里耶尔拉比说：

“世界就像瓷碗中的一掬清水。你可以攥住碗，却永远攥不住水。”

“但我可以把手指头浸进水里或把水喝掉。”塞里耶尔拉比回答。

“那有什么用？”努瓦尔拉比说，“你的手指头一会儿就干了，解渴只能是一时半会儿的事。”

于是他总结道：

“干渴才是我们的命运。”

于凯尔，给我们讲讲不幸的干渴吧。

——犹太教认为，五大洲就是手的五指。

无论在哪片大陆，每个犹太人都知道关于自己手指的故事，

都知道关于他的权利的故事，

都知道他的右手思乡的故事，

都知道关于他的拳头的故事，

都知道他手上的鲜血的故事，

都知道他淌着血的手的故事。

“对每个公民而言，”勒达拉比写道，“祖国就是他每天用目光和脚

步验证出的现实；而对我们，它却是一块礁石，让我们的灵魂和躯体屡仆屡碎。”

还有：

“我们祖国的历史基于五个阶段。我们祖国的历史被五支火炬照亮。若讲述我们祖国的历史，大海上将翻滚起五股巨浪。若为我们祖国的历史哭泣，五片云彩将破雨而出。”

于凯尔，给我们讲讲巨浪和火炬吧，给我们讲讲阶段和云彩吧。

——我把那棵橄榄树不服我们祖国水土而死的故事讲给你们听听。

我把那棵椰枣树被遗弃在我们祖国门口而死的故事讲给你们听听。

我把那头驴子认不出我们祖国的路而死的故事讲给你们听听。

我把那条狗失去主人而死的故事讲给你们听听。

于凯尔，给我们讲讲你的祖国的故事吧。

——我没有祖国。我是于凯尔·塞拉菲，我的生命就是那个故事。

我完全有可能就是这个人。因为我分享了他的诞生。

作为犹太人，意味着你必须证明你值得存在；意味着你要与他人共度不眠之夜，蒙受同样的凌辱；意味着你要无望地寻找同样的浮标和同样的救援之手；意味着你要游啊、游啊、游啊，否则就会沉没。

作为犹太人，意味着你的眼睛下面必须有同样的眼袋，有同样怀疑的微笑——不过，犹太人也能付出巨大的热忱——意味着你要面对遭禁的太阳眯起眼睛。

作为不公正的受害者，犹太人是那些在不公正之上构筑公正者的宿敌。对强权而言，犹太人就是麻烦，因而会成为强权者的靶子；犹太人之所以成为麻烦，是因为犹太人生性倔强。

作为犹太人，意味着你要学会从争议的土地上退避三舍；意味着你要对大地包含着水、空气或遗忘这样的事实装聋作哑。

为了生存下去，犹太人要煞费多少苦心，手段要多么机敏，变化中要多么谨慎。

分析、适应、算计。犹太人可以被追杀，但永远不可能被灭绝。

半人、半鱼、半鸟、半鬼，犹太人总能为逃避刽子手的追杀而留下一手。

（“看看他的脸如何变成了一只鸟，”埃尔弗拉比曾对约德拉比说过，“再看看松鼠如何在这张脸中认出了自己。

“看看他的脸如何变成了一根树枝。再看看树枝如何为脸绽放出花朵。

“从赤杨到冷杉，从茂密的猴面包树到易折的桃叶卫矛，你看看树木的即兴世界是如何在人脸中衰老和死亡的。

“对我们同样如此，透明的时间终将来临。”）

苏奈拉比曾经写道：“若有一个欧楂果，你要匀出半个给你的同伴。

欧楂果下肚后颊齿留香，友情才得以延续。

“物体的透明性飘忽物外，在神圣的富足中存在。

“此即人的透明性。”

而伊萨克拉比说：“孩子，我在聆听，我透过你仰望天空。”

六

你赋予我生命，因为你只能把你的属性赋予我。
母亲，你为我之死而赋予我生命。
从此我与你的爱
共生死。
从此，我在我们的死亡中重生。

于凯尔，你会给我们讲讲脸么？

（“所有的脸都是造物主的脸；这就是为什么他没有面孔。”

——阿兰拉比

“渐渐地，你失去了自己的躯体。因为你走进了黑夜，或者说光明在向后隐退。你失去了自己的容貌。完全透明前它曾很光滑。

“你滑行着，面颊循着面颊，前额抵着腹股沟。你流淌着，与你的血同步；

“因为脸不过是船桨提出海面或重新没入大海那一瞬间的凝固。”

——扎采拉比

"在第七日的门槛前，造物主把世界那星光闪烁的封套关闭并加盖了封印，人们给它起了个耀眼的名字：太阳。"

——雅伊斯拉比

"你书写出的田野能疗饥么？"一个弟子问伊戈尔拉比。

"词语这一边的欲望也横亘在词语的另一边。"伊戈尔拉比回答。

"既然你再无饥渴，为什么我还要书写？"）

一位母亲的肖像便是一件封套背后的封印。封印表明价值，并保护封口。

每件封套都包含有一缕麦穗的清单。

（"你想把你的脸赋予我的学说；不过你要知道，我的每个词语都是我要向之提问的一个神童。"斯蒂尔拉比说。

奥达尔拉比说："别人把我们当成骗子，可我们却是真正的拉比。我们的话语在哪儿都并未记录在案，而那些深知如何研究我们的人却正亲力亲为地研究着我们，因为他们正亲身验证着我们的话语，这与我们那些哲人们的著述如出一辙。”）

纳胡姆拉比指出：“信仰来自论辩的结果；达至信仰要么出于直觉，要么为失败所激励。

“为了表明我的观点，我跨进了拉比们正在相互辩诘的房间，从此再没有离开。

“既然每个字词都是一个鸟巢，里面蜷缩着一只怀疑的小鸟，那么一个论点何以能平息或解决一场争辩？”

马蒂亚斯拉比指出：“在我怀疑的森林中，你找到了你的确信。如此说来，我带来的是一个逃避了我的确信。而我将死于不确信。”

屏住呼吸吧；暂时别想渡河的事了。秩序就存在于陡峭河岸间的流水之中，存在于分开淤泥与淤泥、棕榈与棕榈的流水之中；

停止推理吧，停止演说吧，让沉默毅然担负起船夫的角色吧。

请把机会让给船桨，让给作为向导的手吧。

但愿打开封套的人不会伤害到母亲的脸。

但愿收集拉比话语的人不会以此来质疑拉比。

但愿满怀希望的人去观察一下树木如何在我们的森林中吐纳。

于凯尔，我们离开了令人困惑的海岸，登上了你的书之船。

——你们没有离开过书。

你们永远也离不开。

但有时行距太宽，让你们觉得仿佛踏上了一片新的土地；

页边距真的是太宽了。

我们因书相连。

七

（还有谁能比那个孤独者更孤独？所有的路都始于他的内心，并以他的心作为指路星辰。

然而，从一颗星到另一颗星之间，存在着深不可测的沉默之抗拒。）

我本该成为这个人或相似于他的另一个人。

于凯尔，给我们讲讲这个人的故事吧。

——我给你们讲讲他的孤独的故事吧。

对向他祈福的盲眼人，耶克尔拉比说：

“请对这个人说吧，他正用你失去的双眼观看。”

对向他祈福的独臂人，耶克尔拉比说：

“请对这个人说吧，他正用你失去的胳膊干活。”

对向他祈福的无腿人，耶克尔拉比说：

“请对这个人说吧，他正用你失去的双腿走路。”

对向他祈福的聋哑人，耶克尔拉比给了他一瓶油，让他用油灯去礼赞黑夜。

“假如你在犹太会堂里没有看到与我同族的人，”耶克尔拉比曾说，“没有看到他们像孩子一样，在镶着四座银塔的木盒或布盒里用手摩挲着象征他们神圣往昔的那卷沉重的羊皮书；假如你没有看到他们围着丝质的流苏披巾，像坠入深渊般沉浸在自己的思绪里；假如你没有听到他们的呜咽变成了祈祷，而祈祷又变成了超越记忆的歌；那你就最好别谈论什么孤独。”

当一个男人赞美他的造物主时，他就改变了性别。他会变身为灵魂的四季，而灵魂是阴性的。

——先知和教士都穿袍子。

耶克尔拉比将犹太人与一块踩踏过的石板进行对比：“听不到石板在鞋跟冷漠的往返之下呻吟的人，最好别谈论什么孤独。”

石板的力量来自石头。犹太人在投向他们的石头后面安身。将来，一旦重归尘埃，他们将成为投向后代的石头的一部分。他们心里对此十分明了。你不会让他们感到意外。宿命让他们着迷。他们的力量来自对石头的信仰——那是既让他们流血又保佑他们的石头。

“海水退潮时，石头便获得了解放，”耶克尔拉比教诲道，“而石头也相应地解放了我们；因为我们只有在四壁之内才真正自由。”

玛杜恩拉比说：“与一般的看法相反，孤独并非一块蒙眼布，而是高度意识到作为目光而存在的目光；它很清楚，为了目光的存在，它就必得抵制所有的焦虑，并去追求勇敢而艰难的进程。”

孤独，它守望在耶克尔拉比的目光里，守望在玛杜恩拉比的目光里，就像守望在井里的死寂风景。我就是这样理解孤独的特性的。

孤独是遗传的，仿佛一对向我们索要灵魂的连体双胞胎姐妹。她们俩，一个孕育死亡，另一个孕育生命。

（他又对耶克尔拉比说：

——那位虔诚的信徒把《摩西五经》[①]递给教友们亲吻，他知道无论在圣殿[②]墙外甚至圣殿墙内，他都必须去保护《摩西五经》，就像未婚母亲保护其罪恶之爱的果实一样。我们就是为此而遭受非难的。

他又对耶克尔拉比说：

①　《摩西五经》（*Sefer Thora*），又称摩西五书、律法书、摩西律法或托拉，是犹太人对《圣经·旧约》最初的五部经典——《创世记》《出埃及记》《利未记》《民数记》和《申命记》——的称呼。《摩西五经》是犹太教经典中最重要的部分，同时也是公元前6世纪以前唯一的一部希伯来法律汇编，它曾作为犹大国的国家法律规范，即便在犹大国亡国后也依旧以习惯法的形式自动调节着犹太人的生活。传统上一向认为，这五部经典是摩西接受上帝的启示而撰写的，内容是古代以色列人的民间故事，它记载了以色列民族的起源，尤其是创世的上帝对他们的启示。《摩西五经》的主要思想为六个重要的教义：上帝的创造、人的尊严与堕落、上帝的救赎、上帝的拣选、上帝的立约和上帝的立法。

②　圣殿（le Temple），即耶路撒冷圣殿，古代以色列人最高的祭祀场所。自公元前10世纪所罗门圣殿在耶路撒冷建成后，耶路撒冷一直是犹太教信仰的中心和最神圣的城市，是敬奉上帝的崇拜场所和以色列民族的象征。圣殿内的至圣所里藏有约柜，是犹太教最神圣的所在。历史上的耶路撒冷曾先后出现过两座圣殿，称为第一圣殿和第二圣殿，均已被毁：第一圣殿于公元前586年毁于巴比伦国王尼布甲尼撒二世，第二圣殿于公元70年毁于罗马帝国将军提图斯。

——那位虔诚的信徒从头到腰围着流苏披巾[①]，那披巾就像为了不留痕迹而裁去拖裾的婚纱，因为他知道一旦失去了披巾和他的造物主——他的造物主就在披巾里——他就失去了存在的价值，如同新娘在新婚当天便守寡一样。

我们就是为此而遭受贬抑的。

他又对耶克尔拉比说：

——那位虔诚的信徒知道，就像祭礼一旦结束，那绣着金色玫瑰线的锦缎就会被一位伤心而声名不朽的商人重新包裹起来一样，他又得去发现古老的苦难和黑夜。我们就是为此而遭到追杀的。

但我们知道如何赤裸而死。

耶克尔拉比说：

——我是如影随形的耶克尔，影子远比我硕大。

我身上承载着所有的路；既有行人的路，也有石头隐藏起来的路。

兄弟们，我承载着你们，

就像带着一串钥匙。）

① 流苏披巾（taleth 或 talleth），犹太人祈祷时披在肩上的一种带流苏的丝质纱巾。

八

造物主休憩于人身

犹如人休憩于树下

而影子因了造物主的恩宠，

化作人中树，化作树中人。

我本该成为这个人。我分享了他的影子。

——于凯尔，给我们讲讲那道我们共有的影子吧。

（哈泽尔拉比曾经说过，“影子就是影子”。但深谙影子之渊源的约阿基姆·艾利亚并不认可这种说法。

“影子无非是个表象，”他说，“而我们知道，这个世界为了给表象腾出地方，每天早上都会仓皇出逃。”

“但如果这个世界不存在，”哈泽尔拉比问，“我们怎么才能理解它呢？”

“我以我之所见去理解它，”约阿基姆·艾利亚说，“只要一眨眼的工夫。”）

“你们可曾考虑过影子的重要性？”希亚拉比对新年嘉宾们说，“它是反映和反映的奉献，是人的替身和镜像，同时又是阴凉的绿洲。

“但切忌把影子与透光混同；因为影子既是光的焦点也是死去的语言。”

于是第一位嘉宾回答道：

——噢，大师，承蒙你点化我悟到了这个问题。我如今就是一道影子。我保留了我的躯体。我有眼睛，有嘴；我用手听到了心脏的跳动，而我在翱翔，比羽毛还轻盈。这难道不美妙么？

于是第二位嘉宾回答道：

——噢，大师，承蒙你点化我悟到了这个问题。我如今知道了，死亡并非记忆的丧失，而是记忆的神化——即光的神化——让人不费气力就能轻松想起。对童年也能记忆犹新。只需耳朵和目光即可，就像置身于剧院。我于是自问，那些在世俗剧院里享受的人是否能意识到看一场演出其实就是在学一门手艺，他们在这段欣喜、动情或迷茫的时间里正在被动地学习死亡。

于是第三位嘉宾回答道：

——噢，大师，承蒙你点化我悟到了这个问题。孩提时，我曾在街上遇到你和你的一个弟子，我当时就想：“影子之间本该如此对话。你们苍白、呆滞和有气无力的微笑便是我思考的源头。”

“你以为那是缺乏活力，正相反，那恰好是活力的顶点。”希亚拉比回答。他又接着说道：

“写作狂总是梦想自己能化作一道影子，好娶流水为妻。二者结合就生下了书。”

但影子只是眼睛捕捉到的记忆斑点。

对造物主的记忆——这种记忆随我们信守他的律法而强化——将信

徒改造为繁茂的无花果树，能让我们联想到婆娑作响的树叶及其特有的芬芳。

在光不可抗拒的途中，影子便是造物主的场域和变化。

我本该成为这道影子。我分享了它的勇敢。

于凯尔，给我们讲讲你的影子的壮举吧。

——我给你们讲讲纳唐·塞歇尔的故事吧。

在隔都里，纳唐·塞歇尔的名字受人爱戴。他生活在大家中间，有如喷泉与街心花园同在。每个人都谈论他，像家人一样敬重他，同时也畏惧他——怕惹他不高兴。他住在一所废弃的小房子里，但大家的想象力把这所房子变成了纳唐·塞歇尔最漂亮、最舒适的豪宅——大家都这么想。逾越节时他会怎么过？逾越节时，他肯定会用雕花银盘吃饭，那些银盘子是从科恩家借的，科恩家也肯定会以此为荣。

对有些人来说，纳唐是一位超越时间的哲人，是一位人人都可问卜求卦的预言家。妇人们之间常常议论道：

你们知道纳唐是怎么回答我的么？

——你会有个儿子，儿子会在黑夜的乳头上吃奶。他会像你以泪浇灌的橄榄树那般成长。

——我儿子难道不是从我肚子里生出来的么？你让我不安，纳唐。可我为什么非要以泪浇树呢？

你们知道他是怎么回答我的么？

——你儿子会成为你的影子。

——我将在我儿子的脚下入睡。

你们知道他是怎么回答我的么?

——你将在痛苦中打滚。

——但我终究会有我的快乐。

你们知道他是怎么回答我的么?

——在隔都里，快乐是点点烛光，而希望是熊熊烈焰。

有时，他又像犹太教神秘哲学家那般可怕——却又我行我素。

“从源头起就有了语言。造物主是一个圆，由闪光的字母组成。他是他的圣名的每个字母。他也是中心，那个圆的空地上站着男人和将为人母的女人。

直面其中一个神圣字母时，那个圆就碎了，被自己独有的符号所确认的造物将佩带起这个标记。”

“纳唐，你相信偶然么?”

——偶然是你们对那些意外事件的解释，因为偶然打乱了你们的生活。造物主可不管什么偶然，所以他无意解释也无意说明这个问题。阿多乃[①]在。在他四周，天地万物经由他而依次生发。

所以，我们只知道阿多乃的一部分；那是他在持续的明耀闪光中展示给我们的那一部分——在运行中，他的圣名就像他自己一样，都是倔强的光。

所以，我们只了解主的一部分。但这一部分已足以引领我们达到我等智识之外的一切。

---

① 阿多乃（Adonaï），希伯来语著述中代指上帝的名称。以色列人认为上帝的名字至为尊贵，不可由人妄呼，说到上帝的名字时应称作 Adonaï（即“我的主”的意思）以代之。

我们的生命在大写的善中具有一个启示性字母的形状，分娩它的声音在我们的心中回响。

我们的生命在恶中的形状是个颠倒的字母，它因为无法辨读而被万书之书摒弃。

纳唐又补充道：

——唉……唉……犹太百姓的呻吟都在那个永恒者的躯体当中。

对他人而言，纳唐是个无私的伙伴，他全身心地投入到隔都的事务当中。

——谁劝你这么做的？

——是纳唐。

没有纳唐的同意，一切都不会开始。一旦结果出了差错，那肯定是因为大家听岔了他的话。

无论开什么会，他都是特邀嘉宾，在犹太会堂——有些最简陋的会堂，无垠的天穹取代了四壁——他的声音盖过了世间所有的声音。

——妈妈，给我讲讲纳唐·塞歇尔吧。

每个孩子都想听母亲讲点儿真话。而母亲却延续着传说。

"孩子们个个都是鬼机灵，"母亲说，"可纳唐不同。这并不是说他精于计谋和把戏。而是说他的心思压根儿就没在那儿。"

"纳唐，你老是心不在焉，那会毁了你的。"

"那只会拯救我。"纳唐回答，"会拯救我们所有的人。"

"你们看看，"他叔叔戴维这样说，"啥时起他连自己的事都不管了？"

有天早上，他姐姐上街碰到了他——像往常一样，就在正午前不久——她遽然见到他弟弟在光芒中现身——她吓得半死，顿时傻了——她看到他热情地挥了挥手，然后就消失了——先是一条胳膊，然后是另一条胳膊，随后是腿，最后是脸，就像在大洋中的两个浪头之间消失了，却没有任何挣扎的迹象——她是在街上么？她不是在梦游吧？她想喊救命，声音却噎住了，憋在身子里发不出声。她无助地期待着把声音找回来，期待有人帮她找回声音并还给她。可这一切都纯属徒劳。她的心把她带往了开阔的海域，她知道她再也回不了港口。

——纳唐，你那么心不在焉，那会要了你的命。

霎时间，隔都里谣言四起，说拉舍尔的儿子纳唐淹死在了自己的灵魂里——就是他扔掉衣服的那个地方，那些衣服就是证明——还说他姐姐漂浮在海浪之上，看着像个虔诚的信徒似的站着祈祷，其实是仰面朝天。

（我们想不出他们不站着还能怎么样。实际上，他们肩围披巾，就像一叶小舟听凭风浪摆布。在祭礼中，海浪说到就到，有时大得连犹太会堂都左右摇晃。离开教堂时活脱就像一次着陆。重新回到自己的街区和自己的家时，就像经历了一次有益的缺席。）

“我早就料到了，”戴维叔叔吼着，“纳唐现在肯定正光着身子溜达呢。”

但在戴维叔叔四周，大伙儿却在祈求：

——纳唐，纳唐，你出来吧。

——你在这儿还是在那儿？

——你在我们前面还是后面？

——你在天上么？

——你在地下么？

——我们经常自我迷失，可其他人看得见也摸得着我们。

——纳唐，现身吧，我们把你带回大地。

此时，一个声音传来，先是含混模糊——奇迹乍现时尚不足以服人——随后越来越清晰，随着大家逐渐习惯于奇迹——见怪不怪便意味着遗忘。从此凡事皆成奇迹———一个以血肉和闪闪粼光造就的声音出现了，于是大家看到一个声音以词语的形式展现出来：

——我通体透亮，我就像犹太会堂里七枝烛台的对白，烛台从约柜两侧伸出，那里放着羊皮律法书，关于这部律法，有个诗人曾断言说，展开羊皮卷便是造物主之国的沙滩。可我是个影子，是山巅和深渊的影子。

人越聚越多，情绪越来越激动，他们恳求道：

——现身吧，纳唐。

——现身吧。

那声音又说道：

——我就是那个欲取又舍、既禁又放的人。我是第二种在场。

人群越来越急，连外圈的人也躁动起来。一群荷枪实弹的士兵冲进隔都想维持秩序。肇事者可能会受到审判和惩戒。塞歇尔的姐姐可能会被第一个抓着头发拖进法庭——可谁能去海中抓她呢？

就在士兵们一次次更猛烈地扑向抗议的人群时，发生了这样一幕：士兵们不知为什么也不知被谁又推了回来，根本无法靠近他们想镇压的人群——士兵们中间弥漫着虚空，他们的军刀只能凌虚劈砍。飞迸的鲜血迷住了士兵们的双眼，而隔都里的居民却没人受伤。那是虚空在淌血。士兵们也如此，他们无法躲避自己的刀剑。

隔都仿佛一座海岛，居民们的愤怒、顽强、信念和爱，通过纳唐·塞歇尔的手臂界定了轮廓。

母亲总结道："这就是那个故事。"

我的族人们在蚕茧中进化。他们禁锢于一己恐惧和信念当中。他们属于蚕——夜里吐丝的虫子——的家族，属于鱼的家族，而鱼的茧就是海洋。

每个犹太人身后都拖着隔都的一部分，那是一片被救赎的土地，一遇到危险，他就躲了进去。犹太人与这片土地的链接导致了他们与世隔绝，而一旦与自己人在一起，这些链接就消失了。

这被诅咒之地，一如应许之地一样被接受；这孤独之地——大地的表象——披上了由希望着色的外衣。

奢侈的缺席。

（西隆拉比说："那些事件为我们微微开启了镜廊之门，让我们在各个时代里端详自己，把长廊中那些理想化和偶然出现的肖像展示给我们的内心。

"我们以他们为榜样去汲取勇气。"

“看看那些人，”马蒂亚斯拉比说，“他们是井，属于他们的水被赶走了。一旦他们的步履变得沉重起来，就说明他们重新回归了自己的土地。”）

九

（集中营里，呼号的回响此起彼伏。以前大家都是醒了或睡过很久以后才听得到呼号声。而今天他们再也无法入睡了。

一天，那个临死前的拉比——他已剃净了毛发，穿着集中营的囚衣，一点儿也不像个拉比——对我说：

——湖水是什么？湖水是一张白纸。涟漪就是皱纹。每道涟漪就是一道伤口。

没有涟漪的湖泊如一面镜子。皱纹密布的湖面就是一张脸。

在这些标记中，我们的脸映照出造物主的脸。

我对那个拉比说：

——你撒谎。那无辜者的脸呢？

那个拉比对我解释道：

——无辜者的皱纹是微风吹拂的涟漪，风静，则涟漪平。

似皮肤眨眼般神奇。

每次微颤时，造物主都在。

我对那个拉比说：

——造物主在风里，拉比，那是毁灭一切的风。

那个拉比打断了我的话：

——别亵渎神明，于凯尔。树之所以是树，因为它从不渎神；树身上的每个树疤都是一纸契约。）

就这样，我们因为脸而成为兄弟。

此处，彼处。彼处，此处：一块玻璃，一只球。

球体因反光而成为碎片。透过太阳可领略到斑驳的反光。所有色彩都招人喜爱——还有人们眼中数不清的其他物体。反光有蓝有红。有黄有绿。黄永远变不成蓝，绿也永远变不成红。

“我们的胸像个监狱，”维达拉比曾经写道，“而我们的肋骨是免于窒息的铁窗。

“为了获得救赎，兄弟，你将自囚于你的牢狱，因为中选者便是为造物主传话的囚徒。为了活下去，他必须以自己的躯体作为牢房，好满足话语的需求。

“而你将会明白生活在造物主身边的幸福。”

对此，希亚拉比回应说：

“自我存在的幸福就是奔马甩掉骑手时的那种惬意的感受。

“但我落脚的土地上毒蛇肆虐。主呵，请让我成为你的坐骑，让我们一起穿越无限，那儿因了你而星斗满天。”

十

话语的前后，是符号
而符号里是虚空，我们就在那儿成长。
只有符号看得真切，那是一道伤口。
但眼睛在撒谎。

我本该成为那个人。我分享了他的爱。

于凯尔，给我们讲讲本该成为你的那个人吧。

——我先和你们讲讲谎言。

曾是我第一位老师的雅各布拉比认为撒谎是一种美德，他说那是因为没有谎言就没有书写，而书写乃是造物主之路。

雅各布拉比还相信雄辩，他曾将雄辩比作落石撕破水中天激起的令人晕眩的涟漪。伤口在瞬间愈合。但涟漪却不断复制和延展，并见证了——呵，真是讽刺——痛苦的程度。

神圣的话语一经出口便归于沉寂。但我们对回荡的声波充满依恋，因为那是我们自己受到神启后的话语。

某种神圣话语的缺席造就了雄辩。

雄辩始于话语之初。我们被神性慑服。随着话音转弱，回声消失，剩下的唯有人的低语。

奢华与庄严是君主们的语言。它们是人的谎言——恋人的爱抚同样如此——而赤裸、贫困则是造物主的谎言。

我还会告诉你们关于玫瑰花和花瓣包火的谎言——因为玫瑰花是最女性化的花——还有数字“3”，玫瑰花是其象征。花瓣成双成对，暗合着数字“3”的形状。花冠和花茎组成了数字“9”，3 乘以 3 对花瓣。手撷玫瑰花举在嘴前，无意间追溯着数字“3”性感的演变。

（为什么说只有玫瑰花才是数字“3”的象征呢？譬如说，水仙花，它有镜子般的影子，还有冠状银莲花和屈曲花——它们都是常绿植物——它们的花瓣更像俗称的繁缕花[1]，更像一对对蝴蝶，这几种花更有理由得到这一殊荣。

那是因为只有玫瑰花最会撒谎。）

“三次，每三个月一次，”格里沙拉比说，“孩子在母亲的子宫里就碰到了大写的数字‘一’，那是第一个字母，是他自己—— 一个大写的阳性的‘一’加上一个大写的阴性的‘一’，再加上一个大写的阴阳同性的‘一’——便构成了左右我们命运的那个大写的数字‘三’。

“人同时有在、非在和超在三种形态，其化身甚至超越了死亡。”

尚道卜拉比说：

“这个唯一已经被祝圣过三次，因为唯一是影子、半影和太阳。”

利雅道卜拉比说：

---

① 繁缕花（argentine des jardins），石竹科，常见的田间杂草，一年生或二年生草本，别名鹅肠菜、鹅耳伸筋、鸡儿肠等，高 10—30 厘米，喜温和湿润的环境。

“第一个字母让字母表备感痛苦，因为它是其自身的三倍，是其引领的字母的三倍。”

我会告诉你们小数字和大数字的谎言，告诉你们圆形和三角形的谎言，那是巫术的大道和死路。

我会告诉你们信仰被火焰耗尽的谎言，它不能让你们升华，却可以在烟雾中升腾。

（“信徒的心是一堆干柴，”希姆萨拉比写道，“他会为人类对造物主的想象而献身。”

罗里亚拉比说：“对你们而言，灰烬，灰烬便是信徒的鲜血。”）

我会给你们讲讲第三天。

我本该成为那个人。我分享了他的岁月。

于凯尔，给我们讲讲那个作为造物主谎言的人吧。

——我给你们讲讲他为了撒谎而付出的代价，或者说他为了生存而付出的代价吧。

十一

当我全身心渴望被爱的时刻，我学会了爱人。

这就是犹太人爱犹太人的方式。

我学会了做人。

我学会了臧否人。

这就是犹太人谈论犹太人的方式。

一天，我的话语让我感到陌生，

于是我闭上了嘴巴。

（“我灵魂的故事就是字母表中的字母的故事，其形式让我感受到它们在穿越时空直至在词语中结合的过程，这就是我出生之前既定的时间和场域。

“没有两个人和语言之间的距离是相等的，因为我们在字词拥抱的心灵与精神地带的演进不同。我们离真实话语的远近取决于我们究竟是附带着尾随它还是舍弃一切地去追上它。

“话语是处子之身。我目睹它的苏醒。

“我灵魂的故事就是我对语言热切探索的故事，在那儿，世界就是我思想的对价。”

——卡昂拉比

“没有人能毁灭一支蜡烛，”贝尔拉比说，“因为蜡烛是灵魂的光。”

对此博尔拉比回答说，他每天夜里熄灭一支蜡烛。

“弄瞎一个人的双眼是否意味着剥夺了他灵魂中的太阳呢？”贝尔拉比这样说道，“世界内部是个黑暗的世界，每次告白，每个动作，都是一支燃烧的蜡烛，即便我们已经入睡，它依旧守护在我们的内心深处。”）

“死亡是个绣娘，”索赫米拉比写道，“她的创作题材尽人皆知；但丝线的色彩之繁多仍令我们咋舌。这就是为什么我们在它面前总感到震撼。

“因为一幅精美的刺绣就是我们的灵床。”

（“我们话不投机。你手聋眼瞎。”

——伊瑟尔拉比

“可以把灵魂比作话语托举的一座沉默的山峰。肌肉乏力将致其倾圮。”

——迪巴拉比）

“你相信理智，仿佛理智是理性的。”

——松恩拉比

“你在我掌心里阅读，你在我目光中书写。”

——塞姆拉比

“要接受死亡就得疯狂，要顺势而生就得明智。”

——阿代姆拉比

“你死了。你避开了想象。”

——齐昂拉比

“死亡中有一道微光，仍有生命将尽未尽。”

——埃维拉比

我给你们讲讲存在是如何在梦幻之夜里为自己打通直抵言语的各条道路的。

首先是这条依稀可辨的从字母到字母、从影子到另一道更浅暗的影子的轨迹；其次是字词有目的地穿越贯通；最后才是语境和精美文字的石板路。

但别轻信疯狂会一去不复返；它就像痛苦一样，窥伺着每个路段，我是想说，我们总会撞上藏身于话语里的话语、深埋于存在中的存在的。

呜呼，若真的触碰到疯狂，我们很可能就得去冒永失理智的风险。

疯狂与智慧是白昼的两极。它们前景迥异。对拂晓而言，正午是主人。对黄昏来说，午夜是渴念的女友。

“我不知道疯狂的顶点是破晓还是日暮，”阿鲁特拉比说，“我也不知道疯狂才是智慧或智慧才是超级的疯狂。”

黄昏一头扎进深渊里燃烧的世界，好似扎进一汪汪炽热的湖泊。拂晓微微开启了活跃的光，将大地托付给大地。黄昏守候着根。拂晓养育着果。

阿鲁特拉比还说：“智慧与疯狂是同一棵树的馈赠，但那棵树四周相似之树颇多，人很难真正遇到那棵树；只有那棵树才既能果腹又让人性命无虞。”

哲人和疯子——这是偶然决定的么？——都是被极度不慊推送到隐蔽枝丫上去的人。他们听任自己被斫伐。

疯狂呈现出雷电的脸，智慧则呈现出雕像的脸。它们激起了蚂蚁的热忱，此时，在已被征服的地区，加冕的鹰隼正在刺穿自己蓝色的王国。

一个犹太男人和一个犹太女人——他们数以千计，数以百万计——丢掉了自己的前额和肩膀，变成了麻木的腿，日渐消瘦。他们在路上没有一个朋友，只有不堪倚靠的高墙。

“你看，”阿贝尔说，“只剩下了一堵墙，是我们的呻吟震聋了它。”

而蒂玛却说：“石头里面是沉默。当我们的行为再无意义时，我们的痛苦就僵化了。可我们的泪水，兄弟们，你们谁来承受呢？”

数堵高墙把他们与人群隔绝。

十二

黑夜销蚀了色彩。黑夜把火焰变为灵魂的颜色。

——数字“4”就是我们丧失了的那个数，他说。你别觉得我疯了。数字“4”就是2乘以2，我们正是被这种老套的逻辑害苦了；因为我们证明2乘以2也可以得5、得7，或者得9。这只需请哲人给我们做出解释后就能确定。简单的事情里并非事事简单。人家嫉恨我们，就是因为我们不做简单的数学运算。

人家教给他们2+2=4，他们马上就断言说我们是多余的。

他们最新的那个发明，那个纳粹的万字符，不就是悬在我们裹尸布上的那两个交叉的“4”的影子么？

我们要是死了，数字“4”就能实施双倍的统治，统治人，也统治植物。

我们的墓碑上会有一颗卵石。还有为那些平静逝去的人摆放的雏菊。

（我们有没有可能就是对2加2等于4那个不容置疑之结论的否定呢？

——我们曾经就是这个结论，而他们却以此对抗我们。

——这是怎么回事，于凯尔，是怎么回事？

——请告诉我们吧，以大写的善和大写的恶的名义，以大写的天堂和大写的地狱的名义；

以大地弧线的名义。

因为我们才是逻辑之苦。在偶数的加法里，我们只是那些有序和无序的奇数。）

十三

我们被当作食粮奉献给那个钢铁怪物的每道链环，落进它焊接的嘴巴里，它将我们祭献给我们的足迹。

人的一生能留下什么？甚至连足迹都留不下。

后续的词语模糊了足迹，只因为它遵从了书写的律法。

因而所有证明、所有叙述都只能是一支笔穿越现实与想象、穿越生命与生命之梦去追寻自我的一场冒险。

（城里，有个人沿着排排路灯和月亮的水行走。

有个人——是同一个人么？——在写作，他迈出的每一步都是明亮纸页上的一个词语。

一个痴迷的、不懂得如何自我表达的人。

一个全神贯注的人。

——他的替身。）

他们长着和达博拉比一样的瘪脸，人家说，达博拉比脸上的印痕是造物主的使者在打断他的祈祷并亲吻他前额时用左右两个食指掐出来的。

——遗传了达博拉比瘪脸的后嗣们，造物主的使者留在他们脸上的指痕和留在他们沉浸于祈祷的前额上的吻痕都到哪儿去了？

他们长着和安塔尔拉比一样的薄嘴唇，人家说，安塔尔拉比总叨咕造物主的名字，所以嘴巴磨损过度，再也长不出肉来。

——遗传了安塔尔拉比薄嘴唇的后嗣们，造物主那尊崇的名字已经咬掉了他们的嘴，他们用这个名字都干了些什么？

他们长着和米萨拉比一样的奔儿头，人家说，那里面藏着一枚蛋，以色列王国有一天在温热而感恩的翅膀下破壳而出。

——遗传了米萨拉比奔儿头的后嗣们，他们用那温热而感恩的羽翼和那枚某天孵出了以色列王国的蛋都干了些什么？

他们长着和艾扎尔拉比一样用两笔就能画出来的眼睛，人家说，艾扎尔拉比三番五次涂改自己的作品，所以作品中只剩下了一连串造物主的名字。

——遗传了艾扎尔拉比眯缝眼的后嗣们，他们以那光荣的、让人眼花缭乱的名字都干了些什么，又用从那幅劣作中获得的教益干了些什么？

他们长着和埃弗拉拉比一样的鹰钩鼻，人家说，埃弗拉拉比一边念经，一边嗅着清晨沙上的玫瑰花香，到了晚上他就把花扎成希望和爱情的花束。

——遗传了埃弗拉拉比鹰钩鼻的后嗣们，他们用散发希望与爱情的花束都干了些什么？

这些容貌定义了他们，超越了他们，约束了他们。

——可是，有谁能为自己的相貌负责呢？

一滴鲜血封住了他们的嘴唇。突然间，大地像个穿着圆点儿红裙的疯女人一样出现了，她的一举一动仿佛灰烬中那幻觉般的婚礼。

此地，猫头鹰便是令人毛骨悚然的灵魂。

极辽远处，别的地方，云端里，被他们呼召而来的死者们聚集起来。他们围坐在木桌四周。每人都有一把秸秆椅或木椅。在别处，在白昼的另一端，是黑暗曾照料过的死者们，他们未来的主人。

一位哲人：我们作为见证人做出审判和裁决，好忘掉我们自己的无能，致力于开辟出我们的死亡大道，就像我们过去在各自的故国里呼吸的那条王室大道……

一位哲人：我们，作为哲人和见证人……

一位哲人：在世界中心陷落的那些都城，在那些幅员不大的行省和谦卑的村落里，我们的每块石头和每只忠诚的鸟儿都追随我们来到了这里。

而我们却重复着儿时和暮年的词语。我们无法甩掉形象。

一位哲人：我们，作为居民和幽灵……

一位哲人：……因为肉体不朽，它是欢笑和痛苦之母……

一位哲人：……因为灵魂——我们从那儿来——没有其他目的，它只想让手成熟，就像阳光和水让树的各种果实成熟一样……

一位哲人：我们的灵魂要前往雪的国度……

一位哲人：……那被水阻隔的国度因寒冷而僵硬。水守护着我们。冰川也守护着我们，那些消亡者的眼睛都变得硕大。

一位哲人：在那个目光还能停顿、耳朵还能听见、鼻子还能嗅到、手指还能触摸的地方，一堵墙竖起来了。

一位哲人：筑壁垒墙，这不就是生活么？

一位哲人：奇怪的是我们竟能在既定的时刻相遇，而若干世纪以来，我们早已分不清黑夜和白昼。那我们是怎么知道时间的呢？我们肯定再三反思过，也肯定意识到我们自己又建立起了新的联系。这不就是为了克服厌倦么？我们本不必相遇——我们只是一心想建立联系——真是怪事。我们还是相遇了。

一位哲人：我们测算过被阻隔开的距离。我们已停止了死亡。

一位哲人：死亡在它自身和空间里远去。

一位哲人：我们是那若干世纪都未能遏制的回声么？

一位哲人：我们是遗忘的最后一丝喘息么？

一位哲人：一个人被他所接触到的一切缠住了，被训导他的一切缠住了。

缠住了。

一位哲人：我曾经想停止死亡。

一位哲人：我们曾经相互寻找。

一位哲人：我们曾经想停止死亡。

一位哲人：一块石头

而更高处

又是一块石头。

一位哲人：一座门

而更高处

又是一座门。

一位哲人：一扇窗子

而更高处

又是一扇窗子。

一位哲人：青草

而更高处

是花朵。

一位哲人：树干

而更高处

是枝丫。

一位哲人：膝盖

而更高处

是肩膀。

一位哲人：脖子

而更高处

是眼睛。

一位哲人：我们想飞升，再不回返。

一位哲人：我们互帮互助。

一位哲人：为了抵达石头就要毁灭石头么？

一位哲人：为了抵达大门就要摧毁大门么？

一位哲人：为了抵达窗子就要捣毁窗子么？

一位哲人：为了抵达花朵就要践踏青草么？

一位哲人：为了抵达枝丫就要砍倒树干么？

一位哲人：为了抵达肩膀就要敲碎膝盖么？

一位哲人：为了抵达眼睛就要扭断脖子么？

一位哲人：死亡，便是死亡乏味的攀爬。

一位哲人：为了抵达大门，我们将摧毁石头。

一位哲人：真需要这样么？

一位哲人：为了抵达窗子，我们将摧毁大门。

一位哲人：真需要这样么？

一位哲人：为了抵达窗子，我们将捣毁窗子。

一位哲人：真需要这样么？

一位哲人：为了抵达枝丫，我们将斩断青草。

一位哲人：真需要这样么？

一位哲人：为了抵达眼睛，我们将敲碎膝盖。

一位哲人：真需要这样么？

一位哲人：我们将在田野中自我毁灭。

一位哲人：真需要这样么？

一位哲人：我们将在人群中自我毁灭。

一位哲人：真需要这样么？

一位哲人：我们将在万物中自我毁灭。

一位哲人：真需要这样么？

一位哲人：我们将在死亡中自我毁灭。

“于凯尔，你看，”萨拉说，“云海中的天空百花绽放。”

鼓吹遁世的埃拉姆拉比曾经写道：

“我是无敌的花朵。
我在死亡中怒放。
你不知其所在，
所以嗅不到花香。
可你知它存在，
因此你到处寻访。
可你至死搜寻未果，
因为它也是你的死亡。”

他还写道：“犹太教徒总把目光转向耶路撒冷，就像已经长大的孩子，眼睛却总离不开母亲的子宫，因为那是他不幸的根源。

“唉！耶路撒冷掩埋于圣殿的废墟之下，这是子宫的责任，它得不断驱散那些目光，驱散那些被空无的巨大水晶球蛊惑的目光。

“犹太子民的拯救存在于断裂之中，存在于断裂深处的团结之中。”

而听众最多的列乌姆拉比回答说：

“犹太子民的拯救存在于繁衍的青草之中，青草虽然苦涩，却覆盖着我们坚忍的田野。”

他们俩一个因死亡而疯狂，一个因生命而疯狂。

犹太人的世界是与我们、与我们在世上迈出的第一步同时开始的。

犹太人的世界是以成文律法、以毋庸置疑的逻辑性词语为基础的。

因此，犹太人的故乡是适应其世界的，因为他们的世界就是一本书。

每个犹太人都生活在一个个性化的词语里，这个词语足以让其进入任何已写就的词语中。

每个犹太人都生活在一个关键词里，那是个痛苦的词语，是个密码，

由拉比们注释。

犹太人的故乡是一个神圣的文本，它为引发的所有注释而来。

因此，每个犹太人都存在于律法中。

因此，每个犹太人都制订律法。

因此，那律法是犹太人的。

“你可以让自己不去理会一个物体、一张脸或一种顽念，”萨缪艾尔拉比说，“但你无法让自己不去理会一个词语；因为这个词语便是你的生和你的死。”

（“昼为开端；夜是肇始。

纯洁由此降生。”

——法希姆拉比

“你很美，我全部理智都认定你很美，而你却把自己的美称之为我的不理性。”

——博阿兹拉比）

第二部

“你就像俯身激流的一根树枝,”埃格隆拉比说,“它试图挽住流水。是努力还是疲惫使它弯曲了呢?”

“我累了,”阿鲁恩拉比回答,“我的全部能量都由疲惫而生。”

“那你就像我文集中的书页一样,”埃格隆拉比又说,“书页想留住思想,可这种努力如今却因对手的盲目效忠而难以辨别,而手正在翻动书页。”

一

它热爱一切，宽容一切，给予一切。它是我们的律法，我们守望它。

——科尔德雷拉比

我走的是一条最崎岖的路。最长的路——也是最大胆的路。

此路由困难始——生存和书写的困难——以困难终。

（“困难就在于自身，”阿卡德拉比说，“只有碰到另一个困难时这个困难才能解决。”

而利萨拉比说：“困难通过与另一个异性的困难结合而与我们相生相伴。这桩婚事往往孕育出合法的困难。”）

莱尼亚拉比说：“痛苦与欢乐是可怕的一对儿。所有的欢乐都是一潭苦水，所有的痛苦总有一隅乐园。

“但不幸却比椰枣树长得更笔直，比弓箭更要命。”

利亚尔拉比说：“那不幸既是救星又是杀手，这就是我们继承的那把钥匙。”

（“我的主，”杜布雷拉比写道，“你无处不在，那为何还要洞穿我们的墙，非要我们走向你不可呢？”

这无疑也是萦绕在泰伯拉比脑海中的问题，对此他这样说：“只要是在书里，我们就得用这把钥匙，它是词语为我们特制的，我们得自己去发现它。

“没有这把钥匙，每一页都是闭门羹。”）

我走的路是我同胞们开辟出的路；智慧与直觉之路——直觉之路先于智慧之路；智慧之路对抗直觉之路——也是争论与疑惑之路，路的尽头是拯救，而拯救又是另一个疑惑。

——造物主不就是那座岛么？达伯拉比说，犹太人一旦登上海岛，就找到了他的兄弟们，而兄弟们也会殷切询问他的旅程。大海上的每一秒都是与海浪的一纸契约。

幸亏有你们，大海才会拍击这片孤独的海滩。

海浪是男性的话语，是一个反省的民族不断重复的历史。

埃玛拉比说：“与你们的话语一起进来吧，今天是这些话语在设宴请客。”

阿利亚拉比说：“当天空晴朗祥和的时候，浪花像祈祷中的犹太人一样荡漾；因为犹太会堂的天空有着夏日清晨般的纯净。”

犹太人在话语上航行，这些话语是从太阳那儿学来的。

塞尔维拉比写过：“若有时你认为造物主看不到你，那是因为他把自己变得那么卑微，以至于你将他混同于那只在你窗玻璃上嗡嗡作响的苍蝇。而那正是造物主无所不在的明证；因为他既是一切又是虚无——是无上荣耀之灵与微不足道之毛发。”

“围绕一本书对话，比品尝美酒更让我温暖，”阿谢尔拉比说，“因为我能与你们共饮我灵魂之源的美酒。书就像所有生命一样，也有共享的缘分。”

“老师，你确实曾经这样说过，”埃斯克尔拉比说，“我们也约略聆听过你这方面的教诲；但无序难道没有铭刻在宇宙中么，就像焦躁不安的大海在舟船劈波斩浪掠过海面时所做的那样？”

“话语有如赛马，它飞奔时扬起路面的沙尘，令路人不得不合闭双眼。”

“老师，你的话语变成了我们的坐骑，”兰代尔拉比说，“可我们行之不远。就像在马戏场里转圈。难道我们注定只是些蹩脚的骑手么？”

“大树靠着那些年轮才能长到树顶，蜜蜂凭着自己的吻管才能寻得花蜜。‘知识的路径圆过苹果’，阿扎尔拉比不是这样写过么？”

二

自由非奢望；但向梦中寻。

（“你倚在水边，竟然惊奇地发现自己沉下去了。”

——哈迈尔拉比

“别把正义和真理混为一谈；正义以真理之名行事，而真理尚待求索。”

——阿冈拉比

“你经常搞错。你是对的。”

——阿莱斯拉比）

“他是我的仇敌而我居然不知。”

——埃拉尔拉比

“他对我不公，而你公平待我。我无从辩解。”

——莫尔多拉比

于凯尔，你来自岁月的深处，而岁月深处有点儿像一团云雾。

你来自大海，而大海将你与你自身割断，将你与你的影子、你的光芒、你的石头和你的青草割断，而且是毫不留情地割断。

你的青春长眠在一汪汪书的池塘里。它像流动的影子一样脆弱，像男人和女人的影子一样并肩伸展，他们随爱情经历了数百年时间，却变成了可诅咒的池塘的配偶。

你仍旧拥有大地。

路，一扇触手可及的门。

你去开门，目光早已残损，因残损而无法远观；那目光拖累了你。

你去开门，心灵早已疲惫，那心灵的支撑难以为继。

你去开门，钥匙早已锈蚀，无法插入锁孔。那把锁也同样锈迹斑斑。

四壁依旧追随旧主人。

你曾是那棵棕榈树，你曾影翳移墙。

（丹巴拉比说："我们生活在陌生的国度，所以只能在内心欢度安息日[①]。呵！我们的心跳何时才能与这个城市的脉动合拍呢？"

蒙代尔拉比说："我们生活在一幅展开的扇面上，那是我们在虚空中的声音。"）

---

① 安息日（Sabbat），犹太教的古老节日。"Sabbat"一词源于阿卡德语，本意为"七"，在希伯来语中意为"休息"或"停止工作"。犹太教的古老律法规定，一周的第七天是休息的日子。据《摩西五经》解释：首先，安息日与上帝创世相关，因为上帝雅赫维在六天里完成了创世的工作，第七天是休息的日子；其次，安息日体现了平等的观念，因为这一天没有主仆之分；再次，安息日与"神圣"的观念相连，因为这是以色列人与上帝订立的神圣不可更改的约定。

书是睡眠的白色空间。你直立着睡着了，而世界趁你不备转了个圈儿；醒来时，你将面对充满欢笑与泪水的全部岁月，那是世界强加在你肩头的。

塞弗拉比说："我的孩子，你将用失去的财富完善自己，它将引领你战胜自我。你将一无所有而终将成为形似造物主的人；因为没有财富的造物主才是世间万物的财富。"

于凯尔，你是世间的财富，而你却一身赤裸。

你遍身鲜血，而那些刽子手却哭诉自己无辜。

那些刽子手拥有你的声音和你的双手。

班代尔拉比说："他们想灭绝我们。

"为了击碎我们的头颅，他们以仇恨打磨前额。

"为了淹没我们的目光，他们以仇恨浸泡双眼。

"为了平息我们的话语，他们以仇恨填充嘴巴。

"为了扼住我们的呼吸，他们以仇恨灌进胸膛。

"为了折弯我们的髌骨，他们以仇恨润滑膝盖。

"因为只有在皮肉的碰撞与皮肉的深处，人体才能摧毁另一个人和谐的躯体。"

多莱拉比说："他们正深重地伤害我们，通红的烙铁成了他们手上的第六根手指。"

于凯尔，你孤独于世上，而世界给你让出通道。

奈比尔拉比说："他们并非对钻石敬而远之，而是对深渊望而却步，因为深渊就是我们的躯体。

“至于我们的灵魂，谁会知道它们在这深渊中如何闪光？”

那些刽子手中，你是最残忍的刽子手。

其他刽子手中，你是那个犹太刽子手。

要击碎你的头颅，你有爱萦绕的前额。

要淹没你的目光，你有爱浸泡的双眼。

要平息你的话语，你有爱充溢的嘴巴。

要扼住你的呼吸，你有爱涌入的胸膛。

要折断你的五指，你有爱计数的手指。

要折弯你的髌骨，你有爱润滑的膝盖。

戴尔拉比说：“我们因对人民之爱而感受到的痛苦远比敌人给我们的打击更大；每当一个兄弟死去，我们就像与他同死了一遭。”

勒维拉比说：“你受同源之爱的灵魂摆布。你会死于每日复活的某种无望之爱。”

大海的梦是永恒的。那是以色列之梦。

蒂亚纳拉比说：“我们是终日昏睡的梦想家；即便哪一天被人唤醒，我们的梦依旧绵绵无绝期。”

你昏昏睡去，于凯尔，你把手放在了书的封面上。

书合上了。

尚多卜拉比写道：“谁把我从祖先的梦中唤醒，谁在摇晃我的双肩，亲吻我的前额？谁把头依偎我肩，手牵我手？谁在与我同行？呵，谁为了把我引向她的床头而把我从她的床头挪开？谁让我偏离了自己的路？

“女人呵，难道你的能量比造物主还大？”

可约书亚拉比回答说：“荒漠的旅人梦想绿洲。若造物主赐予我们干渴，他也会赐予我们清水；若他给我们指路，他也会允诺我们歇息。”

萨拉，人们如此围捕你，围捕我们；人们砍伐了那么多树，消耗了那么多淡水，以至于我们荒漠满目，

以至于在嗓子眼和瘪肚子里，在眼窝和手心上，你成了我的荒漠，我成了你的荒漠。

（“我将荒漠称为死去的生命，此即沙粒的典型生活。”

——奈维拉比）

伊弗里拉比写道：“捡起几粒沙子，然后让沙子在手指间流动，你就会明了言语的虚浮。

“沙子就是沙子，而话语则是话语祭起的白旗。”

他又写道：“你敢说攥在你手里的沙粒就是滑过你膝盖的沙粒么？它们早已变成了千百个你不知道的其他东西。

“因此，一旦被释放到充满话语的世界里，那话语便成了你的一句句话语。”

母亲，温柔声中我认出了你。树林和山谷比不上我们那片被剃过的田野，在那儿，我们的心更好倾诉。痛苦需要一片痛苦的风景，于是世界归属了我们。它更契合我们。

不幸中，我们是自由的。

请给那朵玫瑰一对玫瑰吧；请给那粒沙子一粒能让它耀目的沙子吧。

母亲，你的抱怨只有面对玫瑰时才显得残忍。荒漠中，它比风还要苍老，牧民对此了然于心，因为沙子一听到它的歌就会黯然失色。

我们应当去呼应民族的第一声呼号，就像沙子应当发现大海冲上来的第一粒沙子一样。

自由就存在于溯源当中。

（那一夜，这个城市无端整饬了自己的记忆，以便让每个市民都有权得到一支笔和一张白纸，以记录下这个城市的历史。

其他过客该是多么惬意呵。

而我则毫无回忆地游荡。我用话语的碎片重建起一座被摧毁的城市，我的书平卧在那儿，上面铺满了蜜蜂破碎的翅膀。）

于凯尔，那天晚上我也像你一样，在屋子里待不下去。我怎么也没料到能在街角上遇到你。我当时正向前走。你与我迎面相遇。我们竟如此平静地结伴同行。对自由相同的渴望使我们相互接近——我们无须交换眼神就知道彼此贴近——我想让自己成为你灵魂中的灵魂，我想向上攀爬，但不想削弱你受难之梯的一级级梯蹬。我让自己准备好接受你感受到的束缚；每一次束缚都唤醒一个词语。它们把我的脸还给了我——

若没有我的文本，我会比风中晾着的一张床单更默默无名，比一扇玻璃窗更透明——为了自由，我曾经需要一张脸，而你却要失去你的脸。

阿鲁姆拉比说："自由，就是在程序中对自我的激动人心的征服，那程序之严密，与水中之棹和时间轴线上的各个时辰毫无二致。"

自由，同样是一张脸的死亡。

（阿德拉什拉比教诲道："若自由有一对翅膀，便也会有双眼、前额和性别。其每次起飞都会在升华的陶醉中使世界和人同时改变一点点。"

利玛拉比说："起先，自由已经十次被镌刻在约版上，可我们是那么不配，以至于被先知愤而碎之。"

伊德拉什拉比又教诲道："压迫是自由的酵母，你若未把自己的全部鲜血与你的主和人连在一起，又怎能指望自由呢？"

利玛拉比说："自由随着我们对束缚有所觉悟而一点点醒来，就像睡眠者之于其感官那样。于是，我们的行为终会有一个名字。"

扎雷拉比用这样的意象传递出他的训诫："你以为鸟是自由的。你错了，花才是。"

埃拉特拉比说过这样一句格言："爱你所有的束缚直至它们焕发出最后的光彩吧，然后，你将获得自由。"）

三

犹太人用一个问题回答每一个问题。

——莱玛拉比

我的名字是个问题，也是蕴藏在我好问禀性中的自由。

——埃格拉尔拉比

“希望，就是求知。”蒙代尔拉比说。但他的弟子们并不完全认同。

“那我们先得认同你对‘求知’这一词语给出的定义。”最年长的弟子说道。

“求知，就是提问。”蒙代尔拉比回答。

“我们能从这些问题中获得什么呢？既然令人不能满意的回答会招致其他问题，我们从这一连串问题中又能得到什么教益呢？”第二个弟子说。

“我们得到的是对一个新的问题的允诺。”蒙代尔拉比说。

“总有问不下去的时候吧，”最年长的弟子又说，“要么是我们的问题得不到满意的回答，要么是我们无法提出新的问题，早知如此，又何必当初？”

“你看，”蒙代尔拉比说，“一个论证结束时，总会有一个关键项悬而未决。”

“既然我们永远不知道该学些什么，”第二个弟子又说，“提问就等于走进了死胡同。”

蒙代尔拉比答道：“总之，真正的学问就是每天都彻悟自己的无知；因为虚无作为一切的对立面，也是一种知识，就像风与翼相辅相成一样。

“我们的希望便是绝望的翅膀，否则我们如何前行？”

“智性比心更危险，”第三个弟子说，“因为心只依从于自我的跳动。我们中哪一位敢说他是正确的？”

“只有合理的希望才是真实的。真实即虚空。”蒙代尔拉比回答。

“假如人存在的真实便是虚空，”最年长的弟子又说，“我们就只是血肉之躯里的空无。那么，那个被我们奉为真实的造物主也是空无么？”

“造物主是一个问题，”蒙代尔拉比回答，“是一个引领我们走向他的问题，他是赐给我们的光，而我们什么都不是。”

这个晚上的研讨即将结束。我答应讲给你们听的故事就在你们的记忆中。我们的旅程穿越了契约与欺诈，穿越了没有回声的灵魂和手，并以有效的迂回方式引导我们睁开双眼去看世界。我们的双眼将根据已见到的一切去理解和判断将要见到的一切。真理与正义，彼此俱为无法收买的眼睛：那正是孩子天真无邪的眼睛。

而自由遥遥在望。

第三部

一

你去哪儿?

——去我儿时的水井，而这条路是一条死亡之路。

——塞格雷拉比

——于凯尔，你没给我们讲那个不服我们祖国水土而死的橄榄树的故事；你没给我们讲那个被遗弃在我们祖国门口而死的椰枣树的故事；你没给我们讲那个找不到我们祖国的路而死的驴子的故事；你没给我们讲那个失去主人而死的狗的故事。

你没给我们讲人的故事。

于凯尔，你给我们讲了荒漠的故事，我们就去寻找那棵椰枣树；你给我们讲了纳唐·塞歇尔的故事，我们就去寻找那棵橄榄树；你给我们讲了智慧与疯狂的故事，我们就去寻找那头驴子；你给我们讲了生与死的故事，我们就去寻找那条狗。

你没给我们讲人的故事。

——我给你们讲了人的健康。我给你们讲了人的孤独和谎言。我给你们讲了人存在的证据：造物主。

我给你们讲了话语的雄辩与赤裸。

——你给我们讲了话语的故事，我们就去你的话语中寻求庇护。

我们记住了你的话语。

你给我们讲了自由是一株植物，也给我们讲了作为犹太人的困难。你给我们带来了那些拉比的语录。

——我给你们带来了我的话语。我给你们讲了做犹太人的困难就是书写的困难；因为犹太教与书写无非是同一种期待、同一种希望、同一种消耗。

——你几乎没给我们讲萨拉和于凯尔。

——我想表达的是全部真实，而真实是一声呼号，是一个将我们从浑浑噩噩中唤醒的意象，这意象要么振聋发聩，要么令人作呕。

畏惧说谎是作家的光荣；因为他应召前来作证，他的写作应当以证言作为基础。

我见过恶。为了摧毁恶，必得允许我诅咒恶。

——你可以诅咒，于凯尔。你可以的。

——有人问伊玛尔拉比，麻雀扇动翅膀时是否比苍鹰扇动得更快，伊玛尔拉比回答说：“我的祖国时而是麻雀，时而是苍鹰。你看，离自己的祖国双倍遥远，我是多么伤心。”

因此，接近我的话语反而会让我对你们敬而远之。

——在你征服的过程中，我们始终追随着你；可我们在你的冒险中能记住的，只有不可企及之天空的远景。

在你对自己的探索中，我们曾追随你。

——我对天空负责，我的词语有时会在天空中演变。

可我没指望你们追随我。但如果没有你们，我又会是谁？

——你是讲述者，于凯尔，从书到书，从天空到天空。

——我是个异乡人。

——于凯尔，给我们讲讲异乡人的故事吧。

——我在言说，

你们通过我去观察，

你们通过我的话语去了解，

你们追随着那个冒充仆人的变节者，没有他，唉，你们就像被风折断花冠的花茎，于凯尔，这个异乡人，除了对某个瞬间难言的痛苦进行过一番无名且无用的铺陈之外，他在大地上形同虚设。

二

我在自己的石头中航行了那么远，因此我变成了五大洲的孩子，其实我依旧是那堵老墙的孩子，正在墙脚下和兄弟们一起哀叹。

——安格尔拉比

“远行的话语听从风的指挥。”

——达莱伯拉比

“绿，灰，黑，你话语的色彩是路的色彩。”

——玛赫勒拉比

（“造物主鄙视回忆。他在远行。”

——海姆拉比

“旅途拒绝话语。
人们闭口聆听。”

——阿克巴拉比

“你为寻找造物主的话语而远行，找到之前，你抑制了自己的话语。”

——本拉辛拉比）

“你来了，我们的树开花了。”

——希莱尔拉比

“我不再与我同在。

我和你们大家同在。

与你们的前额和你们的手

迎接同一个明天。”

——阿维格多尔拉比

“白昼驻足于你的面颊，黑夜包围了我的双眼。我靠着睡下，湮没在自己的光里。”

——拉米拉比

“非理性是犹太人的天职；对犹太人意味着笃信自己的使命。”

——杜伯拉比

“自由之风劲吹，与疯狂之风同样猛烈。”

——胡纳拉比

“这个男人手里攥着一把故国的泥土。

——告诉他，把泥土埋进我们的土地。

这个男人手里捧着一把故国的种子。

——告诉他，把种子撒进我们的土地。

这个男人手里有一种孩子祈祷般的宁静。

——告诉他，就在这儿构筑他的家园。”

——奥达拉比

“我们唯有靠自己才能获得拯救。这是我们的机会。”

——米莱斯拉比

三

永远别忘了，你就是那断裂的核心。

——阿迈尔拉比

（一）

——过去的一天给了我一个灵魂，阿栋拉比说，因为死亡就在门槛上。

“心是死者的灵魂。”伊达尔拉比不是这样写过么？

——你是不是想说我们没有灵魂？一个弟子问道。

——我们准备接受一个灵魂，阿栋拉比说，就像孕妇准备接纳她的孩子。

——既是这样，那个弟子又说，我们何时才能享受到我们的灵魂呢？

——当我们成为一个灵魂的时候，阿栋拉比说，当我们出生的时候。

阿栋拉比说："生命已到尽头。生命已到尽头，我心里有数……到了尽头就一切皆无了。"

阿基拉比说："当你的血液凝结，躯体变冷，鲜花正含苞待放，树木正长出枝丫。而你，你曾经是它们的命运，你正步入一片全白的天空。"

（一天，埃格利亚拉比对法官们说："你们想剥夺我的名字。既然如此，我还能用语言的哪些字母去面对空无呢？"

罗岱拉比说："我住在一个四面墙壁的名字里面。你们可以杀了我，但塌下来的那些石头，你们打算怎么处置？"）

"一滴血迹、一滴墨渍的重量超过一吨玉米。"

"若墨水中有一丝殷红，那是因为融入了鲜血。"

"翻动白昼之书的纸页比移动一座大厦还难。"

——埃利亚斯拉比

（二）

“造物主的自我揭示：想象力因镜像丧失而备受煎熬。”

——萨驰拉比

“主呵，我因为不认得你而认出了你；因为你就是来的那个人。”

——洛德拉比

“我的造物主，我还原为您。

“我放逐了话语。”

——班哈斯拉比

“存在中，渴望将生与死对立起来是矛盾的。人们始终指望能与那个瞬间相称。”

——索弗拉比

（三）

“既然我与死亡要一起做那么多事——它是我作为人的未来——你觉得我还能怎么照料作为生命的造物主？”

——科博拉比

“你否认造物主，因为你对他的爱把他从你的视野中去除了——就像光向我们藏起了光。

“试着用长矛把爱杀死吧，那时你就会知道，爱便是所有那些抵抗的命令。”

——谢巴拉比

“条条大路，均以血肉铺就。”

——阿谢姆拉比

四

生与死均为畸形之花。它们把根扎在天空与存在的淤泥当中。

雨有益于灵魂，却无助于摆脱了生死的永恒；因为永恒本是空气。

一个正跟西莫尼拉比学习的弟子报告了他家花园里两枝并蒂花的对话。

——我真不知道我的花园究竟是天堂还是地狱，西莫尼拉比的这位弟子如是说。

两株玫瑰的对话

——这么说，你这姐们儿的胆子可真够大的，竟敢在我灵魂里向我发难。

——我忠于爱情。

——爱情只爱自己。

——我是生命。他属于我。

——不见得。恋人们早把他们的生命献给我了。

——可怜的恋人们。可那绝不是爱。

——爱是你给男人挖的坑，你这样做的目的就是想披上他们颤抖的外衣，就是想畅饮他们的泪水。

——秋波流翠方为爱。

——爱吞噬洞彻真相的双眼。

——你这冷酷的女人。

——爱是我的同谋。（西莫尼拉比的弟子在此标注道："此时，有一段冗长的沉默，随后，语气急切起来。"）你把萨拉和于凯尔让给我吧。

——我可不想失去他们。

——你早晚会让步的。

——说不定哪天早上，要是我心血来潮，或是我觉得受不了他们的时候再说吧。（西莫尼拉比的弟子在此标注道："此时，我好像听到它们在哧哧窃笑。"）恐怕你还得再等上几小时，也许几星期，才能把他们从我这儿夺走，这得看情况而定。

——你可真够狠的，你知道他们正在受罪。

——爱是我的青春。

——你就是生命。

——爱是生命之师。

——把萨拉和于凯尔让给我吧。

——你干吗那么急？你就那么喜欢他们？你今天怎么像个使唤丫头似的卑躬屈膝呀？你恋爱啦？

——爱对我毫无意义。

——那你干吗要夺人所爱？

——因为这是老规矩，而且也是我的工作。

——你这是敷衍了事。那我的乐趣你就不关心么？你真让人失望。

——我有时也蛮有爱心的。

——为什么？

——是悲天悯人吧。我喜欢让人家觉得我与人为善。

——你这是嫉妒。你这是在爱里挣扎。

——我杀死我碰过的一切。

——你的肉体因爱抚而陶醉，你的花瓣因求吻而湿润。可我很强壮。我也很坚忍。我高兴让你等。

——你想伤害我。当心我报复你。

（西莫尼拉比的弟子在此标注道："此时，我觉得它们越靠越近，那架势好像在相互挑衅。"）

——你就承认你是喜欢我吧；你想要那对崇拜我的恋人无非是想借他们来得到我吧？

（西莫尼拉比的弟子在此标注道："它们又转身对视片刻，恨意依旧蔓延。"）

——荡妇。

——你这种坦诚倒蛮讨人喜欢。

——我可并不是没招儿了。我告诉你，你伤害了我。欲望在折磨我。倒霉。倒霉。倒霉。这是我自己的事。

——我瞧不起你。

——我以不可能之爱去爱你。我要杀死那些妨碍我得到你的人。我要用他们的眼睛做成两扇天窗；用他们的身体做成迷航的小船。贪图享乐的人最容易上当。

（西莫尼拉比的弟子在此标注道："时间过去了很久，我听到它们又说了很多话，但记不住也想不起它们都说了些什么。然后，我又清楚地听到——"）

——别说了。你让我的血都凝固了。

——你是四月里融化的雪。

——我在发热。我是太阳。我恨水，我恨裹尸布。

——你为每次诞生而死。你在审判末日天才地创造了生灵和世界。你跟他们谈论我，你真是疯了。你是前厅。我是床。你的祭品在向我求救。他们的呼号变成了我脖子上的珍珠项链。我在难以接近的光辉中向他们现身。我永远占有他们的目光。我用他们的目光开辟出一条道路，铺就出一道彩虹。

——让我活下去吧。让我用我自己的生命供养自己吧。

——让我玩味我的死亡吧，你这放荡的玫瑰。

（西莫尼拉比的弟子在此标注道："当我靠近它们以确认它们是否真实时，我发现眼前的两株玫瑰正把自己奉献给贪婪的蜜蜂，并重新恢复了植物的状态。"）

萨拉写道："于凯尔，今天，难道死亡真的比我们短暂生命中的这个最美好的时刻更吃香么？"

五

漂泊的犹太人背负的是难以摧毁的声音。

——阿代姆拉比

（一）

“你来自耶路撒冷，那是个人山人海的城市，你在那儿曾上千次遭到追杀。”

——儒尔达拉比

“我们用一掬沙建造出花园的雏形，从出埃及开始，我们就用沉默的种子开创了天空。”

——阿蒂拉比

“我们的花之冠由骨灰构成，我们有多少声呼号，花上就有多少朵花瓣。”

——绍尔拉比

（二）

“旱季的岁月，话语与水攸关，脸与某个朋友攸关，那是你盼望的云霓。”

——马瓦斯拉比

“无尽的盐。我在等待天上的一点儿淡水。”

——凯姆拉比

“风暴。我的头爆裂了。友情置我于死地。”

——宗代克拉比

“水把我从话语中释放。”

——哈扎克拉比

（三）

“我主的爱是圆的。他用爱创造了大地，所以地球也是圆的。”

——迪马拉比

（四）

“你是我深爱的人，你将用我的灵魂与手臂爱我。”

“我需要你，一如生命需要死亡方能重生，亦如死亡需要生命方能死亡。”

——萨拉的日记

“你懂得很多。你在爱。”

——拉卡拉比

情人的时间

于凯尔：一张白纸上布满了脚步，它们即将找到各自的踪迹。存在便是对各种符号的诘问。

萨拉：于凯尔，梦不是早就死了么？你寄意于边缘，寄望于云彩。人携带着时间，我们与时间赛跑。时间有魅力，它是分分秒秒重新升腾的火焰。

于凯尔：人是倒卖骨灰的商人。我在这个世界中拯救了这一瞬间，是我永恒的那一部分。

萨拉，我的瞬间，我的永恒。

萨拉：话语消除了距离，使场域空间失去了希望。究竟是我们写就了话语，还是话语塑造了我们？

于凯尔：时间告诉我们，人无论或立或卧，都在行进，就像表针一样循环往复——只不过表针不知道自己在转圈儿罢了。

月亮的女儿们——星辰——担心能否照亮宇宙中的一隅，虽然那只是无垠中的一个弹丸之地，但她们依旧葆有性感的风情，照样能激起女看守们的嫉羡。

今晨，时间迸射出庄严的光芒。红日征服了黑暗。我在黎明前起身，见证了预期中的一场压倒性胜利，但预言的细节却难以尽述。我目睹了那摧毁黑夜、围捕每一缕幽光的行动。居然会有那么多令人瞠目的诡计，又有那么多早已暗中就绪的埋伏。

词语是空间的窗子，是空间虚掩的门；我通过留在手掌上的压力及印痕而推测出它们的存在。

萨拉：太阳以其可视的、各种形式的偏移联结起生命。恋人偏爱黑夜。他们在沐浴的影子中相识，仿佛泳者身上的每条肌腱都被摩挲成赞美诗。在水底能捕捉到更清晰的心跳。

于凯尔：萨拉，我那没有城堡的女领主，我那没有河岸的河流，你在哪儿？你的躯体已无法承载你了。

萨拉：我曾给你写信。我正在给你写信。我曾给你写信。我正在给你写信。我藏在我的话语中，藏在我笔下哭泣的词语里，只要我还在诉说，还在书写，我的痛楚就会稍许减轻。我与每一个音节结合，最终臻于元音为灵、辅音为躯的境界。这是魔法么？我书写他的名字而他变成了我爱的男人。若想穿越黑夜走向白昼，穿越白昼走向黑夜，只要蘸满墨水的笔服从手的运动，只要声音在瞬间顺从嘴唇的怪念、顺从思想的指令就足够了。我在欲望中掏空了自己的住所。我写道："爱人，我要与你重逢……"于是，我瞬间变成了把爱人带回给我的翅膀。我说："爱人，耐心点儿……"随即，我又被牢狱的高墙羁縻。

于凯尔：我曾给你写信。我正在给你写信。我曾给你写信。我正在给你写信。我叫着你的昵称，我的小鸟。我仿佛见到你在旅馆房间里为我的离去而失魂落魄。"为什么？为什么？"你哀求道。我再见到你的那个最后的晚上，一座冷漠的广场横亘在我们俩之间，我见你飞跑过那条将旅馆和你家分开的街道。天是那么黑。

萨拉：我曾给你写信。我正在给你写信。我曾给你写信。我正在给你写信。给我写信吧，爱人。像往常一样，我整天等候邮差的到来。将我的脸写进你的告白，将我的身子刻进你的词语。我是经你之口赞美过的词语，而我因你的赞美而更加美丽。你的哀愁延展到我的面颊，而我因你的哀愁而愈加苍白。你写道："你的纤纤十指是我梦寐的画笔。"于是，我的手指在欢乐中生长。你把我的双臂比作生机勃勃的飞瀑，把我的颈项比作娇羞的小鸟之巢，于是，我变成了从山巅上奔泻而下的水流，变成了藏于内心啾啾鸣啭的曲调。我睁开双眸，迎向你的凝视；我紧贴着你的胸脯变得更加坚挺。来吧，爱人。让我们步调一致。我们就是自己的路。

于凯尔：我们在自己的身体中移动，如月亮摇曳于自身皎洁的清辉，如潮水流淌于欢笑的河水。我们缠绵着自成宇宙。我从未想到过我们的身体能如此广袤，如此深邃。表面上，我们是一对恋人：你和我。人人都可以见到我们，可以同我们说话。我们没有占据很大的空间。清晨，我们投下一片影子。但是，进入我们的内心，我们就成了神灵争论的巨人。不知不觉中，生命弱化了，缩小了。

萨拉，我们无比广袤。我走在你的身旁。

萨拉：当我写到“我们是我们的手收集到的符号，是我们的唇发出的声音”时，一个逗号仿佛一幅叹息的图像遽然向我显现；字里行间的句号仿佛一道边界。我们从此句穿行到彼句，从一个自然段穿行到下一个自然段，全然没有留意到我们已然走过的里程。

于凯尔：你在我的身旁，萨拉。我在你香气编织的吊床上摇摆。吊床悬于遗忘的枯枝。

萨拉：我是遗忘的泉水。湖泊仿佛镜子，正在打量我们。

你在哪儿，于凯尔？词语黏附在我的肌肤上，就像贴在吸墨纸上。

皮肤上的世界难以辨认。

六

大地的时间是问题的时间，我们一直徒劳地访求答案。

——迪亚伯拉比

“造物主就是对造物主的考问。”

——阿尔瓦拉比

“那是被砍掉的手，
是我五指的酒杯。
我喝掉杯中之物，
于是我酩酊大醉。”

——阿希姆拉比

“我们的仇敌一直未能合伙追杀我们；所以我们有时还能在某个慷慨的国度里寻求庇护。

“千百年来，这是何等残酷的游戏呵？命中注定的全球漂泊，它为我们安排了几多驿站呵？”

——博什拉比

里塞尔拉比说：“一株遭到践踏的青草比一株移植的花木强上千倍。”对此塔巴拉比回应说：“老师，你没有死，难道这不是最重要的么？”

“白脸的兄弟，你从哪儿来？”
——我从白色世界而来，我不属于那个世界。

“黑皮肤的兄弟，你从哪儿来？”
——我从黑色世界而来，我不属于那个世界。

“面色苍白、腰背佝偻的兄弟，你从哪儿来？”
——我从无穷无尽的隔都而来，我在那儿出生。

兄弟，坐会儿吧，因为天一亮又有苦活儿等着你。

——里松拉比

街区因街巷而焕发生气，一如树木因枝丫繁茂而生机勃勃。星罗棋布的街道就是市民的世界。你是否留意过，每片或黑或白的区域都一一对应着天上相同的区域？穿越街区，有如穿越部分黑夜或白昼。在这儿，你就处于某个路口，或某个虚空虚拟的交叉点。

你离开耶路撒冷，为的是重返耶路撒冷。但脚步不再纠缠你。一旦走过，足迹便荡然无存。你无须转身。可你走过那么长的路么？

往昔拥有我们留在土地上、留在四周及造物身上的每条痕迹、每个爱抚或每处伤口的声音。恰如某个弥漫各种噪音的房间，沉默正把这些噪音拾掇归类。你谛听着这些噪音，当它们靠近灯火而燃烧的那一刻，就像一群撩人的扑火飞蛾。你的躯体就像我的躯体，它正以上千个无形的记号与我应和，而那些记号的故事唯有我们自己知道，秘而不宣。

（街道随路人经过而苏醒。

我的街道难以安眠，它忽儿低语，忽儿喧哗；我的小巷则如闹市中的少女，姐妹们早已丢掉了休息的习惯。

我凝望着它入睡。

每个街区都有自己的星辰，而星辰看似与墙壁相连，一如插在花瓶里被剪断的鲜花，花瓶里装满了水。

这条街有个名字，每个路人都可以占有这个名字。

——直到他离开这条街去了另一条街，占用另一个名字为止。

多少次，我们沉浸在自己的思绪中，因时间紧迫或急于抵达目的地而误以为自己的步履就是街道？对我们而言，一条街道存在的意义，不过是给我们提供了直达某个确切地点的捷径。它们在这种局限中变成了祸害，一如重要机构中的小职员，其中一些——算是报复么？——暴躁狭隘，总是热衷于将各种标签贴在我们身上。

要了解街道的存在，可以有多种方式。如果你只想用从窗口看小河淌水的方式去观察街道，你就会慢慢失去它。而某个平常的插曲，比如说，当你在摩肩接踵的人行道上突然停步，可你根本挡不住汹涌的人潮反而被人流前推后搡时，往往就是在这种时候，街道才足以向我们揭示出它的悲苦或荣耀。

街道不可能永远一成不变。它时快时慢，某些时日甚至很慵懒。为了能在我们的家中露脸，它会求诸交通的噪音或它的天空及其铺路石，求诸它们那种充满穿透性的沉默——当我们属于街道的一部分时从未留意于此。而当我们缺席时，却是它在支配着我们的孤独，如同遗忘——或其无尽的回声——支配着万物一样。）

当黑暗慢慢染上一抹粉红，我，萨拉，我早就在守望着你的到来；当粉红慢慢变红，变黄，我，萨拉，我在无望地呼唤着你；当世界终于白得像眼睫中的火焰，我，萨拉，我在难以名状而喋喋不休的人群中将你寻觅；当夜幕再次降临世上，我，萨拉，我在你身上迷失了自己。

（爱情与死亡有何差异？无非是从第一个单词里拿掉一个元音，又在第二个单词里增加一个辅音而已。[①]

① 法语中，将 l'amour（爱情）一词的元音“u”去掉，加上辅音“t”，就变成了 la mort（死亡）。

我永远失去了我最美丽的元音。

我换来的是那个最残忍的辅音。）

“辨识善恶，需要运用全部心智。”

——伊翁拉比

“成为双数，意味着成为清晨与黑夜构成的白昼。”

——盖奈德拉比

生者之书

第一部

每块石头里都有那石头的一声呼唤。

每处泉水中都有那流水的一声呼唤。

每个犹太人都有对白昼的一声呼唤。

因为石头再无法忍受成为石头。

因为泉水总梦到自己断流干涸。

因为犹太人每天都在企盼活着。

一

你们就像鞭笞我祖先和我父亲那样来伤害我吧；
我只能靠我蒙受的羞辱之血养活。

——托比拉比

“人的四季是听觉、视觉、话语和触觉。”

——阿蒂亚斯拉比

一天早上，我们躺在沙滩上，她用食指在沙子上摹画出她名字中的那几个起首字母。

S.S.

Sarah Schwall[①]

S.S.

S.S.[②]

（萨拉，那个年轻的党卫军叫什么？你名字的首个字母竟然镌刻在他的灵魂里，使他得以凭借这两个字母走南闯北，他穿着一身军装，大家用你名字的起首字母称呼他。

① Sarah Schwall，即萨拉·施瓦尔，萨拉的全名。

② S.S.，萨拉全名（Sarah Schwall）的缩写。这两个大写字母又是纳粹德国党卫军的缩写。

这个年轻而傲慢恣肆的小人，他叫什么？他竟然能从你名字的两个大写字母中获得能量。

他并不是唯一为这两个字母的魔力而扬扬自得的人。

有数百万人与他一起扬扬自得。

在你自己的名字里，你怎能对抗得了他们呢？

你怎能挡得住构成你名字的其他那些字母一个个在死去的字母汪洋中沉沦？从那片汪洋中，这两个显现出的大写字母亮过晨曦，它们被召唤来统治这个世界，并嘲弄太阳。

人只有通过这两个大写字母才能看清四周，而你和我还有那些面孔与心灵同我们相似的人则相信圆圆的太阳，相信旧时的太阳，因为那是他们的太阳和大地的太阳。

Sarah Schwall,

arah chwall

rah wall

S. S.

于是，一张纸在自家壁炉里燃烧起来；于是，一个人在公共墓地附近燃烧起来；于是，在你家大门外的骨灰堆中，唯有对所爱之人的记忆保留下来。

可是，杀人犯们，风在为你们的幸福而吹拂。）

“你怕你所见，所见你所怕。”

——拉里什拉比

“你在说话，突然间变成了千百个直立的话语。”

——勒哈拉比

萨拉，再也没有白昼了。白昼变成了旷日的期待。可我们能看到尽头么？

水在被出卖的岁月表皮下流淌，如同荒废的田野。

梦想丰收需要几多勇气？流水的梦中满是麦穗。

干旱深埋心底。

——我们无法通信了，萨拉。把你的想法告诉我。

——好吧，我告诉你所知道的，或许还有你不再知道的。我戴着我的新的镣铐在想你。我用陷入地狱的双眼看到了你。

——你已在视觉的时代，而我还在听觉的时代。

——听着，于凯尔，听着。我只有一个愿望。但愿你永远不要见到我所见过的一切。

——你已在话语的时代，萨拉，话语从你那儿慢慢减少。通过你，我慢慢抵达视觉的时代。

——将我的手留在你的手中，于凯尔，那是我唯一的力量，是我福佑你的链条。

——我张开双臂，萨拉。我张开双臂。很快我将进入我的第四季。

——快点儿，于凯尔，快点儿，我们得切断双手，才能让它们一只只出生。然后，它们才能成为手拉手的艰辛之路。

二

我不能陪你们回家了，但我必得承诺你们有权拥有一个家，而那也始终是我的愿望。

——马兹利亚拉比

(一)

——老师，维多尔拉比有一天对戈茨拉比说，荒漠真的能一直延伸到灵魂里么？而激情，它原本只是荒漠里的一株植物，可它却为了一片森林或乐园的承诺而逼迫我们背井离乡么？

——荒漠是灵魂的觉醒，戈茨拉比回答，而天空是它的向往。但智慧之果要采自树木本身。

——水滋润树木，就像母亲养育自己的孩子么？

——对无家可归的声音来说，水正是我们生存的理由。

——话语在天地间演进，未来挂在那儿的枝丫上。我们难道不该走向话语，一如树根升华为果实？

——乐园是话语；而荒漠是书写。每粒沙子中都包含着一个令人惊诧的符号。

——我的老师，请把你书中的教诲告诉我们吧，让它引导我们的沉思，这样，在奉献给书页的每一页纸看来，从沉默的心底学得的每一个话语都可能大放异彩。

——我的书就是你们的书，戈茨拉比回答。

（二）

“我是那句你触手可及却又胆怯害羞的
话语。
你在呼唤我。
你若迟疑，我不知道还要不要应答？”

“你寻觅我的爱，而我的爱在寻找你。
现在，我们怎么发誓才能够再次相遇？”

“我坚信我的爱，但爱不复识我。”

“我再也不知道自己在哪儿。我知道。我不在任何地方。在这儿。”

“我就像那支蜡烛，一丁点儿微风都会让它慌乱。

别再动。别再呼吸。

明天，烛芯里的蜡将要飞走。”

“你在这儿，可这个地方太广袤了，近在咫尺意味着天涯远隔，既不能相见也无法相闻。”

——萨拉的日记

第二部

于凯尔，我们赤着脚，沿着你的书页，在伸向大海的岩石上行走。你的故事就是海浪的故事，海浪在我们的脚踝上碎成浪花，有时又飞溅到脸上；同一个故事，同一个浪头，时而大气磅礴，时而伤吟孱弱。

而我们无助地凝望大海，因为大海未向我们索取分毫，却带着我们去往海岸的远方，在那儿，日升日落，黑暗与光明仿佛在为我们聚合。

一

两个词语就像两只乳房。

当黄星在被诅咒的天空闪烁时，他把天空穿在了自己胸口——那长着胡蜂蜇针的青春的天空，那戴着黑箍的葬礼的天空。

他当时十七岁，正是极富可塑空间的年龄。

之后是一个黑夜，离天亮不远了；然后是一个白昼，紧接着又是一个黑夜；之后又是许多黑夜，接着是黑夜般的白昼，与死亡面对面，与死亡的晨昏面对面，与他自己、与空寂面对面。

（从一夜到另一夜，白昼是最艰难的阶段。
黑夜拉上了大幕。
他在大幕中行走。）

当黄星在被诅咒的天空闪烁时，他把天空穿在了自己胸口。

从一夜到另一夜，白昼是最艰难的阶段。

十四岁时，萨拉想当个老师。节日里，她不去找同班或同校同学玩，反倒在自己身边聚起一帮孩子，教他们使用词语——让这些词语由孩子们去一一捕捉——并给孩子们讲光明与黑暗的故事。孩子们听她讲故事，就像听着彩色世界的独白，直到夜幕四垂。

萨拉在自己的卧室里接待他们——孩子们喜欢坐在她的床头——她

站在孩子们面前，手舞足蹈地讲着玫瑰开花的故事，和孩子们一起掰着手指头数数儿，做词源拼写。

童年是话语的集散地，童年之后的岁月则执意驱散它们。

当黄星在被诅咒的天空闪烁时，他们把天空穿在了自己胸口。

童年是各种奇谈怪论的集散地。

（——萨拉，萨拉，这儿不是世界开始的地方么？

——我们什么都不想错过。

——今天就是创世的那天，对还是不对？

——世界早就创造出来了。

——不是已经毁灭了么？

——萨拉，萨拉，世界是以什么开始的？

——是用话语么？

——是用眼睛么？

——告诉我们，是以什么开始的？

——是什么，萨拉？说呀。

——世界是一个整体。

——是不是像脑袋一样圆？

——是不是像铁环一样圆？像圆圈一样圆？

——那森林呢，萨拉？

——对呀，还有学校呢，萨拉？

——对呀，对呀，还有海洋和大山呢？）

她不记得他那时是否跟在她身后。他们早就放慢了脚步，似乎都意识到了一个可能的未来。

“你的声音，”他对她说过，“让我想起了我姐姐的声音。”

“我忘了我的声音，”她回答道，随后是令人窒息的沉默，她觉得他们费了好大劲儿才低头喝了一口无形喷泉里的水，“我叫萨拉。”

“这种处境无路可走，”萨拉曾说，“既没有青草也没有树叶。”

“我爱你。”他曾这样回答。

他又重复道：“我爱你。”

满天朝霞的清晨永远有理由相信我们急于分享它。

“或许吧。”萨拉柔声附和。

有些人幻想能以确信开创未来，而其他人早就料到他们的未来是建立在沙子上的。

“听。风回来了。”萨拉说。

（迈德拉尔拉比写道：“如今，我对风的感受更多了。

“有的风吹拂在外，有的风吹拂在心。

“我亲眼见到有些心和大脑只是瓦砾。

“这种情景比大地毁灭的景象更加悲惨。”）

“你听那风。”萨拉说。

萨拉还记得她的祖父母施瓦尔老夫妇俩，他们很古板，看上去挺怪，萨拉总想向他们说点儿什么，但并不总能成功。她还保存着一帧他们的照片，时间的手指早已将照片染黄——缺席总是会留下自己的印记的。

她长得活脱像她的父亲。他父亲可是个天生的说书人——她多愿意像他一样呵——她因为父亲讲的故事而对父亲佩服得五体投地，那些故事发生在那么陌生却又那么熟悉的国度里，她觉得她就活在那些故事中。

每当萨拉的母亲烦了或想早些打发女儿上床时，总会对丈夫说："摩西，你能不能别老觉得自己就是于凯尔·塞拉菲呀？"

可萨拉会坚持说："爸爸，你接着讲呀。"她沉湎于虚幻的故事中，把它当作自己的每日三餐，"爸爸，给我讲讲于凯尔·塞拉菲吧，我喜欢听他的故事"。

而父亲则回答："耐心点儿吧。你早晚也能编出这些故事来。"

所罗门·施瓦尔，原籍科孚岛[①]。很年轻时便离家出走了。他在葡萄牙娶了一位拉比的小女儿为妻，三十一岁时与妻子定居在法国南方，以做点儿古董买卖为生。

他散步时总爱把双手背在身后，在城外时，他的目光也总是向地面逡巡，仿佛目光能掘地三尺，没有什么困难能让他气馁。他的目光能撕开大地的手脚，好在那里播下自己的种子。那是对根的渴望。是对重新认知自我和被重新认知的渴望——在全部范围内——渴望成为这块土地

---

① 科孚岛（Corfou），即克基拉岛（Kerkyra），位于爱奥尼亚海，属希腊克基拉州，面积 580 平方公里，是爱奥尼亚群岛的第二大岛屿，与阿尔巴尼亚隔科孚海峡相望。在荷马史诗《奥德赛》中，该岛即是奥德修斯在海上漂流冒险十年的最后一站。历史上，该岛曾先后被罗马帝国、拜占庭帝国、热那亚和威尼斯管辖，其中威尼斯共和国统治该岛近 400 年，曾多次抗击奥斯曼土耳其对该岛的侵略，当时的克基拉岛被视为西方文明抵抗奥斯曼土耳其的堡垒。1864 年英、法、俄三国和希腊签署《伦敦条约》，正式将克基拉岛在内的爱奥尼亚群岛主权归还希腊。现该岛是著名的旅游胜地，岛上的克基拉市老城区系世界文化遗产。

上的某个造物、某株植物、某种在场——成为风景中某种有生命的元素——渴望在大地上重生。

他的古董店大号“千宝阁”，这是个很醒目的招牌，对中央大街上来来往往的行人确实是个善意的诱惑，起初，店里可卖的物件并不多，但随着店铺四壁装饰一新，很快就名副其实了。的确，千宝阁里货品繁杂，从银烛台到刺绣屏风，从18世纪的衣橱——“当然是陈年真货啦！”——到沙发床和令人眼花缭乱的闺阁旧物，还有铜铸或石膏的雕像、枝形灯架和牙雕、桌子、扶手椅、梳妆镜和古代圣牌、织物和挂毯，林林总总，琳琅满目，令好奇而惬意的顾客们目不暇接。

所罗门·施瓦尔是仰望天空而死的。他因自己异乡人的身份一辈子谨小慎微，终于在生命的终点发现了天空，对抛弃了他的大地再无留恋。他在发出天问之际死去。他的妻子，一个焦虑而面色苍白的妇人，在他去世后也没能活多久。她信奉一种朴素的观念，归结为“欲获男人心，先俘男人胃”；她总爱重复这句格言；这是她自夸和保全面子的方法，因为她厨艺高超，远近闻名，而所罗门似乎也从未让她失望过。

她去世时眼睛上蒙着被单。

他们的独子摩西过继给了一位在炮兵部队服役的娘家舅舅，大战结束后在“滨海信使号”邮轮上做事，满世界跑，先是学徒，后来当上了客舱服务员，在非洲多年，在开罗遇到了蕊贝卡·茜央，于是坠入爱河并娶她为妻。

摩西遗传了他父亲从地平线获得慰藉的目光；遗传了他母亲陪伴大地的眼神。

从关进集中营的双亲和伙伴那里，萨拉遗传了民族的顽强。

——阿贝尔，我在燃烧，有一天她对一位同伴说。我在燃烧，而你看不到我。你只看得到黑夜。

——我属于另一个世界，阿贝尔回答，你不可能明白这些年我在学习如何面对这个世界。你还活着。麦田蜿蜒在你身上，可以做出最美味的面饼。

但造物主将死于大火。

——阿贝尔，吃掉我的面饼，萨拉喊道，吃掉我的面饼吧，那是我用曾经杀死你的主的火烘焙的。

当黄星在被诅咒的天空闪烁时，他们便是黄星慢慢燃尽的天空，往昔的天空，未来的天空。

他们既是受命运支配的行列

又是颠沛流离的失败者。

（提斯利拉比写道："反叛是字纸篓里的一张揉皱的纸，但这张纸的牺牲往往会带来杰作的诞生。"

埃泽拉比说："真正的反叛缘于不可能的结局。造物主永远是对造物主的叛逆。"

——于是，我背弃了那个牺牲了微笑的造物主，于凯尔说。）

沉默笼罩着房屋鳞次栉比的城市，城市像个巨大的盒子，某处的某个偶发的闪光或许就是一场不期而遇的灾祸。

他想起曾经参加过的各种队列、游行和被迫的行军。

我们身陷队列，只得跟随。

我们看不到前排人的脸，可我们知道那曾是我们的脸。

我们在这张脸的身后老去，任时间流逝并告别人世。

——我，我属于没有面孔的一代，于凯尔说。

他们是队列，又是失败者。

二

我当时在说，时过境迁时也说。

我为昨日言说，也为今天言说；

为昨日，因为昨日是生命之课，

为今天，因为今天是死亡之课。

我本该成为那个男人。我穿过他的囚服。

——我们两人的前臂上都文着号码。

在那个年代，装着倒刺的铁丝网像藤蔓一样，一圈又一圈地向外伸展，深深地，一圈又一圈。

这一循环值得驻足细观。

开始时，大家还以为只有自己被缠夹在这个网状的锯齿中孤军作战，但不久后就发现整个民族都陷进了这个转盘，都在被迫顺从着这个机械齿轮的运行意志。

于凯尔，给我们讲讲这个荒诞和地狱般的循环吧。

——我给你们讲讲伴随着短剑的证据吧。

有多少眼眸就有多少证据，但只有眼皮才知道何时能把这个本事当作快门。

在那个时代，证据便是女王。你可以欣赏她，为她鼓掌。她每天都在长胖。她有自己的卫队和军队。有自己的宫廷和臣子。

在那个时代，犹太人的骨灰被送进炉子，作为她御膳的佐料。

“闭上眼睛吧！”敏感的灵魂们劝说道。

“别看别处。”受刑的人们哀求道。

大门面向公墓或生命敞开，那是征服者们用人腿摆出来的三角地。我们只能弯下腰，手脚并用地爬过去。这就是给予那些被践踏者的礼遇；就是给予那些在凯旋行进中被敌人的长靴踩碎头颅者的礼遇；只因为他们打断了歌曲的节奏，阻碍了她一展歌喉，哪怕只是片刻。胜利就是圆满。错一个音，跑一个调，大厦就会坍塌。

证据杀死惊诧。

一切变得确凿。

（确凿的清晨。

确凿的黄昏。

确凿的错误。

确凿的责任。）

塞尔日·塞迦尔正对着聚拢四周的囚犯讲话——他们即将被遣送和关押到不同的灭绝营去——他仿佛在以造物主的名义向聚集起来的造物主的子民大声疾呼：“你们全都是犹太人，甚至那些反犹仇犹者，因为你们已被选中去受难。你们的未来就是我的未来，呵，你们早已做好了屈从于苦难的准备。我怜悯你们，兄弟们，我拥抱你们，你们的双眼在齐诵受难的晨祷。”

三

以色列之光是不竭的呼号。

从很远的地方就能看见篱笆。那座连着屋顶的房子，连云彩都有些害怕，因为它就像一片云彩，紧闭的窗扉俯临那疯女人的小径，但寂静无人。

——那疯女人真的死了么？萨拉问。

——你听到的尖叫是猫头鹰的叫声。我们回去吧，好么？天晚了。

村里的女人们划着十字。男人们在辨认叫声时耸耸肩，一声不吭。

——她又叫了。

——她又叫了。

从很远的地方就能看见篱笆。鲜花遍地。四季在大地诞生，又复死去。

——她又叫了，列奥妮娅·鲁勒一边说着，一边把头转向山丘。她又叫了。

梦里我都能听见。

——她不叫的时候我也能听见，玛蒂尔德·梅维斯说。

那疯女人的家在保姆摇着的摇篮里入睡了。那疯女人的家在枝叶掩映的林中摇曳。

应当切断双手，
应当锯掉树木
才能毁掉那疯女人摇篮中的家。
应当叫醒她。

人们浮游的水，屈从的水，是沉睡的水。
人们洗濯的水，反叛的水，是苏醒的水。

那疯女人在沉睡，
疯狂让沉睡苏醒
但始终叫不醒她。

那疯女人睡着动动，动动又睡——让她的沉睡有了动作；说说又睡——让她的沉睡有了言说。

——她又叫了。
——她又叫了。

——那疯女人真的死了么？萨拉问。

“就像光明刺穿黑暗，呼号刺穿灵魂。”塞里耶尔拉比写道。
而卢埃尔拉比却说：“犹太人的灵魂是一声呼号的脆弱宝匣。”

那疯女人在沉睡，
疯狂让沉睡苏醒
但始终叫不醒她。

——那只猫头鹰真的是我么？萨拉问。
——你听到的尖叫是猫头鹰的叫声。我们回去吧，好么？天晚了。
——我听不到尖叫，萨拉说。我就是那声尖叫。

（一两代人的生命可以用一句话概括，也可以用两页纸概括；四种生活的总轮廓可以是特别的，也可以是平庸的："他生于……他死于……"不错，但生命的呼号和死亡的呼号之间呢？"他生于……他受到无端的侮辱……他被误认为……他死于……"不错，可一定还有吧？"他生于……他试图在书中寻找自我……他结婚了……有了一个儿子……他死于……"不错，不错，可一定还有吧？"他生于……他放弃了书……他想在儿子的生命中延续……他死于……"不错，可一定还有吧？"他身材矮小粗壮……他度过了童年和老年……他叫所罗门·施瓦尔……"不错，不错，可一定还有吧？"他叫所罗门·施瓦尔……他想不起自己的青年时代了……他离开了故乡科孚岛……他去了葡萄牙……他老婆叫莱奥妮……"不错，不错，可一定还有吧？“他和老婆定居在法国南方……做点儿古董买卖……人们把他叫作‘那个犹太佬’……把他的妻儿叫作‘那个犹太佬的老婆和儿子’。”不错，可一定还有吧？“他死了，他老婆也死了……人们把他们埋在一个无名的地方，旁边有几个十字架……”不错，不错，可一定还有吧？“他儿子是法国人……为法国打过仗……还得过勋章……”不错，不错，可一定还有吧？“他在炮兵部队参战……受过伤……得过勋章……”不错，不错，可一定还有吧？“他还是被称作‘那个犹太佬’……他在开罗认识了蕊贝卡·茜央并且同她结了婚……两人一同返回法国……”不错，可一定还有吧？“为纪念父亲，他当了商人……他在远行中带回了各种物件……有大洋洲和非洲的面具……有中国的彩陶和瓷器，还有日本的牙雕……”不错，不错，可一定还有吧？“他有个女儿，名叫萨拉……”不错，可一定还有吧？“大家仍然把他叫作‘那个犹太佬’，把他的妻子和女儿叫作‘那个犹太佬的老婆和女儿’。”不错，不错，可一定还有吧？“他丧失了信仰……再也不知道他是谁……他是法国人……得过勋章……他的老婆和女儿是法国人……”不错，可一定还有吧？“他曾在公众集会上有过几次演讲，抨击种族主义，呼吁人权……”不错，不错，可一定还有吧？“他死于毒气室，在法国境外……他老婆也死于毒气室，在法国境外……他女儿回到了法国，疯了……”）

那疯女人的家在保姆摇着的摇篮里入睡了。那疯女人的家在枝叶掩映的林中摇曳。

应当切断双手，

应当锯掉树木

才能毁掉那疯女人摇篮中的家。

应当叫醒她。

“自己的生命唯有自己了解，”摩西·施瓦尔说，“而生命只是一口气。”

——那对风号叫的猫头鹰是我么？萨拉问。是我么，于凯尔，那是我么？它在对风号叫还是为风号叫？是我么，于凯尔，那是我么？风卷走了我的尖叫，是我的尖叫激怒了风么？

四

目睹，是否意味着忘掉所见？

到捍卫我们话语的时候了。

（齐隆拉比曾经说过：“聆听你心灵的话语吧，你的舌头已准备好接过这些话语；但你必须三缄其口，当心丧命；我们只能被迫为自己言说。”

拉特拉比说：“自从我发现自己的心中有舌有唇以后，就再也没有嘴了。

“你以为我寡言少语，其实我是话语的蜂巢。”）

到捍卫我们嘴巴的时候了。这是宣告我们的红色自由之日。

（“那么多血，我们的演讲中有那么多疯狂的思想。”阿斯兰拉比说。

埃丝黛尔·埃丝凯尔说：“我的婚纱被刽子手撕碎了。你们难道没见到我赤身裸体地在血污中爬么？”）

到捍卫我们卧床的时候了。

（多博拉比说：“他躺在自己名字那透明的字母

上死去，好似偃卧于白云经行处。

其床无涯。”）

扎可采拉比对唐戴拉比说：“老师，你真是个奇特的航海家。你在探索宇宙中有形和无形的世界，而大洋就像你的笔翰之墨。”

——词语继承了正在争抢大陆的七海，唐戴拉比回答，那也是联合来自天空湛蓝热情的七种时间的七海。

书写，意味着启程，抵达终点时，满页字迹之下，

人们将不再是原本的自我。

他想念父母的时候，他们就会在对面的河岸上出现。横亘在他们之间的是一条红色的河，泥沙俱下，裹挟着泥沙的鲜血。

他很少想起他们。他的童年过早地逝去了，青春期又像斗牛场里被刺穿脖子的公牛；他的青春就是受过十次伤的脖子，随后在剑下毙命。

父母之死骗过了他。他们为他而生，而死时他却不在身旁，或许他们就是为他而死的。他们死在了自己的同胞身旁，最后的目光也必定落在了他们的身上。

他们没有时间去欣赏他和评判他——可父母能评判自己的孩子么？——也没有时间去爱他或为他日后的所作所为而苦恼。他们之间的关系以一句“于凯尔，到这儿来。于凯尔，别这么做”为开始——那是他最初的回忆——又以某天早上“于凯尔，我们得走了，你要当心”为结束——那是他最后的回忆。

所有回忆都与死亡相连。

他想起在他怀中死去的姐姐，她在那个监禁她的国度里因窒息而死，他想起那些为萨拉发疯而兴高采烈的死者，想起在种子和果实的生命中死去的萨拉。

五

昨天就是字里行间的一个句号。

（“那天早上你数着零钱，而你不知道那天早上会发生什么；你数出了三个苏[①]：

一个苏用来充饥，

一个苏用来解渴，

一个苏什么也不干。”

——乔尔拉比

“虚无是我们的根本关怀，”伊达尔拉比说，“我们常把憧憬的最美好时间奉献给它。”）

今天早上，词语洗劫了花朵，句子像虫子般在泥淖中蠕动；词语之外无一物成形或现出轮廓。

将花之名托付给蝴蝶，将茎秆或树干之名托付给虫子。

我是蝴蝶和虫子。

今天早上，除我之外无一物成形或现出轮廓。

我是犁沟和词语。我是被表述的我的土地。

① 苏（sou），原法国法郎的一种辅币，相当于 1/20 法郎，即 5 生丁。

（我们需要的不仅是一块土地，我们需要的是一种共同的语言，那是我们自己的语言，是我们祖先的语言，也是子孙们将要传承的语言，它将把他们命运中双倍的骰子归还给他们。

——夏莫斯拉比）

“一旦有了祖国，我们将用伤逝的爱竭尽全力去爱它。而我们的话语将汇成颂歌。”

——帕尼格尔拉比

“大点儿声，兄弟们，我们的声音将筑成我们的穹窿。”

——希拉拉比

我没找过你，萨拉。我在找你。通过你，我回归到符号的源头，回归到风勾勒在沙上、海上而尚未成形的文字，回归到飞鸟和鱼戏尚未驯服的文字。造物主，那风之主、沙之主、鸟和鱼之主，他期待着从人那里得到人所期望于人的那本书；由于这本书，一方最终成了神，而另一方最终成了人；这是一本有关元素的秩序、宇宙的一统和造物主与人的书。

通过你，萨拉，我回归到黑夜的语言，回归到盲目话语最初的尝试，话语迫不及待地想要观看，乐此不疲地为周遭确定敏感的含义，迫不及待地想要振飞自身的羽翼；毛茸茸的话语似蜜蜂的身子，白昼窥伺着它，它也期待着白昼的到来。

通过你，萨拉，我回归到蜜蜂和虽未至却已临近的白昼，回归到虽未吐蕊却已向大地报春的玫瑰。

明天，萨拉，曙光将会偷来你的嘴，偷来你的胸，偷来你的腿。

明天，我们的泪水将化作珠玑，而你的秀发将成为我们的时间。

我没找过你。我在找你。在我心中，丽日下的风景期待着你的到来；沃野期待着我的哺育，它们在恳请我伸开双臂，轮到它们时，它们也会将我哺育。

在一个纯朴健康的宇宙里，至伟的天空与欢乐触手可及，在那儿，词语化作果实，音节成为枝干，沉默与根茎交融，这便是我的世界。为什么不呢？一个我只需充分展示自己便会被天空尽染为金黄的世界，一如我们之间再无高墙和铁丝网，只有幸福的空间回馈应允之人。我曾对自己说，它应当属于我，因为它对我不可或缺。我也曾对自己说，它是我那些中欧的兄弟所领略的同等幸福和欢乐，他们在逃离隔都——那个他们坐拥一切的祖国——后的某天早上，在东方的心脏，发现他们自己已经成为某块历经大地两千年的遗忘而割裂的土地的主人。他们有权生活在那儿么？这权利确凿无疑。他们有权享受那至伟的天空，享受那曾被褫夺的空间。但代价何其巨大呵！

在我心里，并非一切都是废墟或废墟的遗迹。我在自己的童年里曾跨越死亡，却仍保留着那弹珠的闪光，保留着那跳房子游戏和印第安人游戏的纯真。

我没找过你，萨拉。我在我黑夜的迷宫、在黑夜叠嶂的内心找寻你，在那儿，对伤口的担心逐渐变为伤口，封闭伤口不是为了包扎，反而是为了不断打开。

我没找过你。我在找你。我从教训中牢记，要做牧羊人，先得有羊群，要解饿狼饥，先要有绵羊。我们就是驯顺的绵羊，可羊毛已被剪光；头和身体已被剪光，连灵魂亦寸缕无存。

只有你能拯救我，萨拉。

我们的身后，笑声尚在萌芽，我们的面前，已是告别的通道，突然间，我看见了你，我觉得帮助你就是帮助我自己，因为你独挑黄星已难支重负，而我要脱离自己的群体又势单力孤。

只有你能拯救我，萨拉，复活我的童年，武装我的青春，让我成为男人。

我没找过你，萨拉。我在找你。突然间，在你睁眼看到世界之后，你在我眼前出现，你的双眸已开始未来之光的轮回，从影子中拽出往昔，置于不甚孤独的半明半暗之地，任人辨认和接近。

我没找过你，萨拉。我在找你。你来拯救我。我们曾经迷失，你明白么？我来拯救你。在你身上，一切都在证明并非一切都已迷失。

而我透过你的裙子和肌肤读你，透过你的肉体和鲜血读你，萨拉，我通过我们语言的每个词语读你，通过我们民族的每道伤口读你，你是我的。我就像别人阅读《圣经》一样阅读我们的历史，那只能是专属于你和我的故事。

同样，当我向你述说时，我知道你不能拒绝回答，因为我的语句灼痛我唇，脱口而出的回答同样会灼痛你唇。

我们会说的，萨拉。历经数月、数年的徒劳或沉默的话语，我们终会言说，为相互倾听而说，为相互理解而说，为相互结合而说。

随着我们的话语，我们会重新聚拢世界；让世界聚拢起朋友、众生以及友爱的万物作答："是的，是的，是的。"那是对我们急切恳求的一致接纳。那是对我们和世界的饥馑表达的"是"；是对我们和世界的干渴表达的"是"；是对我们腼腆的微笑和世界谨慎的微笑表达的"是"。万众曾对人回答"不"的地方，大千世界曾对我们的世界回答"不"的地方，如今都报以"是的，是的，是的"。

我们会以生命之名融入我们的精神和心灵，去构筑并感受我们创造的真实。

（真实因其自相矛盾而需要不断创造，唯暂时方为真实并可分享。一旦我们的目光落于某个物体或某片风景之上，一旦我们被这些隐隐约约的事物激发出的情感所左右，那些事物就改变了；我们赋予其企盼的生命，它们的往昔便与我们最初的惊喜相融合；它们只经由我们、只为我们而存在；在我们之外，它们所有的存在都不是它们本身，而是它们的变形。因此，只在我们身心中存在的造物主也并不是永恒的。而他之所以拥有永恒和生命，是因为有数十亿个绵延不绝的生灵，而造物主就存在于他们之中。）

我们会生活于无限的真实之中。

你见过一个字词的生与死么？

你见过两个名字的生与死么？

从此，我将孤独。

词语是个王国。

每个字母都有自己的质量、自己的根基和自己的位置。第一个字母享有最大的特权。那是魅力与迷惑之权。全能是它的命运。

萨拉。

于凯尔。

一统的王国，清平的宇宙，被字母所征服，随后又被字母借人之手毁灭。

你们失去了自己的王国。

我失去了我的王国，一如我的兄弟们所失去的，他们在世上四处漂泊，而这个世界却在尽情观赏他们的离散。

你见过一个王国的兴衰么？

你见过书的问世与消泯么？

第二卷

于凯尔之书

献　词

你不知道自己是否活着。你还活着。

时间的路很短，我们双臂拥抱的空间之路却很长。

心灵是美好的。

我们的爱是一座岛。大海是那片田野。

面饼是美好的。

秩序存于树皮。树木为风而狂。

土地是美好的。

你的双目远离鸟巢。沉默中波涛汹涌。

我们是否在要去的地方?

明天是美好的。

弁 言

“我就是那个讲述者，

是那个孤独字词的时刻。”

——西库拉拉比

*

就像手与手在拂晓换班，接下来，《于凯尔之书》将取代《问题之书》。

虚空的空间伴着黑夜最后的字词向我们延展，我们将尝试着在讲述者背后跨过这个空间……

因此，虚构的拉比们的诘问与沉思便成为分界线上的标识，成为与书再会之前的暂停和重启。

在荒漠边缘，我们沿着河流状的孤独行进，干渴在此获得了对抗即将到来之干渴的力量。

书一旦合上，缺席的时间便是我们步履的时间。

*

这是哪道伤口？它既出乎我们意料，又让我们明白只能指望它的忠实。

指望一道伤口，意味着依据痛苦的显著特征，将自己的生活模拟为伤口的样子。

经验告诉我们，恶有时乐于让我们小憩片刻，因为它自己也很困顿。

所以，我虽然现在没有受罪；可我知道明天肯定又得遭罪。

疯子哈基姆曾在荒漠中狂叫：“把雨水存起来吧！”他最后渴死在劫后的蓝天下。

哲人摩泽尔曾经祈求道："请驯服那群秃鹫吧！"他最后倒毙在荒漠中。

舍曼拉比写道："呼号中，我辨得出自己的呼号；泪水中，我认得清自己的泪水。

"这是我应该领受的那份苦难。"

埃洛瓦尔拉比说："我没呼号。也不垂泪。

"这是我应该领受的那份苦难。"

*

我们必须时刻警醒。

在哪儿生存？如何生存？

"觉醒当畏。"这是以色列之训。

*

我过去竟然曾经想写一本有关摇篮曲的书，为的是更贴近戴胜鸟和玉米的话语。

我的歌又轻又脆，有如地里嶙峋的尸骨。以前我歌颂过汁液和果实。却很少留意风。

秋日里，铁灰色的天空就是我们沉重的苍穹。

*

东方，温润的曙光如少女的脸颊，如她眸中撩动心弦、富有感染力的色彩。

*

阿萨德拉比写道：“有天早上，我从床上爬起来，发觉在夜里被人从头到脚锯成了两半儿。

“此后我一直费尽心机，想把已经两半儿的自己缝合起来。”

（“逗留地之根。
竞争的河岸。”

——塔尔蒂拉比

“何谓你的生命？
你转身离去时
生命凝视你
却没有呼唤。

生命存于幸存。
前往处，它是黑暗。”

——阿利特拉比）

“突然间，路变成了一条镜廊。风景不再，到处是脸。我看着自己的脸前行。”

——法尔卡斯拉比

“话语以应许之话语的名义接受和给予。

“一切开端俱无形：我们正一点一滴地学习观摩。书即如此写成。”

——于凯尔的笔记

第一部

“无论生活如何待你，你都要活下去。你比死更执着。”

——纳斯拉比

空白的空间

“我愿意一直到死都保留孩提时养成的习惯：执拗地以拳击石，只为看到墙上无尽的白色。”

——阿拉拉比

一

于凯尔说：

这不就是那个拳头状的苦难的白昼么？

拳头并非威胁。它敲墙敲到力竭。却徒劳无功。因为它敲的是一堵堵冷漠厚重之墙。

呻吟与拳头无疑有亲缘关系。

它们同源。

西沃达拉比提示我们说，我们在若干世纪中泪流成河，因此每滴泪珠都对应着一颗星瞬间的闪烁。

有时，一滴水珠包含的光超过一团鸡蛋大小的火。我们的手指在苦难中塑造出自己的太阳。我们的皮肤虽然粗糙，但血在燃烧。

索巴拉比写过：“那是我心中野性的火，它大概像个壁炉，我在一旁做着野兽之梦。”而阿柏拉比说：“我们的太阳是黑色的，你无须奇怪。让它熄灭片刻吧，它已亮了上千年。明天，我们仍会暖和。”

我们的面饼将是白色的。

二

贾法拉比说：“阿克里拉比的想法不止一处让我恼火。不过我得承认，在我们所关心的自然方面，他的基础研究让我深感折服。

“我毕生研究基线，但在基线与相关山顶的定位问题上始终没有进展。它是深不见底的麦秆，还是山峰选择放逐的罗网？”

“我身陷那些山峰编织的网中，犹如太阳被清晨之网捕获。造物主就是那个渔夫。”

——马扎尔托夫拉比

三

“沉甸甸的时间。
我们有同样的重量
和同样热切的渴望。”

——纳迪尔拉比

“我在飞升，但在更高的地方，我的灵魂憧憬升得更高。”

——奈夫拉拉比

“太阳身后，还有更加孤独的苍穹。”

——巴尔拉比

四

“沉默是噪声之核；这就是为什么冷峻沉默的造物主无法聆听而只能接受，就如树的年轮认可果实的颜色一样。”

——盖辛拉比

“灵魂的词汇是翅膀与露水的词汇。是翱翔和天国的甘露。”

——纳姆拉比

“我的灵魂，你在词语中运行，一如白昼以金子的仪态运行。我在言说。那不就是你存在的明证么？”

——萨约德拉比

“造物主存在于生命之后，生命在那儿更名改姓。”

——费德尔拉比

“造物主是已写就的纸页上那个与黑点相对应的亮点；因为他的耀眼之书正对应着人的黑暗之书。”

——萨利拉比

五

“未来即是正在到来的过去。”

——埃夫内拉比

“你来了，你看见了。而现在，世界在你眼中。”

——伊比尔拉比

“躺会儿吧。要不然你怎么知道你在行进？”

——埃肯拉比

“昨天不是问题。我生在前天。”

——纳拉格拉比

“永在存于一切，存于白昼。”

——卡鲁恩拉比

"我用你的耳朵聆听，从此就没有停止聆听你。

"我用你的眼睛观看，从此就没有停止看见你。

"我用你的嘴巴言说，从此就没停止为你命名。

"主呵，每一个瞬间

"你都是双倍的瞬间。"

——加拉姆拉比

六

（"这是白昼，却黑过了夜的空巢。"

——阿尼姆拉比

"我在流血。话语是一根棘刺。"

——索摩奈拉比）

——从书到书的空间真像人们说得那么白么？

——书比书活得长久。

——你在哪儿，于凯尔？

——书之外，是无声无义的词语，如最后之花的花粉随风飘零。

——于凯尔，你在字词不能存活之处期待什么？

——生命脱胎于死亡，如花茎上的花朵脱胎于种子。

——于凯尔，你无依无靠。

——我在离散的中心。孤独是个祖国。我到了。杳无一人。我走了，大地繁衍众生。

——你走哪条路？

——追随四季之路，略高于地面。

——地面上空空如也。略高处，便是天空。

——天空的高度始于脚踝。行走中我们隔开了天地。他处是星辰和太阳的天空。

——是同一片天空么？

——你从头到脚一样么？

——我是一个人。

——你因灵魂和理智而为人。理智在灵魂之上。你忘了阿略特拉比的那句教诲了么："你受难，尔后，透过思想点燃的明亮眼睛，你成为痛苦本身。"此时，受到理智吸引的灵魂超越了理智，不料最后发现理智仍然在它之上。所以，从天空到天空，人追随人。

——我们是直入灵魂和理智的血肉么？

——灵魂与理智之上也同样如此，它们将定居于此。虚空是温热的，好似一个刚被放弃的令人艳羡的座位。

——虚空不知道冷么？

——寒冷的虚空是曾存活过的声音，是已熄灭的永恒。

——于凯尔，你不时瑟瑟颤抖。是不是在黑夜里耽搁过长？

于凯尔说：

我身处黑夜，在掩埋的黎明和迷失的曙光之间。

七

命令天空，转移风向。

那是深渊的论点。

我注意到了火光。但我更看重影子，它是根茎而非玫瑰的证人。

太阳的时间是眼眸中盐粒的时间。

你沿墙行走，我在此颠踬。你全未察觉。

白昼的光明使我们对最重要的事情分心：闪亮的皮革，鞭笞的伤口。

你甚至害怕转瞬的停顿。

于凯尔说：

话语是我们唯一的财富。

我另一个誓约和另一种富足的兄弟们呵，你们为子孙后代竖起了雕像，为你们的城市捐赠了教堂，在荒漠的四周建起了清真寺。

你们的财富都留在了家族里。

我们却为圣殿的毁灭而哭泣。

财产的份额

“你富有。话语属于你。”

——埃兰拉比

一

（——你在梦想什么？

——大地。

——可你就在大地上嘛。

——我在想着我要去的那块大地。

——可我们就面对面，我们的脚就踩在大地上呵。

——我只认得通往人们所说的那片大地之路上的石头。

树若没有智慧就会轰然倒下。

海若没有智慧就会吞没自己。

水服从于水

并供养鱼儿。

天空服从于天空
并供养鸟儿。
人若没有智慧，四处会一片黑暗。
你会在路上吼叫。
你会诅咒邻人。
你会为火灾喝彩。
你会把妻子的乳房切成碎片。
你会揪下孩子们的脑袋。
再不会有鲜花。
你会戴起荆棘的花冠。
你会孤独、孤独、孤独。
因为，为了两个人在一起，
就必须知道这一切。）

我任你死去，于凯尔。你服毒时我就在你身旁。我本可以阻止你，可你的眼神容不得我干预和改变你的决定。我在阴影中目睹了你临终的痛苦。你眼盯着墙。你一次也没吻过萨拉的照片。

我离开你的房间，扶着楼梯下楼。我累坏了。我害怕白昼，害怕街道。我走回自己的家，倒头睡到天明。对我来说，新的生活开始了。痛苦的死亡。莫非我早就命中注定要揭示这一苦难，而你却以死解脱？但我既没有耳朵也没有嘴巴。再没有什么可以吸引我的眼球。你是我的呼吸，而萨拉则是我受虐的真实呼号。真实像一个少女。人们可以让她做任何想让她做的事，但也可以为她做很多事。在她的律法下，我们既可以死，又可以生。

于凯尔，当你的手紧抓床单时我就在你身旁。你嘶哑的喘息声——怎么那么微弱呢？——丝毫也没有惊扰周围的人。你很快就进入弥留状态，但几个小时后才僵硬。我等不及别人来敲门。我逃走了。

你的恋人在鲜花的地狱中凋谢。不久后癫狂变本加厉。她的尖叫如今愈发令人绝望。尖叫声从她青紫的、毫无抵抗力的身体中喷射出来，灵魂使身体像光一样透明。那嶙峋的皮包骨宛若风景。透过面颊还能看到牙齿。

我分身为二，何去何从？

有个作家和字词一起出逃了，有些字词、有时只是一两个字词随他一同赴死。一个字词首先是一只蜂巢，其次是个名字。两个名字争抢我的心和我的灵魂。我发觉它们深藏于我身心中幽密的深处，我在黑暗中度过的正是它们的生活。像你昨天一样，我如今精疲力竭。我的过去因掠夺和迫害而沉重。我的往昔把头垂向虚幻的倚靠，那或者是一条同情的臂膀，或者是我的桌子。

我再无豪情。你把我扔进白昼，我就是白昼里那条豁裂的过道。

“作家是什么？”赫德拉比曾问过一位有名的说书人。“是文学家么？不是。他不过背负着一个人的影子。”

你就是此人，于凯尔，你就是这个英雄和这个殉道者。

我马上让道。

你从惩戒营归来后，全身心投入最后的时刻，而我的纸页嗅到了你信仰的灰烬。

书便是伤口的一瞬，或永恒的一瞬。

这世界唯有我们俩。

（我没想让你独自翻开书。遇到你时，我已经知道那些贪婪的书页会在清晨为你而苏醒并杀死我。因为书的晨曦并非他物，正是死亡。呵！我再无能为力为你做什么事。你是否理解我厌恶书写？我会马上消失在忙碌的人群中，并与之一同湮没在城市和厌倦的血盆大口里，在地下像耗子一样从一个街区窜到另一个街区。我会乘车一直乘到再没有车站和站牌的地方，徘徊在两个注定毁灭的世界之间，直到一声尖厉的哨音传来，就像那个孩子般的女人的尖叫声一样，与自身的晕眩纠缠在一起，让人回到尚未定型的影子世界。我会通过任何妥协都不会害怕的那个驯顺的部分而疏离自己。）

你不肯吐露心声，因而我的叙述中很少引用你的话语，而更多地依赖于我自己。我不知道你怎样爱抚女友，也不知道你的苦难何等深重。我只知道你在提及萨拉名字的时候，任自己的手掌滑向虚空，再有就是当我提起集中营的时候，你的嘴角变得僵硬。我至今仍清楚地记得你当时的表情。或许因为你将不久于人世。

我自荒漠而来，如同一个人来自记忆之外。我捎来了沙的救赎。我来时，双臂已被几个世纪的岁月剥蚀精光。我没有名字，只有那个你要给我而如今又收了回去的那个名字。

想放弃很容易。

梦如回忆，是一片海岸，我们正奋力向那儿划去，想避开身后周而复始的明天及其残酷而毫无价值的生活；因为无法自我表达的岁月阴晦寒冷。无言的日子，其恣意妄为令人心碎。

我还记得在音节的影子中移动的情形，在这片神秘区域面前，语言甚至都无力回应思想的召唤。俯仰之间，人们便陷入泥淖。

塔恩拉比曾说："有时候，我们必须等待许多年才能迎来标志着我们重新找回发音的那一时刻。声音一旦开始言说，我们就再也不能打断话语的奔涌。"

（"木排在中流激荡，对锡安[①]的期盼在大洋中下沉。

苦难犹如永夜，面对自己的星座。"

——亚科比拉比）

我曾找寻过避难之地的田野在我面前蜿蜒，它试图通过每株树、每棵芽、每只鸟为我与生命的妥协绘制地标。

比起其他地方，我在这儿处于牢固话语的健康中心。但这话语太过

① 锡安（Sion），又称郇山，在天主教《圣经》中称为熙雍，原指耶路撒冷老城南部的锡安山，现常用来指代耶路撒冷，也用来泛指以色列地。该词在《圣经》中的首次记载是《旧约 · 撒母耳记下》，写作时间距今约 2500 多年。

强势，它一直在驱赶我。我一节节切开自己的灵魂。汁液仿佛在辱骂我；而果实则更像欺诈。

在萨拉的尖叫中幸存，在你示范性的自裁中幸存，岂不有悖于我作为作家的自尊？

我将是一个没有面孔的人，怕被人认出而走投无路。因为我没有勇气，于凯尔，我没有勇气在我身上重复你命中注定的动作。

你的死捅破了我死亡的面具。

> （萨莱姆拉比写道：“书中栖息着一些由墨水之夜庇护的怪物。我们必须不停地满足它们的胃口。
>
> “书一旦完成，我以为就摆脱了宿命。其实根本不是；我仍然冒死走在天际线撩开的冰雪关隘上。鲜血在这些充满鄙夷的纸页上很美，我只在此领略过。”）

每个字词中都充满责难，我把这些责难揭示给字词的声音，而声音相信我的真诚。

若牲畜受诗人的恩惠变身为天使，被出卖的天使立刻会再次变为牲畜。

渐渐地，书将耗尽我。

> （“十二个受辱的部族似乎都指望从我的诘问中得到一本书。为此我愿意用一种通用的语言即人的原始语言去写作。

“它一代一代地传到我的手上。

“在一页页只用空白连接的地方，我认出了我父亲的手和我从未碰过的祖父的手，但我确信它们都是以恰当的字词来表述的。”

——阿扎尔拉比

“恣肆的好奇心催促玫瑰向天穹申领自己的位置。玫瑰伴露水绽放，随黄昏凋谢。”

——西迪拉比）

对话一旦建立，除我自己以外，还能有谁打断？沙的真实与蓝天的虚无是我的两条天际线。行走在一条天际线而仰望另一条天际线，又会怎样？

依然存在的是你，是你于凯尔和你的恋人；不复存在的是你，是你于凯尔和萨拉，她的呻吟在我们内心回响。

所有灵魂的呼号都是相似的。

虚无便是这个驯服的世界，它为我们命名。仇恨与奴役沆瀣一气。

我是大气中踉跄前行之最后一息的眩晕；是生与死永别前的临时驿站。

无形，无声。

二

萨菲尔拉比说：“我们死了，你们没看到么？死，是对异乡人身份的盖棺论定。还有谁能比死人更像异乡人？

“死的可都是犹太人呵。对他人和对自己，他们都是异乡人。

“死去的瞬间，我们只觉得自己是犹太人。

“我们这个如道路一样古老的民族，反倒成了他人、他处、他物。成了未来的过去，即永恒、无限。成了星辰、太阳和打谷机在风中的一条饰带。”

阿莱伯拉比说：“犹太人的团结是一个异乡人可以证明给另一个异乡人的不可能的激情。”

三

“对聋子来说，爱之声是死亡之声，即他自己的声音。”

——摩塞尔拉比

“他人的馈赠令人富足，因为它预示自我的馈赠。”

——阿兰拉比

“若造物主是生命，人只能是他不愿接受的死亡。”

——阿什惘拉比

“大海令宇宙的边缘一处处塌陷。”

——阿姆隆拉比

“遗忘是古老的虚空。大地旋转其间。”

——多特拉比

萨拉和于凯尔在种子与符号中的肖像

“我们的田野如歌。”

——塞夫拉比

一

小麦变成星星的颜色以前是面饼的颜色。

——“死亡”一词中，有白昼和死亡的金色的呼吸。

太阳曾守护对土地的爱。

大地与太阳，一对分道扬镳却在符号的生命中结合的恋人。

萨拉在黑暗中
旋转，而光
与线旋转。

——“命运”一词中，有白昼和死亡的金色的重量。

你的命运
是火焰的命运
人们用它为手指打造了一枚
婚戒。

于凯尔说：

萨拉，你在金色的面纱后面，黎明时分，那面纱遮住了我们的田野。

萨拉说：

于凯尔，你把我留在了金色的雾霭中。
我是冰冻的金子。

二

（“若我对手中颤动的纸页感到眩晕，并不是因为纸页上的空白，而是因为那些躲藏其间伺机露脸的空白词语。我能认得出它们么？我眼花缭乱。容易误判。不要让一个词语去杀死另一个词语；要

找到目标词语，而那词语同样指望我成为逃逸的那

页纸和那个段落。我们同呼吸共命运。”

——费尔哈特拉比）

“一分钟的爱神木，足以让人忘却一个世纪的犁沟。”

——克拉特拉比

“处以私刑的星辰。

种族主义的黑暗。”

——布鲁赫尔拉比

镜子与围巾

“我们收集图像和图像中的图像直至最后一帧空白图像，我们对最后一帧的看法一致。”

——卡拉索拉比

马尔多罕·西姆洪声称他系在脖子上的丝巾是一面镜子。

他说：“你们看，一方丝巾分开了我的头和身体。要是我说我正在和下巴上打结的镜子一起散步，谁敢说我是在说瞎话？

“丝巾反射出一张脸，你们会认为那是肉做的。

“黑夜就是镜子。白昼就是丝巾。月亮和太阳就是折射的相貌。可是，兄弟们，我把真正的脸丢在哪儿了？”

他死后，大家看到他脖子上有个大疤。

于是拉比们就这桩逸闻有何含义展开了讨论。

阿尔凡德利拉比以长老的身份率先发言。

他说：“一面双面镜把我们与造物主分开，因此造物主想看我们时，他看到了自己，而当我们想看他时，却只能看到我们自己的脸。”

——外表不就是镜子反射出的一连串镜像么？埃弗拉伊姆拉比说。阿尔凡德利拉比，你肯定是影射我们在灵魂中观照自己，就像观照受到反射的镜子。但躯体是灵魂的场域，犹如山是溪流的卧床。是躯体压碎了镜子。

——溪流安睡在山巅，阿尔凡德利拉比继续说道。溪流的梦和水有关，正如溪流和水有关。它为我们流淌。我们借梦而延续。

你不记得阿尔塞姆拉比说过这句话么："我们生活在创世之梦中，那是造物主之梦；晚上，我们自己的梦躺了进去，如麻雀归巢。"

哈莫斯拉比不是也这样写过么："夜之鸟，我的梦在探索沉睡宇宙的无垠之梦。"

——梦是不是水晶石雕琢面上澄澈的话语？埃弗拉伊姆拉比又说道，世界是玻璃，无论黑夜白昼，你因其璀璨而认识了它。

——大地在镜子中旋转。大地在丝巾中旋转，阿尔凡德利拉比回答。

——那个长着丑陋疤痕的花花公子的丝巾，埃弗拉伊姆拉比说。

（"话语在微风中，一如大地在时间中。"
——马莱斯拉比）

于凯尔说：

漂泊的犹太人，其背囊里背负着大地和不止一颗星星。

马瓦斯拉比曾经说过："背来背去，背的都是他自己。"

我给你们讲的这个故事以及故事本身所引发的所有评论，都将被记录在目光之书里。梯子敦促我们超越自己。那便是其重要性之所在。可是，在空无中，我们能把梯子靠在哪儿呢？

（“造物主已被雕琢。”

——莫亚尔拉比）

萨拉和于凯尔在呼号中的肖像

“逃跑的手，攥紧你们的火把。
天空误将你们认作飞鸟。
鸟巢取代了拱门和树。”
——莱泽尔拉比

空白纸页上的白色轨迹是呼号的草图。
它不再惧怕障碍。
它不为墨水所扰。
鸟儿会留下飞翔的踪迹么？
你用目光追随飞鸟。
在这儿，耳朵便是秩序。

（“眼睛任我们视其所闻，视其所尝，视其所触。我身体上的所有器官都是眼睛。”
——加姆利拉比）

于凯尔说：

谁会用我的话语解渴？

而我自己，我能用自己的话语解渴么？

在我书里，在孤独的内心，

你的孤独就是我的宿命。

双眼合上的声音

双眼合上的声音缓慢而沉重，犹如女人一夜缠绵后惺忪的睡眼；它类似于黑夜缓缓升起、慢慢绽放的声音。

一

谢姆拉比说："雅赫拉比年轻的时候，有天早上来家里找我。他太亢奋了，说话语无伦次，给我留下了不佳的印象。我试着用从容的、可间接唤醒他回忆的话语鼓励他简明扼要地表达自己的想法。可是没用。我觉得他就像阴曹地府里的人一样，读的是书的背面，除非在他嘴里放上一面镜子，否则没办法让他谈吐有序。

于是，我把花园里的一枝玫瑰递给了他，说，孩子，众生和万物中存在着某种秩序与和谐，若打破这种秩序与和谐，就得冒危及其名字的风险。有什么能与这枝玫瑰相比呢？

几天以后，雅赫拉比又来造访。他手持一枝花，与我送给他的那枝相同，并对我说了如下这些话：老师，我恢复了理智。我的灵魂重新找到了花瓣和芬芳自身的秩序。"

（"你梦见你在写书。书就写出来了。"

——载丹拉比）

二

阿玛尔拉比对小儿子说："城市是一颗你再也无从听到其脉动的心脏。

"离开城市吧，你会发现它的秘密隐藏在沙里。"

——我怎样才能从荒漠中发掘出城市对我隐匿的告白呢？小儿子问。

——没有什么告白，阿玛尔拉比说，只有大海在石头中悲怆的呼唤，但却被水泥封死了。

泰尔哈拉比说："你将跨越鱼群的国度，还有盐粒铺就的岛屿和海滩，它们都爱自己的伤口。

"你将跨越长着海鸥翅膀的大洋表面，去聆听野性羽毛与鳞片之间神秘的对话。

"在海浪痛苦低语的这一边，从流浪的一端到另一端，明天是将要生活在温室般的沉默中的一天。

"王冠轻轻地随波逐流，但既没有话语也没有声音去窒息这个王朝。"

阿瓦拉比说："我们生活在海中，却被海床缚于地面。

"我们是海的孩子，却失去了对水的记忆。"

石与沙的对话

一

石头的世界是纪律严明之路的世界；是一个鲁莽地闯进光明的黑暗世界。

隧道的世界，其轨道便是皱纹。

我们在自己的双重悲伤中、在凶险的痛苦中滚滚向前。

（佐莱拉比说：“我们滚滚向前，谁看到我们在行进时质疑过轮子？

“犹太人祈祷时脚尖踮起又放下，因为他踏上了信仰之轮选择的崎岖之路。”）

石头的白昼会在明天破晓。

我讲授行程。

二

——我是时间的证人。时间令我两鬓如霜。

——我是黄金之白。黄金被藏则变蓝。风是我的青春。

——青春在我体内轻拂，但我在反叛它。衰老始于生命之初。且无情。

——我是行动的证人。你是为城堡和细心的雕刻家准备的石头。你是用作桥梁和水坝的石头。

——我是无名的石头。我的名字闪耀在内心活跃的光芒之中。

——我是太阳的种子，由天空播撒。

——我因远离我的唇、我的手而闷闷不乐。我的话语在地下，但在爱或抗争中，它摩擦着我的身体迸出火星。

——我对缺席言说，对雨水之泉言说。我的话语至高无上。

——我是静态的束缚，固守的距离。

——我是被忘却的海底。我是疲惫之水难以抵达的梦。天空的秀发中都是沙子。

——我是被限制使用名字的大海之眼，既无底也无天。

——我是大海之后的大海，是被海浪击碎的海浪。

——我是摩天大楼。

——在石头向石头让步

沙向沙让步的地方，

我是第一批馈赠的果实。

——在白雪和青草的眼里，我是块石头，但在太阳和盐的眼里，在风的眼里，我更接近于沙粒。

——我们的证据显示，你是石头，而该证据从最初的源头就将我们分开了。

第二部

“我离源头比离土地更近。”

——阿贝特拉比

“我的字词中有五大洲，环绕它们的，是地球的尘埃与天空。

“诸世界在宇宙中，一个包含每一世界的宇宙。”

——索拉拉比

“无限孤独地身处沉默宇宙，一天早上，为了重建神圣的对话，人，将话语交还给了造物主。”

——埃迈尔拉比

“沉默之洪亮。首次之回声。”

——阿尔菲埃拉比

保持与书的联系

一

于凯尔坐在礁石上，凝望着大海翻阅宇宙的水之书。

我们与这部作品保持着从未间断的联系；如盐与沙之间、空气与水之间的联系；某种螺壳与回声间、沉默与征兆间的秘密联系。

生存过的瞬间被忠实地记录在案，死亡耐心的杰作。

没有为死去的大地留下的树木。

没有为已亡的天穹留下的星辰。

只有凌驾峰顶、超越沟壑的光。

那光吞没了天穹和大地。

二

“无法挽留。每一天都从一天里逃走。”

——列托拉比

三

“‘可能’的意识与无意识。

“不可能高于不再可能；但不再可能既取决于既定时刻人类知识的总体范围，也取决于我们对自己和世界的认知。

“河流肥沃大地，不可能是其硕果累累的试验。”

——蒂尔舍拉比

（“我们在所增之物的心中。
我们在所减之物的心中。
我们在倍增之物的心中。
我们在相除之物的心中。
我们在一分再分之物的心中。
我们在缄默之物的心中。
打开我的心吧。
一朵云或一片湖泊的形状下
你会看到沉默。
打开吧，打开我的心。
你将会为沉默
言说。”

——里布拉拉比

“进入我的话语，我的幽暗居所。在沉默一边，或另一边，我们将是一样的声音。”

——希埃里斯拉比）

书写的习惯

“我正忙于恢复自己转瞬即逝的形象，我不安于现状，我死了，我是大海。”

——马尔祖克拉比

一

（“若真有七个天堂，
必定有七个地狱。”

——埃尔弗拉比

“对你而言，一个字词就是一根线条。
它绘出了我的脸。
心情好的时候，我被阅读。”

——纳赫米亚斯拉比

“谬误是令人气馁的弯路，但它指向真理；真理的基座和门槛。”

——索达尔拉比）

我以至简而便捷的语句——相当于楼梯间昏暗的平台——构思我的书。我由此知悉，黑夜是作家的场域。

我钟爱从黑暗中提炼出的作品。善良的白昼允许黑夜分享其光亮。

书中，基座永远平淡无奇。

——因为华丽的基座会危及承载的物体——

平淡无奇，有如油碗中的灯芯，它将我们为死者祈祷的声音升华到我们无法企及的高度。

客体是从诸多语句中拣选出的句子，即形象。

字词对字词产生热忱时会变得十分谦恭。

基座是具有强健体魄的语句，它的聪明之处在于只相信肌肉的膂力。

对青铜，基座系木材所制；对云彩，基座由清风构成。

基座的模式：人永远与人对话——星辰梦想太阳，画出的却总是星星。

相似带来困惑。

二

“发出声音，如施舍穷人。”

——埃卡伊姆拉比

水绕不开水。

用拳头垒砌牢狱。

竞争的额头：光对抗光。

倔强之美。

海浪化礁石为玻璃。遮光的变形。

话语是对异乡人的抱怨，是将涸之水指控海绵的官司。

一枝玫瑰足以迎接黎明。

三

（“他在讲话。为了提议建造基座，他翻转双手，平平摊开又再次合拢。他的手指在空间创造了物体。”

——阿米埃尔拉比

托德拉比说：“话语牵着我们的手，就像牵着小狗。别让小狗叫，否则你的动作会让我们耳聋。”）

四

——光的地基是昏昏欲睡的影子。

——梦是光么？

——消散的影子有个闪光的核。

——它们的印堂晦暗，手指同样如此。至于它们的双眼，我们又何曾见过？

——影子的手指是花茎，而双眼是绿叶中的花朵。它们追随太阳。

——世界是一夜之梦还是上千个绵延不绝的黎明？

——白昼里，夜幕中，世界惊诧不已。

五

于凯尔说：

我给你们讲讲莱赫·马约尔吧，他成功地划破了空白的空间。

我没有片刻描述过你的脸

“目标扩展目标。”

——萨法德拉比

“我在舞蹈——造物主是我的观念。”

——卡拉姆拉比

“何谓观念？
一个舞者。
她随即兴的音乐
起舞。
兄弟们，鼓掌吧，为演出
喝彩。
观念渴望取悦你们。
我生命的芭蕾。
我死亡的芭蕾。
别激怒舞者们。她们会
冷酷无情。
兄弟们。给她们爱吧。
她们很美。”

——艾拉米拉比

“我心怀荒漠，心怀沉默的火热之沙。周围的大海，遥远的大海，如流苏披巾随着我颤抖的祈祷涌动。”

——西姆拉比

“对话吧，在我自身与他者之间。思索吧。一切思想都是对某个问题的求索。”

——伊维尔拉比

“勿混淆观念与思想，舞蹈和短剑。

——精确的打击会让受害者躲闪不及。”

——维拉德拉比

“血淋淋的足迹。你搏击向前。思想是皮带与刀锋。”

——拉戴夫拉比

于凯尔说：

我没有片刻描述过你的脸；

虽不乏借口和时机，

恋人们变得清醒，在我书中日夜孑然独处，

希望的脸如一绺麦穗。

痛苦的脸是一面镜子。

变冷的灯

“拂晓的律法并非灯的律法。太阳对宇宙言说；灯对孤独者言说。”

——阿克里达拉比

“律法是卵。

律法是翼。”

——纳希姆拉比

马佐尔拉比曾经说过：“我们受律法制约。自由的律法最为严苛，而同样严苛的还有斋戒的律法。”

他也说过：“光明之律法曾受黑暗之律法的启迪。对光明适用的律法对黑暗同样适用。我们通过黑暗和白昼共同的声音对它们进行研究，断定它们对立而统一。”

他还说过：“我将书写律法之书。”

（“律法之主，你是空气和水之主。空气的律法是飞翔；水的律法则是浸洗。”

——阿卡夫拉比）

“自由如玫瑰的花茎。花刺预示着花瓣将如何开放。”

——加利姆拉比

“遵从宇宙的律法。
让前后左右返青。”

——塔奥尔拉比

“在黄昏与黑暗之间。
在星辰与种姓之间。”

——蒂姆巴赫拉比

于凯尔说：

字词当中有律法。
我书写。我执法。

学者与不速之客在于凯尔·塞拉菲参与下的对话

一

（“不可能性如磐石的锁链。

“可能性如无言的边界。”

——韦尔拉比

“当造物主打开闸门，灵魂的话语似浪涛奔涌而出。”

——卡纳赫拉比

“比蛇还要沉默。你是话语的话语。”

——埃阿尔拉比

“我是选票和煤灰。”

——阿列夫拉比

“面对曾让每个作家心力交瘁的不可能的书写，

面对作为犹太人的困难——过去两千年来，这些困难一直折磨着以这个名字命名的民族——作家选择了书写，而犹太人选择了生存。”

——于凯尔的笔记

“与词语一体、荣辱与共的困境。承受犹太人灵与肉的困境。我之所以书写，是因为在力图抵达言说极限的过程中，我每次都坚信下次能够成功。

“造物主以造物主的语言言说一次之后便缄默不语了。”

——于凯尔的笔记

“我们以不可能性为界。”

——卡布里拉比

“造物主以其超脱确立统治。”

——梅尼亚德拉比）

一位学者：我栖身于自己的作品，作品却全然不知。我越是珍惜所写的文字，就越偏离自己的写作之源。我越是想显示出真诚，就必须越快地放弃主动，好让词语接手，因为我必须让词语离开我而存在。

然而我就在词语的存在之源。我因此而成为设想词语存在的那个人，词语自有其宿命，而我这个作家的命运倒也有赖于此。

一位学者：我一旦书写，便即刻变成了那个逃避我的词语，幸亏有它，我才能存在；它是前往字词的字词，并且宣称它就是如此。我随着语句繁衍，如树木伴着枝干延伸。

一位学者：尚未阐释的思想意味着联结话语和话语的某种希望，意味着对符号追寻其确定形式的某种期待，意味着其中可能蕴含着某种不容置疑的能量或某种对苦难的认同。

一位学者：我与几个想起了我的字母一同进入字母表里区划严整的宇宙。在存在的意愿和以词语表达出这种意愿之间、在感知和以贴切的字词自发传递出这种感知之间，存在着何等巨大的差距呵。现在的我，只是那个不需要我即可存在的未来的我。

一位学者：我们无法预知将穿越哪些地区；因为终点位于冒险的每条小径之间，位于线路之间，而非屹立在廊柱之间。

一位学者：当作家俯身查看自己的作品时，他相信或不如说他想让我们相信他的脸就是词语映射出的那张脸。他撒谎。他在撒谎，就像造物主撒谎说他以自己的模样创造了人一样。可是，他到底长什么样子呢？

一位学者：从思想到词语之间，从出乎预料的梦想到想当然的字词之间，诸多道路纷呈诱惑，我们早晚会上路，以驯服那销蚀我们的燃烧的激情。

从惬意的动作到难言的欲望之间，我们再次发现了同样的路径，经由这条路，我们可以追溯到睡梦中使自己武功全废的最终目的；因为对每道光而言，它得到了平分的每个夜晚；正如对每个夜晚而言，它得到了平分的每个清晨。

一位学者：无论跟随资深向导的脚步还是遵从本能，我们都将自我流放到那个仍是自己的地方——但已大不相同——以便重新与这个藏起太阳的幽暗之点汇合，我们知道，那是个福地，黑暗与光明在此比邻而居，以一分二、二合一的形式揭示着宇宙。

一位学者：冒险，服务于作家感受话语和追随生命体验的需要，服务于聆听和打破沉默的需要。作家之所以认可并乐于冒险，是因为冒险同时也是被接受和被展示的礼物，是播种和收获的时间。它是不受束缚的火焰，在那儿，任何芽孢甫一萌生就被从开端攫住，在那儿，鸟的再次起飞早已受困于枝条狼藉的鸟巢。

一位学者：人对自己缺乏了解，又生性孤独，对存在与非存在抱有听天由命的态度，然而存在就应当首先与他人为伴；但来自人的字词都是有关植物、动物或人的字词，人希望通过该字词而成为人，成为植物、动物和物体。因此，语言便是一切，它代表着每时每刻，在我们眼中，哪怕是最微量的元素也是一切，我们只有借其抵达目标。但成为一切意味着同时化为虚无。以语言设下的圈套看，人既存在又不存在。但语言则正相反，它依旧是语言，换言之，它依旧是给予人在一切与虚无中存在或非存在的唯一机会。

一位学者：对人而言，语言既像异乡人又像同谋——就像水之于土地令植物生长——语言是渴望得到草地的一眼甘泉，它为了生存必须赋予生命。在一切的起源，词语代人考问宇宙。当时它先于人出现。人依着话语设计自己。他始终在为自己的出生做着准备——因为人要到第二天才出生——人通过死亡将生命赋予话语，人通过话语肯定和否定自己。在书中，造物主通过死亡将生命赋予人。

于凯尔：一旦被命名，犹太人便为名所累，再也无从解脱。

如果他是树干，他便是树干形状的根；如果他是树枝，他便是树枝形状的根；如果他是果实，他便是能量的结。别人走路他在跑，别人卧船他在游。他有那么长的路要跋涉。而奔跑中还有人将他绊倒。杀之如屠狗。草稿中，他只是等待抹去的一个尴尬的词语。我在不断地思考他，思考自己，因为他除了出现在我的作品中以外，我再也看不清他；在把生命与死亡赋予一个字词时，我觉得同时也把生与死赋予了一个犹太人。但这个词语对我始终是陌生的，就像一个犹太人对另一个犹太人始终陌生一样；这个词语是满怀谦卑的异乡人，比他的兄弟更像他，词语的身份碍难深究：因为它会冒险唤醒不堪忍受的痛苦，述说也必然更新。

一位来宾：据说犹太人之间只需一瞥便能会意。接下来他们只会热烈地讨论这个一瞥了。

一位来宾：当一个犹太人向另一个犹太人解释他离开祖国的原因时，倾听的犹太人就会想："他原先在故国受苦，现在又跑到我的祖国受罪来了。"在新的漂泊者眼中，在接待他的友人家里，总离不开"告诉我，我在这里受的苦会和原来的地方一样多么"这类永恒的话题。一个犹太人在逃离迫害他的国家时，从来都不指望就此脱离苦海，只是希望比过去受的苦少一点。

一位学者：词语与词语结合，首先是为推动一个句子成形，其次是完成一页纸的书写，最终才是成书；为了生存，词语必须积极投身于话语世界的解放，在改变和一统的过程中成为中坚。在影子里或在思想边缘，它要么与中规中矩跟着语句的成熟节奏走的词语结合，要么与能卜知其行踪的词语结合。这些词语的每个音节、每个字母都在沉思或冒进中以已知或未知的数量扮演着它们的角色。思想参与了这些由其触发的众多字词之间的密会，并从中培植出盟友和制定出玄微的方案，只有通过这些字词，思想才能细化，才能成长，甚至才能自我超越、自我创造和全身而退。

一位学者：思想要得到验证，须以词语衡量，犹如暴君在顺从的臣民身上实施极权统治一样，思想也要在词语身上施行最霸道的威权；但思想也同冷酷的君主一样明白，暴政的黑夜势必迎来自由的曙光。字词将获得胜利，它以缜密的计划和貌似的谦恭将思想带往影子的极点，并在清晨将其一举全歼。

一位学者：一个已阐明的思想感动或激励我们之处，在于其作为思想的毁灭和在字词中的复兴。思想是为数不多的词语，通过这些词语，我们得以一窥思想的风采，并因其自身的魅力而爱上它，然后才能理解其含义与范畴，通过我们的心智将其奉为圭臬，并以此衡量我们自己。

一位来宾：一个犹太人走向另一个等待着他的犹太人是被其确信的宿命所推动的，而那宿命不是别的，正是他人想要将其毁灭的狂热。

一位来宾：一个地方只要有了犹太人，就有了另一个犹太人的栖身之所；一个地方只要有了犹太人，就会有另一个犹太人前来打探生存状况，或许还将与其共享。

这种宿命，这种每临厄运便产生的亘古不变的凝聚力，使犹太人在面临一切危难时都坚信：一个幸存的族群能代他承受危难，这是他眼中能感受到的，因为他们有一种希望保护族群的力量，有一种代表一个国家雏形的力量，哪怕这个国家的雏形是以最谦恭、最脆弱的形式存在的，也必能将其族人纳入自己的怀抱。同样，每个语句都能向词语敞开胸襟，而无论其尊卑与贵贱。

如果我们的书不能拯救其字词，至少可以帮助字词以扩大形象的方式和谐共处。

于凯尔：思想尊重词语的完整性，而社会却抛弃犹太人。社会经常像鄙视犹太人一样鄙视思想。诗人们赋予词语一个与其梦想共同生存的机会。允许它们有独立的灵魂。从感情上，我更贴近受欺辱的词语，因为它们属于我的种族。它们身上孕育着我的反叛。我的书写便是这种反叛的结果。我用这些词语瞄准暴君射击。

一位学者：纳粹最初只把没用的犹太人送进焚尸炉。随后，这个所谓“没用的”概念本身消失了。变成了所有犹太人都该被灭绝。

或许有一天，所有字词将彻底消灭字词。终有一天诗将死去。

那将是机器人的世纪和话语被囚禁的世纪。

犹太人的不幸将变为整个宇宙的不幸。

于凯尔：犹太人的不幸将平复不幸。

二

“你在砌墙，而我在墙里构筑空间。”

——阿里姆拉比

“我的主，我只是话语。我在靠近，却与你远离。”

——查拉德尔拉比

“话语哄着我，如乳母用奶头哄着孩子。”

——巴兰拉比

三

（“死亡掘出墓地里的镜子。”

——卡斯特罗拉比

“黑暗检视目光。”

——希思拉比）

“火焰之结存于回忆的面纱，无颈之星存于蓝色的睡莲。”

——米萨赫拉比

“蜡黄的天空，什么手在恐吓我们？
我置换大千世界。
我隔开一面面镜子。”

——威纳斯拉比

四

“梦想意味着唤醒往昔。一颗珍珠挂上晨曦的耳垂。”

——阿加姆拉比

第三部

“你求生，有如狗觅骨。”

——蒙代尔拉比

于凯尔的日记

“那儿曾是我的街道，我的街区。我出生前，它们就存在了。谁盗走了首饰匣？谁把我扔出了天鹅绒睡床？

“东方是女人额头上的一颗红宝石。我曾是宫殿里的枝形吊灯。如今我是路上闪亮的玻璃碎片。”

——纳莱赫拉比

“造物主倚着圣殿的颓墙。我们从此无家可归。”

——拉罕拉比

十月五日

我在镜子中端详着自己，看到一个少年，深灰色的眸子暗过冬日的彤云，泪珠儿像窗外的雨点儿般淅沥不停。

那是我面孔的面孔。

某先生，那就是我，于凯尔，

我在自己的灵魂中被追捕。

人质。

十月九日

我没想自己。我在想其他人中的我，他们对我的敌意有案可稽。我在想与萨拉相爱的我。

某种结合，而结合便是武器。

十月十二日

我该丢掉思考的习惯。

总有一天我会重新找到我的笔，我的声音。

届时我还知道怎么用么？

空白的纸页充满耐心。

巨大的影子。

重重影子笼罩全球。

黑夜是一只灯光之夜里的飞蛾。

祖先们来拜访我。

除话语褶皱中残存的话语以外，

我与他们毫无共通之处。

十月十五日

生命接纳了敌人的脸，

而死亡接纳了我敌意的脸。

十月十六日

兄弟情谊。

好比饥饿与饥饿。

好比树叶与树叶。

好比闪电与闪电。

十一月三日

我很快会销声匿迹。

他们会赢。

十一月六日

身体羸弱，落选。

灵魂坐拥沉默的全部智慧。

十一月九日

世界是个记忆的星球。

星辰则是闪烁的遗忘。

十一月十三日

阿尔巴格利拉比说："嘴巴是所有泉眼中最小的泉眼，但它能解人类之渴。"

萨拉的日记之一

我疼，而你因我而疼。

作恶，是我可与人分享的财富。

三月七日

我不会写下全部见闻。我在躲闪的那个瞬间脚下书写，好应对一个接踵而来的问题，因为那问题又会带来其他问题。

大海是我的家。

我不会去写街道，不会去写树叶，也不会去写蒙受没顶之灾的树木。

我不会去写男人的粗暴，也不会去写亵渎的话语。

无辜而有错，

由于再次精神失常，

我疏远了我父亲和我母亲的心灵和目光，

台阶变成了燃烧的石头。

我在越过高墙而望的恐惧中孤立无援。

我在倔强的幽明中孤立无援。

三月八日

今晚，天空被归还给天空。每颗星星都重新收回了各自的地盘。

我惊叹于每颗星都能毫发无损地从烈火中脱身，并给我指明漂泊的方向。

四月十日

白昼里的坟墓。

我的痛苦数着石头，而我是罅隙里的蜥蜴。

四月十一日

以虚空的真实对抗生命。

我的河岸无水。

人只在水面而非河底搏斗。

四月十七日

死亡是霉果之虫，还是夏日阳光？

我的生命之冬挂在睫毛和唇上。

春天是我们内心的季节，唯一的季节。

灵魂的天空是天空的三百六十五倍。

迟到的春天，被闪电捕获的春天。

我行经之处，没有小径。

四月二十三日

我用泡在水中的胳膊建造起一座临时桥拱。

但在哪个国家，哪个大洲？

被俘获的美丽彩虹，

你在何处于我更为珍贵？

赞美束缚，给符号加箍。

世界难道不会更圆？

五月三日

让挡雨板发声。

似保龄球瓶巍巍颤立。

每击，我必倒。

五月四日

我的轻盈之梦，我的软木之梦塞住了我的生命。

一只漂流瓶。

五月六日

我试着了解和聚集我的力量。

我如此作践自己的身体，所以已经没有什么分量。

了解饥饿之前我饥饿过么?

在我的透明当中，便是墨渍下被橡皮擦薄的纸页。

五月十五日

我将躺在一棵树下，借枝丫的手段让天空站在我的冷漠一边。

在最好的大理石中分身为二。

五月十六日

真正的死亡在已死的天空，而非虚构的山谷。

我醒了，醒累了。

山谷那么低。

天空那么低。

六月十一日

怀疑或许意味着消弭界限，围着骰子旋转。

大地，大地至简。

造物主即怀疑。

六月十二日

自由，被诱骗。

灯塔之舌拒绝完美之水。

六月二十一日

我当属一首歌；那样我的生命才会有延续之机。

看，我当真延续了。这才真是糟糕。

虔诚的象牙。

我比延续更顽固。

七月十八日

码头有着调色板般的腼腆，它钟情于木头甚于钟情油彩。

我在泡沫、超载和泛滥的末端。

化为肉身后，大理石自然想变回大理石。

七月十九日

为别人掰开他人的面饼。我自己的已经不新鲜了。

七月二十二日

我须久久凝视众生和万物后才能真正看见它们，此后我对它们阒然来去便司空见惯了。

七月二十三日

那并非木头的沉默，而是石头的沉默。那并非记忆可以背叛的声音的缺席，而是蚯蚓对淤泥的告白的缺席。

七月二十七日

地下的，犹如井水之源。

但地平线空无一物，只有一泓清泉。

七月三十一日

我们可以在虚空中想象一张脸，于是突然醒悟到，虚空与我们相似何其乃尔。

我在凝视自己么？

黑暗被黑暗所控，如手被更强劲的手所控。

萨拉的日记之二

八月七日

“我眼中看到的造物主太可怕了：瞽、聩、独臂、无腿。

“主呵，在无能拯救您这一点上，我与您太相似了。”

——扎尔丹拉比

八月九日

“灵魂，我的妙龄新娘，我走过时，人们掉头而去，因为我曾饱受男人的蹂躏。我看起来老了，老眼昏花，背驼得像掉进枕骨里的大洞，而你，你却美丽如故。”

——莫阿德拉比

八月十一日

我看见可怕的爪子，
我的造物主。
我见您像一条蜈蚣。

我看见可怕的毒钩，
我的造物主。
我见您像一只蝎子。

我看见可怕的触须，
我的造物主。
我见您像一只蚱蜢。

我看见可怕的毛虫，
我的造物主。
您就是我的伤口。

八月十七日

我不愿再被阅读。藏起来吧，像一本书一样藏在码放整齐的作品后面。

我撞向缄默的钟鸣。

八月十九日

入睡，像鸟儿起飞。展翅飞翔，却浑然不觉。

八月二十二日

黑暗、雨水、阳光，将我分割成碎片。

我超越自己的性别和双手而绽放。

心常常滞后于生理年龄。

——或超前。

八月二十三日

那只是一张错乱之脸的脸。床亦凌乱。

一切觉醒都意味着与自己的相貌分道扬镳。

外表是我们的祸根。

八月二十五日

将石头归还采石场，将采石场归还石头的话语。

八月三十一日

逃吧，我的蕨草，我的叶片。

九月十九日

我觉得必须把这些纸页扔进火里，它们日夜纠缠着我，如梦游者轻盈的脚步踏上睡梦宁静的地面。

呵，死亡，我的生命终将死亡。

恋人们超越时间的对话

（——萨拉，地狱深处你看见了什么？

——我看见了火，却没看见于凯尔。我看见水浇灭了火，却没看见于凯尔。我看见了水和火。

——于凯尔，黑夜深处你看见了什么？

——我看见了黑暗中的黑暗，却没看见黑夜。我看见了太阳中的太阳，却没看见白昼。

——萨拉，地狱深处你盼望着什么？

——我戴着重重镣铐，却渴望天际。我在堵堵高墙之内，却渴望收获。

——于凯尔，黑夜深处你盼望着什么？

——不再看见；最晚才看见，最后一个攀上视野的岬角。）

——太阳是一枚黑壳里的蛋。它将振翅击碎黑暗。正午正在路上。正午，时间中的耶路撒冷。

——我的嘴巴是你的耶路撒冷，而我的灵魂则是圣殿。
从白昼的所有荒漠中，我呼唤你。

——从黑夜的所有葡萄园中，我呼唤你。壳裂开了，白昼为王。庶儿不闻黑夜声。

——自由果真是一堵墙的遗存么，我们在那儿唯存遗忘？

——自由存于每块墙砖，也存于人心，建筑的千钧重负令灵魂弯曲。

——我见到有些躯体紧靠路障。我见到有些指甲在墙上划出血痕。

——萨拉，你看见的是灵魂，还有他们褶皱的前额和指骨。真相总以一种有利于我们获得真相的形式出现，否则真相就像空气，像飘逝的微风。

——深渊，渊底映出我之爱的痛苦形状。

——我们在痛苦之巅。彗星，恋人们的信使，形未抵而身先焚。

——勇敢的彗星。彗星的死亡之火温暖我们的灵魂。

——我曾在常常碰面的酒吧里等你。

我在你常常经过的路上尾随你，一想到你可能走上一条截然不同的路，我就不寒而栗。

行人、其他桌旁的伴侣、酒吧的老板并不知道你本该来却不能来。

他们什么都不知道。

人们、报纸、书籍和军队宣告我们有罪。

高墙、铁丝网对我们提出指控。

我们身上的黄星就像街上、房顶上和眼睛里的两朵雏菊，世上的所有黑夜都不能摘去其花瓣。

——我曾在白色的黑暗中等待你，某种被死亡捶打的期待。缺席是我的王国。时间中，我挥舞告别的手帕，不让它被泪水打湿。

——往昔永不会被取消赎回权。

时间里，人群中，我们与造物主一体。

——我们是往昔，造物主于此延展。

萨拉的日记之三

十二月十一日

每股火苗就是一道音符，从这个意想不到的音阶里，一个愁苦如途中污泥的作曲家早已谱写出乐曲。没完没了的华尔兹乐曲声中，世上宽慰人的知识让位了。

我见到爬虫和昆虫跳舞，走兽和鸟儿跳舞。

我见到鱼和植物跳舞。

而死亡是个清亮的节日，笑声伴着临终的喉鸣，我甚至无法知道死是猝现我身还是在我之前，也不知抱怨是否永无快乐相伴。

疯狂在客厅安家，它披着大麻的头发，头发上挂着迟来的梦。羸瘦的双手与清晨欣悦的青春肢体格格不入。它挥舞着烛台嘲讽我的紧张。

我害怕像刚刚过去的七夜那样死去。

一月三日

字词被字词开膛破肚。

令人窒息的恶臭。

一月五日

大地走入星辰之牙。

恐惧生于内心。

宇宙之涎一层层叠起大洋。

一月七日

对所有人，同一块铁板。

一月十一日

轮子让人想起一个晃动的平台，一座悬垂的花园，鲜花于墓上绽放。

一月十九日

脑袋里有条八爪鱼。

饶舌赛喜鹊。

一月二十三日

水的一个签名。

大洋做摇篮。

二月十一日

卸载希望。

风是胜者。

二月十四日

额头的皱纹后面，所有边界都模糊不清。

第四部

“书的命运有如造物主的命运，唯俟有缘者读之。”

——哈南拉比

非场域的精神之一

“如果不是那个先知先觉的话语的场域，哪个才是我的场域？”

——奥迪姆拉比

一

于凯尔说：

某天晚上，我感到自己正直面死亡：一个双眸摄魂的少女。或许因为我凝视她时想到了一枝白玫瑰，于是她慢慢变成了我梦中的模样，香气袭人，令我发慌。我提出要用她来交换红色的生命玫瑰——我向谁提出交换的呢？想不起来了。在我们相处的最后一丁点儿时刻，周遭的一切变得模糊难辨——我把白玫瑰放在早已冰冷的唇边。红玫瑰消失了。远远地，我好像看到了一张嘴，并清晰地听到它在和我说永别。

无论在山顶还是借助于镰刀，我从未离曾经存在过的我们如此之近。

呵，爱人，我们从未离词语的真实如此之近。

二

季节表

她聊起奇迹，揉面做面饼。
无辜勾勒出她的轮廓。

辛勤的星辰。
有蜘蛛施教。

雪落在话语上。
雪为话语而降。
雪落在话语里。

令人惊奇的事物。
灯的赌注。

女人与泉，
让水流血。

乞丐笃信

树的善心。

墨水与金属
缓慢的建设，
光明是回忆，
永恒的首航。

明天，侏儒
将变为巨人。

石头
支撑起
遗忘。
但一粒微尘
就能将其颠覆。

（“雄鹰的心中有一首歌，可翅膀却将它带往他方。”

——阿萨雅斯拉比

“皱纹是水的苦难。你看看我有多少皱纹。”

——阿姆希拉比）

三

七支蜡烛之歌

哎，哎，我的苦难何在？
哎，哎，我的生命何在？
哎，哎，我的城市还有
我那被毁灭的圣殿何在？

女人，它们都在我们内心里。
女人，它们都在我们呼号中。
女人，它们都在那七支蜡烛
金色的时间里。

哎，哎，我生命何在？
与七种苦难一同毁灭？
与七口水井一同湮灭？
与七支蜡烛一同熄灭？

女人，这是你的苦难。
女人，这是你的生命。
女人，这是你的城市

和那座被毁灭的圣殿。

它们在我们内心中复活。
它们在我们呼号中复活。
它们在我们那七支蜡烛
金色的时间中复活。

四

（“七张脸俯在我的身上，有如七团信仰的火焰；黑暗时间中，唯有我的脸熠熠生辉。友谊之火中，我托我主人之福得以净化。

“呵，我忧郁的伙伴们，连最不受待见的人也会被赋予永恒的时刻。”

——塞弗拉德拉比）

五

于凯尔说：

我之所居，并非我祖先赋予话语的国度。

此间风景很难让我惬意。

可我却于此习得语言，并臻于完善。

我之漂泊，已在造物主的漂泊中预演。

我之漂泊，用每一个音节引导我走向造物主，那是漂泊至极的词语。在造物主身上，我隐约见到了统一的巴别塔[①]。

造物主将用我们使用的语言对我们言说。

但贝塔拉比用一番话打断了他：

疯子想用所有话语毁灭那句话语，想用所有书毁灭那本书。

造物主的话语可谓天马行空的话语。

那本书堪称唯一的经典。

六

（“我们曾拥有一片土地和一本书。我们的土地就在这本书中。”

——里埃尔拉比

“他对我说：

① 巴别塔（Babel），又称通天塔。据《旧约·创世记》，挪亚的子孙计划兴建通往天堂的高塔，上帝为阻止人的计划，便让人们说不同的语言，使人相互之间不能沟通，建塔计划因此失败，人从此各散东西。

你将失去手。
我说：
我要手还有何用？

他对我说：
你将失去唇。
我说：
我要唇还有何用？

他对我说：
你的眼终成枯湖。
我说：
那本书已烂熟于我胸。”

——伏尔泰拉比）

七

于凯尔说：

我们不说同样的语言。所以并不是同样的符号、同样的字词就能让我们聚拢；而是因为我们对其抱有热忱。

——你只是贵国的一位作家，瓦德拉比回答，而造物主是在宇宙间表达自我。

——我若言说造物主的语言，于凯尔说，人们便听不见我说什么了，因为造物主是所有话语的沉默。

（阿马尔拉比说：“宇宙位于书的门槛；之后字词出发去寻找宇宙。

我们睁眼便已发现了世界，现在，我们正在寻找它。”）

八

（“根与根之间有决定生死的结，而茎秆则是绿色的自由。”

——品哈斯拉比

“造物主在选择中仍拥有自由，人在选择的瞬间则失去自由。

我们的自由难道只是永失自由么？果如此，死亡会迫使人不断再造自我而呈现其真实的意义，如分秒在时间中之所为。”

——索摩斯拉比）

是何种力量让我的书漂浮，又是何种光芒在向它欢呼？

我生存于难以辨别的造物中。

太阳在另一片大陆普照。

“呵，生命永远周而复始么？我的生命得自我父，而我又传之我子。”埃洛斯拉比曾说，他是最悲观的拉比。

人家告诉他说，人在勇气和坚忍之下，连最干涸的土地也终究会变成膏腴良田。

埃洛斯拉比又接着说：“我对这个世界始终耿耿于怀，因为我曾目睹埋葬于此的亲人像贱民般被收容进世界的怀抱。

“我们将死于劳作，而无法呈现出我们的脸。”

自由是一面重现的镜子，因为它每一步都在解绎我们。

斯坦因拉比说：“我们走向书，一如我们必然走向死亡。呵，我们身后还会有谁阅读我们？”

这个种族将与最后一个字词一同消亡。

九

（“人远离造物主时无比悲凉，因为他刚经历过与他自己隔绝的残酷。”

——阿尔代尔拉比

“你可以伐倒枞树；却分隔不了树与树疤。”

——摩尼拉比

代鲁恩拉比说：“和我一同哭泣吧，因为我们只是半片芦苇。”

米莱斯拉比说：“你若揪掉蝴蝶的一只翅膀，它就无法再飞。它只能无力地在泥泞中挣扎。所以我只能生存于造物主的视野之外。”）

于凯尔说：

我给你们讲讲自由的质朴吧，它与孩子的笑声同属一家。

（“微笑是一道光和自由。”

——泽尔拉比

“太阳的射线惊扰了我双眸的秘密；我的理性因此动摇。”

——罗洛拉比

“若要我描述自由，我会断言说，我是在几颗骄傲的星星中认识自由的，无论太阳或逼视都不能令它们的光芒减弱。”

——塞尔帖尔拉比

“一个小姑娘向自己的脸颊吹气：脸被发现了。”[①]

——《我构筑我的家园》

“你佯装无辜。你永无自由。”

——席尔瓦拉比

塔迪埃拉比写道：“你歌颂黑夜，而我终于可以自由呼吸。”

但拉埃米拉比回答说：“若每种黑暗都孕育一轮太阳，你会相信哪种黑暗呢？”）

于凯尔，你若想修成正果，就不能做作。为获得自由，首先应当合法。

不经过你身上最良善的部分或最受伤的部分，你就不会获得自由。这是圣者的自由。

为了让世界的未来与你的未来一致；为了让树的四季成为你的四季，

世界应当与你遭受的苦难相符；应当与嫁接在你爱之上的仇恨

① 该句诗出自雅贝斯的诗集《我构筑我的家园》中的《图景》一诗。

相称。

（马诺拉拉比写道："我们的伤口是绝望睁开的双眼。它们洞察我们的路。"

阿克雷拉比说："星辰为了呼吸，每晚都需要新的空间。它在白昼入睡，以光为掩护。"）

于凯尔说：

请怜悯这个缧绁之人吧，请怜悯这个作家吧，他的书充斥着萨拉的呼号，他的沉默拓展了纸页的边缘，另一个生命的全部字词伴着于凯尔的话语，在此一同长眠。

（"升起黑夜的红锚吧。朋友，你的旅行远未终结。"

——阿尔米拉比）

非场域的精神之二

（我记忆中的大洋是白色的。它随我的意愿变蓝，那时，字词夹杂着梦想和滔天巨浪热狂地激起怒涛，再将它们击碎。

在这个日暮，我正凝视着那些隐藏于书页反光中的秘密的动植物，目睹它们的进化，就像有人圆睁双眼扎进水里，想要去水底一探究竟似的。

我要去与我的词语会合，我想把它们带回水面，殊不知这会把它们引向死亡。

但这只是一个幻象。

海面就像因翻动书页而被打碎的镜子。我笔下一片湛蓝，还有让我心烦的死亡。

我把海藻视为有生命力的伙伴。）

于凯尔说：

我给你们讲讲分离吧。

（乔达诺拉比曾经写道："我的灵魂，你经由我的嘴进入我的身体，我屈从于你话语的命令。"

索拉诺拉比说："灵魂在人的话语里，就像在兽类的缄默中。灵魂在植物里休憩。"

——那石头呢？埃吉拉比问。难道石头无缘灵魂的光顾么？

——灵魂在石头中被遗忘所包裹，索拉诺拉比回答。)

于凯尔，给我们讲讲灵与肉，讲讲人和造物主吧，很难想象他们中的一个能离开另一个而存在，我们明白他们是相互依存的，是破晓和日暮的轮回，既存在又不存在。存在，说明他们的现状就是他们本该存在的样子；非存在，则说明他们不存在的现状也是能够存在的。

于凯尔，给我们讲讲我们的厄运和幸运吧，它们二者之间的联系太紧密了，就像我们笨拙的手中紧攥着的一枚因流通过久而脏兮兮的硬币。

于凯尔，给我们讲讲为萨拉和于凯尔的命运痛哭的你吧，有如我们为第一口水井落泪。这命运逐渐融入我们种族的命运，变成了单纯而震撼人心的意象，话语在那儿依赖于话语。而你展示给我们的那个命运的意象和话语的重负有如我们的至宝，因为它包含着我们今天的泪水和我们泪眼中的未来，它是我们已经为之奋争了若干世纪、在反叛中拒绝并在谦卑与忏悔中声索的沉重遗产，它是作为证人而被造物主关爱的子民传承自造物主的遗产。通过我们，造物主与造物主分离，与我们同造物主相会的宇宙分离。通过造物主，人与人分离，以便在高贵的话语中向造物主飞升。

只要我们不被自己的字词捕获，我们就将无所畏惧；只要我们的话语留得住自己的声响，我们就将拥有一个声音；只要我们的话语固守得住自己的观念，我们就将拥有一个灵魂。

于凯尔说：

我给你们讲讲爱情中的别离吧，这有助于你们感知恋人们从河岸到河岸、从山顶到山顶那此起彼伏的召唤。

我把造物主献给他的哀婉、他的呼号和他孤独的圣歌。

——你把主献给了主；因为造物主便是两个肉体令人惊奇之相遇的回声。

（“‘一’对人而言是一个数字，对造物主而言则是一个数。”

——塞哈拉比

“作为独一和数，造物主是‘一’这个数的倍数，人通过这个数而抵达独一。”

——列瓦拉比）

凯达尔拉比说：“请降福于我生命中流经的那条河吧；它让两岸的话语姹紫嫣红。”

艾尤姆拉比说：“过去，话语曾是哭泣——婴儿的泪珠能让我们想起这些——聚集而成的黑夜独白，并跟随黑夜渐入平明。而旁白则为其增色。”

于凯尔又说：

我给你们讲讲话语的分离和沉默的分离吧，让话语换话语、沉默换沉默的渴望能在人与世界分崩离析之际唤起你们的渴望；在生命的激情已燃烧殆尽、而我们的无能之举已屈服于贫困者和禁欲者那识时务的避让之际，让你们对充满自豪之联盟的渴望能在苦难的日子里慰藉你们。

——于凯尔，给我们讲讲犹太民族最初和共同的苦难历程吧。

——我给你们讲讲第一日那个蕴涵一切光明与黑暗的瞬间吧。

（“你在爱的门前。你得见一切，并从此失明。”

——凯雷拉比

“这个场域是爱。它是场域的缺席。”

——扎克拉比）

面纱与贞女

“呵，我的贞女，呵，我的新娘，当造物主对你谈起我时，请把花边面纱蒙上你的头。”

——迪伯拉比

一

“有朝一日，我将创造出神圣的话语。”

——维尔纳拉比

“燃烧的柴炭中，造物主炽热的话语和人宿命的话语同在。”

——品哈斯拉比

“我将更迅疾地追赶上你。纯真在坐骑中。”

——古瓦雷拉比

二

于凯尔说：

我给你们讲讲睡眠吧，那是黑暗用最纤细的光线织就的面纱。

阿尔比拉比说：“睡眠是一朵花倚着另一朵花的影子。”

当萤火虫安静的时分，当宇宙的睡眠被狂暴坠落的流星惊扰的时分，我会给你们讲讲天空的睡眠。

> （“天空梦想为宇宙增添一颗星，大地梦想让岩石光彩夺目。”
>
> ——阿诺德拉比
>
> 苏马拉拉比写道：“那雷声是造物主发怒的吼声么？主呵，花岗岩会被一丛纤弱的灌木折断。”）

我给你们讲讲灰烬上的睡眠吧。

三

> （“词语中央有一片虚空，词语从那儿逃逸。

“书写意味着让词语安睡。书页是词语的卧室；于是梦接手管辖，而你可以在下一个驿站里小酌一杯。”

——迪利耶拉比）

我的笔搁置良久，或许仅仅因为字词发现很难突破那一刻敌意的空间，在那儿，人已失忆，命悬一线，苟延残喘。

若如此，你本应为自己的呼号所拯救，一如鸟儿展开双翅。

我的笔搁置良久，或许还因为墨水干得太快或书写即将完成时稿纸告罄。

四

萨努阿拉比曾经写道：“第一个人的脚步与话语之间是什么关系？

“我走向未知，它是白昼之后的曙光。我向遗忘的目标狂奔。

“熟稔的脚步给我的言辞加上了标点符号。

“请原谅我表述得过快。我的兄弟们在飞行途中不想掉过头来。

“我的声音是一道沟壑。”

（“白昼里沉睡的群岛。

影子没有将人拉长，却把人放大。”

——阿尔菲耶拉比

“树在树中睡。”

——达莱德拉比

“呼号仅有一张嘴。”

——努比拉比）

五

“生命是死亡曾经生活过的时间。

死亡是永恒的生命，是防波堤。”

——图埃拉拉比

“你得用一棵树才能建造起一座犹太会堂；但只需触摸果实你便能占有话语。”

——奥代尔拉比

“为了成为活的语言而轻生，这就是你所谓为灵魂词语的不朽而赴死么？”

——达萨拉比

造物主垂下的眼睑

一

——造物主第一次垂下眼睑，黑暗便与恶同时降临宇宙，阿瓦弗拉比说。

——你提供给造物主一个人形，戈雷拉比说。造物主是火焰而不是脸。

——黑暗会不会是恶超越视野的那个阴森森的头套呢？诺阿德拉比问。

——造物主第一次垂下眼睑，恶与星便凶相毕露，阿瓦弗拉比又说。此时，恶打扮得雍容华贵，善的天空遭遇恶的侵扰。

——四下里散发幽光的黎明会成为恶的典范和大理石的玫瑰么？戈雷拉比问。

——善与恶是孪生梦想的时间驿站么？诺阿德拉比问。

阿瓦弗拉比回答说：

善即是蜜蜂。

请善待花冠。

（“花朵拒绝一切令其褪色的话语。”

——哈尔方拉比

“话语与花瓣竞相喷香吐艳。”

——卡勒夫拉比）

“我为每个黑夜准备了星辰。”

——纳穆恩拉比

“当不公正再无底线时，爱情就会变为颠茄[①]的枝丫。”

——哈达什拉比

“向每个奇迹道谢。超自然归猫头鹰管辖。”

——戈林拉比

① 颠茄（Belladone），多年生茄科草本植物，全株有毒，可入药，其拉丁学名为 Atropa Belladonna，“Atropa”即希腊神话中的阿特罗波斯，是命运三女神中最年长的一位，能割断生命之线。

二

“哲人继承黑夜；犹太人继承荒漠。”

——塞德贝拉比

（阿尔凯姆拉比写道：“你盖房的材料再结实，房子却建在沙上。”

萨阿达拉比说：“兄弟呵，在掬满沙子的手中，我还以为正亲吻你的脸。”

“我以为已回到山谷，但还是栽在了荒漠手里。”

——费克拉比）

三

（萨法德拉比写道：“荒漠思念大海，所以才让我们神魂颠倒。”）

大海是我们的历史。

法努恩拉比曾说：“让我从壳里出来吧，我难耐对隆起之陆地的渴望。”

我们在自己手里或在大洋之中。

四

“退潮时，大海让沙回答了人类唯一关切的问题：何谓死？

“但这个回答在耳边溜走了，只有心灵以另一个问题的形式接收到了这个回答：何谓人？

“你无法在荒漠中为航船挂满彩旗。你也无法发明舵或舵轮来穿越荒漠。

“你只能借助于双腿。在这儿，所有路都是交叉的。你只能沿着你的尘灰之路前行。”

——宰姆拉比

“色彩是黑暗的呼号。”

五

奈格林拉比写道：“造物主为何要向人隐瞒起宇宙的奥秘而待人最终去自行发现呢？

“造物主为何要向人隐瞒起唯一的智慧而待人一点点去自行接近呢？

“因为并不是蛇要引诱夏娃去摘智慧树的果子，而是夏娃刚刚挖出的那些树根在引诱她。她很想知道自己的手指触摸到的这些木头爬虫是不是活的，很想知道它们的生命有什么味道。树根的诱惑力——其固定状态令想象力难以发挥——是很强大的。于是她拿着这件宝贝来到由全能的主一手造出来的亚当面前，说：‘智慧莫非就是王权的关键？我从蛇那里得到了这枚果子。你吃下它吧，并告诉我它是怎么变成枝丫的。’

“于是亚当明白了，主开始与他同在。”

（“这分隔我们的荒漠消失于另一片荒漠。”

——海姆拉比

“那是一件证据，而造物主最终会从黑暗中问世。”

——哈基耶拉比

“造物主缺席。所有在场都被其自身局限。”

——马塔隆拉比

“确信不具有创造力，反倒是我们作品中一准儿出现的不确信更富于创造力。”

——德拉达拉比

“造物主是造物主的缺席，是流亡中的流亡。”

——萨尔达拉比

“造物主应当缺席，以便让人在阅读造物主时退回其原来的边界。”

——阿巴希斯拉比

“遗憾、期待、边缘；缺席的钻石。出发、出发、出发。”

——希冬拉比）

六

夏比特拉比曾说：“你们在寻找什么？你们只能记得瞥见过的东西，却不会记得人类经历过的无数变化。”

对此，一个弟子回答说：

——我看见了我触摸过或梦到过的那个东西，而不是别人在我面前拿着的那个东西。

夏比特拉比又说：“可你忘了你是儿子的儿子、目光的目光了么？”

“造物主通过我们蒙眬的双眼观看。”

——阿洛德拉比

七

“我的主，你赐给无能力者以行动的力量，从而用你的弱点去统治世界。”

——奥里姆拉比

“造物主的不确定性等同于大海的潮涨潮落。这种不确定性孕育出话语，而人通过这种话语表达其确信。”

——沃格尔拉比

“确信是死亡地带；不确信是生命之谷。”

——哈木德拉比

（“我灵魂的弱点；水中不见雨。
闪电撕裂果实。”

——法尔西拉比

“光在光里，契合在看不见的契合中。
场域的场域。”

——诺阿姆拉比）

八

“沉默中，我们始终聆听死亡。”

——加贝拉比

“主呵，我做了一个梦，梦见我活着的那一刻有一件天大的好事：我再也不是犹太人了。”

——莫纳萨拉比

“我尝试着对异乡人报以同情的目光，希望他们能回馈我同样的眼神。从此，惊鸿一瞥之痛将我们远隔。”

——阿尔谢拉比

“呵，我的爱，你来自我的生命，而我的生命缺失爱。在死亡中我为你命名。”

“你的死亡借我爱情的质朴词语同我的死亡言说。”

——颂歌

死亡的反叛

与黑夜搏斗的时刻，西姆哈拉比叫来了阿西尔拉比。阿西尔拉比来到西姆哈拉比床前时，西姆哈拉比说道：

——阿西尔兄弟，唤你来并非要你在最后的时刻陪伴我，而是要把我之所见告诉你。

阿西尔拉比回答说：

——我双眼正盯着你目光凝视的那个东西。你已经划定奥秘的范围了么？

西姆哈拉比回答：

——路终止之处，人停止犯错。我想对你讲讲死亡的反叛。

于是他说：

——我迄今为止讲授的东西都是错的。最初我还以为我们的反叛是为了能让粉笔的瞬间——粉笔记录的瞬间——留存。现在我才明白，反叛是死亡的特权。正义是生命的原则还是死亡的原则？那些饥饿的人为了一片面饼而反叛。可是，阿西尔拉比，正是死亡扛着大旗。

生存如同潟湖，由暴风雨挖掘并繁衍。你在那些瞬间反抗——生命的幻想泯灭于死亡的梦想。

——怎么会是这样？阿西尔拉比打断他的话。死亡难道不是影子中的影子，不是光明中隐去的光明么？

——死亡是生命酝酿的反叛，西姆哈拉比又说，是插入我们步履中已走过的一步。你以为你在走。可你仍在原地踏步。向前的每一步都是一条超越时间的蛇，它随时准备扬头攻击。

——我们的路上难道蛇蝎遍地？阿西尔拉比问。

——所有回忆都有毒味，西姆哈拉比回答。随后他又说道：

——死亡引诱并改变我们的容貌。黑夜的空无中，它便是自由那尖锐的诘问。

从这位濒死者的瞳孔里，看得出恐惧与欢乐纷至沓来。

西姆哈拉比摹画出了死亡的脸。

阿西尔拉比认出了朋友的容貌。

渎神的话语

“树是黑暗和光明所宣称的宇宙一统的象征。它是膨胀和满足的欲望，它支配我的生命，我经由它而进入死亡。”

——阿洛海拉比

“我们先知的声音中充盈着如此的阳刚之气，甚至融入了人群空洞的声音之中。”

——阿姆莱德拉比

第一个声音

哪儿有凯旋的诗，
就有密集的人群倚着呼号，
一如水手倚着风暴，一如
少女在风中倚着恋人的胸脯。

第二个声音

丑恶足蹬行进的皮靴。

第一个声音

时间流逝如斯，没有尽头的隧道。
血脉传承如斯，从一人到另一人，
从一片大陆到另一片大陆。

第二个声音

节日之夜，谎言蜕皮。

第一个声音

烟花在空中踢踏起舞，永恒的瞬间。

第二个声音

死亡拔去植物的牙。

第一个声音

狂欢翌日，被唤回的狗群狂吠。
战场遍布花饰。

第二个声音

说呵，还有多少梦想纠缠着
活人，纠缠着那些
茫然的幸存者？

第一个声音

天生的傲慢。

第二个声音

全速，一副副神色之夏，
明晰的理性之钢。
以全部的耻辱。

第一个声音

待产的话语是个泡影。
是萤火虫啮噬的童话。

第二个声音

多少碎花窗，多少泪水
筑起我们的灯。
你站立的地方，
太阳越过水面，
你手中捧满礼物。

第一个声音

我们的命运是漂泊的光线。
多少隳灭成尘的井，如此匮缺的雨
塑出我们的杯盏；
你站立的地方
越过火堆，
你叉开两腿。
岁月在脖颈系上手帕。
四季的对话与湍流一齐无言。

第二个声音

话语是一棵橄榄树。

第一个声音

愤怒从未
如此合拍。

第二个声音

路被苦难凿得百孔千疮，希望则为它披挂彩旗。
酩酊醉卧于马路的秽物中，
子弹乱飞，远离蜂巢的死蜜蜂。

第一个声音

街名不再守护城市。

第二个声音

从前，话语是云中浮现的
一株冷杉。

第一个声音

辞别之语让清晨手忙脚乱。

第二个声音

森林是历史的纸页，
在刀锋之侧，
在祷告之巅。

第一个声音

跳吧。你的裙裾剥离了火焰。
乐队明了其他特权之源。
恐怖之镜中的逃难。
严令之下的焚化炉。
所有唇上的轻风，氤氲的气息。

第二个声音

暮色的山巅。无邪的晨曦。

第一个声音

所有头脑中的神态，疯狂的秃鹫。
矿井深处，每只袋子里都有黄金。

第二个声音

鼓点切碎了白杨的话语。

第一个声音

长久缺席的诗人，被领去观看，像
天空般倾入大海。我的色彩已定。

第二个声音

清泉的话语是江河的预言。

（“诗是我们的苦难之树。与我们的泪水同龄。”

——莱德拉比

“大雪深埋下我们的心；但最高的树仍记得我们的呼号。”

——卡穆恩拉比

“人有忘却的癖好，永久忘却的癖好一如撂荒的牧场。”

——谢达拉比）

往昔和往昔之间的对话

"死亡是持续的往昔。"

——沃尔达拉比

——犹太人深谙两种孤独，杰罗尼摩拉比说，即人自身灵魂的孤独和世上造物的孤独。灵魂是人的往昔，世界是造物的往昔。

——在人自身，灵魂便是世界。人是往昔的希望么？

——人是昨天和更久远的形象。夜里，生命与种子结合。你便存在了。

于凯尔说：

我给你们讲讲瓦代·哈希姆的故事吧。

塞尔维拉比曾经写道："虔诚之人便是屈从之人。"瓦代·哈希姆关注自己的影子。可恨的是，他看上去只有自己的脸。在自己的天地里，瓦代·哈希姆曾经历过黑暗和战斗；因此他预言过迷人星辰的到来和太阳的降临。

——你在预言造物主的统治，是不是？

瓦代·哈希姆从不回答问题。莫非他本人就是一个问题?

不过，若被陌生的声音打断，他会抬眼向发问的方向望去，并注意到白昼正处于最远的极点。

就这样，他无意中发现自己已经能用时辰的语言对分钟言说，能用世纪的语言对秒钟言说了。

艄公与滨河居民的对话

滨河居民：你要是不帮忙，我就没法过河。艄公，你给我讲讲河对岸吧。

艄公：对我来说，它就是我要摆渡的河岸，如同我站在彼岸看此岸一样。

滨河居民：它像我小时候的河岸么?

它远得难以想象。

艄公：如果你的想象力真能被激发起来，对面的国家实际如何又有什么关系，对面的河岸实际如何又有什么关系。只要你日夜思念它，它就是你的祖国，就是你的河岸。

滨河居民：我想了解那个国度从何处开始，到何处终结。我想了解那儿的植被与我们的植被是否有同样的渊源。我想了解那儿的树木和岩石的形状。我想了解那儿曾经发生过什么。

艄公：那儿也有生命，像这儿一样，而生命在死亡之中。那儿也有黑暗，像这儿一样，而黑暗在圣名的光芒之中。

（“你来到我面前并对我说：是你么，阿基拉比？

“我回答你说：你是摩尔多赫的儿子么？

“你来到我面前并对我说：我是个影子，阿基拉比。

“我回答你说：而我，我是影子走过的旅程。”

——阿基拉比

“我是那被命名、被寻找、被流传的圣名。”

——埃格拉姆拉比

“我隐约见到了那个**名字**。我的死亡从我的目光而来。”

——阿马德拉比

“那圣名出生了。请祝贺清晨的山巅吧。”

——凯兰拉比

“黑夜穿越那圣名而变身白昼。”

——贝兰拉比

“我的名字存于苦难中，而我的苦难无名。”

——格兰拉比）

秩序与平衡

“正如声音中的话语一样，我们在注入了灵与肉的平衡中幸存。正因为如此，我们才是犹太人。”

——埃莱姆拉比

“我的蜡烛那孤儿般的火苗在最微弱的气息中摇曳，你是我灵魂的形象和我疑虑的故事。”

——阿希尔拉比

“孩子，我摇着你，好似波浪摇着轻巧的木筏。总有一天，你会回到那片土地。”

——摇篮曲

“呵，爱人，你进来了，烛台上的七朵火苗躬迎你。”

——颂歌

“我的痛苦曾有七次找到耗尽火焰的力量。

“火焰的吊客们，她们左右摇摆，还有几次向我的笔鞠躬。

“她们的呼号照亮了受到惊吓的黑夜。”

——阿塔拉比

“黑夜在每次闪光中对黑夜诉说。”

——萨巴迪耶拉比

“一次对造物主的期待就是一次郑重其事的平衡。”

——米达维拉比

于凯尔说：

在中欧某村落，某晚，纳粹活埋了我们的一批兄弟。那片土地长久动荡，与我的兄弟们同在。那一夜，同一支旋律把犹太教徒与世界联结了起来。

残骸粘连着浪涛，直至地老天荒。

（“在记忆的湖泊上，在死亡的另一端，沉默吐着气让符号生存。”

——阿柏拉比

“生命的来世与死亡的冥界邂逅：水同，火同，荒漠同。”

——泰恩拉比

“在宇宙内心，我的生就是我白昼的生命；我的死便是我黑夜的死亡。”

——扎姆拉比

“死亡存于爱情，而爱情存于生前身后。”

——埃拉尔拉比

“你认为你活着。你正在点燃死亡。”

——达贝尔拉比

“黑夜为我们微启，一个生命空缺的反面。”

——埃拉蒂拉比）

镰刀只收割光束。

烟，比时间炫耀的飘得更高，比风和清晨之羽飘得更高，比染上了爱抚的黑夜之羽飘得更高。

焚化之烟，踉跄的痛苦之烟，遗忘之烟。

亚西德拉比说：“请看这股烟，火焰驱赶它，而它逃离时却激怒了火焰。”

兰莱拉比说：“不要相信吹嘘君主威望的花言巧语，他不过是一只狂妄自大的蜘蛛。”

伊利纳拉比说：“我将死于词语而非心灵；我会因心灵而死于最孤独的词语怀抱。”

火在火光中熄灭，时间在时间中流逝。

于凯尔说：

朋友，如发酵面饼和无酵面饼一样，在有组织的死亡中流过血和没流过血之后，在经历了呼吸衰竭和紫色[①]的生命之后，你是我亲人中最忠实且随时准备伸出援手的伙伴，请接受我的书吧：书中的每一页都是你窗前的一羽和平鸽，而非傲慢无礼的鹦鹉；请接受我的礼物吧：那是我的遗忘，是被拯救的符号，是纸页的考验以及桅杆顶上撕烂的胜利旗帜。

---

① 在某些宗教仪式中（如葬礼），紫色象征从生到死的过程。

第五部

“一片海滩。我戡平纸页反叛的浪涛。”

——多达赫拉比

——你说的是什么书？

——我说的是书中之书。

——我读的书中还藏着一本书么？

——那是你正在书写的书。

——霍德拉比

阿苏德拉比说，我将在行走中写完我的书。告诉我，呵，告诉我，我何时打开了我的笔记本。

我直视前方。我在一张黑板上书写。

——你就是为此而爱上黑夜的么？星辰是你的符号么？莫阿德拉比问。

阿苏德拉比答道：

——光照中，我们看不到火的字词。至多能看到自己。

“钉牢生命和死亡，自由是星光闪烁的纽带。”

——纳杜恩拉比

为了向细木工匠阿扎尔解释造物主的作品和人的作品之间有何差异，乔尔达拉比以钉子举例。

他说：“天上不是钉满了星星？

“这能和你把家具各部分固定在一起的那些钉子相提并论么？运行中，造物主是在用那些钉子固定宇宙。”

清　晨

（我向草茎与果实的清晨和死亡致敬。

我向昨天的清晨、昨天的草茎和昨天的果实致敬。

我向你孩子般的脸致敬，你的脸惧怕清晨的苍白，惧怕人世与万物眼中的风暴——那眼中无春无夏，只有秋冬。

我向清晨深深鞠躬，我的头垂过你的膝盖，一直垂过那棵草，垂过你的影和树的影。

又是一天倒下了。）

他们坐在学院路咖啡馆的露天茶座里，旁边放着几瓶啤酒，咖啡馆老板是个朋友。天气比往常热一些。成群的鸟儿在天上振翅飞翔。夜色像开阔空间里的一只受伤的鸟儿慢慢爬上他们的脚。

两岸的行人仿佛在漂动。岸边只坐着几个人，在这个8月里，不多的几辆车在路上行驶——连沥青路面都泛出水一样的反光——就像载着两个或四个乘客的汽船——有时只有一位乘客——比风琴管粗不了多少的排气管拖在后轮之间。

他们比比画画地说着，又不时压低声调，好像把声音忘在了嗓子眼儿里，只凭嘴唇间突然的嚅动勾勒出沉默的词语就能让大家听到似的。

坐在一起的有以色列人拉米、德国人舒尔茨、意大利人卢扎托和埃及人曼苏尔。还有斯特恩、拉谢姆、古尔泽、苏拉和扎耶德。拉斐尔、雅克和莱昂也在。于凯尔正在谈《问题之书》，同伴们听他讲着，思绪不时滑向其他事情，滑向他们自己身上，滑向书中未写但他们在童年时曾亲身经历过的那些故事。

于凯尔说："童年的纸页上留不下任何符号，但有些语汇是能像玻璃窗一样反光的。"

舒尔茨说："我们的童年是在两套语汇体系中度过的，一套是《摩西五经》的语汇，另一套是我们出生的那个国家的语汇。所以我们是在两个相互对勘的世界中长大的。"

于凯尔谈到他因为书而产生的梦想和他曾面对的诸多问题。谈到将为书的终结保留一个缺席的场域。又谈到造物主的节奏不在人世而在话语中。还转述了马里夫拉比回答一位弟子时所说的话："既然永恒存在于话语中，我们又怎能否认造物主的永恒？"

大家都沉默了，每个人又重新回到书，从书名开始。于凯尔讲起那个背井离乡抚养儿子长大成人的瞎眼女人的故事。他将这个女人的命运比作作家和犹太人的命运，犹太人虽然因为一个誓言而被钉牢在祖先的土地上，但他的眼睛和腿却早已和这片土地分离：那片土地并非只是土地，而是被保存的鲜活梦想，是一片记忆中的、任何大陆都无法承载的土地。

拉米为同伴们讲述了那片他生长的那片土地，有些人从中认出了自己的部分梦想。拉米又说起要从那片土地上划出一大片来安置那些因为自己的脸和灵魂而遭受迫害的人，因为他们的呼号如箭。

大家轮流发言，谈到各自对箭的理解，在若干世纪里，箭赶走了刽子手及其同伙和暴政之星，星光上可以见到血滴。受难者们就此复仇，但星辰与人相距如此遥远，靠箭伸张正义要历久经年。

于凯尔说，受难者的呼号并非永远是一支箭，这也是为什么施害者与受害者如此众多的缘故。他又谈起萨拉的发疯是一只猛禽孵出的蛋，他想起蜷缩在蛋里的萨拉，那意味着起飞的萨拉，意味着起飞又坠地的萨拉。

曼苏尔说最古老的呼号是一幅图画，他讲起那个犹太会堂的拉比某天早上发现神圣的约柜锁眼上方木角开裂的故事，那拉比如此震惊，竟然在痛苦中觉得那裂缝就像是造物主的呼号。虽然耳朵尚未听到，而眼睛却先看到了，因为眼睛最先开花，最后落叶。

卢扎托对此表示赞同，并说纳粹的万字符就是风中和海上充满呼号的十字路口，他谈起皮肤下鲜血的呼号，并说每个毛孔都是一张微型的嘴，还说当他依偎在母亲怀里、小脸靠着母亲的皮肤时就曾听说过。他接着说道，我们这个种族的婴儿们吸吮的就是呼号的乳汁。

于凯尔继续说道，造物主的呼号就是书，他又谈到萨拉和于凯尔的苦难，字词在苦难的四周枯萎，如花瓣在花冠四周凋零。

拉米说，在以色列，人们已播种下了呼号，而荒漠区域现已遍植柑橘。他又谈到呼号已变身为种子，而微笑也重现于褐色的脸庞。他还补充说，必须要保卫微笑和果实。

曼苏尔想起了人们献给贝尔蒂拉比的那首歌：

他告诉我：

我的种族是黄色的种族。

我回答说：

我与你同族。

他告诉我：

我的种族是黑色的种族。

我回答说：

我与你同族。

他告诉我：

我的种族是白色的种族。

我回答说：

我与你同族；

因为我的太阳曾是黄星；

因为我曾被黑夜包裹；

因为我的灵魂洁白，

一如镌刻律法的那块石头。

于凯尔朗诵了哈伊姆拉比的这段话："当我和你讲话时，我觉得很幸福；那是因为你在倾听，而我的话语也找到了一个家。"斯特恩十分激动，并开始引述《圣经》。于凯尔不再说话，任凭书从冲积层中现身。于是所有人都听到了：

我拥有萨拉和于凯尔的命运，
我是不屈服的人，
我比灵魂更贴近书写，
我贴近字词的生命胜过贴近自己的生命，
在我灵魂和彻底的遗忘中，
我与萨拉和于凯尔贴得更近，
小麦热切坚守着谷物的真实，
鸟儿矢志于飞禽的真实，
而虫子则是现存果实背面的真实，
我，在塞子和笔之间，
在框架和肉体之间，
正处于我话语攫扰的死亡中心；
土地尽头有片拒绝接纳我的土地，
慷慨的手中有一片铜的高原；
富于盛名的土地，尘世间的聚宝盆；
可是，唉，我没有家中琐屑的饥渴，
我跟随最初的音节那珍珠色的辙痕游荡。

曼苏尔说：“话语如噪音变成的黄蜂。我们以沉默取胜。”

于是他谈起了他故乡四周的荒漠。于凯尔说荒漠就像遭受火灾的大洋，大洋上堆集起太阳的尘埃。

拉谢姆谈起荒漠的色彩就像是希望和宽恕的色彩，每颗沙粒都极为纤细，却都是那颗大斋后曾三次出现的星辰的精致仿品。

斯特恩说："有的天空只有一颗星星。"

这时，始终聆听而未插话的古尔泽说道："我不想谈看不见的东西的色彩，因为那也是陷落的色彩。它被黑暗驱散，露出消失的闪光。"所有人都认为他是想保守住那个奥秘。于是苏拉谈起了生命之前的灰色。

于凯尔说起沉默是话语中的一片湖泊。又说起如何用声音开辟直达沐浴之水的通道。

扎耶德对他说："于凯尔·塞拉菲，当我们想找到一块石板仰卧而死时，你就是那个游牧者。"舒尔茨回答说："扎耶德，你是那个屈从于暴风雨并死于雷电的夏日诱惑么？你的灵魂就像枯叶满地的苗圃。"

而拉斐尔、莱昂和雅克则想起了死亡集中营。每个人都沉浸在回忆中。

古尔泽说："就让死亡彻底死去吧。那样，生命就会成为一只花瓶，成束的鲜花在消失前会来到各个海洋共享的水中畅饮，人家说，海里会有状如花朵的盐花瓣和干渴的花茎。"

拉斐尔说："我能谈谈四种目光么？第一种是孩子的。第二种是少年的。第三种是成人的。第四种被造物主强加给了先知。"

于是每个人都试着定义第四种目光。

于凯尔又讲了那块卵石的故事，它被投向一个倒地的犹太人，可就要砸到他的太阳穴的那个瞬间，卵石变成了一朵康乃馨。

致加布里埃尔的信

“除了你，谁还配得上书？你就是那个期待和那件礼物。”

——索摩尔拉比

我亲爱的朋友：

书即将完成之际，我收到了你的来信。既然我不知此身为谁，又焉知身在何方？

风在放飞着风。四面八方都是萨拉。闪电是她冒火的手臂，霹雳是她爆裂的心。

是什么让我沉思？是何种黏土或花岗岩般的勇气伴我远航？是何种睿智的喜悦迎向扑面而来的海浪？

易卜拉欣拉比曾经写道：“我就像照进卧室里的一缕阳光。关上百叶窗时它会怎样？而且，到了晚上，还有谁会记得这缕阳光？”

并非问题让人疏远，而是水。一边是干渴，另一边却是饱饮的造物。

开罗，我们俩在那儿相识，但它并非那个狮身人面像和金字塔的城市。金字塔和狮身人面像属于荒漠。它们是荒漠之荣耀和虚无之奥秘的见证。在季节的循环嬗演之外，它们是淡季中的丰饶，其奥秘笼罩在河流和果实里。在那儿，光虽然闪烁，却无从得见，在那儿，寒夜以其狂热撼动星辰，它们是那无上之辉煌的形象与界标，也是沉醉于拒绝之知识的形象与界标。

那是三大金字塔对塞加拉阶梯金字塔[①]的回应。可狮身人面像呢？每片残破的幽灵在坍陷于幽暗荒漠前都曾询问过自己的神祇。人通过自省而驯服恶魔。

荒漠之鸟鄙夷棕榈。石头是其蹦床，鸟儿验证石头的弹力。

我超越了燃烧的世纪，在那儿，头罩光环的拉比们等着给我指路。

我随着发现的节拍，从一个沙丘走向另一个沙丘——一个名字就是一个生命的旅程和一个死亡的理由。

从绿洲到绿洲，我在神游。

——我手中拿着《问题之书》。那是一篇随笔么？

——不。也许吧。

——是一篇深井之诗么？

——不。也许吧。

——是一个故事么？

——也许吧。

——我是否可以这样认为：你希望把它当作一个你的河川和礁石的故事让人接受？

---

① 塞加拉阶梯金字塔（Pyramide à degré de Sakkarah），古埃及第三王朝法老左塞尔（Djéser或Djoser）的陵墓，位于开罗南郊30公里处，约建于公元前2700年。该金字塔呈6层阶梯塔状，高约60米，是埃及现存金字塔中年代最早，也是世界上最早用石块修建的陵墓。

——它像词语，又像犹太人的奇特之书，在书中难以归类，我该怎么称呼呢？

——你何不把它直呼为：那本书。书中有什么人物？里面当然有萨拉和于凯尔，但也有口述者，用的就是男主角的名字。为什么？

——难道所有卵石和星星不都是令人赞叹的群星么？

——每颗星星都有自己的名字。

——在书中，于凯尔既是字母组成而显现出的一个名字，也是萨拉用迷失之吻绘出的一个名字：是一个名字和一个同样的名字。

——萨拉是于凯尔的回声么？

——在名字尽头有女性的名字，是个名字且是同样的名字。

——你的问题都是伤口么？我们已跪下来要包扎了。

——我的诘问是书的山巅。晚上我得下山回到山谷。

——你为我们带回了从沉默中学到的话语，造物主在那儿自我放逐。

——我是期待的话语中那话语的疑问。

——你如何平衡信念与疑问？你没有信仰。我同情你。

——曙光接续昼与夜的黑暗。怀疑不就意味着摒弃任何一点信仰，以首次达到持续的信仰么？

信仰为应许的复活而埋葬信仰。

——你混淆了信仰与饥饿。填不满的欲壑里没有光的存在。

——谁离主更近？是创造了他、就像他创造了人的那个人，还是祈祷靠近他的那个人？

光存在于即将擦出火星的燧石中。

我始终喜欢置身于社会边缘，因为这个位置进退有据，方便我们去判断、去想象、去热爱，既可在此刻存在，又可逃逸出来，这个位置是自由的，却仍属于奴隶追求的自由。

置身边缘，人就变成了不可接触者，此处甚至会被视为慎独退隐之所，被视为遁世的世外桃源。

当下是孤独的，是矻矻以求的。置身于边缘，意味着抵达了当下的场域。一个生前身后的场域。

启示永远意味着启程。为了复活，我们从怀疑走向怀疑，每次都与真实——准确地说，是往昔——渐行渐远。

所以除却此书，还有何处能让书生根开花？神圣与我们同在，坚不可摧。

对我而言，写一首诗永远是一种宗教行为。

为了书的往昔和未来，我试着成为书的话语。

当下就是我们要联手对抗它的时刻。

当下或许就是死亡之时。

因此，诸点中这精确的点，最长的轨迹中这明亮的轨迹，冒险之中这恩佑的时刻，被如此突兀、如此利落地与万物割裂开来而无人察觉，总之，这是死亡管辖的无生命的场域，在死亡的那一边，生命在我们的行为里终止了存在。

因此，这个无关联的时刻便是造物主话语的时刻。

宇宙的记忆毁灭时，我们的记忆幸存，未来只能由人来重新拼合起造物主的回忆。

书的庄严之路是造物主的救赎之路。在路的尽头，造物主站在路的起点。

今晨，在蒙日街和拉穆夫街之间，在族长街和木剑街之后（我的家就在那里），我任凭荒漠侵入我的街区。尼罗河虽然不远，以往我们散步时我却从未领你去过堤岸；但我们去过的那个地点，有如两个年轻人被睡意征服，死亡离生命咫尺之隔；在那儿，我想抛开我的书。

这部作品的钥匙仅仅是一把钥匙的一个梦想。打这天起，白昼挥之不去；但应允之地并非一国疆土，它是你和像你一样的那一群人的念想。

世界将会在众多乐于行动的手中得救，这些手一直都在挥舞和传播着书。

于凯尔

海之手

“词语不似人殁，却如词语般死去。词语死则宇宙崩。”

——马尔沃斯拉比

海底，造物主抽回了他的手臂，许多手在那儿活动，相互搜寻，相互搦战。

手拉手，油的海洋。

海面上，水显出肩膀和脊背的轮廓。胳膊肘出现了，搅起汹涌的泡沫。

人的世界，碌碌蚁巢。

每次浪涌，都有一颗星跟着涌动。

塞西·萨松满心欢喜；他刚刚得知自己当了父亲，得了一个八斤重的大胖小子。他踮着脚尖儿走进房间，妻子塞丽娜满脸堆笑。

——高兴么，他爸？她轻声问道。

塞西吻了一下妻子的前额献给主，又亲了一下儿子的前额。

——他真像你，妻子又说。

——真的？

孩子哭了。夜晚，他的哭声像针，像钢和盐制成的小针弥漫在床的四周，或许也弥漫在房屋四周。

——人就是用这些针来缝合自己的幸福或苦难的，塞西心想。

也用这些针缝合伤口。

有这个运气能活下来，

而你却总哭、哭、哭。

造物主是你甜蜜的未来。

甜蜜的种子来自造物主。

可还有一个听不清的声音——我们并不总能识别自己的声音——在回答说：

——塞西，你很清楚，我们从来没有什么甜蜜的命运。

水的盖子，房顶向鸟巢和云彩敞开。

我们每天饮用的都是污水。

于凯尔说：

我本该相信我的时间会爱我。

时间在时间的边缘一言不发。

南 方

“死亡是个松开的结。”

——乔阿斯拉比

“涌浪之浪。以色列，以色列。”

——利亚德拉比

他是从精神病院院长的来信中得知萨拉去世的消息的。十二年来，萨拉一直被关在这家医院里。院长告诉他，有关手续已经办妥，萨拉已经入葬城市公墓。信是从出版社转来的。

他把信塞进写字台右侧存放私人文件的抽屉里，夹在两页他再也不会打开的笔记之间。

从此他的书再无生气。他曾追随字词直达黑暗的极致，他再也无法获得新生的黑暗。

他出了门，穿过自己的街区，或许又走上了曾和于凯尔一同散过步的那条街。

雨中的街道弥漫着无限的哀愁。两边的建筑像一具具遭遇海难、躯体肿胀发紫的巨人，救援队也无法让他们起死回生——可有谁会去在意这些建筑呢？

他想起一句话——怎么偏偏是这句而不是别的呢？——缘自一个已

忘却的故事，他在背诵时重又感受到激情的震撼：

“父亲，这是哪座城市

要我们守卫它？”

这座城市不是巴黎。不过，巴黎是这类感觉之都。

——糟糕的夜，于凯尔醒来后咕哝着。清晨呼吸不畅。在病恹恹的天空闪着磷光的两阵咳呛中，雨下个不停。

宇宙的胸膜里，人们的眼底和心里，到处都是积液。真恶心。瞧这些泥。他虚掩起窗子。难道淤泥不就是各处的居民么？

他从衣橱里取出一套旧西装，又看到了那个地址——庞多瓦街——那是别人推荐的一家收费便宜的裁缝铺，能把衣裳翻旧如新。

他决定把衣服送去翻翻新。

——照这套服装眼下的价位，我至少还能再多穿一年。

他毫不费力就找到了那家裁缝铺，一件件背心、一条条磨亮和褪色的裤子仿佛随意乱堆在一起，衣服堆中，一位老人正在缝纫机前埋头干活，头顶上方吊着一盏灯，电灯线很长。

看到于凯尔进来，他摘下眼镜，不容来访者——这个不速之客——开腔，便开始说了起来，他带有中欧犹太人特有的口音，每个词都拖着，拽着，仿佛刚从另一套黏性很强的词汇表中扒下来的——还带着胶水的痕迹——声音既怪异神秘又很亲切，他告诉于凯尔，说他三个月内不会再接新活儿了，说他手头的活儿太多了，说他年纪大了就得量力而行，说他没什么可需要的了，说他和老伴就住在楼上的房间里，说他有责任告诉他如今的人一个个都心急火燎的，好像地球就要爆炸了似的。

于凯尔说出了介绍人的名字后，老人同意看一看这位新顾客放在桌子上的衣服——现在他愿意接了——开始时他漫不经心，随后却越来越认真。他把衣服拿在手里，像行家那样从里到外逐一检视，用剪刀尖剪开内衬，拿到灯前仔细观察布料是否仍然完好，然后说道：

——当然喽，扣眼和衣袋有点小麻烦；不过我认识一个特棒的织补工……这得要六十法郎……两个月后来取……或许还能提前点儿……不过我不能保证。当然了，改件衣服总比换掉你的皮肤要容易些……六十法郎，行不行？

——行，于凯尔回答。不过六十天……

——要不就一个半月，老人又甩出一句。

于凯尔接受了，但也挤出了一句话，说如果……万一裁缝的时间可以提前……他觉得时间上……

——当然，老人说，当然。我很难闲着没事干。您得付二十法郎定金……劳驾把您的名字和地址也告诉我。

于凯尔照办了，老人又说：

——那个青年萨拉和青年于凯尔的故事是您写的么？我们家邻居是个小学老师，她读过。

——是的，于凯尔说，是我。

老人提问时显然心不在焉，所以于凯尔也试着用一种中性的语调来回答他。

——我什么都不看，连报纸也不读。我不得闲。一到晚上就困了。您的故事是编的么？

——都是真的，于凯尔回答。

——跟所有悲惨的故事一样。我们家邻居告诉我们说，书里的故事只是个噱头。我可是对文学一窍不通，不过亲历过的故事永远不会是噱头。

裁缝铺的门打开了，一个身穿黑衣、肩膀上披着淡紫色花纹披肩的老太太走进来。

——这是我老伴儿，老人说，又转身对老太太说：你看，孩子他妈，他就是《萨拉和于凯尔之书》的作者。

——噢，老太太说。你和我们一样，都是犹太人。

她的口音跟他丈夫一样。于凯尔露出一丝微笑。

——您知道，她又说，我们也是被赶出来的。我丈夫和我，我们回来了，可孩子们，闺女和儿子，都死在那儿了。战争期间您在法国么？

——不，那时我在埃及。

——噢，那您可真是个有福的犹太人啦；不管受过什么苦，您都算是有福的犹太人啦。

——行了，孩子他妈，老人说。别惹这位先生心烦了……

可老太太打断他的话。

——他不是犹太人么，是不是？他不是作家么，是不是？

于是她谈起归来后的那些没完没了的日日夜夜，还有他们内心深处的死亡，

还有挡住他们的目光、堵住他们耳朵的手，

没用。

因为全部身心，因为肉体和鲜血都看到了那些场景，也听到了那些呼号。

——我以为我们挺不过来了。可我们还戳在这儿，我们使劲多吃才活了下来。我们在空无中忍辱偷生。

——别说了，孩子他妈，老人边说边把客人送到门口。安静点儿吧，别车轱辘话说个没完没了啦。随后，他对于凯尔说：

——如果不能简化沉默的言说，就干脆放弃话语，对不对？

是什么火急火燎的愿望促使于凯尔在几个小时后登上了南下的列车？

他想再去看看地中海，再去聆听一下大海的教诲，那永远保留着盐和色彩的大海。

第三卷

向书回归

献　词

献给塞纳省的巴涅[①]公墓，我母亲在那儿长眠。献给古老的开罗，我父亲在那荒漠的墓地中安息。献给米兰，那大理石的死亡之城中安葬着我的姐姐。献给罗马，黑暗在那儿迎接了我的兄长并掘地三尺掩其身。四座墓地。三个国家。死亡焉识边界？一个家庭。两片大陆。四座城市。三面国旗。一种语言，空无的语言。一种痛苦。四道目光合一。四条生命。一声呼号。

四次、百次、上千次的呼号。

——还有那些死无葬身之地的人呢？阿泽尔拉比曾问。

——宇宙中所有的影子都是呼号，于凯尔回答。

（母亲，我在回应生命中的第一声呼唤，在回应第一个爱的词语，世界充盈着你的声音。）

---

① 巴涅（Bagneux），法国法兰西岛大区上塞纳省的一个市镇，位于巴黎以南。

弁　言

盖博拉拉比曾经写道："造物主和我的童年一起死了。他和我的青春一起死了，如今，他和我一起死了。于是，亘古的虚空中，三支带火的箭镞回忆起一个人的片段；或许也回忆起了他最后的诘问？"

于凯尔说：

盖博拉拉比到底是个好拉比还是坏拉比？我还真不好说。作为阿洛特拉比的弟子，他是否背叛了他的老师？而且，他是否像那些因观念超前而被判异端的人们一样，也犯下了渎圣和挑战造物主律法的罪愆呢？此种情形之下，大家自然会疏远他。我也应当如此，因为所有在书中占有一席之地的拉比中，盖博拉拉比与我最为相似。

（法赫德拉比讲道：

"我混进人群里问道：那本书在哪儿？

"人群中有个男人回答我：在我手里。

“我向他走去，说：给我看看那本书。

“这男人笑了，说：我把它扔到河里了，好让河水也能读到。

“于是我说：大地提供纸页。火与水在上面书写。

“唉！可那人不见了。”

阿斯科尔拉比解释道：“你们俩都是那本书中的话语。”）

“把你的目光给我吧。这样就能分久必合。”

——蒙代斯拉比

第一部

“我们的第一次呼吸来自远古；最后一次呼吸依旧受恩于那种温暖。”

——萨利纳斯拉比

河岸与界石

> “我承受了一切分离，其中最久远的就是那种将我与自身割裂的分离，此刻，我已出发去寻找我自身了。”
>
> ——于凯尔的笔记

在《问题之书》第三卷的门槛上，我又是到了那块花岗岩，以前，在日暮时分，从荒漠里长途跋涉回来后，我曾数次坐在那上面歇脚。

重归粮仓，重归史上那座最高的陵墓脚下，重归污泥并重归于人。

荒漠中，任何思想都无法占据首要的位置，梦想也同样如此。*虚无*的肩头背负着*虚无*，如盲人背着瘸子。深渊倒还不错。

离开埃及多年，岁月流逝。一个个阶段标志着世纪的长眠，死亡的长眠。

真实系非卖品。我们便是自己的真实。它是造物主和人的孤独，也是我们共有的自由。

让我们向普世、唯一的*真实*致敬。我们曾试图历尽殊途抵达这一真实，我们本身便是迂回曲折的道路。真实处于运动之中，它引导我们靠近。它也存于抵近的谎言中，被玄秘罩身。

真实或暗淡或光明，或荒诞或可怜，都取决于我们前进的脚步。我们在交叉路口上捍卫着自己的解释。解释得越大胆，这解释就越孤立我们。

尽管信仰各异，可我学会了以我求助的真实之名坚定不移。我的律法便是解读不可辨识的律法。

因此，真实的话语首先是话语的真实。换言之，它是用来交换约言的话语，是对话和钻石的话语，是用学过的字母去呼唤字母，用迷人的抛面去呼唤火焰。

失去话语，便是在创世的呼号中失去造物主。

（超越话语的话语——这是我在《于凯尔之书》中写下的一句跋语——比它命名的事物更为持久，比显示在生命固有的非理性中的实际理性更为持久。那是透过逻辑的藩篱显现出的苍白赤裸。是从未言说的话语中逃逸出的话语，一如逃逸出迟钝躯体的呼吸。是带有泥土和鲜血记忆的灵魂的话语。

那道光在我们苍白的光之后到来了。）

然而，书出自太阳的沉默。

（“话语中，人在声音和地点上与造物主相属，而造物主在符号和动作上与人相属。”

——阿加姆拉比

“书是造物主的额，是人的手。”

——梅尔拉比）

你能否听到流动的风或静止的水？一份契约即是一把无声出鞘的短剑。因此相互联结就意味着绳缠剑锋，意味着在不能打结之处重又不断地缠上绳结。

自由意味着一份契约，它将我们导回契约当中。

我活着，就有奇迹。我是斩断了这份绳结之契约的生命。

我需要你，歇脚之人和光环中人；这不是为了继续生存下去，恰恰相反，是为了在墨水中终结和固化我的生命。

在灰烬与火种中。

如今我得知，一页纸与另一页纸联结，便如同字词与其使役的符号联结。

符号与符号的联结，或符号与符号之缺席的联结。

在已扣减而被黎明放行的时辰尽头，在萨拉失去于凯尔的道路尽头，在犹太人与犹太人一同消殒以保存其信仰之地，回归书，便是回归元气和誓约。

一旦你开始对自己负责，你就只能依靠自己。继我之后，让你和我一起成为那最后之书的根基吧。

（词语令物体惊奇，曙光令黑夜惊奇。于是物体与词语相互映射，有如天空与大地在时间中相互映射。词语将物体拽离它的极限，物体希冀化为词语在冒险中的理智和感觉。词语令物体可视可闻，物体则让词语分享它那一部分光明与黑暗。物体与指派它的词语参与了一场且为同一场决裂。它们试图跨越的空间成了彼此分别的门槛。联结的渴望激励它们直面虚空，但诺言所居的空无不正是死亡么？）

一天早上，天刚蒙蒙亮，伊罗兴[①]因他的子民之死而死去。荒漠细数他的皱纹，而鹰与隼立刻把这个消息传了出去。

自此，每天都有十二个小时为白昼服丧。

① 伊罗兴（Élohim），又译为埃洛希姆、以利、耶洛因，是古代犹太教对上帝的称呼，在希伯来语中表达"神"的意思。在《摩西五经》中，"伊罗兴"是除"雅赫维"以外对上帝最主要的称呼，它概括了"神"或"神明所具有"的意思。

闪电与光

“造物主在人的心中，这意味着造物主的不可能性使每次心灵的思辨都化为超凡的喜悦。”

——埃尔菲耶拉比

“你是诗的空间，而我则是绝境。”

——利马赫拉比

一

“还有哪个民族比以色列人更赤裸？纯真是他们唯一的饰物。”

——盖塔拉比

“若我告诉你说拉比在祭礼中的歌声被归还给了我们的大地，你会信么？我们的世界就是一种声音，一声呜咽，就是几句神圣的话语。”

——阿莱赫拉比

“我在。所以树呼唤树，卵石呼唤平凡的卵石。”

——萨赫德拉比

“你们很难对书言说，我也很难对你们言说。问题出在书本身。”

——戴里姆拉比

“你是我儿，你的书将成为我的书之子。”

——阿克里姆拉比

二

“多亏了人，造物主才有了成为场域的无穷机会。”

——阿萨尔拉比

“对努力趋向造物主的造物而言，造物主的启示便是人的启示；因此，不了解造物主，便无从了解人。

“萨哈里姆拉比曾在死囚牢房里怒吼：造物主身陷囹圄，可造物主之灵远超凡人，因为死亡便是造物主的自由，恰如生命被塑成死亡之形正是对人之自由的检验。”

——塞达德拉比

“死亡即缺席，它与造物主平起平坐。”

——萨布拉拉比

“我们对世事言之甚少。造物主对尘芥之事曾言无不尽。造物主在虚无中沉默。人在一切中言说。可怎么才能让别人听到他呢？”

——拉卡赫拉比

三

“思想走了弯路不会令你恐惧。因为弯路沿袭的也是我们的血肉之路。”

——阿斯克利拉比

“你没完没了地对自己的评论发表评论，直到你自己变成了你儿子的曾孙。”

——萨贝尔拉比

“沙攻击沙，叶攻击叶，这岂非七粒种子的秩序，岂非靠近海岸的觉醒？”

——埃勒夫拉比

考验与书

“我是阿多乃隐秘之野中一句小麦的话语。”

——阿塔尔拉比

“灵魂受到来自腓肠肌的阻力。我倒在大地上。你们践踏我。你们践踏我的来生。”

——勒哈尔拉比

我追随一本执拗不已的书，那是个有着上千个故事的故事，犹如夜与昼是千诗之船。在那儿，白昼追随黑夜，黑夜追随白昼；在那儿，四季是 4 乘以 250 个季节。

世界在那个名字中漂泊。其中，就有那本世界的书。

书写，就是对源头的迷恋，就是想一探根底。根底永远是始发点。根底甚至在死亡中都盘根错节。因此，书写并非要止步于目标，而是要不断超越。

五个夏天以来，我追随着一本书，在空无的无声潜行中累积起这部作品。它是每日的课业，它要穿越激昂的纸页与符号的子囊相会。

这是一部其本身就是危险边缘的书。

我不得不讲讲那个始终困扰我的耄耋老妇的离奇故事，她在临终的床榻上对我言说的竟是她早已忘却的儿时的语言。人在无意识中的迷离行为，让我觉得——至今仍让我觉得——足以诠释诗人在其作品中以一种未曾有过的方式言说的行为。

每部作品都在宣告着黑夜的失效，都是超越记忆后向被蛊惑的记忆奉献的颂歌。美是死亡献给平庸生命的觐见礼，为的是让生命存活于美当中。

抛弃一本书，意味着属望下一本书。纤毫的软弱便会将我们就地钉牢。

从巢中直插蓝天的鸟儿令我叹为观止。时间留驻在我们眼中。我想知道什么东西可以伤害到我，却让我记不得伤口，直至见到鲜血方知自己失血。

记得一天傍晚，我独守荒漠，看着黑夜如何用细针般的星辰遮蔽了空间，我天真地以为空中比比皆是泣妇，每一下针刺她们都会发出炽热的呼号，让人难以辨别到底是恍惚的女人在呼号，还是被刺痛的宇宙在呼号。第一次意识到沉默之肃穆的情形至今历历在目：我凝望着尼罗河水载着一船船货物奔流而去，这让我想起了浩浩荡荡搬运食物的红蚁群。希望令呼吸胆豪气壮。在最完美的闪光中，这个世界自身正在死亡，并向死亡展示出它似曾拥有的最出人意料的人生教训。我因而想到，书应当游移于这两种沉默之间，一如为了词语而让笔尖淬火翘曲，使人得以在造物主之后阅读。

任何学问的表达，都要经受诡秘莫测的大能天神[1]的诘问，即便是一个机械动作，甚至是思想或唇边发出的最谦卑的嗫嚅都概莫能外。

---

① 大能天神（les Puissances），《圣经 · 旧约》中九品天神的第六品。

在绝对的探索中，我们的手段有限，有些问题会周期性地将我们祭献给它们亘古不变的生命。我们见证过它们的勇气，犹如露出水面的卵石见证过湖泊的冒险。

正是在这样一种秩序中，白昼之书慢慢向无尽的年代之书敞开，而我也介入其缓慢但切实的成长。如今，我难以想象还有谁能把它从我这儿夺走。书中，我的生命伴随着我的死亡，所有我有心接触并欣赏过的万物众生都经过精挑细选，随后又泯灭和重生于其他生命与物种当中。

证据便是序幕。跃向造物主导致后空翻。

但很明显，只有谈到不可逭逃的将来时，我们向往昔的回归才有意义，因为将来会回应往昔。花刺或花蕾听不到根的呼唤，但盛开的玫瑰却能听到。

因此，属望的每一天，都是逆向生长的一天，都是直面死亡的一天。这种几个世纪的双重推力在经年累月的精神和文化成果中完善了自我，而我们便是种子和土壤。

生与死同样渴望延续。永恒将二者联结起来。

书里，大海的颜色从缺席的象牙白渐变成墨黑。海水拍打着我经过的海岸。大海的贝壳中，我听到了我名字呻吟的回声。

地中海复苏了我此前的凝望。因此我希望书中的大海就是那千年流动的契约，这也是为何我的梦在一个屡遭启程折磨的世界里却有一种生命线的感觉。快闪开！对我们而言，彼岸，或许意味着另一种生存。

连浪涛都舔不到的盐之海床，死海便是那废墟之海的形象。

它与地中海没有丝毫亲缘关系；地中海是清晨之海，冲动之海，又是心旌摇曳与富于想象之海；是爱恋之海，柔情之海，也是航速与泅渡之海。

饥馑时，一掬小麦便能显示出人的团结；一只有威慑力的拳头就是团结的坚强后盾。爱情在金色的手指当中。大地便是爱情的黄金。

我的树是凤凰树和椰枣树；我的花是茉莉花。我的河是青尼罗河；我的荒漠是非洲的滚滚黄沙和燧石。

它们通过我的眼、我的心驰入我的躯体，我的嘴巴始终在宣告它们的到来，我有权宣称它们是我的么？

我是一个男人的漂泊，是小径和大道。我会忘记这点么？我屈从而平静地以男性思维接受了献身的条件；在现实和现实之梦中漂泊，书的每个音节都是一个因缘。

造物主的话语不是为了控制，而是为了应和。

一天，贝哈尔拉比问他的老师埃弗拉伊姆拉比："爬行动物与彩虹之间有什么关系？"

——最精妙之处在于它们都隐约显示出了一个圆，老师回答。

我们常常感受不到视觉对自由运动和固有动作的深切渴望。因为生命在界外，在苏醒的生命之中。

自从有了书，在那个不可妄呼的圣名的辉煌符号之下，我的生命始终是某种在界限间隙处对书写的守望。夜以继日的守望。世界在不知不觉中嬗变。这一漫长的跨越融入了睡眠。

重复，是人希望自身永存于造物主那至高无上思辨中的动力。是在原动力中对神圣行为的重复。因而在有权随机选择未知话语时，人和造物主是平等的，可以自行其是。而我则一味盲从。我是嬗变的大师。冒险是词语的属性。

（“造物主接替造物主，书接替书。”

——乔尔纳拉比）

衰落与流亡

一

（“我的祈祷是峰峦中尘埃的祈祷，是大洋中水滴的祈祷，是太阳中火之气息的祈祷。

“你是斜坡和顶峰。你是周缘。你是回头浪和泡沫。你是盐。你是拂晓和黄昏。

“因此我的每次祈祷都有所不同；因此你从来都不是原来的你，而是你不断孕育且有时还会反叛你的你。

“我的主，我必是个可鄙之人，因为我不懂得如何祈祷。”

——博霍尔拉比

阿克里拉比说：“冥想的中心是大海，是大海的威慑与镣铐。你从未被大海或黑夜投入大牢么？那是怎样的一种历险呵！没人发出警告。你一头栽进大海或黑暗里，你遭到果报，一片迷茫。但你仍像鱼一样呼吸，仍像星辰一样闪烁。这是最糟糕的。

在死亡的怀中存活。在空气和水以同一种韵律躺下的地方直立。”）

二

“我只有一双看到无限的眼睛。我听任白昼消逝。它们惩戒了我。”

——阿尔本拉比

“睡眠是男人的女性部分。家是休憩的场所。空间是太阳的伙伴。”

——巴哈拉拉比

“死后，我肯定就在那儿阅读自己。因为我名载书中，而死亡又是神化之名。”

——贝迪拉比

三

“无须另一个词语。造物主对我言说。我回应。无须另一个声音。唯有聆听沉默的沉默。”

——萨菲尔拉比

“往昔隐隐烁闪。已生活过的未来将会发光。一切星辰的天空便是往昔之书。”

——阿里亚德拉比

“你抬头思忖往昔。何种未来堪比其狂怒？”

——多马纳斯拉比

“明天是你的未来。可它一旦到来，太阳便会来讨要所有权。”

——阿尔贝赫拉比

“世界以白昼消耗自己。”

——阿尔基拉比

“几行泪珠——那已是走向你的阶梯。”

——卡拉伯拉比

四

香颂

路边，
有几片落叶，
当树叶当得太累了，
所以飘落了。

路边，
有几个犹太人，
当犹太人当得太累了，
所以倒下了。

扫走落叶吧。
扫走犹太人吧。

春天是否还能长出同样的树叶？
遭践踏的犹太人是否还有春天？

五

（“你把衰落叫作流亡。你因此得以幸存。”

——塔迪埃拉比）

大地

一

（“请公平对待我堂堂正正的出生。我桀骜不驯，我就是那缺席的人。”

——维里德拉比

“你想说出一切，占有一切。你以为有朝一日你能消失。”

——阿尔达拉比

“我们的界限拯救了我们。同时成为某种物体、思想和意象的渴望让我们竭力展示自我。从我们的意识中逃逸出去的，会将我们与自身分离并毁灭我们。我找寻无觅之物。我是失败的虚空，那最为空洞的探求。”

——卡博尔拉比

“再无希望，或再无期盼。我在玻璃的宇宙中遁形。”

——萨莱希姆拉比

“我的形象与我的回忆同龄。我是某种反射出的颂歌和屈辱。”

——阿罗达德拉比

“我正在治愈黑暗。我呵护我的视力，是为了有朝一日能看见你。”

——洛哈曼拉比

“夜，漆黑的山谷，驯服的火焰靠四足觅食。它们放牧着黑暗，直到迎来黎明。湛蓝代表着更为纯净的颜色。”

——阿多萨拉比

“你在生存的意志中枯萎。

你过去曾是复生的花冠。”

——门多萨拉比）

二

——孤独是漂泊之草，阿沙姆拉比说。你若相信鲜花，必得相信大地。

——我没有土地，泰西耶拉比回答。我一无所有。

——我将赠你大地一隅，阿沙姆拉比又说，在那儿，你可以过上有根的生活。

——迄今为止，我始终认为我在分享石头的生活。阿沙姆拉比，你要赠我一座花园，你果真如此富有么？

——泰西耶拉比，水是沙的主人。从井里汲取你那份水源吧。绿洲就在湿润的手中。

——我没有荒漠，泰西耶拉比回答。我一无所有。

——我将赠你荒漠一隅，阿沙姆拉比又说，在那儿，你可以找到水。

——迄今为止，我始终认为我在分享沙粒的生活。阿沙姆拉比，你要赠我一泓清泉，你果真如此富有么？

——泰西耶拉比，你就是泉水。你就是野性之泉和馥郁的茉莉。

三

——你动作频仍，你惊扰了死亡。当心它反叛。避开它的怒火吧。将它归于造物主。

——造物主唯有在死亡中才有所行动么？

——造物主抽身而退，任人在虚空中束手无策。

——步入空无，是急于与造物主争个明白么？死亡能恢复视觉么？

——造物主把他合上眼的影子赋予人的灵魂。看见了便意味着拒绝造物主。

——走向造物主是否意味着陷入末日的黑夜？

——你进一步，造物主就退一步。合上眼，能迫使造物主伫步等你。愿你长眠。造物主希望你能赶得上。

（——我们的灵魂在造物主的影子中被裁剪。

——恶是影子么？恶在造物主身上么？

——影子是善与恶的避难所。

——黑夜中如何分辨善恶？

——用影子的热情，用象形符号那冰冷的赌注。

——被选中的就是深色的。太阳会把难缠的影子赶走。

——影子中有光。

——那么，我们的灵魂曾离开过光。）

四

“那是造物主与人的竞争。是爱的唯一伤口。宇宙是五彩光斑，是曙光，曙光。”

——扎莱姆拉比

“主呵，回到你怀中吧。堵住你的耳朵。转过你的脸吧。迎风航行之爱是以空间为尺度的。停止爱我吧，这样我就能爱你。在风中抢行时我们是对手。我们将共庆艰难的失败。你将是无人的造物主，而我则是为造物主而存在的人。”

——塞基尔拉比

“你在挑战自我的行动中将我神化。”

——奈穆恩拉比

“追随造物主的人在人中映出自己；但脸在几个世纪中已变了模样。因此，造物主每每都是未来之脸。死亡中，变形会加速。可谁能说出何时何地——无邪的起点或终点——才能赋予我们最终的脸呢？那也是我们最后即最初的脸。”

——加博尔拉比

“在造物主所爱之地，爱奋起反抗爱。”

——塞罗尔拉比

（“你若是影子，即刻就会发现影子绝无雷同。”

——阿里德拉比

“我们之间的差异并不明显，一如线条与燃烧的线条之间的差异。”

——索哈姆拉比

“话语分配沉默。灯盏分配缺席的明亮。”

——阿卡尔拉比）

珠与剑

“箭羽和刀剑同源。眼眸与珍珠相类。”

——贝特尔海姆拉比

一

字词死于笔下曲尽的描写。作者死于对其反戈一击的同一种武器。

阿科尔拉比问作家基里耶：“你被指控犯了什么大罪？”

——指控我谋杀了造物主，作家回答。可为了自卫，我增加了与造物主同死的情节。

（作家凭一己之念决定自身之死，这一死亡的誓约在他将要履行既定使命时得以实现：他使我们以这一瞬间的代价阅读苍茫的宇宙。这一誓约的赌注是一部梯子的两个桩脚，即苛刻的诘问。）

死亡中，字词变得可视。这是已被阅读的律法。符号的复活是被书写揭穿的奥秘。若没有书，人的奥秘便再也无人追问。

创世的全部阶段均在语句当中。死亡是生命拥有感觉的阶段，是珍珠脱离珠串、彻悟自由不朽的阶段。

二

“话语希冀自己在演说中代表*正方*，在书写中代表*反方*。”

——达莱伯拉比

“字词是沙中的玺印、海底的纹章。已言说的话语则是海滩上以麦秆制作的棺罩。”

——阿格莱伯拉比

三

借命名揭示事物，词语便开始了其终有一死的生存。

呵，爱人，我愿以不死之名呼唤你，这个名字在神的庇护下刀枪不入。

我愿唤你为“*登月舱*”。我拥有了这个其历史被剥夺、既无时代也无光彩的名字。

在这个名字面前，我曾与你同在，又不与你同在。我的感情并非尘世的情怀。

我超越书写而去。

（“允许任何有关造物主的探索，造物主正在那儿拼死了断。”

——科麦拉比

“我从我的子民处收获赞美。从我的孤独处获取封印。”

——多尔巴拉比）

指针与表盘

“你只要在真实的限度内迂回前行，便能获得真实。”

——纳蒂耶拉比

“不能任由领悟的，便是永恒的。”

——阿里发拉比

一

与真实一起，我在侵占了其地盘后再放一把火——但在我的资产耗尽之处，又有某种真实冒了出来，有如独门秘籍，我只要愿意便可将其据为己有。

因此，为死于一己意象，我会环球旅行。地球上，有些真实统治着阳光普照的广袤领域。我想一一见识一番。在提出问题的有限时间里，我会利用这一牢固的伙伴关系。我会接受它们的理由和看法。

回到自己的书房后，我会记下自己的旅程。我会利用接收到的信息，而我的书也会真诚发声。阅读我时，除了我自己，无人怀疑我的善意，因为在我的四壁之内，我不正是某种对他人抱有敌意之真实的主人么？这真实挥之不去，除非牢骚太盛时将其付之一炬。

（埃洛恩拉比在谈到马塞拉比时说："他是个真实的男人。他在灰烬的地毯中行走。"

"造物主是真实中的真实；是火焰中的火花。"

——费里姆拉比）

二

我是我书的呼吸，如大海吞噬的海风。每个浪头中都悬浮着泡沫和水，其全部色调均由天空调制。随着扑面而来的海浪，海风勾勒出海浪的形状和边缘后又重新吹拂起来，伴着海浪奔向大洋，直至力竭。其能量来自他处，但意愿纯源于自我。

三

没有书能堪称完备。三次了，我不是也三次重写了我的书么？夜里，太阳聚集起星辰，而在清晨，我们只记得住笔下的创造。

当我们一页页阅读睡眠中闪烁的星辰、振翮疾飞的鸟儿时，我们难道还意识不到写作同样具有死亡才拥有的超卓能量么？那能量改造着世界，为宇宙中众多变化莫测的形象正名。

死亡不可思议的历程。我是否从一开始即参与了呢？无论奢侈或节俭，死亡都在庆贺死亡。每次启程均在策划之中；每次超越都有导航指引。发条连着表盘上指向十二个字码的指针。上发条的钥匙掌握在我们手里。数字清除回声。

四

（“塞米宏拉比，影子下面很冷，我们去阳光下谈吧。”

“为时尚早，塞尔纳拉比。我们刚开始交谈。”

“塞米宏拉比，此地很冷，我们穿得太少。”

“开始对话时总会很冷，塞尔纳拉比。”

“塞米宏拉比，阳光能涤清我们的思虑，强健我们的体魄。”

“等会儿我们就暖和了，塞尔纳拉比。太阳就要落山了。”）

掀起的帷幔

“造物主言说之处，词语很是单调；帷幔徐徐掀起，黑暗很是惬意。黑暗的纸页上，字行延展着折痕和梦境，还有它们之间的空格。”

——黎塞尔拉比

一

——希望在下页。别把书合上。

——我翻遍了书的每一页也没有找到希望。

——或许，希望就是书。

二

“没人回应我的对话。但有时，一个问题就是一个闪现的回答。我的路上布满水晶。”

——里布拉德拉比

于凯尔说：

若能回答，死亡就不会与生命相伴，生命亦无影子。宇宙会成为光。

矛盾是被瞬间肢解的灵魂发出的呼号。塞德拉拉比不是说过么？他说："这是你田里的种子：一粒生命的种子，一粒死亡的种子。生命的种子育你之死，死亡的种子育你之生。"

（"死亡战胜了我，主只有在空无中才能施我以援手。"

——泽赖恩拉比）

空间与时间

“人是人的时间，而造物主是珍贵的空间。”

——埃斯肯拉比

“那条线就是诱饵。”

——塞阿柏拉比

一

“若信仰与心灵澄澈的书写紧密相连，我便是最警醒的信徒。白昼莫非脉动，黑夜莫非整合？西隆拉比曾说过：主呵，最初我凭理智爱你。如今我以爱来爱你。”

——埃卡尔拉比

二

——你是一周里最美的一天：安息日。

——每个新的一天都把我和第一天分离。最后一天是一片海滩。

——六天迷失你，六天找回你。

——于凯尔，我是时间中的一叶扁舟。我迷失了岁月的轨迹。

——那加冕的日子便是书中迷茫的日子。

三

卵石发现了另一颗卵石后会说：“我看到了自己。”随后它又会说：“是谁把我一分为二？”

被发现的卵石则回答：“你我都是卵石。你从哪儿来？”

那颗卵石很失望，说：“这么说来，你不是我了？我们的口音不一样。”

这颗卵石回答说：“既然我们俩谁都动不了，在此，我即是你；在彼，你就是我。”

“我们有朝一日会成为一颗单个的卵石么？

“我们到处都是同样的卵石么？”

而这颗卵石说：“走遍大地，我们俱为石头。”

学者与不速之客在于凯尔·塞拉菲参与下的新对话

“一起玩智力游戏的过程中，理性若遭遇非理性，会发现什么？

——一枚灌了铅的骰子。”

——巴迪耶拉比

“造物主在束缚自己的同时否定自己。”

——阿克里德拉比

——他说：善充盈我们，恶制造虚空。于是他想到：空无即是恶。

——他说：善有时身披恶的外衣。于是他想到：星星是黑夜那宽敞斗篷上的饰物和纽扣。

——他说：善是赤裸的——与华丽相对。于是他想到：善是虚空的礼物；恶则是放弃。

——他说：将空无奉献给空无便是恶。于是他想到：虚空联结虚空，难道便是善么？

——他说：恶是海难，是火灾。于是他想到：水难道不是善么？还有火呢？

——他说：火难道不能焚烧天空么？雨难道不能淹没天空么？黑暗难道不能埋葬天空么？因此火、雨、黑暗都是恶。于是他想到：善是双眼中的清晨，是滋润大地的雨露，是睡眠中的黑夜。

——他说：善与恶拥有同样的王牌，嗜好同样的权术，手持同样的武器。于是他想到：恶是善的对头。两者是势不两立的仇敌，却共同附于人，存于世，能量相等。其诡计与胆识不分伯仲。

——他说：我们可善可恶。我们不分彼此，时而是宝剑锋刃，时而是枝叶纹理。于是他想到：所以紊乱便是铲除秩序，谎言便是吹向真实的顶头逆风。秩序产生于被包扎的伤口，真实诞生于暴风雨的罅隙。

——他说：因此，爱是爱的运气。

——他说：反叛是愤怒的关隘，主宰我们的生死——阿塞耶赫拉比不是曾经写过“你看，关隘就像花瓶，造物主的拳头在此盛开”？——于是他想到：我们能爬上山顶么？

——他说：造物主之拳如威慑一切的太阳，使死亡目眩。于是他想到：反抗是一场迷幻之梦，能熔化攀缘的钢铁。

——他说：高高在上的物体爱上了基座，美德的水平就近了。于是他想到：在顶端质疑高度之处，死亡废除了荒诞的测量。

——他说：物体是拂晓，是喷泉。于是他想到：若反抗营养过度，则是死亡之女。

——他说：生命将反抗化为稻种。于是他想到：死亡拥抱稻田。

——他说：人能深呼吸么？于是他想到：人的胸膛就是生命之牢狱。

——他说：人在超越中实现自我。死亡令其与造物主平等。于是他想到：在死亡拉扯我们之处，不可能即变身可能。

——他说：不再微笑，不就是死了么？不再思想，不就是死了么？合眼，无语，埋葬双手，不就是走到生命尽头了么？放弃行走，不就是丧失土地了么？于是他想到：我们行走时没有在大地上留下痕迹。我们走遍世界。死亡令我们不安。目光、微笑、行为是灯塔，是平地，是驿站，生命在此消耗我们。

——他说：死亡是生命的完备形态，被推荐给丧失生活信心的人们。于是他想到：死亡是造物主与造物主奇迹般相会之地。

于凯尔说：

这种循环众所周知。把那条曲线打断吧。路重叠着路。书认可书。

循　环

阿基姆拉比说："我最大的忧惧，就是眼见我的生命为形成循环而变成一个圆，可我却无法停止。"

阿尔达什拉比写道："在真实中生存，意味着以接受美同样的态度接纳丑。宗教是灵魂的领域，真实于此可自我保护。造物主为一帧可信的形象而以其威权与造物主竞赛。神圣的真实并不存在。只有造物主非理性的渴望在善中生机勃发，此时，循环必然出现。"

"你这是亵渎，"塞利拉比回答，"造物主的真实是世界的夏天而非毒液。是第一个清晨的黄金。真实中，你只懂得悔恨。你患了'真实疼痛症'。唉！你去治治病吧。"

而阿尔达什拉比说："并非总是心灵在关闭循环；有时反倒是牙齿。上天的啮噬见证了造物主的绝望。"

第二部

——你小时候就认识他了。告诉我，谁是于凯尔？

——我能告诉你的不比他书中的更多。

——我读了他的书，可还是不知道他是谁。

——被赶走以前，他曾是书里的藤和枝肋。

王的世纪

“恶与苦难中，我们的世纪是王的世纪。”

——杰拉赫拉比

一

于凯尔的信

在我离开的那个国家，我仍记得有过一张床，我曾在那张床上睡过、梦过、爱过。

毫无疑问，我将在征服者的国度里死去。不过，若我有幸回到祖国，我还有可能到那儿去睡、去梦、去爱么？

随着我的记忆减退，巴黎失去了光彩。巴黎是个女人，是我的未婚妻，是萨拉。

在我们曾想逃去避难的伦敦，屋顶正在坍塌。

那时我们刚刚十九岁，可冬天早已让我们的梦变得苍白，仿佛我们脸颊上糊满了冰冷的泥灰。

四季构筑了人的躯体；夏季是尘埃的黎明；春季是花瓣与蜜；秋季

则是发黄的树叶。

呵，再会吧，爱人！

最大的旅社属于刽子手，它为来自四面八方的受害者提供食宿。

道路早晚会把我所有的激情扒得一干二净。萨拉，我的世界里到处是黑暗的裂缝，我的头懒得去数。过日子勉强有些热乎气，那是为死亡而精心准备的。

天空被云层遮蔽，预兆不祥。鼻孔四周的大洋一片蔚蓝。于是，随着看不见的主人靠近，那条狗从叫声到眼神都充满了人性。

我叫了起来。

二

中心

> “山谷中，我守候山顶，如少年王子床脚边的某个奴隶。”
>
> ——纳阿尔拉比

两片云相撞，下雨了。

随着第一声隆隆的惊雷，云彩逃走了。

闪电刺穿了最年轻者的前额。

雷电落下，劈开了一棵树。

还在地上穿出一个洞，并殛死了一个人。

阿拉姆拉比说：“我真想在一首纯洁之死的摇篮曲中诞生。”

萨阿达拉比说：“我更希望我活得长久。”

作为夜晚懒散的姊妹，摇篮曲就是一面词语的镜子，哄着孩子在它匆匆一瞥中进入梦乡。

有多少犹太人曾默祷过从未出生？默祷过从未跨越大海的地平线？

（“书憎恶秘密。早熟的纸页是清晨的讯息。”

——利代尔拉比）

呵，和谐与厄运的路上，我的爱人正被野狗追赶！

于凯尔说：

这是无法逃避、不可控制的遭遇。

这是连续不断、必不可少的来去。

书看似恒定静止，呵，诸世纪的脚步在此刻的脚步中设置的圈套！

三

遗忘的教训

“海岸入睡时，大海便是梦，书便是遗忘。”

——埃巴德拉比

“疯子，你迷失了你的目光。

你遽然将一切遗忘。”

——内迈斯拉比

“他忘了他的父母，忘了他的村子和他的家乡。于是便发生了这样的怪事：父母变成了敞开的大门，村子和家乡变成了永恒的出口。”

——萨迪耶拉比

阿巴迪耶拉比说：

“我给你们讲讲那个被双眼抛弃的人离奇的故事吧。有时，造物主的声音就像一只察觉不到的眼睛。一只眼中眼。盲人能通过自己亲如手足的眼睑、通过自己光滑的世界听到它。我们每个人都在不同的视觉阶段听到过它；因为思想永远慢于感知，这就让我们长久以来始终认为世界向我们隐瞒了其中的一部分。

看见与爱慕属于同一种饥饿。所有界石都是道路内心黑夜里的一枚灯芯。灯供养着光。

遗忘的教训存在于海浪毁灭的记忆当中。造物主是遗忘的受害者。语言中有一片完整的海洋。筋疲力尽的泅渡者的话语里有一颗盐粒。”

——阿巴迪耶拉比，请给我们讲讲那个被双眼抛弃的人离奇的故事吧。

——我给你们讲讲内心里的他处吧，就像舌头长在嘴巴里一样。

“我说着，而宇宙与它竖起来的触角冒险参与到话语当中，好似蜗牛跑出了自己的壳。”

——于凯尔的笔记

四

内心里的他处

（波纹起伏的书的封面。有那么多页，有那么多关于各种动物的清晰和不清晰的踪迹在海底杂沓纷呈。

海藻和礁石在争夺你。影子和阳光只有通过途中的死亡才能抵达你，在那儿，人也只能逗留一小会儿。

我潜下水去，于是看到了你。你没有阻止我。重新回到水面后，我一直游到海滩，在那儿，我仰面朝天，聆听星辰和火红的海螺咏唱迷失的海洋。）

中心就是那口水井。

中心就是一声呼号，是一道裸露的伤口，是一把钥匙。

法耶赫拉比说：“别把赌注押在风平浪静上。大海爱记仇。”

马蒂亚斯拉比吼道：“中心在哪儿？遭到遗弃的水唆使鹰隼去追逐自己的猎物。”

或许，中心就是问题的位移。

没有循环之处也就没有中心。

（伯克利拉比说：“愿我之死能来自我自身。因为我既受那个循环的束缚，又能打破那个循环。”

“‘我’是世界。
‘你’是回声。
无处，无声，
我们是谁？

——我的声音。”

——奈海姆拉比）

最后的障碍，最终的界限就是那个中心——谁知道呢？

若果真如此，恐怕一切都是从黑夜和童年的尽头向我们走来的。

中心便是门槛。

纳曼拉比曾经说过：“造物主便是那个中心；这就是有些自由思想者宣称造物主并不存在的理由，因为，若苹果或星辰的中心便是那星体或果实的心脏，那么什么又是果园和黑夜真正的中间地带呢？”

暴风雨和时间都在改变着中心。

善与恶同样如此。

于凯尔说：

中心便是那种失败。造物主被其造物排斥。壮丽的宇宙。而人则边创造、边自我毁灭。

（书中长眠着于凯尔。

书中长眠着萨拉。

书中长眠着我们正在讨论

其作品的那个人。
他既无家，
也没有书，但他的笔
是苍白深渊的
中心，他在那儿自缢。）

“你的声音就是我的声音，因为你的死亡是我前世的死亡。”

——埃尔法拉比

“中心在哪儿？
——在灰烬之下。”

——塞拉赫拉比

“我为你命名，并死于我自己的名字。”

——阿拉德拉比

中心就是丧痛。

同　盟

（“犹太孩子在襁褓中便拥有死亡，死亡的诅咒有如其摇篮曲。”

——阿萨德拉比

“开始我以为我是个作家，尔后我意识到我是个犹太人，于是我再也分辨不出我到底是作家还是犹太人，因为作家和犹太人都无非是某个古老话语的磨难。”

——于凯尔的笔记

“清晨、午后、黄昏三次陈述了白昼，我则三次陈述了书。”

——于凯尔的笔记

“你天生就是个作家。你的焦虑就是我焦虑的姊妹。我们的怀疑在同样的字词怀中撕咬着我们。”

——马代拉拉比）

萨纳拉比曾经写道：“我们知道，接触光以后，我们的翅膀早晚都会退化。

“所以，我们最终还是犹太人，而我们勉强平衡的步履会让人联想起受伤的昆虫。

“我们所有的歌起源于双翼的祭献和对飞翔的渴望；

“因为那部律法并非令人亢奋的冒险，而是强力的熔炉，符号在那里销蚀殆尽。”

孩子伸手便能触摸到天空。天空躲避成年人。童年的神秘。

十二岁时，我失去了天空。从此后，我使出浑身解数想要重新靠拢它。

天空只有在最小的小手中才能找到自己的庇护所。一只男人的手面对天空时会变得僵硬。

我观察着自己的手掌。前人走过的路都有迹可循。如同一幅出走全图。

写作中，我希望我儿时捧着蓝天的手和我成年后拉着荒漠的手能牵起手来，牛奶般的话语和鲜血般的话语能融合起来。

谁也说不准自己的年龄。时间越过时间，并在造物主沉默之地消逝。

我们在语言中变老，我们将因表达自我而死。

树进入天真的世界与孩子初次意识到语言是相契合的。

小时候，我去离吉萨金字塔群[①]更远的地方寻找人形燧石。心里总惦记着长生不老。

纸页向我展示出绽放的话语，巨石则揭示出话语的厚重与坚实。

（“孩子的语言友好而热情，成人的语言则如面具和果仁。”

——埃拉霍德拉比

“写作中，一切都堵住了。人徒劳地想打开一个能呼吸的出口。”

——埃利亚里姆拉比）

一棵树引出一片森林。在密集的枝干中爬上树梢又原路折回，再去寻找新的方向，孩子描摹着一条无标识的险径，在自己的想象力中驰骋。

这是一条蜜蜂与蝴蝶之路，遍地鲜花。孩子以问题为生，不太在意答案。

果实的话语，而非根的话语。树汁和露水的话语。问题像黎明环绕的山巅般显露出温柔的色彩。

---

① 吉萨金字塔群（les Pyramides de Gizèh），通称“大金字塔”，位于埃及尼罗河三角洲的吉萨（今开罗近郊），约于公元前 2631—前 2498 年建造，主要由胡夫金字塔（Khufu）、哈夫拉金字塔（Khafra）、孟卡拉金字塔（Menkaura）和狮身人面像（Sphinx）组成，是古埃及金字塔最成熟的代表。

在太阳的鼓励下，少年重新审视自己的阳刚气概。地平线是他的回忆；黎明与黄昏则是他热切呼唤的两极。

与白昼一同欢乐。

入夜，则是伤感。

梦境中，一位解开衣衫的少女便是依偎在他唇边的话语。

这本肌肤之书被保存下来。

（你还记得么，萨拉？

死亡向你和其他人猛扑上来。急切得反常。那死亡并非是哲人们教导我们要尊重和敬爱的死亡。

被仇恨孕育的死亡。

你还记得么，萨拉？

那些日子里——苦难与战争的日子里——数百万人投入反对鼻子和嘴巴的运动，投入反对前额及其一部分同类灵魂的运动，那些人心胸狭隘，他们的手掌习惯于沿着胯部滑落。

萨拉，你还记得么？

那些日子里——已说的、赞颂的和循环的话语内部的日子里——那少年目睹父母落入陷阱，变成了溃烂的劫掠中心，变成了一朵谦卑玫瑰的重负，并与香气一同消失。

那些日子，你还记得么？

在死亡湿漉漉的脚步上

于凯尔在等候萨拉，

萨拉在盼望于凯尔。

那些日子里，那些日子里——萨拉，你还记得么？——夜里，征服者的唾沫与闪烁的星光争奇斗艳，而世界如无桅之舟般启航。）

这个由无数灭绝营组成的中心，除质疑造物主外，还要犹太人自己——被该中心选定的种族——直面对其种族的质疑，连那些已经不能再思想的人也不放过。

阿希姆拉比曾经写道："正是在这种情形下，同盟重新恢复了。诠释律法成了我们每天的工作。诘问则成了我们向造物主诘问真实的誓言。"

阿德兰拉比说："话语的翅膀就是一个问题。"

阿迪亚尔拉比说："只有在提出最终问题时才能有回答，即只有造物主才有权提出问题。所以，回答也非阿多乃莫属。"

萨尔拉比写道："在造物主与造物主至高无上的对话中，人被甩在一旁，或者说，造物主是站在人的立场上去回答造物主的。"

在《问题之书》中，心灵贫乏的人自有其一席之地。无辜者感人的诘问。那诘问是开花结果的树枝。是最终问题的春天。

阿塞里姆拉比说过："我在扪心自问，这是火焰的季节还是霜冻的季节。"

在心灵贫乏的人那有限的世界里，这个问题像钥匙般闪光。

（“成人的话语晦涩，孩子的话语澄澈，二者之间的差别犹如钻石与红玉。”

——多米安拉比

“雕刻在山巅上的脸是岩石的人质。造物主则是峻厉的海岸。”

——德尔菲姆拉比

“那把手术刀带着丝丝血迹，坐实了与造物主的同盟，冠冕堂皇的伤口上秘密的刀口。”

——拉米拉比

“天空中飞翔的鸟儿是‘多’的符号，而敛起的翅膀则是‘少’的符号。我在讲述其命运。”

——拉巴德拉比）

洞

（“爱人，若时间有你的声音，你便是四季的呼唤，可你远去了。

“昨天是我的一生。”

——于凯尔的笔记

“古老的年代面前，黑夜面前，我是影子和空洞。”

——于凯尔的笔记

“如此低沉的黑夜，手指可以在此切出影子。”

——于凯尔的笔记

“一株海藻足以装饰前额。”

——哈蒂拉比

“为何要夸奖那棵靠河流养育却结满苦果的树？
这个世界和万物，都是沦肌浃髓的河流。
我要自我调整。”

——盖达赫拉比）

一

物体

“白昼里，你发现了一个物体；夜深处，你见到了它。”

——莫奈姆拉比

书是个迷宫。你自以为离开了它，不料却深陷其中。绝无任何开溜的机会。你必须毁掉这部作品。但你拿不定主意。我注意到你的焦灼在缓缓攀升。墙连着墙。谁在尽头等着你？——没人。谁在翻阅你，解读你，喜欢你？——当然，还是没人。你孤独于黑夜，孤独于世界。你的孤独便是死亡的孤独。再走一步。或许会有人来，击穿墙壁，为你找到一条出路。唉！没人来此冒险。书上有你的名字。你的名字正在反躬自省，就像白刃之上的手。

这种贴着肚皮的动作太可笑了。你在爬。你在墙脚下钻洞。你希望逃出去，像只老鼠。像清晨路上的影子。

而这种无论疲劳与饥饿都要保持直立的意愿该怎么办？

一个洞，那不过是个洞，

书的运气。

（一个章鱼洞，是你的作品么？
那章鱼吊在屋顶，而它的触手开始发光。）

那只是墙上的
一个洞
它那么狭小，你永远别想
为了出逃
而钻进去。
别相信住所。它们并不总是那么殷勤好客。

所有灯聚集在海上。假日里，能听到灯光七嘴八舌。失眠之夜，当我们的思绪迷失在反光中时，那些光在我们头顶上摇曳。

阿里波尔拉比断言说，世界过去曾是一片浩瀚的海洋，但在太阳的熊熊火焰中几乎蒸发殆尽。

不过，水下仍有些区域从未透入过光。一颗黑过岩芯的星星随着它在水中的脉冲反射，将自己的律动施舍给了时间。

（我想，将黑未黑之际更适合于谎言，千万不要、千万不要那种伸手不见五指的漆黑呵！
——哈塞德拉比）

白昼里，人被物体愚弄。表象摆脱了归属，像期待中那样展示自我。物体回应我们对物体持有的观念。可到了夜里，但凡物体的在场被猜中以后，它会变得怎样？

奥德拉比说："每个物体对我们强加其身的变化都有备在先。物体似乎恭迎变化的到来，仿佛想让我们在过程中认识它的生命。"

为了意识并捕捉到物体的生命，我们必须借助于自身的本能，经常介入其变化当中，为它担责，并确定其界限。这些变化均发生于物体内部，我们从内部为其作证，但须谨防致命的错误。万物均经我们之手而死。

物体的生命有若千片花瓣。

阿萨德拉比曾经写道："我一生中曾三次回到故乡的犹太会堂亲吻藏经柜，我记得这件事的所有细节，可发现每次都不一样。头一次，我期望能重见那个在海中沉睡了若干世纪却依旧保留着海底味道的箱子；第二次，我想再见到一片天空的两翼，那片天空为保护颂歌中的那本源头之书而变得坚强不屈；第三次，我准备用我的手掌摩挲一下那永恒之生命的屏风，我的额头曾贴在那上面。孩子呵，轮到你回去吻那块老木头的时候，它在你眼中会不会又显现出其他什么来呢？"

埃洛泽拉比曾经说过："犹太会堂里到处是洞，天空可以经这些洞进入会堂。所以犹太会堂里到处都是光影交融的生命，直到时间尽头。"

拉布里拉比则说："没有人能摧毁犹太会堂，就像没有人能让天塌下来。"

（“在更简单的字母里，那座迷宫很简单。”

——埃索德拉比）

二

难忘的回声

“可以理解的是，死去的回声仍带着回声，式微的白昼，其巨大的双翼依旧会送来黎明。”

——塞菲拉拉比

我走了。孩子，你留下了。
时间随我流逝。
我既近又远。
我像露水一样机灵，
却与回声一同流血。
明天是你的未来，
也可能是我的安息。

——新摇篮曲

（“在造物主寻觅回声之地，披着丝巾的唱诗人呵，请让你的呜咽化为清风，因为一切软弱都是无限的狂热缺陷。”

——卡戴夫拉比

“预言：话语前的话语，凸起的门。”

——埃泽尔拉比

“先知更新了与回声的契约。那契约是书和深渊的入口。”

——多塞拉比

“呼号被写入回声，空间之书里自由的语句。”

——戴米姆拉比

“生死攸关的共鸣。我的心跳是伊罗兴振动希望之翼的回声。”

——塞夫拉拉比

“请告诉我这个符号的所有变化。我可能会从中发现我的名字。”

——戴莫德拉比

“——你没见到圣名，可你却读到了。

“——那不可见的，是否也是不可读的？

“——我在书写。我见到了你读到的那个圣名。”

——卡恩拉比

“年龄意味着同盟。”

——戴米拉拉比

“亲身经历了你的死亡，这博得了你的欢心，阿东乃，请在字词里赐我一个靠近你的位置。

“我与重音的虚空保持一致。它是干渴与呼吸，是裂缝和弥合。”

——帕罗特拉比）

三个问题

（于凯尔说：

“从黎明到黄昏，
从死亡到死亡，
伴着你的影子一起，萨拉，
在那个数中，于凯尔，
在我的问题的尽头，
在那三个问题脚下，
书引导着我。”

——问题有三个，奥特拉比说，是我们失败的三股火焰。

——是哪三个问题？拉比，请开导开导我。

——早晚都是你的问题，它们是死亡的三面信号旗。

——所以我们要跨越这一天而不做任何标记。”

“红，黄，黑，你声音的各种颜色，

白昼丧失活力之际，花冠变得透明。”

——哈尔芬拉比）

一

拂晓或第一个问题

（“拂晓邂逅睡眠，那是童年的苏醒。”

——埃利泽尔拉比

“拉比，若答案无法满足诘问，那我们凭什么认为你是先生，我是弟子？”

“——根据问题的次序。”

阿塔尔拉比写道：“每颗星星就是一个问题。它们的数量超出了我们的计算，所以我们永远也不会知道人的极限。

“要求被听到，意味着打算将一切遮掩。”）

于凯尔，曙光有如蓓蕾，世上所有的问题都沐浴着晨露而行将绽放。此即宇宙的先存。在影子安睡之处，很快，我们只会看到一株玫瑰，它身上的众多色彩——单一的色彩和间歇的色彩——将一直延续到正午。凋萎时，它会自我繁殖，为的是在那数中死去。

若我们难以辨认自身梦境的踪迹，是因为我们总习惯于在日光或灯光下寻找梦境。夜里，当我们掠过黑色的缺席，磷光会将那些踪迹暴露无遗。

那是你确切的渴望。全部的匮乏令我负担沉重。怀疑带着我们重归黑暗，而爱已在那儿确立起太阳的威权。我在爱，这就是清晨。

我冷得牙齿打战，但一想到我触摸你的地方很温暖，又倍感欣慰。

世界像我们一样率真。昨天与明天是同一个简单的语句。

二

正午或第二个问题

（“你为我命名。我信守着。

由玫瑰立法。”

——埃拉柏拉比

“伴随人与大地，

造物主进入时间。”

——黎图恩拉比

“墨水与夜的寻访者。

恩惠即是色彩。”

——塞迪德拉比

“正是在此，在黑夜与边界之外，绳结被系上又被解开。在这儿，世界死了，并在其边缘揭穿死亡。”

——阿塞里姆拉比）

萨拉，爱人，当生命正值高潮，喧嚣有如水塘，起飞时被猎手的霰弹击中的鸭子散乱漂浮。

雨前蒙着面纱的泣妇，在这个秋日，东方在泪雨中，但那边的天空已是蔚蓝。正午对抗正午。侧耳聆听，沉默显现出航迹。

呵，爱人，咱们登船吧！太阳是个意义深远的赌注。另一天，然后又是另一天。

（“信赖火焰。

火之错。

“大火复述着

正午的谬误。

“呵，蓝天的伤口。

呵，和平，邻近的水。”

——萨斯拉比

“正午，上百万根针。

午夜，黄金的狼蛛。”

——科德雷拉比

“我们不会枉然补缀生命。固定桅侧用的索腰外板曾是我们刻出的槽口。”

——阿洛德拉比）

三

子夜或第三个问题

黑夜拒绝所有光荣或挫折。黑夜遮蔽黑夜。扁平的，即是联结。爱人，让我们保持延伸的姿态。我们与死亡同步，由最后的大洋承载。

（塔尔汉拉比曾经写道：“在我的祖国，拂晓是一座三层楼高的粉红色宫殿。

“在首层，哲人向自己提问；第二层，他向外界提问；第三层，他向深不可测的空无提问；随后，在徒劳而持久的诘问中，他在太阳中发出光芒。”

“我相信黑夜是墨水在纸页上凝成的花的图案。

“词语威胁之处，页边缘便显出优势，我将成为空白，空白，空白。”

——于凯尔的笔记）

于凯尔说：

三个问题
引诱了书，
而三个问题
成就了书。
结束了的，
三次开始。
书为三。
世界为三，
造物主对人而言

便是那三种答案。

（“黑夜走向白昼还是远离白昼？黑暗吞噬太阳还是太阳焚烧黑暗？所以，我们永远不会知道诘问是让我们靠近还是远离那个答案。”

——苏里亚拉比

“造物主便是脚步。”

——塞迪姆拉比）

于凯尔说：

脚步愿成为契约之际，
书便是那神圣的心愿。

第三部

“善启示我；恶压抑我。”

——卡米德拉比

距离与重点

“明天是我们双手的影子与反射的能力。”

——戴里沙拉比

一

（“我是否知道我何时在书里或不在书里？书挣脱书，只是为了在更远的地方与之重逢。因此，两页纸或两部作品之间空无一物的空间便是场域和非场域，我们的墨水与极限的呼号便是在那儿建立和挣脱的。”

——于凯尔的笔记

“清晨的头几个小时，你们不会了解白昼。我们有同样的计划、同样的命运和双重的依赖。”

——拉尼耶拉比）

于凯尔说：

阅读世界需要空间。可读性取决于距离。

阿索尔拉比曾经写道："人看不见主，因为他随时随地都在。"

莱贝尔拉比也说："我们之间相距数百公里。若我的手拍拍你的肩，那会是对距离和时间多大的胜利呀！"

因此，世界不必打搅宇宙便可相聚。萨拉和于凯尔的牧歌曾经是保存下来的树疤，是虚空中的黑穗病。只需在无限中低头——就像拉下树枝摘取果实一样——就能让黑暗和光在神奇的序列中为听觉和视觉展示出同样的信息。

阿格里布拉比问："如果虚空只是个膨胀的玻璃杯呢？"

萨赫里姆拉比唱道："你移动，世界随你而动。因此，星星呵，星星，你永远位于原地。"

总会有富足和饥馑的日子。总会有天穹中的丰饶之角，也总会有沙滩上无用的贝壳。

（埃里亚拉比曾经写道："斋戒让我们发现罪过并祈请宽恕。因此，重点就在于查找空心，因为虫子就藏在果核中。"

"赎罪日是绝境中的希望。我们向沙中拣选出的燧石乞求乳汁。"

——梅希亚赫拉比）

阿代巴拉比曾经写道："一天夜里，在荒漠中，当我正探询天空以便为我的爱找到答案时，我先是见到一颗星消失，随后，似乎是它打破了永恒的秩序，又与另一颗星结合并发出耀眼的光，这让我着迷。难道我是自己想象力的牺牲品么？不久后，它又再次出现了。于是我对自己说，我曾追随过它最深切之渴望的踪迹，而且，我眩晕的双眼曾在瞬间使那两颗星的结合成为可能。”

二

（“高傲的、因信仰而平和的领唱者呵，请你吹响沉睡的号角吧，让曾经的战斗号令宣布斋戒的结束，因为天空与无限在首次有气无力的寒战中即已坍塌。”

——佐瓦雷拉比）

餐后，萨巴蒂诺·鲁雷点燃一支香烟。他轻松地挺过了二十六小时的斋戒，但今年他仍然拒绝去犹太会堂。他用阅读通俗读物的方式消磨掉了这一天，并在一个硬皮本子上做了些笔记——我们还会记得他写过什么？——家里除了他，没有人用这种硬皮本子。他把这些本子锁进橱柜，又不时取出来挨个儿浏览，似乎这些笔记是一个故事，他得找到把这个故事串起来的线索。于是，大家看到他要么埋头于这些本子，要么像个盲人似的，与面对面的这些本子保持距离。大家都很在意不去打扰他，任他在自己的思绪和笔下驰骋。家里人曾不止一次急切地想知道用所有硬皮本子组成的这部作品是否已经到了收官的时刻，但面对作家执拗的缄默，他们都佯作淡漠。

——你去客厅吧，母亲边起身边对他说。茱迪丝、埃斯特尔和我要在厨房里干活了。

（“伊罗兴总要在某个答案上嫁接某个问题。因此，无数便取代了唯一。”

——勒代尔拉比

“物种与世界的多样性，答案遭到拒绝时，问题便成了赎金。旁观时，我们总处于同一胜利的水平。”

——马兹利亚赫拉比）

父亲坐进扶手椅，儿子们环绕一旁，父亲说道：

——罪孽像香水，在祈祷中蒸发。纯洁的时刻。空气闻起来很像空气。

——空腹吐纳闻起来像死去的字母，最小的约瑟夫说。

——重复的祈祷不过是自家的后花园，萨巴蒂诺说，它无法与用鲜血浇灌的大地相比较。邻居总要依靠。一句圆满的话语有如饱餐的商贾。饥饿先存于饥馁的语言当中。那是羸弱、枯槁、漂泊、侮辱、燃烧、困扰、淌血的话语。

——你在赞美鸟儿的飞翔，同时赞美它的骄傲与悲惨，父亲回答说，而你却背离了上千年的行为。人存在以前，鸟儿就存在了。它用翅膀起飞，在眼睛里安歇。在无限的每个阶段都有一部祈祷辞。祖先们吟诵的每句赞美诗都为我们指明了道路。永恒从他们的墓穴上掠过。

——你抛弃了光，约瑟夫又说道，声音中充满责备。在我刚刚离开的犹太会堂里，我在践行我们既存了五十个世纪的信仰。四壁散发出的都是我们祖先的气息。你要我们给你提供一个适合你自己需求的圣殿，可那儿油漆未干，只有你独自一人。

他又接着说道：共同孤独，那不就是提升到主之孤独的层面上了么？

——我不能跟你们去我不愿去的地方，萨巴蒂诺说。天堂之歌并非我的歌。我的词语是在话语长久缺席之后出现的，并像呼号一样迫不得已。我是它的第一个联系人。

——你永远只能是第二句话语，父亲说，是由一本书引发的另一本书。

——我是第二本书中的第一本，萨巴蒂诺回答。我是斋戒中起过誓的那句话语。

于是父亲说道："把你的书烧掉吧，孩子。还来得及。"

（"虚空是个巨大的空洞，是一次适度的斋戒。坚实的土地是我心爱的纸页。"

——阿萨亚斯拉比）

没有门窗的墙

“我的额头和手掌抵着墙。夜呵，石头的牢房！一颗星在我手中，一颗钉子。”

——埃尔维拉比

“手被一根麦秆缠住，我在自己的手中窒息。”

——雷迪亚纳拉比

一

书评家请提问者们退回自己的房间。

他对他们说：“每种思想不都是一个囚徒么？思想只有靠另一个相通的思想才能获得自由。我们靠后者帮助所能做到的，就是改变牢房。”

“对我而言，”他又补充道，“我不是也将在四壁的疯狂暴虐中受罪至死么？”

（“有难以一窥堂奥的黑暗之书，封面上布满宝石，也有清晨之书，微风令纸页飘飞。”

——多塔赫拉比

“你摊开了书。

你把墙弄塌了。”

——卡纳赫拉比）

在我经过的瞬间，
你没有看到我。
你躲进我们的墙里，
我当时正在呼唤。
你没听见我的呼唤，
只因为四壁太厚。
你的唇呢喃着我的名字，
而那时曙光重现。
对我俩而言，那一天
岁月已不再期待，
爱也不再期待，
人们更不再期待。
孤独的
一天，如同你我。

二

于凯尔讲了这样一个故事：

我们没有任何理由去怀疑那些墙，可有天早上它们却来指控我们了。

——你们是某某么？两个身穿军装的人从石头里冒出来问。

——是的，当然是。

——跟我们走。

在枪口的威逼下，我们跟着走了，因为我们必须去践行犹太人的命运，直至灵魂深处。

有个评论者觉得他该插话了：

"其实，事情的经过并非如此，"他说，"萨拉是在街上被捕的，于凯尔是几个月后在留宿的朋友家被发现的。但这里既然涉及两个灵魂的被捕，为慎重起见，我只能接受这一叙述。"

三

从一开始，评论家们就难以确认墙在思想的主要活动中到底扮演了什么角色。

其中一人说："对我来说，只要能想起这块石头对冒险的推断和花哨的游说有多么不热心就足够了。”

（“那约版在发布命令。我们总要服从。”

——雷亚赫拉比

“在墙的时辰里，颜色提供庇护。”

——泽尔达拉比

塞尼亚拉比写过：

“画布上有一种色彩。

一堵墙遮蔽了天际。”

可索迈赫拉比却回答他说：

“那是透明的墙。

沉默的是蓝天。”）

杰里科[①]的玫瑰

"晒干这本湿漉漉的书吧。

从字词中还将绽放花朵。"

——阿尤姆拉比

哈曼拉比喊道："嗅嗅我的书吧；是不是有玫瑰那种永恒的香气？"

一

一粒沙对一只柑橘说："我肚子里揣着果实。"

柑橘回答："你睡觉时，海水退潮了。没有了盐粒——你的化身——你是不是更加孤独了？淡水把我给了你。"

最后抵达的那人说道：

---

① 杰里科（Jéricho），或译耶律哥，在中文《圣经》中写为"耶利哥城"，是巴勒斯坦约旦河西岸一座拥有3000多年历史的古城，位于耶路撒冷以北。过去，杰里科由于有充足的水源且位于死海北岸至地中海和加利利至耶路撒冷两条路线之间，故经济与贸易十分发达。1967年巴以战争中，该地被以色列占领。1993年，以色列和巴勒斯坦解放组织在华盛顿签署《加沙、杰里科先行自治协议》，1994年签署该协议的执行协议。现杰里科属于巴勒斯坦国西岸地区的11个省之一，面积593平方公里。

“我重新认知路径的大地，
我的脚步曾在此等候我的步履。
窒息而默启的话语大地，
被目光和敏捷之手羁縻。
忍耐与柑橘的大地，
是和平的代价，沉重的希冀。
大地重又见到始终漂泊的我，
不知我走向它，还是走向自己。”

伊斯里拉比说：“以色列就是我们从一个国家到另一个国家所写的看不见的书。我们的胸膛保护着书页，而我们的笔向书中移植着我们黑色的泪水。”

（“凝望未来，意味着想透过生命的面纱向外张望；意味着渴望死亡。”

——纳萨拉比

“若造物主可见，他也仅有个神形的轮廓，对造物和人而言，他依旧是隐身的。”

——阿森拉比）

阿卡尔拉比乞求道：“为什么把我赶出村子？我跟着你弯腰向水井

里望去，看见我的形象在井底闪烁微光。

“我们曾用唇畅饮过同一口井里的水。”

“无论我去哪儿，都会从我儿时的井里汲水。我的干渴无论在哪儿都是同一个名字。”迈萨德拉比不是曾经这样写过么？

躯体与死亡相谐，而灵魂与生命相谐。

萨拉说过：“于凯尔不会要一片没有我的土地。”

于凯尔说过：“令你心醉的片刻，便是世界的谎言，

萨拉，我呼号的是我的真实。”

（“一个场域即可囊括上千个场域：即非场域。

你住在哪儿，哪儿便是你的祖国。”

——阿索尔拉比

“你看见。你在看。你让人看。你是人。”

——达米达拉比

“你裸着。你是夜。

呵，爱人，太阳即将升起。

我们将不复存在。”

——于凯尔的笔记）

二

（“你在示意，你在示意。你的语句是一条形容词的小径。”

——哈雷拉比

“你在四壁之内，又到处皆无。而我，在荒漠里，我在此。”

——瓦亚博拉比

“形象里的形象，毛重的蛋。所以，唯有词语才能拯救翅膀。”

——阿瓦沃拉比）

“无边的沉默将人与其同类分隔。我们以为自己在低声说话，其实我们却在怒吼。

“我有时自问，若距离突然消失会怎么样。我们的听觉会很快丧失。还有，若蓝天与黑暗突然消失又会怎么样？星星会一个个黏在一起，形成一个火的天花板。太阳自己会独自成为白昼。我们会被焚毁。”

——维海姆拉比

（“公平在回报。白昼会为黑暗的基座而变身黑夜。每颗星都会独自显现其价值。”

——戴米巴拉比）

于凯尔说：

萨拉的发疯与瓦亚博拉比的发疯是同胞姊妹，而她的清白与阿索尔拉比的清白也是同胞姊妹。智慧拥有堪为人师的和谐。混乱是巨大的伤口。一切沉思均由大海促成。

若你信教的兄弟因我的傲慢而发火，就把我们曾握手言欢的故事讲给他听吧。

（“在不朽的一切中重归虚无。”

——阿贝马约尔拉比）

杰里科，玫瑰之城。七天里，我们沉浸于你的芬芳，你的香气在我们凋谢的花茎中吹拂。一声共同的呼号令你花叶委地，随后，从分株喷射出的汁液中，我们又与你一起重生。

拒绝与庇护

“萨拉，我们将生活在依附于某页书的空白之中。”

——于凯尔的笔记

“别毁掉书。它护佑着两条生命。”

——于凯尔的笔记

一

扎舍尔拉比曾经写道：

“我们在拒绝中避难，一如星辰在辽远的宇宙里之所为。因此，有自身的光耀护佑，我们刀枪不入。”

于凯尔说，他们发现自己正走向死亡，但那并非等待他们的死亡，而是过去曾跟随过他们的死亡；一个未生先死的世界，一个永远不曾说出的话语。他们盲目地走向下一个避难所，在那儿，躯体尚未成灰便已被抛弃。他们的经历如何又能怎样呢？他们内心的死亡正在为他们抵御死亡。他们对默契的灵魂有着超绝的勇气。而他们的步伐令大地富有节奏。他们是谁？他们的名字再无意义。他们就是那个圣名，那个唯一。当他们交换目光时，他们在微笑，因为他们有同样的脸。

呵！你们曾想轮番灭绝他们，可他们在你们的折磨和焚化炉的火焰中幸存下来。他们行进着，拒绝死在你们手里。他们的死是造物主之死，是复活于星辰喟叹之泪中的宇宙之死。

而且，在他们中间，有萨拉和于凯尔，如一部合二为一的书。

二

——造物主将自己奉献给造物主，阿姆拉拉比说，却拒绝奉献给人。所以，造物主的永恒是建立在拒绝之上的。

——对造物主的爱会让人把自己奉献给人么？

——不是在爱中奉献，阿姆拉拉比说，而是在造物主光彩夺目的缺席中奉献。独自在清晨奉献，主看得见。

——人是在神的注视下走向人么？

——是阿东乃在注视阿东乃。是人在造物主的目光中移动，是造物主的目光注视着他自己的形象。

所以在河流看来，铁锹和水井全都是石头。

（瓦迪耶拉比说：“主呵，您让我心跳动，您翻动书页，而我在那儿徒劳地寻觅我的名字。

请为我命名一次吧，好让我活下去。”

但品哈斯拉比回答说：“你不知道沉默早已祛除了名字的黑色？啊！跳进海里去吧，你就会知道有人在叫你。”

一天，瓦迪耶拉比问：“谁在叫我？”

品哈斯拉比回答：“是你，是你自己，在那儿，在至高无上的造物主之声的河岸上，造物主丢掉了性命。”）

塞里亚拉比写道：“死亡是无形的生命，是造物主的生命。作为终极的拒绝，沉默便是造物主的王国。因此，脉搏与太阳穴的跳动同样是在挑战时间。”

张开你的双手，萨拉。我要把额头埋进你的双手。黑暗与光明会成为长久的爱抚。我愿在你柔美的生命中远航。

萨拉说：

于凯尔，与你同在，远行便是语言。

汗之珠

（“水的流动如此受阻，让我们觉得汗如泉涌。”

——维达赫拉比

“声音想要一张我们
再也看不见的脸。
哦，沉重的无月之夜。”

——于凯尔的笔记

“轮到你的时候，你走上了漂泊之路。

啊！你不是唯一一个上路的人。所以，你孤独地走吧。”

——雅夏赫拉比

“我抛却的大地，
全部生命之盐
都存于回忆，
它会让我死去。
被深渊攫住，

有如抛锚的船。

水即是我的末日。”

——塞科特拉比）

在我作品的世界里，干渴仿佛古铜色胸膛上的汗珠儿闪闪发亮，我能否忽视即将书写的黎明与纸页，

那谨慎的词语比岩石下的水让我更快冷却？

死亡像黑暗一样甘醇。干渴在它床上得过且过。

我在夜雾笼罩中书写。

无形的书便是造物主可辨识的躯体。

火中，话语便是煤渣。

虚妄的蝴蝶，死亡寄身于其喙管。

我行走在风的身后，字词窒息的呼号只是我脚下的一缕烟尘。

如今书完成了，三倍于书的教训。黑夜永远置身其中。

我带着想要忘却的意愿上路，虚空在我的路上留痕。我坚信，若没有根，一切都不可能返青。

这是我那些被砍倒的大树的枯枝。森林依赖多余的汁液。

超越天际的忠诚，

靠着船头的激情，我的航船劈开被翱翔的鸟儿移动的海洋。

每一次飞逝的流动，

水流翻滚着，腾跃着，奔涌而下。

我目睹你曾寄身的目光死去。

（“我们的讨论充满信任，传递出的信息契合无间。路径吞噬我们，它也就此消失。黑夜仅需一片影子，白昼也只需一枚金扣。墨迹将空间压缩为字母。你们将在大地分神的当口印染大地。你们将在天空弥漫的不可能性中印染长天，而无论青草、黄沙、蓝天或云彩是否方正。太阳的光芒是被黑夜灌满墨汁的笔架。”

——阿达尔拉比）

话语的命运就是我们激情的命运。作家在造物主的无限孤寂中不停地诘问自己，他从造物主那儿继承了造物主的姿态，但火已熄灭。一次次重新燃起神的姿态，这就是我们对光的贡献。

我们在造物的中心，在一切中缺席，在缺席的精髓或波纹中将虚无作为源泉，作为生存或活下去的手段。结果，在创造性的活动中，我们甚至会超越虚无，直面再生的一切。

被书排斥并再生的书。我为之沉思和痛苦的话语发现真正的场域其实就是非场域，造物主在那儿生活并照耀着不存在和从未存在过的一切。因此，有关伊罗兴的解释、有关阿多乃的研究都只能是人格化的解释和研究；律法只能是个人的律法，真理只能是单一的真理，它原本就藏在我们的呼号当中，却被生生夺走。甚至在某个公认的真理、某个共同的和确定的律法传播时都存在着这种可能性。

这就是作品的本能，其鉴别力绝对可靠。加布里亚赫拉比不是把他的鹅毛笔和狗鼻子做过对比么？

作品迫使我们接受它的选择，作家很久以后才会意识到这一点。若这一选择是勇敢的，作家敢认领么？

死亡就来自这个世界。正是在这个星球上，我们与植物和岁月一起经历死亡。

无论我走向哪儿，黑夜都会超越我。而这就是短暂生涯中的萨拉和于凯尔。就是时辰深处已死的时辰。

——无论我走向哪儿，

他们的泪中，

他们的心中——

呵！在我困惑的透明中，太阳总会发现我。

那么，我就永远只能是某种黑暗的意识么？

然而，

我确信我存在于某种书写的晶体当中，只要我乐意，我就能控制其光泽。世界在我心里，我因世界而存在。

当我任由书最初的语句侵入我心，我是否就已经知道，书会领着我从门槛走向门槛，直至死亡的夏日？

因此，为了某个能让永恒远离每日消亡的未来，往昔参与了其自身的变形。

人不可能在似是而非之上营建一切。

只能构筑在花岗岩上。

巴黎在往昔的魅力光环中坐吃山空。街道上到处是迷离的梦眼。行人摩肩接踵，时聚时分，仿佛疯鸟的影子。

秋日明净的清晨，阳光刺探着土地，空气是赤褐色的。萨拉和于凯尔的故事在命运多舛的恋人中口耳相传。他们因了解灵与肉的春天而微笑，在那儿，瞬间令瞬间绽放。他们因见到暴风雨作践沙滩而泪流不止。

呵！爱抚可以透过皮肤触及骨头和鲜血！

巴黎是白色的。巴黎与老巴黎在空白中相遇。巴黎的建筑再次震撼了时间。

在这儿，在奥德翁剧院[①]的十字路口，五年前我曾在这儿碰到过于凯尔。当时我刚刚离开家。还没走几步他就赶上了我。我不记得是谁先开的口。我们肩并肩走着。仿佛两股微风，两道回声。我们好像重新开始了久违的谈话，以至于由距离煅制出的语句总是遵循着一个古老的规则，并在沉默至极后表达出来。

这些取代了我们并渴望倾听的人物都是谁？难道是我在沙碛之书中发掘出了他们？

萨拉是路上的一颗葡萄。我们的哲人生活在死海与橄榄的国度，住在秃鹫与蝎子的王国。他们把歌声和呜咽传给了我们。

蝎子蜇了萨拉的目光，而秃鹫掏空了她的额头，与此同时，苦涩之水和黑色果实把她的恋人送去赴死。整个国家都在追杀他们。

冷酷却又勤谨好客的以色列。被我们的抱怨与希望支撑起来的祖国

① 奥德翁剧院（Théâtre de l’Odéon），巴黎的著名剧院之一，建造于1779—1782年，新古典主义风格，位于巴黎第六区，毗邻卢森堡公园，博马舍的著名喜剧《费加罗的婚礼》即在此首演。1990年更名为欧洲剧院。

如尽职的女佣托起的银盘。我之书的话语就放在你这贵金属之上。先驱与来客，哲人与先知，你们会轮番畅饮么？

冷酷的以色列，不幸的田野，你需索太多，超出了男人的手臂和脊梁的极限，

但柑橘树在安慰它，

我们便是这样的样本和老古板：鼓起受伤的勇气，想以茎秆徒劳地把握风向。

在码头上我不会止步。

在造物主偏爱的地球那一小块土地上，我将依旧是预言的证人。

美好的季节里，当麦穗在你的群山脚下摇曳，当沙子因水的到访而变得沉重，我将依旧是沉默和呼号。

我通过空无那不可磨灭的记忆而言说这片荒漠，它的每颗沙粒都是一面细小的镜子。

在本书严苛的可能性中，

它陌生于我的兄弟们，

它陌生于我自己，

也陌生于这个世界。

（加巴尔拉比诠释道：“太阳是个燃烧的铁环，由一个小姑娘沿着大地滚动。没有人发现这个孩子，但她确实在光天化日下玩耍。”

“假若你去询问一道影子，它很可能以一张黑夜之弓作答，而你就会直面每一颗新的星星。”

——雷莱斯拉比）

呵，死亡，疑问的探索！

于凯尔说：

卧室在那儿。床、桌子、墙和屋顶都在那儿。

萨拉曾在那儿生活。

于凯尔曾在那儿生活。

真实就存在于这两间卧室当中，存在于这些房子当中，就像真实存在于街道、存在于田野、存在于萨拉被关进去的医院一样。

书中，真实了解并揭示了自身。一种可视的非真实，我们与这种非真实相遇，其基座就位于招之即来的字词当中。

（“若小草的问题关乎生命，沙子或许就是答案。那么，我将献出我的生命去纠缠荒漠。”

——密特利拉比）

而这便是本书的结果，即把三个最主要的问题载入纸页。

而这便是世界和果子形象中的书，其圆圆的形状让我想到，所谓原罪，其实不过是为了某种神圣的和谐而进行的无谓探索。在手和字词中成为世界。去述说那已被写就的，去创造那已被阅读的。

而这便是书的永恒的开端，它知道自己既严峻又自由，在那儿，造物主便是那个符号。

训练双眼并非空想。我受某些难以明言的感知或爱的愿望驱使，总能看得更远，而看得远就会重新找到自我的起点。既然一切奔走最终都要回归原点，那么我想走向何方又有什么关系呢？我们永远不可能超越自己的脚步。

我又想起了那头被套在缰绳里转圈、汲取丰饶之水的水牛，这个念头困扰着我。

我不是已经让你们解渴了吗，我，那个只识得干渴的我，

我，那个从自身缺席的我，

我，于凯尔·塞拉菲，那个寥寥数语便能概括其平生和故事的人？

我的命运就像那头在恣肆的黑夜中不堪重负的畜生。

愿我的著述成为我的三支火炬，

愿我那颗已不再与我的主人公们一起跳动的心变得和他们一样沉稳持重，在已提交的书页旁凝伫。

人不存在。造物主不存在。只有因造物主和人而存在的这个世界在这本打开的书中。